Elizabeth Eyre

Mord in Montenero

Aus dem Englischen von
Karin Dufner,
Kollektiv Druck-Reif

Knaur®

Von Elizabeth Eyre ist außerdem erschienen:

Der Tod der Herzogin (Band 63047)

Dieses Buch wurde auf chlor- und säurefreiem Papier gedruckt.

Deutsche Erstausgabe
November 1995

Titel der Originalausgabe:
»Curtains for the Cardinal«

Originalverlag Headline Book Publishing PLC, London
Umschlaggestaltung:
Agentur ZERO, München
Umschlagabbildung: unter Verwendung des Gemäldes »Laus Deo« (Zum Lobe Gottes) von Solomon Joseph Solomon
Satz: Ventura Publisher im Verlag
Druck und Bindung
Elsnerdruck, Berlin
Printed in Germany
ISBN 3-426-63054-0

2 4 5 3 1

Die handelnden Personen

In Nemora

Herzog Grifone di Nemora
Graf Astorre, sein Sohn
Kardinal Petrucci, sein erster Ratgeber
Prinzessin Corio, die Schwester des Kardinals
Vater Torquato, beider Neffe
Bischof Taddeo von Colleverde
Der Magistrat des Bischofs
Polissena, eine Dame aus der Stadt
Bianca, ihre Zofe
Tomaso Delmonte, ihr Verehrer

In Montenero

Prinz Livio, Fürst von Montenero
Prinzessin Oralia, seine Gattin und Schwester von Herzog Ludovico di Rocca
Marco
Minerva, Verlobte des Grafen Astorre von Nemora
} beider Zwillinge

In Fontecaste, einem Landhaus vor den Toren von Colleverde

Graf Giraldi, der ehemalige Besitzer
Graf Mirandola

Massimo Gruchio, Massimos Vater Sybilla	} Bedienstete

In Colleverde während der Festlichkeiten

Soldaten, Bürger, Pilger, Gaukler;
unter den Pilgern: Giacomo, ein Steinmetz;
unter den Gauklern: Angelo, ein Wahrsager;

Außerdem

Sigismondo, ein Glücksritter
Benno, sein Diener
Biondello, ein Hund

1. Kapitel
Wo war ihr Gemahl?

Die Prinzessin liegt im Sterben. Sie kann niemanden empfangen.«

Die Frau stand im Türrahmen, doch der Brokatvorhang, der den Zugang zum Schlafgemach versperrte, war ein weitaus geringfügigeres Hindernis als ihre mächtige Gestalt, die sich ihm in den Weg stellte. Ihr Gesicht bestand aus unzähligen Wülsten – sie hingen unter ihren Augen, von den Wangen und in Schichten unter dem kümmerlichen Kinn. Nun faltete sie die Hände über ihrem Wanst und funkelte diesen jüngsten Stein des Anstoßes wütend an.

»Ich komme vom Bruder Ihrer Hoheit, meine Dame. Von Herzog Ludovico di Rocca.« Er hielt den Brief hoch, so daß das riesige Siegel hinabbaumelte, das er bereits dreimal hatte vorzeigen müssen, um überhaupt soweit vorgelassen zu werden. Der Fremde war ein hochgewachsener Mann mit breiten Schultern und einer sanften Stimme. Und er hatte etwas an sich, das in dem trägen Hirn hinter all den Wülsten einen leisen Argwohn erwachen ließ.

»Herzog Ludovico.« Sie streckte ihre an einen Bund beringter Karotten gemahnende Hand nach dem Brief aus, der aber im gleichen Augenblick zurückgezogen wurde. Der Mann verbeugte sich leicht, als wollte er seinem Bedauern Ausdruck verleihen.

»Seine Gnaden hat darauf bestanden, daß ich ihn Ihrer Hoheit eigenhändig übergebe. Diese Botschaft ist vertraulich.«

Wie jeder, der schon einmal in einem Palast gearbeitet hat, weiß, ist *Vertraulichkeit* ein so seltener Luxus, daß man gewöhnlich dafür bezahlen muß. Der Bund Karotten schloß sich um das funkelnde, kleine Plättchen, das der Mann ihr hinhielt. Dann wandte sie sich um, hob den Vorhang und bedeutete ihm, ihr zu folgen.

Das Gemach war groß, wie es sich für das Schlafzimmer einer Prinzessin gehört; doch die geschlossenen Fensterläden sorgten für eine feierliche Dunkelheit. Nur dank des Scheins des Kaminfeuers und des Lichts, das eine einsame Kerze spendete, konnte man erkennen, wie weit sich der marmorne Fußboden und die gewölbte Decke erstreckten und daß Malereien die Wände zierten. Das Bett auf dem niedrigen Podest war ebenfalls groß, aber in diesem Raum wirkten seine Ausmaße nicht weiter außergewöhnlich. Über der Lagerstatt erhob sich eine geschnitzte Kuppel, die auf den Köpfen von Karyatiden mit funkelnden Augen – kunstvoll eingelegten Steinen – ruhte.

Zwei Frauen blickten ins Feuer, das in dem riesigen Kamin brannte, und tuschelten leise; die eine warf eine Handvoll Kräuter in die Flammen, was die dunstgeschwängerte Luft im Raum noch verdichtete. Am Fuße des Bettes kniete ein Priester mit einem borstigen, weißen Haarkranz um die stoppelige Tonsur; seine gemurmelten Gebete wurden von langen Pausen unterbrochen, als kämpfe er mit dem Schlaf. Als sich der Vorhang hinter dem Boten des Herzogs senkte, flackerte die Kerze im Marienschrein neben dem Bett auf und ließ der heiligen Jungfrau eine Rauchwolke ins ernste und nun geschwärzte Gesicht steigen.

Den hochgewachsenen Mann, der leise zum Bett hinüberging, hatte niemand erwartet. Die beiden Frauen wandten die Köpfe, um ihn anzustarren, der Priester erwachte und verstummte für einen Augenblick, ehe er, ganz offensichtlich neubelebt, mit seinem Singsang fortfuhr. Begierig auf eine Abwechslung, richtete er seinen Blick auf den Boten, der nähertrat.

Über die Kissen gebeugt stand eine Dienerin, welche der Frau, die in dem Bett lag, mit betrübtem Gesicht etwas zuflüsterte. Den scharfen Augen des Boten entging selbst in dieser Dunkelheit nicht, daß die Prinzessin die ohne Unterbrechung heruntergeleierten Gebete wahrhaftig nötig hatte.
Als der Bote um das Bett herumging, regte sich ein Mann in einem großen Sessel in der Ecke und rieb sich die Augen. Die eng anliegende Kappe und sein Gewand wiesen ihn als Arzt aus. Als er sich erhob, entströmte ihm eine Wolke von Gerüchen: nach Kräutern, Alkohol und Moder. Neben ihm befand sich ein Tisch mit Schalen, Flaschen, einem Behältnis voller Blutegel, einem Becher für den Aderlaß und einer astrologischen Karte. Nun war die Reihe an ihm, sich über das Bett zu beugen. Wie der Bote wußte auch er die Blässe der Prinzessin, die schweißnasse Stirn und das schwache Zucken der Finger auf der Bettdecke richtig zu deuten. Selbst in diesem Zustand war sie noch schön. Der Bote erkannte in ihrem zarten, abgezehrten Gesicht die Ähnlichkeit mit ihrem Bruder, dem er bis vor kurzem gedient hatte.
Jetzt öffneten sich ihre Augen und wanderten suchend umher, mit einer Mühe, die verriet, wie schwer ihnen die durchscheinenden Lider mittlerweile geworden waren. Die Augen waren blau wie jene von Herzog Ludovico, was hierzulande eine Seltenheit war; doch war dieses Blau verblaßt wie die Farbe einer gepflückten Blume.
»Ludovico?«
Der Arzt trat zurück und verzog sich zum Feuer. Der Bote kniete auf dem Podest neben dem Kopfende des Bettes nieder. Ein kleiner Windhund, der dort auf einem Kissen lag, blickte auf und zwinkerte argwöhnisch, bellte aber nicht, als sei ihm sehr wohl bewußt, wie man sich in einem Krankenzimmer zu benehmen hatte.
Inzwischen hatten die Frauen wieder angefangen zu tuscheln.

Der Arzt rieb sich vor dem warmen Feuer die Schienbeine. Das Knistern der Flammen, der leise Singsang des Priesters und das Klappern seines Rosenkranzes unterlegten die Szene mit einem Teppich von gedämpften Geräuschen.
»Hoheit. Ich bringe einen Brief vom Herzog, Euerem Bruder.«
Diese Nachricht erweckte in ihr unvermittelt neue Kraft, wie er es schon oft bei Sterbenden beobachtet hatte. Langsam hob sie eine magere Hand, an der der Ring schlotterte, und winkte den anderen, sich zu entfernen.
»Verlaßt uns. Ich muß mit ihm unter vier Augen sprechen.«
Die Wärterin scheuchte die Frauen vor die Tür. Doch weder der Arzt noch der Priester rührten sich, da sie annahmen, daß ihre Profession sie von diesem Befehl ausnahm. Die Prinzessin erhob erneut die Stimme, und trotz ihrer Schwäche klangen ihre Worte gebieterisch.
»Geht. Ihr alle.«
Der Priester hielt gekränkt in seinem Gebet inne. Schließlich hatte doch er dafür zu sorgen, daß die Prinzessin starb, wie es sich gehörte. Wie sollte sie das ohne den Trost seiner Gebete tun? Beim Aufstehen verhedderte er sich mit dem Fuß in seiner Kutte und stolperte gegen den Bettpfosten, was ihm als Mahnung erschien, daß der Teufel sich unbeendeter Gebete bemächtigt. Er bekreuzigte sich und sprach sein Gebet im Gehen zu Ende.
Dem Boten, der ihnen mit den Blicken folgte, während sie den Raum verließen, lagen zwei Fragen auf der Zunge, die er jedoch für sich behielt: Warum stand nicht der Bischof selbst der Prinzessin in dieser Stunde bei? Und wo war ihr Gemahl, Prinz Livio?
Der Vorhang fiel. Die Prinzessin und der Bote waren allein mit dem flackernden Kaminfeuer und dem schlafenden Hund.
»Wünschen Euere Hoheit, daß ich Euch den Brief Seiner Gnaden vorlese?« Hier, dicht vor dem Bett, schlug ihm der säuerli-

che Geruch von Krankheit entgegen; er war stärker als der Duft des getrockneten Lavendels, mit dem man Kissen und Decke bestreut hatte. Baldriandunst hing in der Luft. Würde die Prinzessin nicht zu benommen sein, um seine Worte zu verstehen? Mit seiner tiefen Stimme las der Bote ihr den Brief vor. Ihr Bruder erkundigte sich nach ihrer Gesundheit und verlieh seiner Hoffnung Ausdruck, die plötzliche Unpäßlichkeit in der letzten Zeit werde bald vorübergehen. Weiterhin hoffe er, sie werde in der Lage sein, ihren Gatten zur Hochzeit ihrer Tochter Minerva zu begleiten.

An dieser Stelle schüttelte die Prinzessin den Kopf. Nein. Da Minervas Hochzeit mit Herzog Grifones Sohn Astorre am kommenden Sonntag in Colleverde stattfinden sollte und es bereits Dienstagnachmittag war, schien es zweifelhaft, daß die Kranke – außer in Gedanken – unter den Gästen weilen würde.

Dann kam Herzog Ludovico auf die jüngste Tragödie zu sprechen, die ihn daran hindere, an ihre Seite zu eilen, und empfahl ihr schließlich den Überbringer des Briefes als den Mann, der ihm bei der letzten Verschwörung gegen seine Person das Leben gerettet habe.

Der Bote hielt inne, und die eingesunkenen Augenlider hoben sich.

»Ist Er der Mann, von dem mein Bruder spricht?«

Ein ehrerbietiges Neigen des Hauptes und ein tiefes »Sigismondo, zu Euren Diensten« waren die Antwort.

Ihre Hand hatte kaum die Kraft, den fast vergessenen Windhund zu streicheln. »Mein Bruder sagt, er vertraue Ihm ... Er hat dem Herzog das Leben gerettet ... Ich habe kein Leben mehr, um es Ihm anzuvertrauen ... nur das eines anderen Menschen. Höre Er ...« Die Stimme versagte ihr. Die Augen schlossen sich. Nach einer Weile schlug sie sie wieder auf. »Es gibt einen Menschen in Fontecasta ...« Wieder brach ihre Stimme. Wieder währte das Schweigen einige Herzschläge lang. Dann wurde sie von einer plötzlichen Erregung ergriffen, die ihr für einen kurzen Augenblick Kraft verlieh, so daß die Worte in einem wirren, fiebrigen Schwall aus ihrem Munde strömten. »Was wird aus meiner Tochter werden? Ich wünschte, ich hätte ihn nie gesehen, niemals. Er verrät schließlich jeden, jeden ... Der Herzog verschließt die Augen. Wir müssen für unsere Sünden büßen. Gott schütze die Unschuldigen! Eine Unglückshochzeit, eine Unglückshochzeit – doch was kann ich jetzt noch tun? Der Mann ist ein Ungeheuer ... aber trotzdem habe ich ihn einmal geliebt ... welche Eifersucht! Armer Fabroni ... so viel Leid ...«

Um sie besser verstehen zu können, kniete er nieder, so daß sein Kopf fast auf ihr Kissen zu liegen kam. Vor dem Türvorhang blickten sich die Frauen und der Arzt schweigend und entrüstet an. Sie sprach weiter, ihre Stimme war nur noch ein Hauch. Ihre Hand tastete über die Decke, fand seinen Arm und packte ihn mit erstaunlicher Kraft.

»Fontecasta. Vergiß Er es nicht.« Ihre Hand löste sich. »Oh, keine Zeit, keine Zeit. Er tappt im Dunklen ... sag Er ihm ... dunkel ... bring ihn zu meinem Bruder ... meine Tochter ...«

»Meine Tochter!«

Endlich war der Bischof eingetroffen; der Erzbischof, um genau zu sein. Der Wandbehang hinter dem Bett bauschte sich, als die Tür sich öffnete und die kleine Prozession hereinschritt.

Das war kein kleiner Pfaffe, den man so einfach wegschicken konnte. Auf seinen Gewändern funkelten Juwelen und goldene Fäden. Er schritt, umgeben von Chorknaben mit Kerzen in den Händen, unter einem Baldachin einher, der von Priestern getragen wurde. In den Händen hielt er die Hostie, das Gefäß für das heilige Öl und eine Weihrauchampel. Sigismondo erhob sich, verbeugte sich tief und zog sich durch die Tür, die die Prozession eingelassen hatte, zurück.

Die dröhnende Stimme des Erzbischofs war weithin vernehm-

bar. »Ihr müßt beichten, meine Tochter«, verkündete er. »Euere Zeit auf Erden läuft ab. Vergeßt die irdischen Mühen und macht Euere Seele bereit für das nächste Leben.«
Mittlerweile stand er an ihrer Seite, und seine Stimme senkte sich zu einem Murmeln, wie es seinem Amte geziemte. Seine Begleiter blieben im Hintergrund, um die Vertraulichkeit der Beichte zu gewährleisten. Auch der weißhaarige Priester war, diesmal in vollem Ornat, zurückgekehrt, und mühte sich mit wichtiger Miene, die Anwesenden zu gruppieren. An der anderen Tür war der Vorhang zurückgeschlagen worden; dort drängten sich knieende Frauen. Der kleine Windhund besaß die Dezenz eines richtigen Höflings und folgte Sigismondo. Dieser bemerkte aber, daß sich der Vorhang hinter dem Bett bewegte, was auf die Gegenwart weiterer, weniger ehrfürchtiger Hunde hinwies.
Die Stimme der Prinzessin hatte ein wenig von ihrer Kraft wiedererlangt: Man konnte gerade noch hören, daß sie etwas sagte. Ihre Worte allerdings waren nur für jemanden zu verstehen, der sich ganz in ihre Nähe befand, während sie die Beichte ablegte.
Plötzlich wurde der Vorhang hinter dem Bett mit solcher Heftigkeit zurückgeschlagen, daß die Haken aus der Wand rissen. Der feine Staub, der aus dem Stoff aufstieg, umgab den Mann, der in den Lichtschein der Kerzen trat, wie ein Nebel. Eine Weile stand er da. Er war in schwarzes und goldenes Tuch gekleidet, und das schwarze Haar, der Bart und die großen, dunklen Augen hoben seine Blässe noch hervor. Der Erzbischof war zurückgefahren, doch da die Stimme der Prinzessin fest blieb, beugte er sich wieder über sie, ohne allerdings die Augen von dem Neuankömmling abwenden zu können.
Endlich war der Prinz gekommen.
Das Schwert blieb ihm in der Scheide stecken wie die Worte in seinem Munde. Er zerrte daran. Der Erzbischof erhob sich und

stellte sich mit ausgebreiteten Armen schützend vor die Sterbende. Aber Prinz Livio kümmerte sich nicht um sie.
Dann fuhr sein Schwert heraus. Mit vorgestreckter Waffe stürzte der Prinz zur Tür, wo Sigismondo stand. Knaben in Meßgewand und Kutte stoben aus dem Weg und wurden gleich darauf von Sigismondo beiseite gestoßen, der dem Prinzen auf den Fersen folgte und ihn wie im Fieberwahn flüstern hörte: »Sie haben mich betrogen! Mich betrogen! Schurken! Schurken!«
Er stürmte einen dämmrigen Korridor mit gewölbter Decke entlang. Aus einer Tür, an der er vorbeikam, trat ein Mädchen und flüsterte tonlos: »Vater?«, doch die Worte prallten vom Rücken des Angesprochenen ab. Von ihrem zerzausten Blondhaar und ihrem zerknitterten goldfarbenen Kleid wie von einer Wolke umgeben, klammerte sie sich an den Türstock. Als Sigismondo an ihr vorbeirannte, folgte sie ihm.
Am Ende des Gangs befand sich ein hell erleuchtetes Vorzimmer, das zu einer Kapelle führte, aus der eine Anzahl Höflinge strömte. Der Prinz stürzte auf sie zu. Die Gesichter der Männer und Frauen, die für ihre Prinzessin gebetet hatten, verzerrten sich vor Entsetzen, als sie des Prinzen Antlitz und sein Schwert erblickten. Ein einzelner löste sich und trat vor. Die Ähnlichkeit des blonden Mannes mit dem Mädchen und auch mit der Prinzessin war unverkennbar. Das samtene, mit goldenen Arabesken verzierte Wams und die Kette aus funkelnden Rubinen verrieten seinen Stand.
»Vater! Ist sie ...«
Das Schwert des Prinzen sauste durch die Luft und trennte den Strang aus Rubinen von dem goldenen Haar. Eine Dame, die beim Anblick des Prinzen in heller Angst zu einem Hofknicks zusammengesunken war, fing den Kopf des Jünglings in ihrem Schoß auf. Schreiend schleuderte sie ihn zu Boden; er rollte noch ein wenig umher, bis er endlich liegenblieb und den Mann, den er Vater genannt hatte, wie überrascht anstarrte.

Der Körper stürzte nieder. Blut spritzte in alle Richtungen, und sein Geruch mischte sich mit dem Duft von Weihrauch und Kerzenwachs.
»Eugenio! Du Teufel! Ich kenne die Wahrheit!«
Das Schwert des Prinzen war auf den Kopf gerichtet; Blut tropfte in das blonde Haar. Die Höflinge wichen zurück. Nur ein hochgewachsener, stattlicher Mann, das Antlitz so weiß wie sein Hemd, war stehengeblieben. Sein entsetzter und fassungsloser Blick irrte zwischen dem verzerrten Gesicht des Prinzen und dem Kopf hin und her, als hätten sich die Abgründe der Hölle vor ihm aufgetan.
»Hoheit!«
Der Bote des Herzogs verweilte nicht länger. Er hatte ein Geräusch hinter sich vernommen. Das Mädchen hatte die Tür zum Vorraum erreicht und alles beobachtet. Nun lag sie zusammengesunken am Fuße des Türbogens.

2. Kapitel
»Räuber?«

Unbemerkt in dem nun folgenden Durcheinander – die Höflinge, stürzten schreiend davon, einige stolperten – hob er sie auf und verschwand in dem dämmrigen Gang. Er trug sie zu dem Zimmer, aus dem sie gekommen war.
Zuerst schob er den kleinen Messingriegel an der Tür vor, der allerdings einem heftigen Ansturm nicht standhalten würde. Dann legte er das besinnungslose Mädchen aufs Bett, blickte sich im Gemach um und ergriff einen dunklen Umhang, der auf einer bemalten Truhe lag. Er öffnete die Läden, um das Abend-

licht einzulassen, und nachdem er einen Augenblick nachgedacht hatte, wandte er sich wieder dem Raum zu. Er wickelte das Mädchen in den Umhang, hob sie auf und trat auf die Loggia hinaus. Die Fenster von Prinzessin Oralias Gemach mit ihren geschlossenen Läden stellten keine Gefahr dar, doch unten stand ein Gärtner mit einem Eimer, schöpfte Wasser aus einem Brunnenbecken und schleppte es zu den Blumenbeeten. Hinter ihm in der hohen Mauer befand sich eine Pforte.
Sigismondo warf sich das Mädchen über die Schulter und ging zum Rand der Loggia, wo wilder Wein schon seit Jahren seine Zweige die Mauer emporranken ließ. Dabei drehte er sich ständig um und hielt nach lauernden Augen Ausschau. Beim Hinunterklettern würde er weithin sichtbar sein, aber er durfte keine Zeit verlieren.
Aus dem Vorzimmer war der Tumult nun in das Gemach der Prinzessin vorgedrungen. Der Gärtner und ein anderer Mann blickten unter der Loggia hervor, hinauf zu den geschlossenen Fenstern. Sigismondo kauerte sich in den Schatten und beobachtete durch das Geländer die Männer, bis sie beide laut streitend in den Palast liefen. Sigismondos Abstieg ähnelte eher einem gebremsten Sturz. Seine Last hinderte ihn daran, sich an die Mauer zu drücken, und seine Füße suchten, wo nur immer möglich, Halt in den Zweigen und Ranken. Vorsichtig schlich er durch den Garten, entriegelte die Pforte und trat hindurch.
Er nahm das Mädchen wieder in die Arme und schritt durch eine von den Zweigen der Bäume überwölbte Allee. Der Aufruhr im Palast konnte bedeuten, daß das Verschwinden des Mädchens entdeckt worden war und man bereits nach ihr suchte. Sigismondo beschleunigte seine Schritte. Ein weiteres, schweres Tor am Ende der Allee mußte noch entriegelt und geöffnet werden; bald hatte er auch dieses hinter sich gelassen und ging auf einer staubigen Straße weiter. Jetzt nahm er das Mädchen fester in die Arme, wickelte den Umhang um die verräterischen,

goldbesetzten Samtröcke und schlug ihn über ihr Gesicht. Dann setzte er seinen Weg fort; mit gesenktem Kopf eilte er rasch durch die engen Gassen. Eine Frau bekreuzigte sich bei seinem Anblick. Sie glaubte, einen trauernden Mann mit einer Leiche zu sehen.
Sigismondo bog um die Ecke und stieg eine Reihe flacher Stufen hinab. Ein Vogel sang in einem Käfig. Im Schatten der Wäsche, die an über die Straße gespannten Leinen flatterte, eilte er weiter. Ein zerlumptes Kind lief dem gut gekleideten Fremden mit aufgehaltener Hand nach, bis er das Gebiet des kleinen Bettlers verlassen hatte. Er kam am stinkenden Kessel eines Gerbers vorbei und überquerte einen Platz. Die Menschen blickten ihm nach, und wieder bekreuzigten sich einige. Da Sigismondo sein Lebtag noch nie in dieser Stadt gewesen war, konnte er nicht wissen, ob die Beförderung einer Leiche bei Tageslicht gegen die hiesigen Gesetze verstieß.
Nun geriet er in ein Gewirr kleiner Gassen. Nach einer Weile aber wurde die Straße ein wenig breiter, und er wandte sich pfeifend nach rechts, vorbei an Bäumen und einem Brunnen.

Es war kurz vor Einbruch der Dunkelheit. Die Turmuhr hatte bereits sechs geschlagen. Starrsinnig zeigte sie nun schon seit einigen Jahren die Zeit nach ihrem Gutdünken an, und die Menschen in Montenero hatten mittlerweile Gefallen daran gefunden, daß sie auf diese Weise schon im voraus wußten, wie spät es bald sein würde. So konnten sie sich wenigstens einbilden, auf alles vorbereitet zu sein. Der kleine, schmutzige Mann, der auf den Stufen vor dem Brunnen saß, war, eingelullt von der warmen Nachmittagssonne und dem Plätschern des Wassers, eingenickt. Nun wurde er durch den Schlag der Turmuhr aus dem Schlaf gerissen. Es war seine Aufgabe, immer zur Stelle zu sein, und da er im Dienst seines Herrn inzwischen gelernt hatte, daß es selten – oder, besser gesagt, niemals – möglich war, vor-

herzusagen, wofür, setzte er sich auf, benetzte das Gesicht mit Brunnenwasser und sah sich um.
Zumindest die Pferde waren noch da; ihre Zügel hingen an seinen Handgelenken. Wenngleich er auf seine Mitmenschen keinen allzu gewitzten Eindruck machte, wußte er doch sehr gut, daß ein scharfes Messer ausgereicht hätte; wäre er wirklich fest eingeschlafen, hätten die Pferde beim Aufwachen ebenso gut verschwunden sein können. Tatsächlich tätschelte schon ein Knabe den großen Braunen an der Nase. Benno ruckte an den Zügeln, das Pferd bewegte plötzlich den Kopf, und der Bursche machte sich aus dem Staub.
Eine Gruppe ermüdeter Pilger schleppte sich zum Brunnen, um sich zu erquicken, ihre Wasserflaschen zu füllen und sich den Schmutz von den Gesichtern zu waschen. Sie stritten sich, in welcher Herberge sie ihr Glück versuchen sollten. Ihre Ankunft hatte auch eine Händlerin angelockt, die, umgeben von Körben voller getrockneter Pflaumen und Oliven, auf einer Türschwelle saß. Nun erhob sie die Stimme und nützte auch gleich die Gelegenheit, die Preise zu erhöhen. Eine beleibte Pilgersfrau, die unter ihrer langflügeligen Leinenhaube schwitzte, ließ sich neben Benno auf den Stufen nieder und rieb sich stöhnend den Fuß.
»Was für Straßen! Die werden mir im Fegefeuer gutgeschrieben werden, diese Straßen.« Sie wandte ihm ihr rotes Mondgesicht zu und sprach weiter, während sie ihren Schuh auszog. »Ich tue das für meine Tochter, versteht Ihr? Ich habe sie bei meiner Mutter gelassen, ist zu krank, um sich zu rühren.« Als sie Bennos ausdruckslosen Blick und seinen hängenden Kiefer bemerkte, hielt sie inne und entschied, daß dieser nicht sonderlich helle Kopf offenbar nicht in der Lage war, ihr Geplauder aufzunehmen, und fuhr fort, sich den Fuß zu reiben.
Benno, dem beim Anblick und Geruch der Oliven und Trockenpflaumen, die die Pilger schmatzend verzehrten, das Wasser im

Munde zusammenlief, grub in den Taschen seines Wamses und zog eine Zwiebel und etwas Käse hervor. Er verzehrte beides genüßlich und lauschte dabei dem Geschwätz der Pilger. Auch eine Reise zur Ehre Gottes verlieh einem Menschen offenbar keine Engelsgeduld, wenn er müde war.

Allmählich begann er sich zu fragen, wie seine eigene Reise weitergehen sollte. Da vernahm er den Pfiff.

Sofort sprang er auf. Ein kleiner Hund, der von Gruppe zu Gruppe gelaufen war, um alles zu verschlingen, was man ihm reichte, und alles zu stehlen, dessen er habhaft werden konnte, spitzte sein einziges Ohr und trippelte an Bennos Seite.

Erstaunt stellte Benno fest, daß sein Herr etwas trug, das, angesichts der Stoffschichten, die nur Röcke sein konnten, ein Mädchen sein mußte. Als er sie stützte, während Sigismondo sie vor sich in den Sattel des großen Braunen hob, bemerkte er auch, daß sie nicht eben leicht gebaut war. Benno klappte den Mund zu, hob den Hund Biondello auf und kletterte aufs Pferd. Zügig, aber ohne Hast, ritten sie dahin und verließen die Stadt durch das nächstgelegene Tor.

Sobald sie den Wald erreichten, verließ Sigismondo die Straße. Das Mädchen bewegte sich. Benno stieg vom Pferd, und Sigismondo hob sie zu ihm hinab. Zu ihrem Glück war sie nicht bei Besinnung, denn wahrscheinlich war sie noch nie mit einem so schmutzigen Menschen in Berührung gekommen. Als Benno sie auf eine moosbedeckte Fläche unter eine Buche bettete, glitt ihr Umhang beiseite und ein goldfarbenes, reich besticktes Kleid kam zum Vorschein. Während Sigismondo abstieg, betrachtete Benno die Fremde fassungslos.

»Hmmm! Gut gemacht, Benno – keine einzige Frage!« Mit diesen Worten beugte sich Sigismondo über das Mädchen. »Deine Neugier wird bald befriedigt werden, aber ich warne dich, stell mir keine Fragen. Ich weiß nämlich fast ebenso wenig wie du.«

Das Mädchen schlug die Augen auf. Als letztes hatte sie den

Kopf ihres Bruders gesehen, der vom Marmorfußboden zu ihr emporstarrte; nun erblickte sie zwei finstere Gestalten, die auf sie hinabschauten. Ihr Verstand weigerte sich einfach, das alles zu begreifen; sie glaubte zu träumen.

»Hoheit ...«

Unglücklicherweise war ihr Körper anderer Ansicht als ihr Verstand und teilte ihr mit, daß das Moos unter ihr kalt und möglicherweise feucht und überdies von harten Wurzeln durchzogen war, daß sie in der Abendkühle fröstelte und daß der Mann, der sich nun über sie beugte und dessen Gesicht sie nicht erkennen konnte, sie unzweifelhaft angesprochen hatte. Seine warme Hand umfaßte die ihre, und das konnte ganz gewiß kein Traum sein.

»Hoheit, wir sind Freunde. Ihr müßt uns vertrauen.«

Sie setzte sich so rasch auf, daß sich alles um sie drehte, und entriß ihm ihre Hand. Räuber! Diebe! Sie mußten sie aus dem Palast in diesen Wald verschleppt haben. Gewiß würden sie ein Lösegeld von ihrem Vater fordern!

Wieder hörte sie das Pfeifen des Schwertes und den Schrei und sah die Augen ihres Bruders, die sie vom blutroten Boden aus anstarrten. Sie schlug die Hände vors Gesicht und wäre wohl wieder in die schützende Welt der Dunkelheit geglitten, wenn der hünenhafte Räuber, der sie stützte, nicht an ihrer Seite niedergekniet und ihr einen Flaschenhals an die Lippen gedrückt hätte. Sie versuchte, den Kopf abzuwenden, aber er kippte die Flasche so rasch, daß die Flüssigkeit in ihren Mund rann und sie ohne nachzudenken schluckte. Noch nie hatte sie etwas getrunken, das so brannte. Hustend hielt sie sich die Hand vor den Mund, als der Mann sie auf die Füße stellte.

»Hier dürfen wir nicht bleiben. Euer Vater wird Männer ausschicken, die uns suchen.«

Also doch! Räuber ...? Wieder sah sie das Blitzen des Schwertes und das verzerrte Antlitz ihres Vaters, der es schwang. Dann blickte sie zu dem hochgewachsenen Räuber empor und schluchzte. »Er hat ihn ermordet! Ich habe es gesehen! Er hat ihn ermordet!«

»Kommt, Hoheit. Kommt, oder er ermordet Euch ebenfalls.«

Sie stand in der Dämmerung und starrte die Männer an, deren Gesichter sie nicht erkennen konnte. »Warum? Warum? Hat er den Verstand verloren?«

»Vielleicht. Ich glaube, er vermutet, daß Euere Mutter ihn betrogen hat und daß Ihr und Euer Bruder nicht seine leiblichen Kinder seid. Deswegen ist es wahrscheinlich, daß er auch Euch verfolgen wird, um Euch zu töten, so wie er Eueren Bruder getötet hat. Was mich angeht, ich wurde von Euerem Oheim, dem Herzog Ludovico di Rocca, zu Euerer Mutter gesandt, und ich werde Euch zu ihm bringen. Kommt.«

Sie leistete keinen Widerstand, als er sie zu den Pferden führte, die am Waldrand grasten. Jedesmal, wenn sie auf dem unebenen Boden stolperte, stützte er sie, doch als er sich aufs Pferd schwang und die Hand nach ihr ausstreckte, wich sie zurück und schrie: »Meine Mutter? Das ist nicht wahr! Sie ist eine Heilige, und er liebt sie!«

Mühelos hoben starke Arme sie in den Sattel und schlossen sich um sie, als das Pferd sich in Bewegung setzte. »Er liebt sie«, wiederholte sie.

Die Brust des Mannes schien zustimmend zu beben, doch gleichzeitig schüttelte er den Kopf. »Hmm. Er hat sie geliebt, Hoheit; aber er war eifersüchtig. Nichts ist so bitter wie die Eifersucht. Falls er wirklich glaubt, daß Ihr und Euer Bruder nicht seine Kinder seid, hat ihn das vielleicht um den Verstand gebracht.«

Sie holte tief Luft und erinnerte sich an das entstellte Gesicht ihres Vaters. Hatte dieses Gesicht auch damals so ausgesehen, als er den Musikus Fabroni, den Lautenspieler ihrer Mutter, ermordet hatte? Auf einmal fuhr sie zusammen, so daß der Arm des Mannes sie noch fester umfaßte.

»Meine Mutter. Ich muß zurück, ich muß!« sagte sie in gebieterischem Ton. Sie sah zu dem dunklen Antlitz hinauf und gewahrte zum erstenmal die Hakennase und den geschwungenen Mund. Dann wandte sie das Gesicht ab und blickte über die dämmerige Landschaft hinweg zu dem orangefarbenen und grünen Streifen, der sich am Horizont entlangzog. Alles verschwamm ihr vor den Augen.

»Sie ist tot. Sie ist gestorben, und ich war nicht bei ihr.« Schweigend starrte sie vor sich hin und wischte sich wieder und wieder die Tränen aus den Augen, während Sigismondo in die Dämmerung hineinritt.

Als der Pfad breiter wurde, ritt Benno neben ihnen her. Er wandte das Gesicht seinen Begleitern zu. Sein Mund stand offen, als nähme das, was er gehört hatte, seinen Kiefer ebenso stark in Anspruch wie seinen Verstand. Er wagte ein heiseres Flüstern.

»Ist sie die Tochter der Prinzessin?« In diesem Augenblick siegte die Neugier über das Wissen, daß sein Herr Fragen verabscheute. Sigismondo bestätigendes Nicken und das zustimmende Brummen, das er von sich gab, ermöglichten es Benno nun, sich auf das, was er aufgeschnappt hatte, einen Reim zu machen, und das Ergebnis war nicht angetan, seinen Mund zu schließen. Noch eine Frage schien ihm von äußerster Wichtigkeit.

»Wohin reiten wir?«

»Wir suchen einen Mann auf, dessen Namen ich nicht kenne.«

»Ist es weit?«

»Das werden wir schon noch herausfinden. Ein Ort namens Fontecasta.«

»Liegt das in dieser Richtung?«

»Irgendwo müssen wir ja anfangen.« Und Sigismondo umfaßte das weinende Mädchen fester und gab seinem Pferd die Sporen.

3. Kapitel
»Wer ist mein Vater?«

Benno hatte inzwischen soviel gehört, daß er es ehrlich bedauerte, dieses aufregende Abenteuer nicht miterlebt zu haben – vorausgesetzt natürlich, er wäre dabei unversehrt geblieben. Außerdem empfand er Mitleid mit dem Mädchen, deren Mutter gestorben und deren Bruder niedergemetzelt worden war. Und zu allem Überfluß hatte ihr Vater – der womöglich gar nicht ihr Vater war – den Verstand verloren. Erleichtert stellte er fest, daß sie, erschöpft von dem Grauen, das sie hatte durchmachen müssen, und vielleicht auch eingelullt vom gleichmäßigen Schritt des Pferdes, eingeschlafen war.
Er warf einen kurzen Blick auf den Mond, der, zu einem Viertel voll, bleich an einem nahezu finsteren Himmel stand.
»Also werden sie uns verfolgen und nach ihr suchen?«
»Hmmm ... möglicherweise. Die Prinzessin Oralia war sehr beliebt.«
Benno kratzte sich am Bart. »Wollt Ihr damit sagen, daß sie es überhaupt nicht darauf anlegen werden, uns zu finden? Aber sie werden trotzdem so tun müssen als ob, solange der Prinz mit dem Schwert herumfuchtelt. Glaubt Ihr, er hat noch jemanden umgebracht?«
»Wer könnte ihn aufhalten? Ein Prinz macht seine Gesetze selbst.« Sigismondo blickte auf das schlafende Mädchen hinab.

»In Rocca habe ich gehört, daß Prinz Livio des öfteren zu plötzlichen Anfällen von Gewalttätigkeit neigt. Erst vor etwa einem Jahr soll er den Lautenspieler seiner Gemahlin erschlagen haben, weil dieser ihr angeblich den Hof machte. Er glaubt, den Liebhaber seiner Gattin zu kennen, und ich nehme kaum an, daß dieser Mann noch am Leben ist.«
»Er glaubt ...?«
»Vielleicht hat er hinter dem Vorhang Prinzessin Oralias Beichte belauscht.«
»Ihre Beichte belauscht?« Benno war entsetzt.
»Hmmm.« Sigismondo gab ein mißbilligendes Brummen von sich.
»Aber trotzdem *glaubt* er es nur?« Bennos Umhang teilte sich, und der kleine Hund steckte die Schnauze heraus, um die klare Nachtluft einzusaugen – ohne Zweifel ein gewaltiger Unterschied zu den Düften, mit denen er sich bislang hatte begnügen müssen. In der Ferne war ein Bellen zu hören, als wollte ein fremder Hund seinem Artgenossen sein Beileid kundtun. »Dann meint Ihr also, daß der Prinz im Irrtum ist? Ein wenig spät für den armen Teufel, wer immer es auch sein mag. Verzeiht, ich habe mich getäuscht, hier habt Ihr Eueren Kopf zurück.«
Sigismondo, der gerade wieder ein beifälliges Brummen von sich geben wollte, zügelte plötzlich sein Pferd, schob mit einer Hand die Kapuze zurück und wandte den Kopf, um zu lauschen.
»Wenn wir die unseren auf den Schultern behalten wollen, sollten wir uns in diesem Wald verstecken.«
Benno war eben im Begriff gewesen, seinem kleinen Hund ein wenig Auslauf zu gönnen. Nun hielt er ihn mitten im Sprung bei den Hinterläufen fest und schob ihn wieder unter seinen Umhang, der sich vorne wie eine gewaltige weibliche Brust aufblähte, während das Tier es sich bequem machte. Die beiden Männer verließen den Pfad und ritten unter den Bäumen dahin bis

zu einer Bodensenke. Diese wurde von einem Bächlein durchquert, das im Mondlicht silbrig glitzerte. Schon bald verstummte das aufgebrachte Zwitschern der Vögel, die aufgeschreckt worden waren, und sie konnten in der Ferne Hufgetrappel hören. Durch die Bäume war ein Flackern wie von sich nähernden Fackeln zu erkennen.

Nachdem die Pferde stehengeblieben waren, hatte das Mädchen sich im Sattel aufgerichtet. Sigismondo flüsterte ihr etwas ins Ohr, das Benno nicht verstand, doch die Folge war, daß sie schwieg, während sie beobachteten, wie ein Trupp Männer an ihnen vorbeiritt. Zwar lugte die lebhaft zuckende Schnauze des Hündchens unter dem Umhang hervor, doch das Tier wußte schon seit langem, daß es ratsam war, sich ruhig zu verhalten, wenn Gefahr drohte. Allerdings verursachten die Reiter, die laut rufend das Hufgeklapper auf dem steinigen Pfad überschrien, einen solchen Höllenlärm, daß ein bißchen Gebell wahrscheinlich unbemerkt geblieben wäre.

Niemand hörte daher, wie Bennos Pferd mit dem Huf aufstampfte. Er konnte sich lebhaft vorstellen, daß die Reiter viel miteinander zu besprechen hatten. Schließlich kam es selbst unter der Herrschaft ihres Prinzen nicht häufig zu derartigen Vorfällen. Zudem waren sie sich gleich allen Reisenden, die bei Nacht unterwegs sein müssen, gewiß darüber im klaren, daß im Mondlicht Gestalten umhergeisterten, die nicht menschlichen, ja nicht einmal tierischen Ursprungs waren, und daß sich Lärm gut dazu eignete, die Furcht zu verscheuchen. Zweifellos waren sie, auch wenn sie nicht sonderlich darauf brannten, die Tochter der Prinzessin zu finden, nicht darauf erpicht, ihrem Prinzen gegenüberzutreten, solange sich seine Wut nicht gelegt hatte.

Nachdem der Lärm verklungen war, bedeutete Sigismondo seinem Diener stehenzubleiben, und ritt die Böschung hinauf. Unter einer Eiche richtete er sich im Sattel auf. Das Mädchen,

das die Zügel in der Hand hielt, hob das bleiche, von silbrig schimmerndem Haar umrahmte Gesicht und beobachtete, wie er nach einem Ast griff und hinaufkletterte.
Benno setzte den Hund auf den Boden und sah ebenfalls zu, wie die schattenhafte Gestalt seines Herrn in der dunklen Baumkrone verschwand. Der Hund sprang umher, verrichtete seine Notdurft, trank aus dem Bächlein und kratzte sich an seinem einzigen Ohr.
Blitzschnell ließ Sigismondo sich wieder in den Sattel fallen. »Wir folgen ihnen bis an eine Weggabelung«, sagte er. »Sie sind gerade daran vorbeigeritten – der Pfad ist zu steil für sie. Und ich würde wetten, daß sie den geraden Weg nach Rocca eingeschlagen haben. Was uns betrifft, so werden wir das Mondlicht ausnützen.«
Der Hund hatte inzwischen beschlossen, wieder an Bord zu gehen; Benno hob ihn zu sich aufs Pferd. Nachdem das Tier es sich unter dem Umhang gemütlich gemacht hatte, streckte es noch einmal unerwartet den Kopf heraus und bellte einmal, als wollte es das Mädchen begrüßen, nachdem Benno Sigismondo auf dem Pfad eingeholt hatte. Sie warf dem Hund einen verwirrten Blick zu – eine weitere von den Merkwürdigkeiten, deren sie heute schon so viele gesehen hatte –, doch allmählich wurde sie neugierig.
»Ich weiß nicht, warum ich Ihm glauben soll, daß Er mich gerettet hat und daß Er nichts Böses im Schilde führt. Hat Ihn wirklich mein Oheim geschickt? Wer ist Er?«
»Sigismondo ist mein Name, Hoheit. Und ich verspreche, ich werde Euch zu Euerem Oheim, Herzog Ludovico di Rocca, bringen, in dessen Dienst ich stehe.«
Benno konnte sich noch genau daran erinnern, daß sein Herr von einem Mann gesprochen hatte, dessen Namen er angeblich nicht kannte, und von einem Weg, dessen er sich offenbar nicht sicher war. Doch wie der Hund Biondello wußte Benno, wann

man besser den Mund hielt. Das Mädchen hatte den Kopf mit dem wallenden Haar gesenkt und überlegte.

»Warum hätte mein Oheim Ihn schicken sollen? Ich bin Ihm mein Lebtag nicht begegnet.« Wieder hob sie den Kopf, um ihn anzusehen, aber sein Gesicht lag im Schatten der Kapuze verborgen.

»Ich habe Euerer Mutter eine Botschaft vom Herzog von Rocca überbracht. Er war in Sorge, da er erfahren hatte, daß es mit ihrer Gesundheit nicht zum Besten stand, und weil er wußte, daß er sie in Colleverde nicht sehen würde, da er noch in Trauer ist.«

Diese Anspielung auf das, was in Colleverde geschehen sollte, rief in ihr noch größere Verwirrung hervor: Ihre Hochzeit – und was, wenn sie nicht die Tochter ihres Vaters war? Ihre Welt versank in einem Wirrwarr.

Stumme Tränen rannen ihr die Wangen hinab. Als sie sie mit dem Handrücken fortwischte, funkelten ihre mit Perlen und Diamanten besetzten Ringe im Mondlicht. Wenigstens werden wir keinen Hunger leiden, dachte Benno beruhigt.

Doch daran hätte er besser nicht denken sollen. Während er am Brunnen wartete, hatte er nichts weiter als eine Zwiebel und ein Stück würzigen Käse gegessen, und er wußte, daß Sigismondo viel zu lange Zeit ohne Nahrung auskommen konnte. Aber die Dame mußte doch versorgt werden! Aber dann fiel ihm ein, daß Damen für gewöhnlich aßen wie die Vögelchen, und er ritt entmutigt weiter. Biondello, der Hund, der erst kürzlich vor dem Hungertod errettet worden war, schmiegte sich im Schlaf eng an Bennos Brust und stellte keine Forderungen.

Weniger als eine halbe Stunde später fühlte sich Benno nahezu gesättigt, ein Bedürfnis, das ihm wie den meisten Bauern sehr am Herzen lag. Er saß am Feuer, wärmte sich die Schienbeine und durchkämmte in der Hoffnung, ein hängengebliebenes Stück Wurst zu finden, seinen Bart mit den Fingern. Zu seinen

Füßen saß Biondello. Er hatte das Kinn auf Bennos Knie gestützt und wartete, bis etwas für ihn abfiel.

Sigismondo hatte sie in diese felsige Bodensenke abseits des Pfades geführt, den der Trupp der Verfolger nicht abgesucht hatte. Nun saß er auf dem Boden und trank Wein. Aus seinen Satteltaschen hatte er allerhand Nützliches zutage gefördert: Einen dickeren, dunklen Umhang für das Mädchen, der das zerknüllte, goldfarbene Samtkleid völlig verhüllte und sich besser für die kühle Frühlingsnacht eignete als ihr dünnes Mäntelchen. Außerdem einen flachen, runden Käselaib, hartgekochte Eier, ein halbes Brathuhn und ein Stück geräucherte Wurst, das Benno soeben verzehrt hatte. Schließlich noch den Wein – das einzige, was das Mädchen anfangs zu sich nehmen wollte.

Im Schein des Feuers sah sie jünger aus. Die sanft geschwungenen Wangen und die gerundete Stirn unter dem gekräuselten Haar wiesen eher auf künftige Schönheit hin, als daß sie ihre Vollendung darstellten. Benno verspürte einen schlichten Stolz, daß sie die Nichte seines Herzogs war. Möglicherweise würden sie eine fürstliche Belohnung erhalten, wenn sie sie zu ihrem Oheim brachten. Und wenn Sigismondo Geld in den Taschen hatte, bedeutete das ein angenehmes Leben für sie beide. Benno leckte sich die Finger. Gewiß würde Herzog Ludovico es nicht eben erfreut aufnehmen, daß er seines Neffens beraubt worden war; es würde zwischen ihm und Prinz Livio sicherlich zu einem Zerwürfnis kommen.

Da fuhr sie hoch.

»Wer ist mein Vater?«

4. Kapitel
Besuch bei einem Toten

Die Frage kam unvermittelt und mit einigem Nachdruck. Vielleicht waren ihr der Wein und der Schnaps von vorhin ein wenig zu Kopfe gestiegen. In gebieterischem Ton hatte sie sich an Sigismondo gewandt, und Benno fiel ein, daß die Töchter von Prinzessinnen wahrscheinlich prompte Bedienung gewohnt waren.

Sigismondo wischte sich mit dem Handrücken den Mund und schraubte die Flasche zu, während sie ungeduldig wartete.

»Möglicherweise Graf Eugenio, Hoheit.«

Sie machte ein überraschtes Gesicht, war aber, als sie genauer darüber nachdachte, nicht unzufrieden über diese Möglichkeit. Graf Eugenio war ein Edelmann von untadeligem Ruf; daß er kein Prinz war, gab vielleicht ein wenig Anlaß zur Besorgnis, doch immerhin war sie ja Tochter einer Prinzessin. Eigentlich konnte sie nach dem, was sie hatte mitansehen müssen, sogar froh sein, daß sie nicht Prinz Livios Tochter war.

Beinahe hastig fragte sie: »Mein Vater ... der Prinz, weiß er es?«

Sigismondos Stimme klang beiläufig. »Der Prinz vermutet, Graf Eugenio sei Euer Vater. Ich glaube nicht, daß er ihn am Leben lassen wird.«

Sie antwortete nicht, sondern preßte die Lippen zusammen. Bereits einmal hatte sie gesehen, wie er sein Schwert gebrauchte, und sie bezweifelte nicht, daß es wieder dazu kommen würde.

Seltsam, dachte sich Benno, endlich erfährt man, wen man zum Vater hat, und im nächsten Augenblick ist er tot.

Biondello, der die Hoffnung aufgegeben hatte, mehr Wurst von

Benno zu ergattern, trippelte um das Mädchen herum und leckte ihre Hand, die den Felsen neben ihr umklammerte, als suche sie Halt im Ansturm einer feindlichen Welt. Da sie nichts angerührt hatte, schmeckte ihre Hand nicht so angenehm wie die Bennos, doch Biondello war ein Hund, der rasch Freundschaft schloß, und wollte sie bloß trösten. Schließlich nahm sie ihn auf den Schoß.

»Er hat ›möglicherweise‹ gesagt. Meint Er damit, daß es nicht unbedingt Graf Eugenio sein muß?«

»Selbst Prinzen können sich irren.«

»Hat meine Mutter es ihm anvertraut?« Sie bemerkte nicht, wie schmutzig Biondello war, oder vielleicht kümmerte es sie auch nicht, daß sein Fell von Fett glänzte. Sie drückte ihn an sich und sprach über seinen wuscheligen Kopf hinweg. »Gewiß hätte sie es ihm nie gesagt. Sie hätte gewußt, daß es ihn schrecklich erzürnen und uns in Gefahr bringen würde ...« Biondello, der sich wohlig räkelte, hob den Kopf und brachte sie zum Verstummen, indem er ihr den Mund leckte. Als Sigismondo sich umwandte, um die Flasche wegzupacken, glitt seine Kapuze zurück, und das Mädchen stieß einen erstaunten Schrei aus. »Er ist ein Priester! Hat meine Mutter Ihm gebeichtet? Weiß Er, wer mein Vater ist?«

Sigismondo strich sich vom Nacken bis zur Stirn über den rasierten Schädel, daß die Stoppeln knisterten, und brummte dabei vor sich hin wie eine Hummel in einem Blütenkelch.

»Nein, Hoheit. Ich bin kein Priester, und Euere Mutter hat mir nicht gesagt, wer Euer Vater ist. Vielleicht wollte sie, daß ich ihn ausfindig mache.«

»Dann ist er nicht tot?« Sie beugte sich vor; Biondello, den sie fest an sich gedrückt hielt, strampelte auf ihrem Schoß. »Bring Er mich zu ihm! Er wird mich beschützen vor ...« erschrocken hielt sie inne. Sie glaubt, ihre Mutter habe einen Mann gewählt, der einem Prinzen die Stirn bieten kann, dachte Benno. Also

hoffen wir, daß mein Herr ihre Wunschträume nicht zunichte machen und ihr mitteilen muß, daß es sich nur um einen gutaussehenden Höfling handelt. Zudem noch um einen nicht mehr allzu jungen, denn nach ihrem Alter zu urteilen muß es mindestens vierzehn Jahre her sein, daß dem Prinzen Livio Hörner aufgesetzt wurden.
»Ich weiß nicht, ob der Mann, von dem Euere Mutter mir erzählt hat, Euer Vater ist. Ihre Hoheit gab mir zu verstehen, daß er in Gefahr schwebt, und bat mich, ihn nach Rocca zu bringen. Ich weiß nicht sicher, wo er ist, aber hoffen wir, daß wir ihn finden … ehe der Prinz ihn findet.«
Er bot ihr einen Kanten Brot an, in dem ein Stück Hühnerfleisch steckte. Sie nahm es fast geistesabwesend entgegen, als ob ihr Appetit mit der Neugier zurückgekehrt wäre. Biondello war vor lauter Begeisterung über Sigismondos Gabe von ihrem Schoß gepurzelt, und nun teilte sie das Huhn zwischen sich und dem Hund auf, wobei sie nicht sonderlich gerecht verfuhr, denn das Huhn wanderte hauptsächlich in ihren Mund. Schreckliche Bilder, die einem Menschen im Kopf herumspuken, hindern den Körper nicht immer daran, sein Recht zu verlangen, insbesondere dann nicht, wenn es sich um ein vierzehnjähriges Mädchen handelt.
Sie nahm auch die Flasche an, nachdem Sigismondo den Rand zuvorkommend mit dem Tuch abgewischt hatte, in den das Brot eingewickelt gewesen war. Als ihr durch einen ungeschickten Schluck ein wenig Wein über das Kinn und auf das goldene Samtkleid rann, kicherte sie sogar. Sie streckte die Hand nach dem Tuch aus, um sich das Gesicht abzuwischen, kümmerte sich aber nicht weiter um das Kleid. Seit sie von der Muttermilch entwöhnt war, hatte stets ein Bediensteter mit einem Kelch neben ihr gekniet, und sie hatte nie einen Fleck von einem Kleid entfernen müssen. Dazu gab es Dienerinnen, die diese Aufgabe, wie sie beobachtet hatte, mit in heißes Wasser eingeweichten

Federn versahen. Nun nahm sie noch ein Stück Huhn und ergriff entschlossen das Wort.

»Ich dachte, ich würde Oheim Ludovico am kommenden Sonntag bei meiner Hochzeit sehen. Sicherlich hat Er gehört, daß er Herzog Griffones Gast sein wollte, wenn ich dessen Sohn in Colleverde heirate.«

»Wenn Ihr Graf Astorre heiratet?« Sigismondo ließ sich nicht anmerken, daß er daran zweifelte, ob diese Hochzeit stattfinden würde.

»Ich war mit seinem älteren Bruder Ercole verlobt, der gestorben ist. Zu dieser Zeit war ich acht Jahre alt, Ercole war vierzehn und sehr häßlich. Schon damals habe ich mir gewünscht, Astorre wäre mein Verlobter gewesen. Er war elf und hat mir sehr gut gefallen ...«

Bei diesen kindlich-vertraulichen Worten, zu denen sie der Wein und der durchlebte Schrecken verleitet hatten, versagte ihr die Stimme. Beim Gedanken an diese Hochzeit erinnerte sie sich schlagartig daran, daß ihre Zukunft auf dem Spiel stand. Gewiß, die Bastarde adeliger Herren hatten ebenso gute Heiratsaussichten wie ihre ehelichen Kinder; doch mit den in Sünde gezeugten Nachkommen ihrer Gattinnen war es etwas anderes. Als Nichte eines Herzogs allerdings ... Ihre Gedanken verwirrten sich. Durfte sie sich immer noch Prinzessin nennen? Sie riß sich zusammen und fuhr mit fester Stimme fort: »Meine Mutter ...« sie hielt inne und gab Biondello das letzte Stück Huhn, das sie eigentlich selbst hatte essen wollen, »meine Mutter hat mich damals mitgenommen.« Sie blickte sich um. »Es war um dieselbe Jahreszeit wie jetzt; kalt, und der Mond schien. Nur daß wir Vollmond hatten. Auf dem Heimweg ließ meine Mutter anhalten, denn sie hatte einen Mann gesehen, der in der Ferne zwischen den Felsen umherstolperte.«

»Einen Mann? Allein? Warum hat Euere Mutter angehalten?«

»Sie glaubte, er sei krank oder von Räubern überfallen worden und benötige Hilfe. Meine Mutter war eine Heilige«, fügte sie trotzig hinzu, wie um Sigismondo daran zu erinnern, daß christliche Nächstenliebe den Ehebruch in jedem Fall aufwog.

Sigismondo beugte sich vor und legte mehr Reisig aufs Feuer. »Und war er beraubt worden?«

Sie erschauderte. Dieses Bild würde sie niemehr vergessen. »Man brachte ihn zu unserer Sänfte. Ich erinnere mich noch, wie langsam die Männer vorankamen. Ich stand Todesängste aus, weil unsere Eskorte vorausgeritten war, obwohl die Räuber vielleicht noch irgendwo in der Nähe waren. Und Mutter verbot mir, nach ihnen zu rufen; warum, wußte ich nicht. Die Maulesel mit dem Gepäck waren weit zurückgeblieben, sie standen da, und ich konnte die Männer streiten hören. Wir waren fast allein ... Dann brachte man den Mann zu unserer Sänfte. Überall auf seinem Gesicht war Blut. Im Mondlicht sah es erst schwarz aus, doch die Fackeln ließen es rot aufleuchten ...«

Biondello, der ihre Erregung spürte, begann zu winseln. Sie fuhr mit sicherer Stimme fort. »Selbstverständlich veranlaßte Mutter, daß er versorgt wurde.«

»Was geschah danach mit ihm?«

»Ich weiß es nicht.« Sie zuckte die Achseln. »Mutter meinte, ich brauchte es nicht zu wissen. Sie war sehr beunruhigt, aber sie wollte nicht, daß ich mich mit blutüberströmten Fremden abgab. Sie sagte mir, man werde sich um ihn kümmern. Ich habe ihn nie wiedergesehen. Doch ich hatte schreckliche Träume, in denen mir sein Gesicht erschien. Fast hatte ich ihn vergessen – bis zu dieser Nacht, denn sie erinnert mich an damals. Es war genauso kalt.«

Sie streckte die Hände aus, um sie zu wärmen. Doch sie fuhr mit einem Aufschrei zurück, als Sigismondo mit einem Zweig, den er, wie sie dachte, ins Feuer hatte legen wollen, die Glut zusammenschob, so daß die Funken noch einmal aufflogen, um dann zu erlöschen. Der kluge Biondello verbarg sich hinter ihren

Röcken. Benno trat die restliche Glut aus und bedeckte die Asche mit Erdbrocken. Dann verneigte sich Sigismondo mit der Anmut eines Höflings.
»Hoheit, wir müssen weiter. Wir haben gerastet, um zu essen und uns auszuruhen, aber mit dem Schlafen warten wir besser, bis wir in Sicherheit sind. Die Verfolger werden zurückkehren. Unser Feuer haben sie zwar nicht bemerkt, aber der Geruch des Rauchs wird vom Wind weit fortgetragen.«
Sie erhob keine Einwände. Und sie bekam, wie Benno neidvoll feststellte, ungewöhnlich ausführliche Begründungen zu hören. Überraschend fügsam wickelte sie sich in den Umhang. Als Benno mit den Satteltaschen in der Hand an Sigismondo vorbeiging, fragte er leise: »Also reiten wir nach Rocca?«
»Vermutlich«, antwortete Sigismondo, dessen Gesicht im Schatten der Kapuze nicht zu erkennen war. »Ich glaube, wir werden einem Toten unsere Aufwartung machen.«

5. Kapitel »Hoffentlich ergreift Ihr ihn!«

Einen Vorteil gibt es, wenn man nicht zum Schlafen kommt, dachte Benno, während sein Pferd vorsichtig über den steinigen Pfad dahinschritt. Man blieb von Alpträumen verschont. Eine junge Dame, die den Mord an ihrem Bruder mitangesehen hatte, würde sicherlich nicht von Nachtigallen und Rosen träumen.
Immer noch zerbrach er sich den Kopf darüber, wie groß die Gefahr wirklich sein mochte. Denn nach der kurzen Rast waren

sie die ganze Nacht lang geritten. Und das, obwohl sie einen anderen Weg eingeschlagen hatten als die Verfolger.
Und was hatte Sigismondo mit jener rätselhaften Bemerkung gemeint? Benno traute seinem Herrn alles zu, sogar Zauberei, doch der Gedanke, dieser werde einen Toten an seinem Grab, wo er von Rechts wegen hingehörte, auferstehen lassen, behagte ihm nicht besonders. In den Küchen und Ställen, wo Benno viele Geschichten gehört hatte, war er zu der Ansicht gelangt, daß toskanische Geister die Schlimmsten ihrer Art waren. Daher sollte man sie lieber in Frieden ruhen lassen.
»Sobald es möglich ist, müßt Ihr diese Kleider ablegen, Hoheit.«
Die Prinzessin, ohnehin verwirrt von der ihr völlig neuen Erfahrung, in den Armen eines fremden Mannes durch die Nacht zu reiten – es war für die jungfräuliche Tochter eines Prinzen undenkbar, einen Mann zu berühren, der nicht ihr Vater war! – , fuhr auf.
»Was meint Er damit? Wie kann Er es wagen?«
Benno sah, daß sein Herr auf diesen Tadel hin den Kopf neigte, aber seine tiefe Stimme klang belustigt.
»Vergebt mir, Hoheit. Ich will damit nur sagen, daß Ihr nicht erkannt werden dürft. Das hier ist kein gewöhnliches Kleid. Inzwischen vermutet der Prinz sicherlich schon, daß Ihr bei Euerer Flucht Helfer hattet. Gewiß hat er gehört, daß die Prinzessin einen Boten aus Rocca empfangen hat. Nichts ist also wahrscheinlicher, als daß dieser Bote, der so rasch verschwunden ist, Euch zu Herzog Ludovico bringt. Man wird auf allen Straßen, die nach Rocca führen, nach uns suchen.«
»Ich glaube«, sagte die junge Dame, wobei ihrer müden Stimme der überraschende Anflug eines Kicherns anzuhören war, »daß ich auch auffallen würde, wenn ich in meinem Unterrock einherritte.«
»Eine junge Dame wie Ihr würde immer auffallen«, brummte Sigismondo.

An solche Galanterien war sie gewöhnt, und so verlangte sie keine weiteren Erklärungen.
Etwa eine Stunde später, als die Sonne aufging und sich die Luft allmählich erwärmte, stießen sie auf die Pilger. Die Stimmen und das Geräusch von plätscherndem Wasser waren bereits zu hören, als Sigismondo mit seinen Begleitern zwischen den Bäumen hindurch ritt, die einen kleinen Hügel umgaben. Vorsichtig sah er sich um; ohne Aufforderung hatte das Mädchen sich vergewissert, daß ihr Kleid und ihr Gesicht unter dem Umhang verborgen waren. Seit ihrem achten Lebensjahr war sie nicht mehr auf öffentlichen Straßen gereist, und abgesehen davon, daß sie nicht erkannt werden wollte, erschien ihr jeder Mensch, der nicht bei Hofe lebte, so bedrohlich wie ein wildes Tier.
Einige der Pilger, die sie erblickten, als sie den Hügel hinabritten, hatten in der Tat eines mit wilden Tieren gemeinsam: Sie trugen keine Kleider. Sie hatten die Gelegenheit genutzt, in den Wassern der heiligen Quelle zu baden, die über einen felsigen Abhang in ein von Schilf umwuchertes Becken hinabstürzten, über dem ein Wacholderbusch hing. Wegen der heiligen Quelle hatten sie den unwegsamen, steinigen Pfad eingeschlagen, den sie sonst sicherlich gemieden hätten. Beim völligen Untertauchen in den heiligen Wassern wurde ihnen nun nicht nur die größtmögliche geistige Reinigung zuteil; sie konnten sich dank der Gnade Gottes auch den Staub des langen Marsches, zu dem sie bereits vor Morgengrauen von einer Herberge aus aufgebrochen waren, vom Leibe waschen. Zudem kühlten die Fluten auch die entzündeten Flohstiche, ein Andenken an die Quartiere auf ihrer Wanderschaft. Über den Rosmarinsträuchern am Abhang waren Unterkleider und Hemden zum Trocknen ausgebreitet. Einer der Pilger hatte gerade ein mißtönendes Lied angestimmt, einige andere fielen ein. Die meisten allerdings genossen einfach das Wasser. Ein kecker Knabe, der die ande-

ren anspritzte, wurde von einem Badenden mit Tonsur untergetaucht.
Als die Leute Fremde heranreiten sahen, bedeckten einige der Frauen die Brüste mit den Händen oder gingen in die Knie, um ihre Blöße im Wasser zu verstecken. Doch die meisten starrten hinüber, ohne ihre Neugier oder sich selbst zu verbergen. Ein kräftiger Bursche, wahrscheinlich der Führer, den sie für seine Dienste bezahlten und der sich nicht wie die anderen entkleidet hatte, erhob sich neben einem Busch. In der Hand hielt er einen Stab wie eine Waffe. Er rief ihnen etwas zu.
»Seid Ihr auch auf dem Weg nach Colleverde? Wegen der Reliquien und der Hochzeit?«
Benno war nicht unvorbereitet. Sigismondo stieg, nachdem er ihm einige Anweisungen gegeben hatte, ab und nahm das fest in den Umhang eingewickelte Mädchen in die Arme. Er hielt sie eng an sich gedrückt, als er antwortete.
»Ich suche Hilfe für meine Tochter und bin bereit, alles zu tun, damit sie wieder gesund und kräftig wird.«
Die Pilger boten freudig ihre Hilfe an.
»Tragt sie in dieses Wasser – es steht unter dem Schutz des Heiligen Lukas und des Heiligen Christopherus.«
»Bringt sie ins Wasser.«
»Die Heiligen werden dem armen Kind helfen.«
Sigismondo trat vor, und Benno stellte fest, daß die umwickelten Füße Anstalten machten zu strampeln. In der Vergangenheit war er Diener bei einer jungen, unverheirateten Dame gewesen, und er konnte sich denken, was erst die Tochter einer Prinzessin empfinden mußte, wenn man sie zu einer Horde nackter Bauern hinübertrug, die sie aufforderten, sich ihnen anzuschließen. Aber sein Herr sorgte dafür, daß alles züchtig vor sich ging. Mit abgewandtem Gesicht hielt er den Umhang hoch, während seine angebliche Tochter das verräterische Kleid ablegte. Zuerst, als Sigismondo sie auf die Erde gestellt hatte, war sie wie

angewurzelt stehengeblieben. Vermutlich hatte sie die Heiligen der Quelle angefleht, für einen plötzlichen Erdrutsch zu sorgen, der auch ihre Retter nicht verschonen möge. Sie machte keine Anstalten, das Kleid auszuziehen, bis er ihr einige Worte zuflüsterte, die bewirkten, daß sich ihre Hände unter dem Umhang in Bewegung setzten. Benno hoffte, daß sie sich ohne die Hilfe einer Zofe ausziehen könne, und erhielt den Beweis ihrer Fähigkeiten, als sie mit dem Fuß ein zerknittertes Bündel goldfarbenen Samtes unter dem Umhang hervorstieß. Benno bückte sich, griff nach Rock, Mieder und Ärmeln und drückte die Kleider an seine Brust, wobei Biondello fast erstickt wäre. Im gleichen Augenblick spürte er, wie ihm die Spitze eines Stabes heftig in den Rücken gestoßen wurde.

»Schurke, achtet die Keuschheit der Dame! Laßt das Gaffen!«

In gesetzten Worten dankte Sigismondo dem Führer der Pilger. »Der Bursche hat zwar nicht besonders viel Grütze im Kopf, aber er ist der geborene Lüstling.«

Benno, der seinen Gesichtsausdruck dem ersten Teil dieser Aussage angepaßt hatte, fiel es nicht schwer, angesichts dieser ungerechten Anschuldigung den Kiefer noch weiter hängen zu lassen. Sigismondo fuhr fort. »Ich bringe ihn nach Colleverde, weil ich hoffe, daß die Reliquien vielleicht die Macht haben, ihn von diesem Wesenszug zu heilen.« Er warf Benno seinen Umhang zu und hob das Mädchen auf, das in seinem Unterrock zusammenfuhr. Der Führer geleitete sie zum Ufer, wo die Pilger sich in freundlicher Anteilnahme versammelt hatten. Eine Frau, die den Kopf wie einen Pudding in ein Tuch eingebunden hatte, zeigte sich besonders fürsorglich. Alle Aufmerksamkeit richtete sich auf das Mädchen, und als ihr vermeintlicher Vater erklärte, sie könne wieder einen ihrer Anfälle bekommen, wenn man sie ins Wasser trüge, erboten sich die Pilger sofort, ihr das kühle Naß einzuflößen, und schöpften eifrig mit den Händen Wasser, um sie damit zu besprengen. Besonders der Knabe legte sich mächtig ins Zeug, bis Sigismondo und der Stab des Führers seinem Treiben ein Ende setzten. Im Laufe dieser kleinen Zeremonie fingen sie wieder zu singen an, und Sigismondo, dessen Stimme tiefer war als die aller anderen, fiel ein. Das Mädchen saß am Ufer, wo Sigismondo sie abgesetzt hatte, und zitterte, möglicherweise vor Wut. Sigismondo half ihr auf.

Auf einmal wurde das Lied von Hufgetrappel unterbrochen, und alle wandten die Köpfe, um zu sehen, ob ein weiterer Reisender angekommen sei, um die heilige Quelle aufzusuchen. Sie erblickten Benno, der sich an den Hals seines kleinen Grauschimmels klammerte und schnell wie der Blitz auf einem Pfad zwischen den Bäumen verschwand.

Sigismondo fand als erster die Sprache wieder. »Schurke!« schrie er. »Er hat das Kleid meines Kindes und das Pferd gestohlen!«

Er eilte zu dem Mädchen hinüber und trug sie zu der Stelle, wo der große Braune geduldig am Wegesrand wartete. Dann band er die Zügel von einem Ast los, hob das Mädchen in den Sattel und stieg selbst auf, während der Führer der Pilger seinen Stab schwenkte und rief: »Ihr hattet Glück, daß er nicht schlau genug war, beide Pferde zu stehlen!«

Sigismondo schlang seinen Umhang um das tropfnasse Mädchen. Dann faßte er die Zügel kurz und grub seine Fersen in die Flanken des Tieres. Die Pilger kletterten wie nackte Ferkel aus dem Wasser, um ihre eigenen Kleider zusammenzusuchen.

»Hoffentlich ergreift Ihr ihn!« scholl es hinter Sigismondo her, als der große Braune, gefolgt von einer Staubwolke, die Verfolgung aufnahm.

Die Pilger sammelten ihre Kleider ein, trockneten sich und erörterten den Vorfall. Was für ein Glück, daß der Tölpel nicht noch mehr gestohlen hatte! Offenbar war nur der Knabe seiner Kleider verlustig gegangen. Einer der Pilger, ein wohlbeleibter Mann, der weitblickend und reich genug war, um ein zusätzliches Wams mit sich zu führen, sah seine christliche Nächstenliebe aufs äußerste gefordert, als der Beschluß gefaßt wurde, er solle es dem Knaben überlassen – und das ohne eine weitere Entschädigung außer dem Segen der Heiligen!

6. Kapitel
»Da ist die Hexe«

Die Tochter der Prinzessin Oralia war so erbost, da sie am liebsten ausgespien hätte. Auch wenn es undankbar und ein Zeichen von schlechten Manieren gewesen wäre, hätte sie ihrem Retter am liebsten ins Gesicht gespuckt – falls er überhaupt ein Retter war und kein gewöhnlicher Räuber, wie sie zuerst vermutet hatte. Sein tölpelhafter Diener hatte sich immerhin soeben als Dieb entpuppt! Sie hatte die Demütigung erdulden müssen, von einer Horde übereifriger Bauern mit Wasser bespritzt zu werden, so daß sie nun bis auf die Haut durchnäßt war. Und er war dabeigestanden und hatte die Leute auch noch dazu ermutigt! Nun hing sie hilflos in seinem festen Griff, während sie den Pfad entlangpreschten. Wenn man unbequem vorne auf dem Sattel eines dahinrasenden Pferdes saß, das Gesicht gegen ein ledernes Wams gepreßt, war es schwierig, mit dem Fuß aufzustampfen und seinen Gefühlen Luft zu machen. Doch sobald sie langsamer ritten, den Pfad verließen und zwischen den Bäumen verschwanden, öffnete sie den Mund. Doch dann erblickte sie zu allem Überdruß diesen Tölpel, der sie grinsend erwartete. War er denn wirklich so dumm, daß er für seine Tat auch noch Lob erwartete?
»Gut gemacht, Benno.«

»Gut gemacht? Gut gemacht?« Sie hörte, daß ihre Stimme sich überschlug. Alle Ermahnungen ihrer Mutter, sich stets ruhig und gemessen auszudrücken, waren vergessen.

»Gib mir das Kleid.« Sigismondo ließ sie vom Pferd zur Erde gleiten, wo sie zu ihrem Ärger ins Stolpern geriet. Dann stieg er ab, nahm das Kleid und sah sich um. Das Gewand war zerknüllt und völlig verdorben, außerdem stank es und war klatschnaß, ein Umstand, der seine Erklärung fand, als der wollige, graue Hund unter Bennos Mantel hervorgeschossen kam und heruntersprang. Sigismondo ging zu einem Baum hinüber und schob das Kleid in eine Höhlung zwischen Wurzeln und Felsen. Dann stopfte er das Loch mit Steinen zu.

»Was tut Er da? Das ist mein Kleid! Soll ich mich vielleicht zu Tode frieren? Hat Er es darauf abgesehen? Hat Er vergessen, wer ich bin? Ich lasse mich nicht so behandeln!« Und sie war gerade im Begriff, ihm ihre Herkunft und ihren Stand vor Augen zu führen, als ihr einfiel, daß ihr Vater sie ja offenbar gar nicht für seine Tochter hielt.

»Ich lasse mich nicht so behandeln«, wiederholte sie trotzdem tapfer nach kurzem Zögern.

»Sollte sie sich nicht besser ruhig verhalten?« fragte der Tölpel ängstlich. Sigismondo zuckte die Achseln.

»Falls jemand sie hört, wird er denken, sie hat wieder einen Anfall.« Dann wandte er sich an das Mädchen und sagte streng: »Hoheit, ich habe Gründe für mein Handeln. Ich sagte doch schon, Ihr müßt Euch umziehen.«

Benno zog einen zerknitterten Haufen aus einer Satteltasche. Angewidert erkannte sie die Kleider eines Bauern: graues Leinen, unansehnlicher Stoff, dicke Wolle mit bäuerlicher Stickerei in grobem Garn.

»Wir müssen für Euch so bald wie möglich neue Schuhe auftreiben oder welche selbst machen, aber bis dahin müssen Euere Pantöffelchen ausreichen.«

»Ich werde das nicht anziehen.«

Benno starrte sie mit aufgerissenen Augen und mit offenem Munde an. Er hielt ihr die Kleidungsstücke entgegen, als hätte er ihre Worte nicht verstanden.

»Lieber erfriere ich, als daß ich dieses abscheuliche Zeug auf meiner Haut ertrage! Wie kann Er es wagen ...«

»Hoheit«, wurde sie von einer tiefen Stimme barsch unterbrochen. »Euer Leben ist in Gefahr. Die Entscheidung, ob Ihr vor Kälte oder durch die Hand Prinz Livios sterben wollt, liegt nicht länger in Eueren Händen ...«

Das Pfeifen des Schwerts hallte in ihren Ohren wider; das Gesicht ihres Bruders starrte ihr vom Boden entgegen.

»..., sondern in meinen. Zieht diese Kleider an.«

Sie sah ihn an und erkannte an seinem festen Blick und dem entschlossenen Zug um den Mund, daß es sinnlos war, ihm zu widersprechen. Also streckte sie nach kurzem Zögern die Hand aus, und Benno reichte ihr das abscheuliche Bündel.

Während die Pferde mit den Hufen stampften und sich mühten, die ersten Knospen von einem Busch zu rupfen, schüttelte sie die Sachen aus. Zunächst konnte sie nicht viel mit den Kleidungsstücken anfangen, doch dann rief sie aus: »Das sind ja Knabenkleider!«

Sigismondo brummte vor sich hin. Als sie ihn anblickte, sah sie, daß er lächelte. »Eine Verkleidung«, sagte er in einem Tonfall, der Aufregung und Abenteuer verhieß. »Man sucht nach einem Mädchen.« Immer noch wußte sie nicht, ob sie die abstoßenden Kleider anziehen oder sich lieber seinem Zorn aussetzen sollte.

»Ich weiß nicht, wie man so etwas anzieht.«

Sigismondo entpuppte sich als taktvolle und begabte Kammerzofe. Nachdem sie sich hinter einem Baum mit dem feuchten Unterrock abgetrocknet und das Hemd angezogen hatte, zeigte er ihr, wie man die Hosen am Hemd befestigte und das Wams schnürte. Bei der Berührung mit der rauhen, schmutzigen Wol-

le überlief sie eine Gänsehaut. Doch als sie fertig war, hoffte sie, wenigstens ein »gut gemacht« oder ein anderes Lob für ihren Gehorsam zu bekommen. Die dunklen Augen musterten sie.
»Könnt Ihr gehen wie ein Knabe?«
»Nein«, antwortete sie barsch.
Er hob sie auf sein Pferd, kürzte die Steigbügel und nahm das Geschirr. Sie dachte, er würde sich wieder dem Pfad zuwenden, aber er drehte das Pferd in Richtung Hügel und führte es den Abhang hinauf. Zuerst mußten sie Felsen umrunden, dann verließen sie das Gebüsch und erreichten einen dichten Buchenwald, auf dessen jahrhundertealtem Humus die Hufe der Pferde ein dumpfes Geräusch hervorriefen. Ein Vogel zwitscherte, doch ansonsten war es im Wald ungewöhnlich still, und als eine Taube aufflog, bäumte sich Bennos Pferd, und das Mädchen erschrak.
»Wohin reiten wir?« fragte sie. Niemand antwortete. Sie versetzte dem Pferd einen Tritt, damit es schneller lief und Sigismondo etwas unternehmen mußte. Doch das Pferd wußte sehr gut, daß sein Herr der Mann war, der vor ihm herging, ganz gleich, wer auf seinem Sattel sitzen mochte, und reagierte nicht. Immer noch ging es bergan, und nach dem Stand der Sonne zu urteilen, kehrten sie wieder in die Richtung zurück, aus der sie gekommen waren, nur auf einem höher gelegenen Pfad über die Hügel. Nun wanderten sie zwischen Wacholderbüschen und Zypressen dahin. Ein Weg – vielleicht war es auch ein ausgetrocknetes Flußbett – tauchte auf. Sigismondo entschied, ihm zu folgen. Der Pfad führte unter sonderbar geformten Felsen hindurch, so daß das Mädchen sich an den Hals des Pferdes pressen mußte. Unvermittelt blieb Sigismondo stehen, griff in seinen Stiefel und zog ein Messer hervor. Schweigend standen sie da und warteten. Dann hörte sie leise, unregelmäßige Schritte. Eine schwarzbraune Ziege kam in Sicht und blieb bei ihrem Anblick wie angewurzelt stehen. Hinter der Ziege tauchte ein Knabe auf und

beäugte die Reisenden argwöhnisch. Er war in Ziegenleder und Lumpen gekleidet und trug einen Stab.
»Wohin führt dieser Weg?« fragte Sigismondo, indem er das Messer wegsteckte.
»Ihr wollt dort sowieso nicht hin«, antwortete der Junge mit Nachdruck.
»Das entscheide ich selbst. Wohin führt er?«
»Ins Dorf. Dort gibt es viele starke Männer und Hunde, das sage ich Euch. Und es ist sehr weit.« Ganz offensichtlich waren Fremde hier unerwünscht.
»Was sonst noch?«
Der Knabe vollführte eine rasche Handbewegung und berührte seine Brust, als ob er dort ein Amulett trüge.
»Fontecasta. Doch in der Nähe des Landhauses habt Ihr nichts verloren.« Die Ziege meckerte kläglich wie zur Bekräftigung.
»Was ist dort in diesem Landhaus?«
Der Knabe blickte ängstlich um sich, als befürchte er, daß jemand lauschte. »Dort lebt die Hexe.«
»Ach, die Hexe?«
»Und Hunde, die keine Hunde sind. Und Teufel.«
»Hmmm«, meinte Sigismondo belustigt.
»Spottet nicht«, sagte der Knabe. »Er wohnt auch dort.«
»Er?«
»Der lebende Tote.«

7. Kapitel
»Ich muß sie sehen«

Sie umrundeten die hohe Mauer. Am oberen Rand war sie gefliest, doch einige der Kacheln waren hinuntergefallen und lagen im harten, braunen Gras umher. Wo der Putz abgebrökkelt war, konnte man rosige Ziegel sehen.
Schließlich erreichten sie die Pforte. Die steinernen Ananasfrüchte, die oben auf den Säulen thronten, waren geborsten, als ob ein riesiger Vogel sich daran gelabt hätte.
Sigismondo half dem Mädchen aus dem Sattel und reichte ihr die Zügel. Sie nahm sie mit entsetztem Gesicht entgegen – die erste niedrige Arbeit, die sie in ihrem Leben verrichten mußte – und sah zu, wie er dreimal an das sonnengebleichte Holz klopfte. Von drinnen war gedämpftes Hundegebell zu hören. Ein Vogel zwitscherte, wie um sie zu warnen. Benno bekreuzigte sich.
Sigismondo klopfte noch dreimal, trat dann einen Schritt zurück und musterte prüfend die obere Kante der Pforte und die Mauer, als suche er nach einem Weg, sie zu erklimmen. Auf einmal schnappte das Mädchen erschrocken nach Luft.
Hinter dem verrosteten Sehschlitz in der Pforte war lautlos ein Türchen aufgeglitten, aus dem sie ein Auge anblickte. Es war schwarz, von tiefen Falten umrahmt und funkelte böse.
Sie konnten gemurmelte Worte hören, von denen nur wenige einen Sinn ergaben. »Verschwindet, oder ich hetze die Hunde auf Euch«, war das einzige, was sie verstehen konnten.
Bis jetzt war das eine ganz alltägliche Drohung, wenngleich die Besitzerin des Auges durchaus den Eindruck erweckte, als sei es ihr ein leichtes, auch weiteres Unheil über die Ankömmlinge zu bringen.

»Ich habe eine Botschaft für Eueren Herrn. Von der Herrin von Montenero.«
Das Türchen, das sich schon fast wieder geschlossen hatte, hielt auf halbem Wege inne und wurde langsam wieder aufgeschoben. Der Kopf bewegte sich, damit das Auge alle drei Angehörigen der Gruppe einer Musterung unterziehen konnte. Biondello, der die Schnauze unter Bennos Wams hervorgestreckt hatte, um nachzusehen, was es gab, machte sich wieder unsichtbar, und Benno wäre nur allzugern seinem Beispiel gefolgt.
»Montenero?« Die Stimme, so eingerostet wie das Eisengitter vor dem Sehschlitz, war es offenbar nicht gewohnt, verständliche Worte hervorzubringen. Sigismondo trat näher und schlug einen sanften, schmeichelnden Ton an.
»Wir kommen von der Dame, einer Freundin Eueres Herrn. Sie hat mir eine Botschaft aufgetragen, die sehr dringend ist. Er schwebt in Gefahr.«
Einen Augenblick lang glaubte das Mädchen schon, daß seine Bemühungen gescheitert waren, denn das Türchen wurde zugeschlagen. Doch auf dieses Geräusch folgte das Knirschen eines Riegels, und die Pforte bewegte sich ein wenig. Dann ertönte ein Quietschen und das dumpfe Krachen eines zurückgeschobenen Balkens. Die Pforte öffnete sich.
Die Frau, die sie aufhielt, war nicht so alt, wie man angesichts ihres Auges hätte vermuten können. Unter ihrer Haube lugte fülliges, weißes Haar hervor, und ihre Bewegungen waren geschmeidig. Wenn Benno nicht gewußt hätte, daß sie eine Hexe war, hätte er das rosige, sonnengebräunte Gesicht trotz des finsteren Blicks für nicht unansehnlich gehalten. In der Hand hielt sie eine Hacke wie eine Waffe. Das Gerät war mit Erde verschmiert.
Mit dieser Hacke wies sie nun auf Sigismondo und murmelte unverständliche Worte vor sich hin, während sie den Kopf ruckartig in Richtung des Hauses wandte. Sigismondo bückte

sich und trat durch die Pforte, ohne einen Blick zurückzuwerfen. Dann fuchtelte die Frau den beiden anderen drohend mit der Hacke vor der Nase herum, und die Tür schloß sich. Benno und das Mädchen standen wie angewurzelt da und hörten, wie die Pforte ins Schloß fiel. Sofort übergab das Mädchen Benno die staubigen Zügel. Ohne Zuschauer, die diese Tarnung nötig machten, würde sie nicht den Pagen spielen. Benno grub mit einer Hand im Ausschnitt seines Wamses, holte ein Amulett hervor und preßte es an seine Lippen. Der Hund streckte zwar den Kopf heraus, blieb aber an seinem Platz. Als Benno ihm das Medaillon auf Stirn und Schnauze drückte, nieste er andächtig. Das Mädchen fror an den Beinen, die die frische Luft nicht gewohnt waren, und sehnte sich nach ihren warmen, bequemen Röcken. Dieser Mann hatte sie einfach hier stehenlassen! Außerdem hatte sie der Anblick der alten Frau in ihrer Ansicht erschüttert, daß Aberglauben etwas für einfache Leute war. Die Alte rief undeutliche Erinnerungen an ihre Kindheit wach, die sie aber nicht mehr einordnen konnte.

Währenddessen durchsuchte Benno seine Kleidung nach etwas Eßbarem. Mit dem Unterarm schob er Biondello ein wenig nach oben – so wie sich eine dicke Frau den Busen zurechtrückt –, um an das Brot heranzukommen, das er seines Wissens nach unter seinem Hemd verstaut hatte. Wie klug war sein Herr gewesen! Er hatte sie von dem Heiligen Wasser der Pilger aus bergan zu der reinen Quelle – *fonte casta* – geführt!

Tatsächlich entdeckte Benno einen Kanten Brot, den seine und Biondellos Körperwärme erhitzt hatte; glücklicherweise hatte der Schweiß es ein wenig aufgeweicht. Benno verzehrte das Brot und beobachtete dabei das Mädchen, das auf und abging. Sie übte nämlich, sich wie ein Knabe zu bewegen. Dabei rieb sie sich fröstelnd die Arme. Nein, sie würde nicht zu zittern anfangen. Nicht, daß es eine Rolle gespielt hätte, was der Tölpel von ihr dachte! Sie war völlig durchgefroren und hungrig. Noch vor zwei Tagen hatte sie geglaubt, daß nichts ihre Welt erschüttern könne. In wenigen Tagen wäre sie eine verheiratete Frau gewesen. Jetzt war sie eine Waise, verloren, verkleidet, verwirrt und fest entschlossen, nicht zu weinen.

Als Sigismondo hinter der alten Frau das moosbewachsene Pflaster des Hofs überquerte, erhob sich mit flatternden Schwingen ein Taubenpärchen vom Dach und flog über ihre Köpfe davon. Das Bellen der Hunde klang inzwischen lauter, und Sigismondo konnte das Rasseln ihrer Ketten hören, als sie hochsprangen, um sich zu befreien und den Fremden unter sich aufzuteilen.

Die alte Frau lehnte ihre Hacke an die Hauswand und stieß einen Flügel der Tür des Hauses auf, dessen Fenster alle mit Läden verschlossen waren. Über der Tür hing ein Sigismondo unbekanntes Wappen. In der dämmrigen Vorhalle war niemand zu sehen. In Nischen entlang der Wand standen die Büsten römischer Kaiser, die steinernen Augen weit aufgerissen, als seien sie überrascht, daß jemand es gewagt hatte, dieses Geisterhaus zu betreten. Von der Halle gingen leere Zimmer ab, in denen nahezu keine Möbel standen. Die Böden waren mit Stroh und Blättern bedeckt, und durch die geschlossenen Läden drang nur spärliches Licht in die Räume. Im ganzen Haus war es modrig und kalt.

Die alte Frau trottete mit verschränkten Armen weiter, wobei sie ständig vor sich hinknurrte. Es war ein kehliges Geräusch wie von einem Raubtier, das an einem Fleischfetzen kaut und gleichzeitig versucht, Nebenbuhler zu vertreiben.

Die Wand am anderen Ende der Halle war mit bröckelnden Fresken bemalt, die Jagdszenen darstellten: eine perlmuttweiße Artemis im Bade, Aktäon, wie er unter einem Himmel aus Terrakotta von seinen Hunden zerrissen wurde. Sigismondo schritt hinter der alten Frau eine lange Treppe hinauf, die rund

um die Apsis der Halle führte. In eine Torbogen oberhalb der Treppe erschien eine Gestalt.
»Wer ist das?« Der Mann war klein, aber kräftig gebaut, hatte schütteres Haar und ausdrucksvolle braune Augen. Es machte den Eindruck, als hätte eine innere Gewalt seine Stirn in Falten gelegt, seinen Kiefer nach vorne geschoben und sein dünnes Haar ausfallen lassen.
Der Schwall an Lauten, den die alte Frau nun von sich gab, enthielt nur ein verständliches Wort, »Montenero«, und ließ die Augen des Mannes noch argwöhnischer aufglimmen, als er Sigismondo musterte. Eine Hand lag bereits auf dem Messer, das in seinem Gürtel steckte; die andere streckte er aus.
»Und das Erkennungszeichen?«
Die alte Frau zuckte die Achseln, umklammerte ihre Ellenbogen und stieß wieder einen wütenden, unverständlichen Wortschwall aus, worauf der Mann die Stirn runzelte und einige Schritte vortrat. Die ganze Zeit hatte er den Blick nicht von Sigismondo abgewandt, der nun das Wort ergriff.
»Die Herrin von Montenero hat diesmal kein Erkennungszeichen geschickt. Sie ist tot.«
Der Mann zuckte zusammen wie unter einem Schlag. »Tot!« Er bekreuzigte sich, während die alte Frau ihren Oberkörper hin und her wiegte und Silben murmelte, die ebensogut Verwünschungen wie Gebete darstellen konnten.
»Wie ist sie gestorben? Warum seid Ihr hier? Wer seid Ihr?« Die Stimme des Mannes war rauh wie Sandpapier, und seine Hand hielt immer noch das Messer umfaßt. Offenbar war dort ihr angestammter Platz.
»Meine Botschaft ist nur für Eueren Herrn bestimmt.«
Da ertönte eine Stimme hinter einer halb geöffneten Tür. Es war eine barsche Stimme, doch klang sie ruhig und befehlsgewohnt.
»Laß Er ihn herein, Massimo. Ich werde ihn empfangen.«
»Jawohl, Herr. Selbstverständlich«, erwiderte Massimo beflis-

sen. Damit verschwand er in dem Raum hinter der Tür, die er Sigismondo vor der Nase zuschlug. Doch im nächsten Augenblick war er zurück, verbeugte sich und hielt dem Gast zuvorkommend die Tür auf. Sigismondo blickte in ein dunkles Zimmer.
»Mein Herr hat schlechte Augen, Herr. Der Arzt besteht darauf, daß er das Tageslicht meidet. Tretet bitte ein.«
Offenbar mußte Massimos Herr das Tageslicht nur meiden, wenn Besuch kam. Sigismondo hatte nämlich gehört, wie die Vorhänge zugezogen worden waren. Er trat ein, ergriff die Klinke und schloß die Tür, obwohl der Diener sich dagegen sträubte.
Dann stand er mit dem Rücken zur Tür da und versuchte, seine Augen an das Dämmerlicht zu gewöhnen. Durch einen kleinen Spalt im Vorhang drang ein matter Schimmer herein, so daß Sigismondo eine schattenhafte Gestalt in einem hochlehnigen Sessel erkennen konnte. Der Mann hatte den Kopf leicht zur Seite geneigt, als lausche er. Dann ertönte die barsche Stimme.
»Ich hörte Ihn sagen, die Prinzessin sei tot.«
Sigismondo durchquerte den Raum und verbeugte sich. »Ich war an ihrem Sterbebett, Herr. Ihr letzter Gedanke galt ihren Kindern und Euch.«
»Weiß ihr Gemahl, daß Er hierhergekommen ist?« Dies war die entscheidende Frage. Falls Prinz Livio von Fontecasta wußte, würde die Heilige Quelle bald mit dem Blut dieses Mannes getränkt sein.
»Ich glaube, der Prinz weiß nichts. Aber sicherlich wird er die Diener der Prinzessin befragen. Ich würde Euch raten, diesen Ort zu verlassen. Es war der Wunsch Ihrer Hoheit, daß ich Euch nach Rocca zu Herzog Ludovico begleite.«
Nun, da sich seine Augen an die Dunkelheit gewöhnt hatten, konnte Sigismondo das scharfe Profil des anderen erkennen. Da

Sigismondo ans Fenster getreten war, hatte der Mann den Kopf leicht abgewandt. Eine Weile schwiegen beide.
»Weshalb?« Die Stimme des Mannes klang leicht belustigt, als wisse er die Antwort, wolle aber zuerst die Meinung seines Besuchers hören.
»Prinz Livio hat sowohl den Sohn der Prinzessin als auch den Grafen Eugenio getötet.«
Erschrocken fuhr der Mann herum.
»Hat ihr Tod ihn um den Verstand gebracht? Die Eifersucht hat ihn auch früher schon zum Mord getrieben; ich wußte schon immer, daß ich eine Gefahr für sie bin.« Die Stimme des Mannes versagte, als dämmere ihm nun zum erstenmal, welche Folgen ihr Tod für ihn haben konnte. Sigismondo brummte vor sich hin und schüttelte den Kopf.
»Möglicherweise. Er glaubt, die Prinzessin habe ihn betrogen und Graf Eugenio sei der Vater ihrer Kinder.«
»Um Gottes willen! Ist das Mädchen auch tot?« Der Mann war aufgesprungen und trat auf Sigismondo zu.
»Ich habe sie fortgebracht und als Knabe verkleidet. Nun begleite ich sie nach Rocca, wie die Prinzessin es wünschte.«
»Ist sie bei Ihm? Ich muß sie sehen.«
Sehnsucht und Unruhe sprachen aus seiner Stimme. Sigismondo hatte den Samtvorhang umfaßt. Nun hob er ihn schweigend, so daß das Licht voll auf das Gesicht des Mannes fiel. Es war ein edles Gesicht, das von tiefen Falten durchzogen war. Doch die Augenhöhlen waren leer. Dieser Mann würde niemanden mehr sehen.

8. Kapitel
Die Ankunft des Kardinals

Die Staubwolke, die der Zug aufwirbelte, war meilenweit zu sehen. Allerdings konnte man um diese Jahreszeit von Glück reden, wenn man nicht durch Regen und Schlamm wandern mußte – obwohl das Wort »Glück« verpönt war. Denn jeder war sich bewußt, daß die Prozession unter dem Schutz des Himmels reiste: Schließlich führte man Reliquien mit sich.

Viele Bauern hatten die Arbeit auf den Feldern niedergelegt, waren herbeigeströmt und knieten am Wegesrand nieder, als die Reliquien vorbeigetragen wurden. Scharenweise verließen die Leute ihre Häuser in Dorf und Stadt, um der Prozession zu folgen, so daß diese bald einem Lindwurm mit funklendem Haupt und langem, braunem Schweif glich. Die Pilger, die sich auf dem Weg nach Colleverde befanden, hatten sich schon früh dem Zug angeschlossen, um so lange wie möglich mit dem Segen der Heiligen zu wandeln.

Nach der Ankunft in Colleverde würde man die Reliquien zur Kathedrale bringen. Herzog Grifone, der sie erworben hatte, würde ihnen eine letzte Ruhestätte im Altarraum der noch nicht fertiggestellten Kathedrale in der Hauptstadt Nemora bereiten. Doch bis zur Weihe der Kathedrale würden die Reliquien in Colleverde verbleiben, was sich gewiß segensreich auf die Verbindung seines Sohnes Astorre mit der Tochter des Prinzen Livio di Montenero auswirken würde. Die Pilger, die nach Colleverde zogen, sahen also mit Freude nicht nur geistlicher Erbauung, sondern auch einem Hochzeitsschmaus entgegen.

Herzog Grifone besaß bereits eine stattliche Anzahl von Reli-

quien. Allerdings waren in seinem Leben Ereignisse eingetreten, die die Vermittlung einer wirklich mächtigen Heiligen dringlich geboten erscheinen ließen, und die heilige Bernadina genoß – sowohl in den Augen des Volkes wie auch nach Ansicht der Kirche – im Himmel einen hohen Rang. Nachdem verschiedene Teile ihres Körpers, die in dieser von Gesängen begleiteten Prozession reisten, schließlich in Nemora mit aller Pracht zur letzten Ruhe gebettet worden waren, würde vielleicht schon ein Wort von ihr entscheiden, ob Herzog Grifone mit einem ziemlich unangenehmen und langen Verweilen im Fegefeuer oder mit der sicheren Verdammnis rechnen mußte. Und da er schon genügend Menschen bei lebendigem Leibe auf dem Scheiterhaufen hatte verbrennen lassen, wußte er diesen feinen Unterschied sehr zu schätzen.
Herzog Grifones Untertanen nutzten ihrerseits die Gelegenheit, ihre Sünden zu bereuen. Ihrer Ansicht nach war ihr Herrscher ein weiser Mann, weil er sich – nun, da er schon über vierzig und, allen Vorhersagen zum Trotz, immer noch am Leben war – so gut für den Todesfall abgesichert hatte. Angesichts seines Lebenswandels konnten sowohl Krankheit als auch die Rache der Familie eines seiner Opfer jederzeit sein jähes Dahinscheiden herbeiführen. Nach dem kürzlichen Tod seines Beichtvaters hatten viele Geistliche, die für dieses Amt in Frage gekommen wären, in bewundernswerter Bescheidenheit abgewinkt.
Trotzdem betrachteten die meisten seiner Untertanen ihre Lage eher nüchtern. Leider war ihnen nun einmal nicht das Glück beschieden, von Herzog Ludovico im benachbarten Rocca regiert zu werden, der als ungewöhnlich gerecht galt. Hingegen konnten sie keinen großen Unterschied zwischen ihrem Herzog und dem Prinzen Livio di Montenero erkennen. Diejenigen, die sich noch an den alten Herzog, Grifones Vater, erinnerten, betrauerten dessen Ableben – er und seine Ratgeber hatten mit Herzog Ludovico und den anderen Nachbarfürsten gute Bezie-

hungen gepflegt, und während seiner Regierungszeit war es nie zu Aufständen gekommen. Dies hatte sich nach seinem Tode mit einem Schlage geändert, obwohl Herzog Grifone und sein tapferer Kardinal Petrucci unter Zuhilfenahme von Scheiterhaufen und Galgen in Nemora für Ruhe und Ordnung sorgten, was nicht allen seinen Untertanen behagte. Möglicherweise wurde deshalb in manchen Gebeten am Wegesrand auch der rasche Tod des Tyrannen erfleht, da manche hofften, sein Sohn würde sich als ein milderer Herrscher erweisen. Doch die gefühllose Mehrheit des Volkes war der Meinung, daß die Herrschaft grausamer Tyrannen Handel und Wandel beflügelte; sie sorgten für Frieden, und nur im Frieden konnte man Geld verdienen.
Die Gebeine der Heiligen Bernadina reisten in einem kleinen, goldenen Schrein in Form eines Hauses mit Gitterfenstern aus Rubinen und Smaragden und einem Dach aus Diamanten. Der Schrein wurde auf einer mit scharlachrotem Samt bedeckten Sänfte getragen und war für die Reise mit einer Mitra aus ebensolchem Stoff mit reichen Stickereien verhüllt worden. Die Sänfte war schwer genug, daß ihre Träger, die vier Priester in blauen, mit Gold eingefaßten Gewändern, bei der Ausübung dieser ehrenvollen Aufgabe ihre sämtlichen Sünden abbüßten. Die unmaßgeblicheren Körperteile unbedeutenderer Heiliger folgten auf kleineren Sänften; ihnen voraus schritten Meßdiener mit Weihrauchampeln, deren Rauch man vor lauter Staub kaum sehen konnte. Vor jeder Sänfte wurde eine Fahne mit dem Bild des jeweiligen Heiligen hergetragen, und an der Spitze der Prozession ritt Kardinal Petrucci mit seinem Gefolge.
Hinter den Reliquien kamen weitere Priester und die Eskorte des Kardinals, Männer, die in Rom angeworben worden waren und nun seine in Grau und Scharlachrot gehaltene Livree trugen; seine eigenen Wachen hatte der Kardinal nach Nemora in seinen Palast geschickt, da er seiner Schwester, Prinzessin Corio, nicht zumuten wollte, so viele Menschen in Colleverde

beherbergen zu müssen. Hinter der Eskorte trotteten die Maulesel mit dem Gepäck und die Diener, die nötig waren, um all diesen Prunk aufrechtzuerhalten. Ganz zum Schluß folgten die Pilger und Gläubigen. Mit dem Staub erhob sich steter Gesang zum Himmel, obwohl viele der Zuschauer am Wegesrand, Menschen mit zurückgeschlagenen Kapuzen oder vor die Brust gedrückten Kappen, schwiegen. Mit weit aufgerissenen Augen betrachteten sie die Pracht, und viele der Kinder, die von den Frauen emporgehoben wurden, schrien und strampelten vor Angst, weil sie so etwas Merkwürdiges noch nie gesehen hatten. Dem Kardinal, der vorneweg ritt, blieb ein Großteil des Staubes und des Lärms erspart. Was für die Bauern eine willkommene Abwechslung war, wurde von dem Mann, der für die Überführung der Reliquien aus Rom die Verantwortung trug, eher als Last empfunden. Die Reise nach Rom hatte er in angemessener Zeit hinter sich gebracht, doch der Rückweg zog sich unerträglich in die Länge. Der Kardinal war ein Mann, der Müßiggang verabscheute. Sein Geist und auch sein Körper haßten Untätigkeit. Selbst jetzt, als sie die Böschung des Flusses emporstiegen, der die Grenze zwischen Nemora und Montenero bildete, und er in der Ferne schon das Tal erblickte, in das sich Colleverde schmiegte, wünschte er sich nichts sehnlicher, als die Straße und die Prozession zu verlassen und mit ein paar seiner Gefolgsleute eine halbe Stunde lang querfeldein zu galoppieren. Er wies mit seiner Peitsche auf einen Pfad, der zwischen einzeln stehenden Bäumen in den dichten Wald führte, und beugte sich hinunter, um an den Pagen, der neben seinem Steigbügel einherging, eine Frage zu richten. Der Knabe, der aus Colleverde stammte, versicherte ihm, daß dieser – allerdings recht holprige – Pfad ein Stück weit den Hügel umrundete und in der Nähe von Colleverde wieder auf die Straße aus Nemora stieß. Das Maultier des Kardinals, ein schönes silbergraues, scharlachrot geschmücktes Tier, war durchaus in der Lage, seinen Herrn rechtzeitig dorthinzubringen, damit er die Prozession bei ihrem Einzug in die Stadt anführen konnte.

Der Kardinal schickte den Pagen nach hinten, um zu gewährleisten, daß ihm nicht sein gesamtes Gefolge blindlings hinterherritt. Dann gab er seinen engeren Vertrauten mit einer leichten Bewegung seines roten Handschuhs ein Zeichen, grub die goldenen Sporen in die Flanken des Maultiers und bog rasch auf den Pfad ab. Der Wind fing sich in seinem scharlachroten Umhang, der sich vom Rumpf des Maultiers hob und sich wie ein Segel hinter ihm blähte.

Sein Neffe Torquato folgte ihm erleichtert. Ebenso wie sein Oheim ertrug er Menschenmengen nur bei kurzen feierlichen Anlässen. Außerdem teilte er das Vergnügen des Kardinals an der Kunst des Ränkespiels, die man besser im Verborgenen übte und gegen einige wenige richtete, auch wenn später viele ihre Auswirkungen zu spüren bekamen. Auf der ganzen langen und eintönigen Reise hatte sich Torquato ständig darüber gegrämt, daß sie Rom verlassen hatten. Auch bedauerte er, daß die langwierigen Verhandlungen mit dem Papst über einen guten Preis für die zum Verkauf stehenden Knochen der heiligen Bernadina ein Ende gefunden hatten.

Verschiedene Sitzungen waren nötig gewesen, in denen man die Köpfe zusammengesteckt und gefeilscht hatte. Das Geld, das ihnen von Herzog Grifone anvertraut worden war, reichte, obwohl es sich um eine beträchtliche Summe handelte, nicht aus, um so viele Reliquien zu erwerben, wie es der Herzog wünschte. Deshalb war Torquato manchmal gezwungen gewesen, nicht über Körperteile, sondern nur über Kleidungsfetzen zu verhandeln. Torquatos Aufgabe war die eines Mittelsmanns gewesen, der sich möglichst viele Anteile eines Heiligen oder seiner Kleidung sichern mußte, ohne das gesamte mitgebrachte Gold dafür aufzuwenden. Ein Splitter vom Rad der heiligen Ursula war der schönste Lohn dieser Bemühungen gewesen,

während er sich bei anderen Gelegenheiten mit einem Knochenbruchstück statt einem ganzen Finger hatte begnügen müssen. Dann wieder hatte er im Triumph einen Zehennagel des Zenturios erbeutet, dessen Diener einst von Jesus Christus geheilt worden war.
Während dieser Tätigkeit hatte er verschiedene bedeutende Kirchenmänner kennengelernt, und er war sich, ohne sich überheben zu wollen, sicher, daß er einen guten Eindruck hinterlassen hatte. Rom war aufregend; als er während der Messe im Petersdom beobachtet hatte, wie Hunderte von Häuptern sich vor dem Heiligen Vater beugten, hatte ihn ein fast körperlich spürbares Gefühl des Ehrgeizes überkommen. Schon mancher unbekanntere Priester als er war Papst geworden! Gewiß, einige von ihnen hatten warten müssen, bis sie so alt waren, daß die Kurie sie für einen guten Lückenbüßer hielt, während sie einen geeigneteren Mann suchte. Doch vielen dieser Lückenbüßer war das hohe Amt so gut bekommen, daß neue Lebensgeister in ihnen erwachten. Über Nacht hatten sich Mummelgreise, die niemand mehr ernst nahm, in tyrannische alte Herren verwandelt, die alle Welt das Fürchten lehrten. Allerdings beabsichtigte Torquato nicht, so lange zu warten.
Wie schrecklich, daß er sich nun wieder auf dem Rückweg nach Nemora befand, wo die Kathedrale halbfertig und der Herzog, wie sich nicht leugnen ließ, halb verrückt war! Grifone hatte sämtliche Gegner, sowohl die tatsächlichen wie die eingebildeten, beseitigt – Torquato hatte gehört, daß er einen seiner Ratgeber in einem Käfig an der Schloßmauer aufgehängt hatte; einen anderen hatte er von zwei Pferdegespannen auf dem Marktplatz zerreißen lassen; und einen dritten hatte er, geblendet und mit abgehackten Händen, den Wölfen zum Fraß vorgeworfen. Da Grifone es also gewohnt war, andere ihrer Gliedmaßen zu berauben, erfüllte ihn der Besitz von Gebeinen der Heiligen mit vertrauten Empfindungen.

Die Stimme seines Oheims riß Torquato aus diesen Betrachtungen.
»Kennst du das Landhaus in Fontecasta?« Endlich ritt Petrucci langsamer und bedeutete Torquato, an seine Seite zu kommen. Da der Nachmittag heiß war, hatte er seine Kapuze zurückgeschlagen. Aufmerksam sah er sich um.
»Fontecasta?« Wir sind vor einer Weile schon an einem Dorf dieses Namens vorbeigeritten, Eminenz, und am Heiligen Wasser. Gibt es dort ein Landhaus?«
»In der Tat. Es gehörte einem gewissen Giraldi. Er stammte aus einer alten Familie, die auch Verbindungen nach Rocca unterhält.« Der Kardinal streifte die scharlachroten Handschuhe ab und gab sie seinem Neffen zu halten. »Es ist nur ein Jagdhaus, aber ein außergewöhnlich schönes. Ich erinnere mich, daß der verstorbene Herzog Ercole einmal dort von diesem Giraldi bewirtet wurde. Er muß schon sehr alt sein – ich glaube sogar, deine Muhme sagte mir, er sei bereits gestorben.«
Torquatos Muhme, die Prinzessin Corio, war die Schwester des Kardinals. In ihrem Palast in Colleverde würden sie Quartier beziehen.
»Wirklich? Hatte der alte Mann Erben?« Torquato warf seinem Oheim einen lauernden Blick zu, nicht weil er etwas gegen ihn im Schilde führte, sondern weil es seinem Wesen entsprach. Es lag auf der Hand, daß sein Oheim, der die Jagd mehr liebte, als es sich für einen Mann der Kirche eigentlich ziemte, Gefallen an einem Jagdhaus in der Nähe von Colleverde finden würde. In den umliegenden Hügeln wimmelte es von Wildschweinen.
»Das müssen wir herausfinden.« Der Kardinal gab seinem Maultier wieder die Sporen und wies mit der Peitsche auf eine Mauer, die nun zwischen den Bäumen auftauchte. Eine Mauer, von der der Putz abbröckelte, und an deren oberem Rand Kacheln fehlten.

9. Kapitel
In der Dunkelheit

Dank seiner Erfahrungen in der Vergangenheit vertraute Benno fest auf die Fähigkeit seines Herrn, sich selbst in der ausweglosesten Lage zu behaupten. Ohne diese Gewißheit hätte er, während er mit dem Mädchen vor der Pforte des Landhauses wartete, sicherlich noch schlimmere Todesängste ausgestanden.

Er bewegte die Pferde, ließ Biondello laufen und fragte sich, ob sie nun, da sie die Hexe gesehen hatten und Sigismondo in diesem Augenblick wahrscheinlich gerade den Toten besichtigte, vielleicht auch die Teufel zu Gesicht bekommen würden, von denen der Ziegenhirte gesprochen hatte. Benno war froh, daß es taghell war, doch trotzdem ließ er den Blick immer wieder ängstlich über die Mauer schweifen. Fast rechnete er schon damit, daß sich jeden Augenblick Rauchschwaden, die Spitzen von Hörnern oder die Zacken einer Mistgabel zeigen würden.

Zuerst hatte er versucht, mit der jungen Dame ein Gespräch anzuknüpfen – er konnte sich einfach nicht daran gewöhnen, sie als Knabe zu betrachten, wie Sigismondo ihm befohlen hatte –, aber sie antwortete nicht. Gewiß, es schickte sich nicht für ihn, mit der Tochter einer Prinzessin zu sprechen, ehe diese das Wort an ihn richtete, doch sie sah so traurig aus, wie sie da unter einem Bäumchen vor der Pforte saß und die Knie mit den Armen umschlang. Es wäre doch weitaus angenehmer gewesen, sich durch einen kleinen Plausch die Zeit zu verkürzen.

Ein Jammer, daß er Biondello kein Stoßgebet lehren konnte! Benno betastete das Amulett an der Kette und hatte auf einmal eine schreckliche Vision: Was war, wenn die Pforte aufging und Sigismondo – nun selbst ein lebender Toter – herauskam?

Das Quietschen der Riegel ließ ihn und das Mädchen auffahren. Die Pforte öffnete sich tatsächlich. Benno hielt den Atem an. Doch es war nur die Hexe, die aufgeregt knurrende Laute ausstieß. Sie winkte Benno heran, zischte etwas, das wie »po-po-po« klang, und zupfte ihn dann zu seinem Schrecken am Ärmel. Nachdem er ihrem Herumgefuchtel eine Weile zugesehen und von ihrem Gefasel das Wort »Pforte« aufgeschnappt hatte, begriff er, daß er die Pforte vollständig öffnen sollte, damit die Pferde hineingeführt werden konnten. Sigismondo war nirgends zu sehen, und dabei hätte sich Benno so gern vergewissert, ob er diese Anweisung billigte! Aber Hexen duldeten keinen Widerspruch. Also tat er, wie sie ihn geheißen.
Danach half er der Hexe, das Tor wieder zu schließen. Die Alte hatte das Mädchen – den Knaben – ohne viel Federlesen hineingestoßen, was, wie Benno deutlich erkannte, das Mißfallen der jungen Dame erregt hatte.
Nun gab es kein Zurück mehr. Falls der Tote seinen Herrn zum Abendessen verspeist haben sollte, waren sie wohl zum Nachtisch vorgesehen.
Die Hexe trieb sie durch den gepflasterten Hof vor sich her wie Kehricht mit dem Besen. Sie zeigte auf einen Ring neben dem Wassertrog, an dem Benno die Pferde anbinden sollte. Dann jagte sie die Besucher durch die Halle und eine Treppe hinauf. Benno hatte kaum Zeit, einen ängstlichen Blick durch die offenen Türen zu werfen, als er erleichtert die tiefe, ruhige Stimme seines Herrn vernahm, der sich mit jemandem unterhielt. Als sie oben angekommen waren, richtete sich ein gedrungener Mann vor dem Schlüsselloch einer großen Tür auf dem Treppenabsatz auf und funkelte die Neuankömmlinge wütend an. Widerwillig öffnete er die Tür, um die junge Dame einzulassen, wie sein Herr es ihm befohlen hatte. Benno wollte ihr tapfer in das finstere Gemach folgen, doch der Mann hielt ihn zurück.

»Bleib, wo du bist, Spitzbube. Du bist da drinnen nicht erwünscht.«
Also wartete Benno, wobei er ein erleichtertes Dankgebet zum Himmel schickte. Sigismondo wußte sicherlich, wie man mit einem Toten in der Dunkelheit umzugehen hatte, doch Benno besaß keinerlei Ehrgeiz, sich ebenfalls diese Fähigkeit anzueignen.
»Hmmm. Benno.«
Sigismondo stand in der Tür, groß und breitschultrig. Der Anblick seines spöttischen Gesichtes bedeutete einen unbeschreiblichen Trost. Er schloß die Tür hinter sich, und Benno empfand Mitleid mit der jungen Dame, die allein in der Finsternis mit einer unbekannten Gefahr zurückgeblieben war. Sigismondo wandte sich an den verärgerten kleinen Mann.
»Massimo, Euer Herr wünscht, daß Speisen und Wein für seine Gäste aufgetragen werden.«
Zuerst rührte sich Massimo nicht von der Stelle, da er offenbar nicht willens war, Befehle seines Herrn aus dem Mund eines dritten entgegenzunehmen. Doch ein Blick auf Sigismondo belehrte ihn eines Besseren. Er drehte sich um und eilte die Stufen hinab. Die Hexe war bereits verschwunden. Wahrscheinlich hat sie sich in das Kellergeschoß des Landhauses zurückgezogen, dachte Benno schaudernd.
»Benno, du bist ein Hasenfuß.« Die Hand seines Herrn packte ihn bei der Schulter. Sigismondo führte Benno den Flur entlang und auf eine Loggia, von der aus man den Hof und die Pforte überblicken konnte. Die Pferde unten erkannten seine Stimme und fingen an zu wiehern.
Sigismondo stützte sich auf die Balustrade und spähte hinab. »Ich sehe, du platzt vor Neugier. Also los. Frag.«
Benno beeilte sich, dieses großzügige Angebot zu nutzen. Er rückte näher an Sigismondo heran und wies mit dem Kopf auf die Tür, aus der dieser soeben gekommen war.

»Da drin.« Unwillkürlich senkte er die Stimme. »Ist da ein lebender Toter? In der Dunkelheit? Nun, ich nehme an, wenn er tot ist, braucht er nichts mehr zu sehen.«
»Das tut er auch nicht mehr.« Sigismondo klang bei diesen Worten recht aufgeräumt, aber Benno schluckte.
»Wird er ihr auch nichts antun?«
Sigismondo bückte sich und hob einen Gegenstand auf, an den sein Fuß zwischen den Pfeilern der Balustrade gestoßen war. Er drehte ihn in den Händen und zeigte ihn Benno. Es war ein riesiger Kürbis, etwa so groß wie ein Menschenkopf, mit zwei schrägen, rechteckigen Löchern als Augen und einem Schlitz als Mund, die in das trockene Fruchtfleisch geschnitten waren. Dann kippte er den Kürbis, und Benno erblickte die Spuren von Kerzenruß in seinem Inneren. Der Kürbis roch nach Talg.
»Wenn du nachts zu dem Landhaus kommst, in dem der Tote wohnt, was siehst du dann?«
»Teufel«, antwortete Benno prompt.
»Hmmm.« Sigismondo legte den Kürbis auf die Balustrade. »Und wer lugt durch das Tor?«
»Die Hexe.«
»Die beiden schützen ihn sehr gut. Finten, mit denen man Kinder hinters Licht führt, aber trotzdem wirkungsvoll.«
In einem Torbogen auf der rechten Seite des Hofes öffnete sich eine Tür, und ein gedrungener, weißhaariger Mann trat heraus. Er band die Pferde los und führte sie hinein. Die Tür schloß sich. Sigismondo stützte sich wieder auf die Balustrade.
»Massimo und die alte Frau geben acht auf ihn. Aber das genügt jetzt nicht mehr. Prinzessin Oralia hat mich angewiesen, ihn zu ihrem Bruder zu bringen, und mir von der Eifersucht ihres Gatten erzählt. Dieser Mann hat gute Gründe, zu wünschen, daß man ihn für tot hält.«
Benno versuchte, all diese neuen Gedanken zu verarbeiten, und

kratzte sich dabei die Brust. Biondello hatte er auf den Boden gesetzt, und der Hund war nun damit beschäftigt, die Loggia zu erkunden. Schließlich hielt er inne, um einen großen Lorbeerbaum, der in einem irdenen Topf stand, zu wässern.

»War dieser Mann also der Liebhaber der Prinzessin? Prinz Livio würde ihm ohne lange zu fackeln den Kopf abschlagen, wenn er ihn findet, oder?«

»Hmmm. Möglicherweise gibt es auch noch andere, die ihm nach dem Leben trachten würden, wenn sie ihn nicht für tot hielten. Er ist ein Freund des Hauses Rocca ... Offenbar ist eine Verschwörung im Gange, aber Herzog Ludovico ahnt nichts davon. Die Prinzessin sagte mir, die Augen des Herzogs seien geschlossen ... aber welchen Herzog hat sie gemeint?«

Er bückte sich, um Biondellos zierlichen Rumpf zu streicheln. Der Hund hatte den Kopf zwischen die Pfeiler der Balustrade gesteckt und atmete beglückt die frische Luft ein; wahrscheinlich um sich einen Vorrat anzulegen, ehe er wieder unter Bennos Wams zurückkehren mußte.

»Wer ist er?« Wieder wies Benno mit einer Kopfbewegung den Korridor entlang.

»Hmmm ... Die Prinzessin Minerva wurde mit acht Jahren verlobt, also vor etwa sechs Jahren. Ungefähr zur gleichen Zeit ist der alte Herzog Ercole in Nemora gestorben, und sein Sohn Grifone wurde sein Nachfolger. Eine angebliche Verschwörung gegen den neuen Herzog wurde vom Bischof von Nemora aufgedeckt, den wir heute als Kardinal Petrucci kennen.«

»Der Kardinal, der die Reliquien von Rom nach Colleverde bringt?«

»Genau. Der engste Vertraute des alten Herzogs Ercole und auch ein Freund des Hauses Rocca war ein gewisser Graf Mirandola. Petrucci hat ihn und andere der Teilnahme an der Verschwörung beschuldigt. Grifone ließ ihn blenden und vor der Stadt den Wölfen zum Fraß vorwerfen.«

»Davon habe ich gehört«, sagte Benno genüßlich. »Die Hände haben sie ihm auch abgehackt.«

»Wenn unser Toter der Mann ist, für den ich ihn halte, sind die Berichte in dieser Hinsicht ungenau. Vielleicht wollte Herzog Grifone unseren Freund am Leben lassen, bis sich die Wölfe zum Abendessen einfanden. Erinnerst du dich, wie die Tochter der Prinzessin uns von dem Mann erzählte, der mit blutigem Gesicht umherirrte?«

»Sie hat ihn gerettet? Prinzessin Oralia hat ihn gerettet? Warum hat sie ihn nicht umgehend zu ihrem Bruder nach Rocca geschickt?«

»Vielleicht war er zu krank zum Reisen oder litt zu starke Schmerzen. Für einen Mann ohne Augenlicht ist Reisen kein Kinderspiel; vor allem, wenn er es erst kürzlich verloren hat.«

»Dann müssen wir ihn heimlich aus Nemora herausschaffen, oder? Glaubt Ihr, jemand würde ihn noch wiedererkennen?«

»Wir müssen uns von Colleverde fernhalten, denn Kardinal Petrucci erinnert sich sicherlich an ihn.«

Benno bückte sich rasch, um Biondello aufzuheben, der sich eben anschickte, den Korridor zu erkunden. »Und dabei wollte ich so gerne die Reliquien sehen! Die Hochzeit wäre auch ein Spaß gewesen«, jammerte er, fügte sich dann aber in sein Schicksal.

»Hmmm. Ich habe gehört, daß Petrucci ein begeisterter Jäger ist, und ein Jäger versucht immer, das entflohene Wild wieder aufzuspüren.« Sigismondo streckte die Hand aus und pflückte ein Zweiglein von dem Thymian ab, der in einem Topf auf der Balustrade wuchs. Er beschnupperte seine Finger. Dann hob er plötzlich den Kopf. Die beiden Männer lauschten.

Der Wind trug leises Hufgetrappel und das Rasseln von Rüstungen zu ihnen hinüber.

Raschen Schrittes ging Sigismondo den Korridor entlang. Als sie sich dem Gemach näherten, wo sich Graf Mirandola mit der

Tochter der Prinzessin unterhielt, öffnete sich die Tür, und Benno hörte zum erstenmal die unverwechselbare barsche Stimme.

»Der Prinzessin ist nicht wohl. Helft mir, sie hat die Besinnung verloren.«

Draußen vor der Mauer war der Lärm nahender Reiter zu vernehmen.

10. Kapitel
»Wir bringen Eueren Herrn um«

Kardinal Petrucci war äußerst zufrieden, denn der kleine Umweg hatte sich als lohnend erwiesen. Sein Neffe war rasch mit der alten Hexe an der Pforte fertiggeworden, indem er ihr gedroht hatte, einen Scheiterhaufen unter ihr zu entzünden. Nach einem Blick auf die scharlachrote Robe des Kardinals war sie kreischend weggelaufen. Eine Weile verstrich, ohne daß sich etwas im Hof rührte, so daß der ungeduldige Kardinal sich bereits zu fragen begann, ob Torquatos Vorgehen wirklich so klug gewesen war. Doch dann öffneten zwei griesgrämige Taugenichtse die Pforte und ließen ihn mit seinem Gefolge ein.

Der Grundriß des Landhauses entsprach genau seinen Vorstellungen. Während sie mit klappernden Hufen in den Hof einritten, blickte der Kardinal sich um. Einige Handwerker aus Colleverde mußten das ganze Anwesen rasch in einen annehmbaren Zustand bringen, damit er noch vor dem Sommer den Herzog als Gast willkommen heißen konnte. Wer auch immer hier lebte, er hatte offenbar nicht das Geld, den Besitz instandzuhalten, und würde sich deshalb gewiß gerne davon trennen.

»Wer ist Sein Herr, Bursche?« Wie entsetzlich grobschlächtig manche dieser Bauern waren! Dieser hier mit seinem hervorstehenden Kiefer und den lodernden Augen ähnelte einem gefangenen wilden Tier.

»Der Graf Giraldi – Eminenz.« Diese Anrede wurde stockend hervorgestoßen, als brächte sie der Mann nur mühsam über die Lippen. Wahrscheinlich hatte dieser Bauerntölpel noch nie zuvor Gelegenheit gehabt, sie zu gebrauchen.

»Ich dachte, er sei tot.«

Von der Tür her sagte eine andere Stimme: »Nein, nicht tot, Eminenz, obwohl man es fast so nennen könnte.«

Das war nicht die Stimme eines Bauern. Auch äußerlich ähnelte der Mann, der sich nun, von der untergehenden Sonne beschienen, in der Tür zeigte, keineswegs diesem gedrungenen Menschenschlag. Er hatte die Gestalt eines Kriegers, war von hohem Wuchs und besaß breite Schultern, denen eine Rüstung sicherlich gut angestanden wäre. Doch sein rasierter Schädel ließ vermuten, daß er die Gelübde abgelegt hatte. Dennoch bezweifelte der Kardinal, daß er ein Mann der Kirche war. Und dann dieses Gesicht, aus dem man nicht leicht schlau werden konnte: Die gerade Nase verriet Willenskraft, die dunklen Augen blickten klug, wenn nicht gar berechnend; der geschwungene Mund hingegen wirkte sinnlich, fast träge –, wäre da nicht die schmale, entschlossene Unterlippe gewesen. Das war ein Mann, der ein Geheimnis bewahren konnte, ein Mann nach dem Geschmack des Kardinals. Was tat ein solcher Mann hier in diesem Landhaus?

»Nicht tot, aber man könnte es fast so nennen?« Petrucci stieg vom Pferd und warf einem der Tölpel die Zügel zu. »War also ein Priester bei ihm, um ihm die letzten Sakramente zu spenden?«

»Der Priester ist gekommen und wieder gegangen, Eminenz, aber mein Herr siecht dahin.« Der Mann trat vor und vollführte eine Verbeugung, die jedem Höfling alle Ehre gemacht hätte. »Er kann kaum sprechen und muß in einem abgedunkelten Gemach liegen. Seine Seele will ihrer irdischen Hülle entfliehen.«

Der Kardinal wies mit der Peitsche auf die Tür.

»Ich werde ihn aufsuchen.« Vielleicht würde der Sterbende sich ja bereden lassen, den Besitz, der eigentlich seinen Erben zustand, der Kirche oder wenigstens einem ihrer Vertreter zu vermachen, wenn ihm dafür – dank der Fürsprache des Kardinals – das Fegefeuer erspart bliebe. Ein Handel also, bei dem beide Seiten gewinnen würden.

»Ich bedauere, Eminenz, aber das ist unmöglich.«

Petrucci erstarrte, und Torquato stieß einen Ausruf des Erstaunens aus. Die Gefolgsleute blickten einander bestürzt an. Dieser Mann wagte es, einem Kardinal zu sagen, daß etwas *unmöglich* war! Der selbstsichere Fremde verbeugte sich und legte die Stirn in Falten.

»Nun ... Graf Giraldi weigert sich, einen Arzt zu Rate zu ziehen ... aber wir befürchten, daß seine Krankheit ansteckend ist. Erst heute ist ein Diener zusammengebrochen und liegt nun mit hohem Fieber darnieder.«

Petrucci erstarrte ein weiteres Mal. Dann tastete er nach dem goldenen Riechfläschchen an seiner Schärpe und hielt es sich an die Nase. Also starb dieser Mann nicht an Altersschwäche – obwohl er nun doch wirklich lange genug auf Erden gewandelt war –, sondern litt an einem tödlichen Fieber ... vielleicht der Pest?

»Meine Handschuhe, bitte«, sagte er zu Torquato. Erst nachdem er sie angezogen hatte, ergriff er die Zügel, stieg auf und wandte sich erneut an den Fremden: »Ich vermute, Er ist der Haushofmeister.«

Der Mann verbeugte sich abermals. Petrucci liebte gebeugte Rücken. »Komm Er morgen in den Palazzo Corio und sag Er mir, wie es um die Gesundheit seines Herrn steht«, sagte er. »Vielleicht kann ich einen Arzt schicken …«, der die Leiden des armen Mannes gewiß verkürzen wird, fügte er im Stillen hinzu. Natürlich würde es nicht sein eigener Arzt sein. Da ja offenbar Ansteckungsgefahr bestand, schien es ratsam, einen anderen zu nehmen.

Er wendete sein Maultier und ritt an der Spitze seines kleinen Gefolges rasch aus dem Hof. Der zweite Diener, ein weißhaariger Mann, hinkte zur Pforte und schloß sie.

Plötzlich stürzte Massimo auf Sigismondo zu, nahm seine Hand und neigte den Kopf, um sie zu küssen. Dann sah er ihn mit flammenden Blick an. »Ich hätte ihn umgebracht.«

Sigismondo, der mit ihm zum Haus zurückging, gab ein spöttisches Brummen von sich.

»Wirklich, ich hätte es getan!« Massimo ballte die Hände zu Fäusten. »Vielleicht hätte er uns alle bei lebendigem Leibe verbrannt! Wißt Ihr, was er vor einem Jahr in San Sevino getan hat? Dort war man mit Herzog Grifones Steuern nicht einverstanden, und es kam zum Aufruhr. Als die Stadt fiel, flüchteten die Menschen in den Turm, Männer, Frauen, Kinder und die Alten und Kranken.« Mit erstickter Stimme hielt Massimo inne. Dann brach es aus ihm heraus: »Er hat ihn niedergebrannt! Er hat ihn niedergebrannt! Diejenigen, die aus den Fenstern sprangen, wurden von seinen Leuten in Stücke gehackt. Alle anderen sind im Feuer umgekommen.« Er trat dicht an Sigismondo heran und flüsterte: »In der Stadt war keine Menschenseele mehr am Leben, als dieser Mann Gottes davonritt.«

Benno stand mit Biondello im Arm auf dem Flur. Er hatte den Mund weit aufgerissen, um die Geschichte besser aufnehmen zu können.

»Hmmm«, meinte Sigismondo. »Wenn Ihr ihn umgebracht hät-

tet, hätten seine Männer sicherlich das Haus mit Euerem Herrn darin niedergebrannt. Aber mich beunruhigt etwas anderes. Was wollte er hier?« Eine Weile stand Sigismondo nachdenklich, den Zeigefinger an die Lippen gelegt, da. Plötzlich aber lächelte er, und Benno wußte, daß sein Herr wieder einmal die Lösung eines Rätsels gefunden hatte.
»Der Kardinal hat nicht gewußt, wer sich hier verbirgt. Er will das Landhaus. Habt ihr nicht bemerkt, wie er sich umgesehen hat?«
»Was sollen wir tun?« fragte Massimo erwartungsvoll. Dieser Mann, der seinem Herrn soeben das Leben gerettet hatte, würde es gewiß auch weiterhin beschützen.
»Selbstverständlich überlassen wir ihm das Haus.«
»Wie ...? Aber was soll dann mit meinem Herrn werden?«
»Wir bringen ihn um. Vielleicht noch heute.«
Massimo fuhr zurück. Sein Gesicht nahm wieder seinen üblichen grimmigen Ausdruck an; seine Finger schlossen sich um das Messer. Sigismondo hob beschwichtigend die Hände. Seine Augen funkelten belustigt. »Euer Herr ist doch schon seit Jahren tot, und dieser Umstand ist ihm bislang sehr zupaß gekommen. Vielleicht schickt Kardinal Petrucci einen Arzt oder einen seiner Leute, der die Lage auskundschaften soll. Dieser Mann muß ein Grab zu sehen bekommen. Geht und schaufelt eins.«

11. Kapitel
Die Reliquien kommen in die Stadt

Der Tag, an dem die Reliquien nach Colleverde kommen sollten, war vom Rat der Stadt zum Feiertag erklärt worden. Alle Bürger zogen ihren Sonntagsstaat an und bereiteten sich auf die Festlichkeiten vor.

Manche begaben sich mit ihren vorsorglich zusammengepackten Essenspaketen und Wein zum nördlichen Stadttor, durch das der Kardinal einreiten würde. Die meisten jedoch versammelten sich auf dem großen Platz vor der Kathedrale, in der die Reliquien aufbewahrt werden sollten, bis der Herzog sie in seine Hauptstadt Nemora überführte.

Es gingen bereits Gerüchte um, daß der Herzog aufgehalten worden sei. Einige behaupteten, er habe bei der Auspeitschung eines Gefangenen danebengeschlagen und sich mit der dornenbesetzten Peitsche selbst die Beine verletzt; andere meinten, eben diese Beine hätten sich geweigert, einen Körper, der so von Sünde befleckt sei, in die Nähe der heiligen Reliquien zu tragen. Die Meinung der Bewohner Colleverdes über ihren Herzog war geteilt. Die meisten dankten dem Himmel, daß er in Nemora residierte und nur selten andere Städte besuchte. Andere wiederum waren stolz auf ihren Herzog, da sein Ruf andere Fürsten von Übergriffen auf sein Herzogtum abhielt. Man mußte überdies einräumen, daß es kaum einem Herrscher gelungen war, in derart kurzer Zeit so viele Greueltaten zu begehen.

In der Stadt herrschte an diesem Tag außerdem ein Mangel an heiratsfähigen Mädchen aus guter Familie; weitblickende El-

tern hatten nämlich entschieden, daß dies der beste Zeitpunkt sei, um zu den Landgütern zu reisen oder Verwandten in weit entfernten Klöstern einen Besuch abzustatten.
Fast alle waren der Ansicht, daß niemand dringender der Fürsprache der heiligen Bernadina bedurfte als ihr Herzog. Ihr Segen würde zudem anläßlich der Hochzeit seines Sohnes am Sonntag sehr gelegen kommen, und falls Graf Astorre seinem Vater nachschlug, würde er ihn ebenfalls bitter nötig haben.
Außerdem gab es einige im Volk, die sich selbst unbedingt die Fürsprache der Heiligen sichern wollten und deshalb fest entschlossen waren, sich einen Platz am Rande des Wegs, den die Prozession nehmen würde, zu erkämpfen. Eine Gruppe von Wegelagerern, die erst kürzlich einige Reisende auf der Straße nach Montenero ermordet hatten und aus zweifelhaften Gründen, welche die rauhen Gesellen lieber für sich behielten, in der Stadt weilten, setzten die Ellenbogen ein wie sonst die Messer und hatten bald einen Platz ergattert, an dem sie den Segen vor allen anderen erhalten würden. Einer von ihnen hatte eine beleibte Frau beiseitegestoßen, packte ihr – zwar erschrockenes, aber doch erfreutes – Kind und setzte es sich auf die Schultern, um die Heilige auf sich aufmerksam zu machen. Sein Spießgeselle zerrte aus ähnlichen Beweggründen einen Krüppel nach vorne und hakte sich bei ihm unter.
Eine Truppe von Steinmetzen, die sich auf dem Weg von ihrem Arbeitsplatz in der Kathedrale von Berano nach San Sevino befand, hielt sich ebenfalls aus Gründen in der Stadt auf, von denen sie hofften, daß niemand sie erfahren würde. Da es wegen der bevorstehenden Hochzeit in Colleverde von Menschen wimmelte, fühlten sie sich sicher.
Auch das Wetter war der Heiligen hold. Die sonst im Frühling üblichen Regengüsse waren ausgeblieben, und es war sonnig genug, um Stunden im Freien zu verbringen, ohne sich unterstellen zu müssen; trotzdem wehte eine kühle Brise, die

die Hauben der Frauen auf dem Platz wie schaumgekrönte Wellen wogen ließ und hie und da einen Schleier löste, der sich gleich einem Segel blähte. Also war es kühl genug, um das Bedürfnis nach Glühwein, heißen Würstchen, Maroni, Schweinsfüßen und ähnlichen Genüssen, die billig aufgetrieben und rasch verkauft werden konnten, zu wecken. Alles, was den Menschen aus den fettigen Fingern rutschte, wurde sogleich von behenden Hunden verschlungen, noch ehe man es wieder aufheben konnte. Die Schweine, die sich ebenfalls ihre Nahrung auf der Straße suchten, schreckten auch nicht vor Kannibalismus zurück, wenn die Knochen ihrer Artgenossen auf das Pflaster fielen.
Auch die Bettler waren in Hundertschaften angerückt. Der Herzog hatte den Beschwerden der Händler, sie schadeten dem Geschäft, nicht stattgegeben. Statt dessen sammelten seine Beamten Steuern von ihnen ein; von jenen, die verkrüppelt waren, jenen, die nur so taten, jenen, die sich selbst verstümmelt oder denen andere schon in der Kindheit diesen Dienst erwiesen hatten. Heute war ein Freudentag für sie. Vielleicht würde die Heilige sie kurieren, was ihnen ein Almosen von den Umstehenden einbringen würde. Wenn nicht, würden sie gewiß ihren Nutzen aus der zur Schau gestellten Mildtätigkeit ziehen, mit der die Menschen die Heilige für sich einzunehmen versuchten. Verbände wurden von Stümpfen gewickelt, um die größtmögliche Wirkung zu erzielen, Wunden wurden mit Blut aus den Schlachthäusern, wo die Metzger es aus ihrem Laden in den Rinnstein laufen ließen, kunstvoll bemalt. Jene, die keine ausreichenden Verstümmelungen vorzuweisen hatten, fertigten sich ihre Versehrungen aus ein wenig gestohlenem Wachs an.
Mit den Pilgern, Bettlern, Räubern, Händlern und Bürgern waren auch Gaukler nach Colleverde gekommen, da sie wußten, daß eine Menschenmenge, wenn ihre Schaulust erst einmal geweckt ist, selbst durch Reliquien, Festlichkeiten und Hochzei-

ten nie völlig zufriedengestellt werden kann; nicht einmal durch eine Prozession, so prächtig sie auch sein mag, und auch nicht durch Knochen – mögen sie noch so heilig sein –, solange sie lediglich hinter allerlei Flitterkram zu ahnen sind.
Unterhaltung muß »zum Anfassen« sein.
Ein Tanzbär fand großen Beifall, bis das Gedränge zu groß wurde und die Stadtwachen beschlossen, den Weg für die Prozession zu räumen. Das ging vor sich, indem die Männer in Zweierreihen durch die Menge marschierten, eine halbe Drehung nach außen vollführten, ihre Piken quer vor die erste Reihe der Zuschauer hielten und mit vorgebeugtem Oberkörper sechs Schritte zurück traten. Auf diese Weise wurden die Leute zusammengedrückt und begannen, sich über die Gegenwart des Bären zu beschweren. Sein Besitzer war gezwungen, das Tier wegzuführen, und versäumte die Prozession.
Die Stelzengeher hatten die beste Aussicht von allen – bis auf einen, der versehentlich die Kohlenpfanne eines Maroniverkäufers umgestoßen und dadurch dessen Mißfallen erregt hatte. Blitzschnell wurde er aus seinen luftigen Höhen heruntergezerrt und auf die glühenden Kohlen gesetzt. Darauf folgte die derbe Aufforderung, er möge sein Hinterteil doch der Heiligen zur Schau stellen, damit diese es kuriere.
Ein Trupp Zwerge hatte bemerkt, daß das Haus gegenüber der Kathedrale gerade umgebaut wurde, und benutzte nun das Gerüst als Bühne, um einige Possen aufzuführen, die sich um das Leben der heiligen Bernadina rankten. Selbstverständlich wurde diese Rolle von einem männlichen Zwerg gespielt, der züchtig verschleiert und in einen weißen Kopfkissenbezug gehüllt war. Die Szene, in der die Heilige von Engeln vor der Schändung durch ihren Gatten, der sich weigert, ihre Jungfräulichkeit zu achten, gerettet wird, und jene, in der sie sich erbietet, sich von Teufeln mit Mistgabeln und abscheulichen Masken quälen zu lassen, um ihrem grausamen Vater einen längeren

Aufenthalt im Fegefeuer zu ersparen, lösten den meisten Beifall und den größten Münzregen aus.
Ehe der Menschenandrang solche Darbietungen unmöglich machte, stellten Jongleure und Tänzer ihre Künste zur Schau. Ein Hund – ebenso klein und schmutzig wie Biondello, allerdings mit zwei Ohren ausgestattet – hatte, geschmückt mit einer bunten Halskrause, einen Tanz aufgeführt. Ein Wahrsager fand mehr Zulauf als all die anderen, da er, um die Menschen anzulocken, geschickt zu den Klängen eines Tamburins umhersprang, ehe er seine Tarotkarten ausbreitete. Zudem verfügte er über das Gesicht und das goldene Haar eines Engels und war gewitzt genug, den Karten eben die Unglücksfälle zu entnehmen, von denen jeder glaubte, daß sie ihm widerfahren seien, und aufregende Veränderungen zum Guten zu prophezeien, die in Bälde eintreten würden – ein hübscher Zufall, denn genau die erwarteten sich alle von den Reliquien.
Die Bewohner der umliegenden Häuser drängten sich mit ihren Familien und Freunden auf Balkonen und an Fenstern. Auf Balustraden und Fensterbrettern waren Teppiche ausgebreitet worden, und man hatte Erfrischungen bereitgestellt. Selbst Vögel in Käfigen hatte man hinausgebracht, damit auch sie ihren Teil vom Segen abbekamen. Kinder liefen zwischen den Beinen der Erwachsenen umher und spuckten jene Süßigkeiten, die sie nicht mochten, hinunter auf die Menschenmenge. Ein Händler, der seine Samtkappe abgenommen hatte, um sich kräftiger am Kopf kratzen zu können, glaubte zunächst, das schöne Wetter habe sich eingetrübt, bis er feststellte, daß das, was er für Regen gehalten hatte, von einem kleinen Knaben kam, der auf einem Balkon seine Notdurft verrichtete.
Alle Würdenträger – mit Ausnahme des Bischofs – hatten sich bereits in der Kathedrale eingefunden. Die Prinzessin Corio – die Schwester des Kardinals Petrucci und Witwe des schon vor vielen Jahren verstorbenen Prinzen Corio, der ein reicher, aber

unbedeutender Mann gewesen war – , hatte von allen, die nicht dem geistlichen Stande angehörten, den besten Platz; und dies nicht nur deshalb, weil es ihr Anrecht war, sondern weil niemand auch nur das geringste Bedürfnis verspürte, Einspruch dagegen zu erheben. In betont würdevoller Haltung harrte sie der kommenden Ereignisse und war sich sehr wohl darüber bewußt, daß sie bis zur Ankunft der Reliquien die größte Aufmerksamkeit erregte. Und der Prinzessin, die in burgunderroten, mit goldenen Arabesken bestickten Samt gekleidet war, deren Haupt ein riesiger goldener, mit Perlenschnüren besetzter Turban umhüllte und deren Brust ein großes goldenes, mit Rubinen besetztes Kreuz zierte, war diese Aufmerksamkeit durchaus willkommen.

Während sie funkelnd und glitzernd in der nur von Kerzenschein erhellten, dämmrigen Kathedrale thronte, weilten einige ihrer Gedanken bei ihrem Bruder, dessen Ankunft sie erwartete; ebenso jedoch beschäftigte sie wie sie zugeben mußte, die Frage, ob ihr Haushofmeister wohl genug Blattgold hatte auftreiben können, um den Hauptgang des prächtigen Banketts am heutigen wie auch am morgigen Abend – wobei der richtige Mittelweg zwischen Prunk und freitäglicher Enthaltsamkeit gefunden werden mußte – ausreichend abzudecken. Außerdem mußte auch noch eine beträchtliche Menge für das Bankett aufgespart werden, das sie für den Herzog veranstalten wollte, und dann noch für das Hochzeitsfest nach der Trauungszeremonie am Sonntag. Aber sie war fest entschlossen, ihrem Bruder alle Ehre zu machen. Wenigstens hatte sie für den morgigen Tag sein Leibgericht vorbereiten lassen: gefüllte Lerchen, die sorgfältig mit vergoldeten Fischgräten garniert waren.

Auch Bischof Taddeos Gedanken weilten bei Kardinal Petrucci. Er ritt gerade zum westlichen Stadttor hinaus, um sich der Prozession anzuschließen und die Reliquien gemeinsam mit dem Kardinal in die Kathedrale zu geleiten. Der Bischof war ein

Mann, der kein Wässerlein trüben konnte und vom Leben nicht mehr erwartete als nötig war, um sein Amt möglichst reibungslos zu versehen. Es war sein Schicksal, daß er als Bischof von Colleverde in der gleichen Stadt leben mußte wie die Prinzessin Corio, die von ganz entgegengesetztem Temperament war. Sie schien es als ihre besondere Pflicht zu betrachten, dem Bischof ständig auf die Finger zu schauen und jede Nachlässigkeit umgehend ihrem Bruder in Nemora zu melden. Aus diesem Grund war der Kardinal ein Nagel zu des Bischofs Sarg. Zuweilen suchte ihn der Bruder sogar in seinen Alpträumen heim, um ihn mit einem Schwall priesterlicher Ermahnungen zu überschütten. Daher freute sich Bischof Taddeo nicht sonderlich darauf, dem Kardinal leibhaftig gegenüberzustehen, und dankte dem Himmel, daß nicht er an diesem Abend das Festmahl ausrichten mußte. Wäre die Prinzessin Corio Gast und nicht Gastgeberin gewesen, wäre sicherlich nichts zu ihrer Zufriedenheit ausgefallen.
In der Stadt fieberten die Menschen der Ankunft der Reliquien entgegen. Diese näherten sich nun dem westlichen Stadttor, wo der Bischof, der an seiner Robe herumzupfte, seinerseits wartete. Die Kathedrale war für einen würdigen Empfang der Reliquien hergerichtet worden. Gleichzeitig wurden in Colleverde jedoch Vorbereitungen für finstere Machenschaften getroffen, von denen die Menge nichts ahnte.

12. Kapitel
Untersuche die Zähne des Löwen

Bennos Erfahrungen als Totengräber hatten sich bislang auf das Ausheben eines kleinen Loches unter einem Rosenbaum für Biondellos Vorgänger beschränkt, doch ein Blick auf Massimo und dessen Vater Gruchio sagten ihm, daß es nicht ratsam war, ihnen seine Hilfe beim Schaufeln eines Grabes für ihren Herrn zu verweigern.

Daß Gruchio Massimos Vater war, ließ sich nicht übersehen. Die Augen in seinem runzeligen Gesicht waren sogar noch kleiner und standen enger beieinander, und sein Mund trat hervor, als drücke ihm jemand die Wangen zusammen. Das erweckte einen jovialen Eindruck, der allerdings niemanden täuschen konnte. Nach Bennos Einschätzung war es für Gruchio wahrscheinlich die größte Unterhaltung, zuzusehen, wie jemand gerädert wurde.

Schweigend schaufelten sie vor sich hin, und Benno war froh, daß Biondello, der auf dem kleinen Friedhof neben der Kapelle herumlief, Abstand zu ihnen wahrte. Möglicherweise entsprach es ja Gruchios Vorstellung von Spaß, den Hund am Bein zu packen und ihn in die Grube zu werfen, ehe sie die Erde wieder hineinschaufelten. Während sie stöhnten und gruben, hatte er tatsächlich vorgeschlagen, das Grab bis zur Ankunft des vom Kardinal geschickten Arztes nicht zuzuschütten und diesen hineinzustoßen, damit das schöne Loch nicht völlig nutzlos sei. Er und Massimo würden, daran ließen sie keinen Zweifel offen, mit Freuden jeden beseitigen, der mit dem Kardinal in Verbindung stand. Und falls Petrucci wirklich dafür verantwortlich

gewesen war, daß ihr Herr Amt und Augenlicht verloren hatte, konnte Benno ihnen nur beipflichten. Trotzdem, es war der Zweck dieser Übung, den Kardinal davon zu überzeugen, daß »Giraldi« nicht länger unter den Lebenden weilte, und darum mußte man den Mordplan fallenlassen, damit der Arzt, falls er überhaupt kam, zurückkehren und Bericht erstatten konnte.
Was würde mit Graf Mirandola geschehen, wenn der Kardinal beschloß, das Landhaus zu übernehmen? Falls es Sigismondo nicht gelang, den Blinden nach Rocca zu bringen, blieb ihm nur wenig Hoffnung, dem Tod zu entrinnen.
Benno war erstaunt darüber, mit welcher Ergebenheit Gruchio und Massimo an ihrem Herrn hingen, obwohl sie ursprünglich doch Graf Giraldi gedient hatten und Graf Mirandola nur ein Fremder gewesen war, den ihnen Prinzessin Oralia als Gast geschickt hatte. Diese Ergebenheit sprach für den ehemaligen Vertrauten des Herzogs von Nemora.
Aber es gab noch etwas, was Benno Magendrücken verursachte: Das beste wäre gewesen, wenn Sigismondo noch heute nacht aufgebrochen wäre, um den blinden Grafen und den Knaben/das Mädchen/die Prinzessin so rasch wie möglich nach Rocca zu bringen. Doch die junge Dame war an einem Fieber erkrankt, und der Blinde hatte nicht dulden wollen, daß man die Leidende dick einmummelte und vorne auf Sigismondos Sattel band.
Dies hatte zur Folge, daß die junge Dame nun im Bett lag – im besten Bett, wie der Blinde es befohlen hatte – und von der Hexe gepflegt wurde. Darum beneidete Benno die Prinzessin nicht im geringsten. Er hatte das merkwürdige Gespräch zwischen Sigismondo und der Hexe am Küchentisch mitangehört, ein Gespräch, das zwar fast wortlos, aber keineswegs geräuschlos verlaufen war. Die Hexe hatte einen Schwall lallender Knurrlaute ausgestoßen, in dem man nur gelegentlich ein einzelnes Wort ausmachen konnte, während Sigismondo zustimmend brumm-

te, die Kräuter betastete, die sie ihm hinhielt und an verschiedenen Schälchen schnupperte: Schafgarbe, gesüßt mit Honig, gegen das Fieber; Fingerkraut gegen die Halsschmerzen und Schildkraut gegen Überreiztheit. Benno war beeindruckt, wie gut sich die beiden so ungleichen Kräuterdoktoren verstanden und wie sie genau die richtige Mischung für ein Mädchen zusammenstellten, das die ganze Nacht im Sattel gesessen und dabei eine Hose anstelle eines Kleids getragen hatte und überdies hatte mitansehen müssen, wie ihrem Bruder der Kopf abgeschlagen wurde. Erfreut stellte Benno fest, daß sein Herr genug über Kräuter wußte, um sich vergewissern zu können, was die Hexe da braute.

Dann erfuhr er zu seiner Überraschung, daß sie am nächsten Tag nach Colleverde reiten würden.

»Werdet Ihr tun, was der Kardinal von Euch verlangt hat? Werdet Ihr hingehen und ihm sagen, daß Giraldi tot ist? Er wird es doch bereits durch seinen Arzt erfahren haben.«

»Falls der Arzt kommt. Seine Eminenz wird heute in Colleverde genug zu tun haben; möglicherweise befaßt er sich erst wieder mit dem Jagdhaus, wenn er die Muße dazu hat.«

»Ist dieses Grab also nur eine Vorsichtsmaßnahme?«

Sigismondo berührte die moosbedeckte Grabtafel eines vor langer Zeit verstorbenen Giraldi an der mit Nischen versehenen Mauer und betrachtete dann das zugeschüttete Grab in einigen Schritten Entfernung. »Giraldi muß dieses Haus vor nicht allzu langer Zeit als Sommerresidenz genutzt haben.« Er betrat die kleine Kapelle. Benno folgte ihm und beugte das Knie vor dem Altar, der bar jeglichen Schmuckes war. Dann betrachtete er die verblaßten Fresken, den mit Blättern bedeckten Boden und die kleine Vase voller Rosmarinzweiglein, die vor einer Tafel an der Wand stand.

»Jemand, mag es auch nicht der Arzt sein, wird früher oder später hierherkommen. Wenn der Kardinal das Ende der Feierlichkeiten abwarten muß, wird er diese Zeit sicherlich nicht nur mit Beten verbringen; er wird uns nicht vergessen. Und es sieht aus, als müßten wir hier bleiben, bis Prinzessin Minerva genesen ist.«

Benno hatte das Knie gebeugt und wie gewöhnlich für die Seelen seiner Eltern gebetet, die er nie gekannt hatte, weil er gleich nach seiner Geburt ausgesetzt worden war. Dann fiel sein Blick auf eine Tafel, die in die Wand eingelassen war.

»Graf Giraldi«, sagte Sigismondo. »Wenn die Dörfler gewagt hätten, hinauf in die Kapelle zu kommen, hätten sie entdeckt, daß ihr Toter tatsächlich in Frieden ruht.« Er musterte die unebenen Steinplatten auf dem Boden.

»Das hätten sie nicht lesen können.« Benno wies mit dem Kopf auf die Tafel. »Ebenso wenig wie ich. Wer, glaubt Ihr, hat den Rosmarin hingestellt?«

»Gewiß die alte Sybilla. Massimo ist es sicherlich nicht gewesen.«

Irgendwo im Gebäude stimmten die Wachhunde ein klagendes Geheul an, als betrauerten auch sie das Dahinscheiden ihres verstorbenen Herrn. Der wirkliche Graf war, wie Benno vermutete, einige Zeit nach der Ankunft des gegenwärtigen »Giraldi« verstorben, der nun einen Nutzen daraus zog, daß alle in ihm den lebenden Toten sahen. Benno folgte Sigismondo in den Garten und blickte mit ihm über das Tal in die blauschimmernde Ferne, wo die weißen Mauern von Colleverde sich in der Abendsonne den Hügel hinab erstreckten. Ganz oben glänzte das vergoldete Mauerwerk der Kathedrale und ihr rotes Dach, die den Bischofspalast im alten Schloß fast verdeckte. Der Palast war von Grifones Großvater beim Sturm auf Colleverde zerstört und von Grifones Vater zum Teil wieder aufgebaut worden. Die Stadt lag zu nahe an den Grenzen zu Montenero und Rocca, als daß ein kluger Mann sie unbefestigt gelassen hätte.

»Werdet Ihr wirklich den Kardinal aufsuchen? Ich weiß, er ist

ein großer Mann und ein Priester obendrein, aber für mich sah er aus wie eine falsche Schlange. Begebt Ihr Euch damit nicht ins Maul des Löwen?« Benno war, was Sprachbilder anbelangte, nicht besonders bewandert und wußte nicht, warum Sigismondo ihm gütig zulächelte.
»Wo sonst kann man die Zähne des Löwen besser untersuchen? Prinzessin Oralia sagte, die Augen des Herzogs seien geschlossen. Falls sie von einer Verschwörung gegen ihren Bruder sprach, von der dieser nichts ahnt, kann ich Prinz Ludovico besser die Augen öffnen, wenn ich Genaueres weiß.«
»Und was wird aus dem blinden Grafen, wenn die Männer des Kardinals während Euerer Abwesenheit wiederkommen?«
»Massimo weiß, was zu tun ist.«
Sigismondo preßte die Lippen zusammen, und Benno erkannte daran, daß es klüger war, keine weiteren Fragen zu stellen.

13. Kapitel
Eine Drohung

Der Raum im Palast der Prinzessin Corio war groß. Die Eichentäfelung war mit Bienenwachs blankgebohnert, die Decke mit rautenförmigen Gipsornamenten verziert, und über dem Kamin prangte das Wappen des Kardinals mit Hut und Quasten – ohne Zweifel eine kostspielige Ehrenbezeugung von seiten seiner Schwester. Möbliert war das Zimmer mit einem Regal voller Bücher und Schriftrollen, einem Bett mit roten Vorhängen, vor dem ein Gebetskissen lag, einer Kommode aus altersdunklem Holz, einigen Stühlen und einem geschnitzten Tisch, an dem der Kardinal in einem hohen, geschwungenen Sessel thronte. Auf

einem Wandteppich war Susanna mit den Ältesten dargestellt, wobei die Art der Weberei oder die Hand des Künstlers Susannas entblößte Gestalt eher aufgebläht als üppig erscheinen ließ.
Hätte Benno, der mit den Pferden im Hof des Palazzo Corio wartete, sehen können, wie der Kardinal, seine Schwester und sein Neffe Sigismondo einander mit Blicken belauerten, hätte er sie wahrscheinlich für eine Familie falscher Schlangen gehalten. Alle drei waren blaß, schlank und geschmeidig. Am unangenehmsten wirkte Torquato, der einen Schritt hinter dem Kardinal stand. In Gegenwart seines Oheims hielt er den Kopf immer leicht geneigt, als wolle er Demut zur Schau stellen. Und obwohl die Prinzessin Corio, die an diesem Vormittag in grünen Seidendamast gehüllt war, noch stärker an eine Kobra erinnerte als ihr Bruder, wirkte doch der Kardinal, der mit einem goldenen Papiermesser herumspielte, am gefährlichsten.
Gefährliche Männer brauchen Beschützer. Sigismondo war unter der Aufsicht eines riesigen, in Scharlachrot und Grau gewandeten Wächters die Treppe hinaufgestiegen. Zwei weitere Hünen standen vor der Tür, und ein vierter kündigte seine Ankunft an. Offenbar hatte sich seine Eminenz die hartgesottensten Burschen ausgesucht, um seiner geistlichen Macht Nachdruck zu verleihen.
Der Kardinal wog das Messer auf der flachen Hand und richtete es dann auf Sigismondo.
»Also ist Er nun, da Giraldi tot ist, ohne Stellung.«
Prinzessin Corio, die kerzengerade dastand und die Hände vor dem Leib verschlungen hielt, als wollte sie sie daran hindern, sich zu bewegen, musterte den Fremden, eingehend, wobei sie seinen breiten Schultern und seiner ersten, undurchdringlichen Miene besondere Beachtung schenkte.
Überraschenderweise lächelte sie plötzlich. Zwar war es kein besonders liebliches Lächeln, denn ihre schmalen Gesichtszüge

waren scharf und das Lächeln eher eine höfliche Grimasse zu nennen, aber ihren Augen war anzumerken, daß ihr gefiel, was sie da sah. »Für einen Mann wie Ihn findet sich immer Arbeit«, sagte sie. »In meinem Hause sind einige Stellungen frei ... Wie lange hat Er dem Grafen Giraldi gedient?«

Sigismondo öffnete schon den Mund, um zu antworten, als sich der Kardinal plötzlich vorbeugte, daß seine Seidengewänder raschelten, und die Augen zusammenkniff.

»Sigismondo ... stand Er nicht im Dienste von Ludovico di Rocca, als die Herzogin starb?«

Hier war nicht der richtige Ort, um zu bekennen, daß er dem Herzog von Rocca ein treuer Diener gewesen war – vor allem da seine Zuhörer möglicherweise gerade eine Verschwörung gegen seinen Herrn planten. Aber Sigismondo hatte kaum eine andere Wahl. Gewiß hatte der Kardinal seine Zuträger in Rocca, die ihm ganz sicherlich eine Beschreibung Sigismondos geliefert hatten. Also neigte der Graf bestätigend den Kopf.

»Eminenz, ich habe dem Herzog von Rocca in einer Angelegenheit gedient, die die Herzogin betraf. Dann wünschte er, daß ich seiner Schwester in Montenero eine Botschaft überbringe; und jemand am Hofe hat mich gebeten, auf meiner Reise in Fontecasta Halt zu machen, um mich nach dem Befinden eines seiner Verwandten zu erkundigen.« Sigismondo zuckte die Achseln. »Ich wäre rascher wieder aufgebrochen, hätte ich geahnt, daß die Prinzessin Oralia im Sterben lag. Von Montenero wäre ich dann nach Rom gereist, um mir eine Stellung zu suchen.«

Auf die Erwähnung von Prinzessin Oralias Tod folgte beklemmendes Schweigen. Daß außerdem ihr Sohn durch die Hand ihres Gatten den Tod gefunden hatte und ihre Tochter Minerva geflohen war, mochte auch in Nemora Anlaß zu mannigfaltigen Erörterungen geben. Schließlich lag es auf der Hand, daß bei der Hochzeit etwas Wichtiges fehlen würde, wenn die Braut durch Abwesenheit glänzte. Falls aber die Nachricht von Prin-

zessin Minervas Flucht vertraulich behandelt wurde oder gar zurückgehalten worden war, lag die Verbindung zwischen Nemora und Montenero immer noch im Bereich des Möglichen. Zudem mußte sie jetzt sogar noch wünschenswerter erscheinen, denn Minverva würde den Thron von Montenero erben.
Der Kardinal brach als erster das Schweigen.
»Er steht also nicht länger in den Diensten des Herzogs?«
»Ich bin aller Verpflichtungen ledig, Eminenz.«
Wieder entstand kurzes Schweigen, während die Prinzessin Corio zum Fenster hinüberrauschte und hinausblickte. Ganz offensichtlich suchte sie die Nähe Sigismondos, denn im nächsten Augenblick wandte sie sich um und sah ihm ins Gesicht. Heute baumelte ein Kreuz mit emaillierten Blumen an ihrem Busen, und die eingelegten, quadratisch geschliffenen Diamanten blitzten auf, wenn sie Atem schöpfte. Bei jeder Bewegung entströmte ihr eine Duftwolke, die nach Moschus und Sandelholz roch.
»Aber jetzt ist Er nicht auf dem Weg nach Montenero?«
Sigismondo drehte sich nach dem Kardinal um, der ihn gemeinsam mit seinem Neffen immer noch wachsam beobachtete.
»Am Stadttor habe ich soeben erfahren, daß Herzog Ludovicos Schwester tot ist – «, er zuckte die Achseln, als kümmere ihn das nicht weiter.
»Möge sie in Frieden ruhen«, meinte der Kardinal die Stirn in fromme Falten gelegt, und bekreuzigte sich langsam und würdevoll. Die beiden anderen folgten eher nachlässig seinem Beispiel.
Anschließend wandte sich die Prinzessin Corio unverzüglich weltlicheren Angelegenheiten zu.
»Er hat sich doch offenbar eine ganze Weile in Fontecasta aufgehalten. Ist das Haus sehr baufällig?«
»Man hat dafür Sorge getragen, daß keine Feuchtigkeit eindringt, und es leidlich instandgehalten. Hoheit.«

»Giraldis Familie soll einen angemessenen Preis für das Anwesen erhalten«, bemerkte der Kardinal und nahm sein Brevier zur Hand. Die Dame faßte Sigismondo mit den Fingerspitzen am Arm und zog ihn zur Tür.
»Und die Dienerschaft?« Prüfend betrachtete sie sein Gesicht.
»Zwei gesunde Männer – einer im fortgeschrittenen Alter, eine alte Köchin, die kaum unsere Sprache spricht, eine alte Küchenmagd, die nicht mehr gut sieht, und ein Page, der erkrankt ist.«
»Ein Page? Ist er jung?«
»Ach, nur ein Knabe, Hoheit.«
»Das arme Kind. Man soll ihn hierherbringen. Ich bin ein wenig bewandert in der Heilkunst.«
»Wir befürchten, seine Krankheit könnte ansteckend sein.«
»Pah!« Die Prinzessin wandte sich zu ihrem Bruder um, der fragend aufblickte. »Habe ich nicht im letzten Jahr meinen Bruder eigenhändig von der Pest kuriert, indem ich ihn zwischen zwei lodernde Feuer legte und die Krankheit ausräucherte?«
Der Kardinal nickte mit unbewegter Miene.
»Er wird später wiederkommen«, entschied sie und tippte Sigismondo auf den Arm, um ihrem Befehl Nachdruck zu verleihen. »Dann werde ich Ihm mitteilen, was ich veranlaßt habe, um den Knaben hier zu pflegen.«
Kein Muskel in Sigismondos Gesicht verriet, was für ein Unglück das war.

14. Kapitel
Bennos Halskette

Benno stand nicht im Hof. Sigismondo sah sich um: Wie bei einem Ort, an dem die Prinzessin Corio das Regiment führte, zu erwarten, war der Hof sauber gefegt und ordentlich, und die Menschen, die ihn durchquerten, gingen eilig ihren Pflichten nach. Sein Pferd, der große Braune, und Bennos kleiner Grauschimmel warteten immer noch angebunden neben dem Wassertrog. Sigismondo huschte der Gedanke durch den Kopf, daß jemand, der – wie Benno – überhaupt nicht an einen solch reinlichen Ort paßte, möglicherweise einfach hinausgefegt worden war.

Aber von der Straße war fröhliches Treiben zu hören, und Benno liebte fröhliches Treiben.

An der Pforte zum Hof stehend, blickte Sigismondo die Straße entlang, doch er konnte nichts Außergewöhnliches entdecken; nur einen Mann, der einen mit Krautköpfen beladenen Handkarren schob, einen anderen, der Lerchen in Käfigen feilbot, und zwei Frauen mit Tüchern über den Hauben, die an der Straßenecke schwatzten. Eine Katze sonnte sich auf einer Fensterbank gegenüber. Sie reckte den Hals und blickte auf einen Hund hinab, der die Mauer entlanghinkte: einen wolligen, schmutzigen kleinen Hund mit einem Ohr.

Biondello überquerte rasch humpelnd die Straße und blickte zitternd und winselnd zu Sigismondo auf. Als er sich sicher war, daß Sigismondo ihn bemerkt hatte, hinkte er eilig auf den Platz vor der Kathedrale zu. Während seine Beinchen ihn mühsam vorwärtstrugen, drehte er sich immer wieder nach Sigismondo um, um sich zu vergewissern, daß dieser ihm noch folgte.

Auf dem Platz drängten sich immer noch die Gläubigen, um

einen Blick auf die Reliquien zu erhaschen. Außerdem wimmelte es dort von Leuten, die erstere mit Speis und Trank versorgten, erbauliche und weltliche Unterhaltung darboten oder den Tugendhaften die Möglichkeit gaben, ihr Gewissen durch ein Almosen zu erleichtern. Obwohl Sigismondo Biondello bald aus den Augen verloren hatte, schritt er unbekümmert weiter, wobei er beobachtete, in welche Richtung Bettler und Pilger mit dem Fuß austraten. Biondello zog Tritte ebenso an wie Benno.
Diesmal jedoch hatte sich Benno mehr eingefangen als nur ein paar Tritte. Als Sigismondo sah, wie Biondello von einer Stiefelspitze aus einem Hauseingang geschleudert wurde und wimmernd auf den Stufen liegenblieb, trat er durch den Torbogen, der oben in der Mitte das Wappen des Bischofs trug, und fand sich im Amtssitz des Magistrats wieder. Durch die hohen Fenster fiel das Licht der untergehenden Sonne auf die rauchgeschwärzten Wände, auf den riesigen Kamin, der ebenfalls das Wappen des Bischofs trug, und auf Benno, der inmitten einer lärmenden Menschenmenge stand, an den Armen festgehalten wurde und einen Strick um den Hals hatte.
Sigismondo wurde sowohl von Benno als auch von den Leuten freudig begrüßt. Bei letzteren handelte es sich um die – mittlerweile allerdings wieder bekleideten Pilger von der Heiligen Quelle. Benno war mit einer zusätzlichen Schicht Straßenstaub bedeckt und blutete aus der Nase.
»Hier ist er! Wir haben den Schurken!«
»Seht, wir haben den Dieb gefangen!«
»Wo ist Euere Tochter, guter Mann?«
Diese letzte Frage kam von der Frau, die das Haar wie einen Pudding in ein Tuch eingebunden trug, und Sigismondos »krankes Kind« so hilfreich mit dem heilenden Wasser besprengt hatte. Nun hatte die Pilgerin über diesen Aufbau noch einen gewaltigen Hut gestülpt, und ihr Gesicht glühte erschöpft und siegesgewiß. In ihrer riesigen Faust hielt sie entschlossen das

Seil, dessen anderes Ende in einer Schlinge um Bennos Hals hing. »Habt Ihr sie zur Heiligen gebracht, damit sie kuriert wird? Dieser Schurke hatte ihr Kleid nicht mehr bei sich.«
Sie zerrte an dem Seil, und Benno wäre wohl vornüber gekippt, wenn die Männer des Magistrats ihn nicht gehalten und in weiser Voraussicht die Schlinge gelockert hätten, als er zu röcheln begann.
»Meine Kleider hat er auch nicht!« schrie der Knabe und sprang vor Aufregung auf und nieder. Die Pilger waren in Festtagslaune und beglückwünschten einander und Sigismondo zu dem großartigen Fang, der nun seiner Bestrafung zugeführt werden sollte.
Der Mann, dem diese Aufgabe oblag, war der Magistrat des Bischofs, der sich bislang nicht hatte bemerkbar machen können. Er war ein kleines, zappeliges Männchen, und Geduld war nicht seine Stärke. Nun ergriff er die Gelegenheit und das Wort. »Wir haben keine Zeit zu verlieren. Ihr seid der Mann, den er bestohlen hat, und hier haben wir die Zeugen. Bringt ihn hinaus und hängt ihn auf; das ist die übliche Strafe für einen Mann, der Pilger bestiehlt. Es wird heute sicherlich nicht der einzige bleiben.« Mit der Mißbilligung, die kleine unbedeutende Männer für gewöhnlich gegen große und ansehnlichere Geschlechtsgenossen hegen, blickte er zu Sigismondo auf. »Worauf wartet Ihr noch?« Er spielte schon mit dem Gedanken, Sigismondo einen Stoß zu versetzen, ließ es dann aber lieber bleiben.
»Ich warte darauf, daß man mir einen Grund nennt, warum er aufgehängt werden soll.«
Sigismondo ruhige Stimme ließ die anderen in ihren Bemühungen innehalten, Benno durch die offene Tür und zu den Galgen zu schieben, die einladend draußen auf dem Platz standen. Vor zwei Tagen waren sie gegenüber der Kathedrale errichtet worden, um allen Besuchern vor Augen zu führen, daß in Colleverde hart durchgegriffen wurde. Bislang waren erst fünf Leute aufge-

hängt worden. Wie die Bewohner der Stadt gerne betonten, waren zwei davon Pilger gewesen, die beim Diebstahl ertappt worden waren.

»Einen Grund? Einen Grund? Er hat Euch ein Gewand und dem Knaben die Kleider gestohlen ...«

»Ich war gezwungen, ihm ein Wams zu leihen«, unterbrach eine grobe Stimme, doch der Magistrat winkte gebieterisch ab und fuhr fort:

»... die Kleider des Knaben, wie ich schon sagte. Der Befehl des Bischofs lautet, die Pilger zu beschützen. Bringt ihn hinaus.«

Ein Wächter sprang vor, um der rotgesichtigen Frau, die sich heftig zur Wehr setzte, den Strick zu entreißen. Doch Sigismondo rührte sich nicht von der Stelle und blickte den leicht reizbaren Magistrat unverwandt an.

»Aber ich habe das Kleid wiedergefunden und dem Mann den Diebstahl verziehen. Außerdem weiß er nicht, was er tut; wie kann man ihn für eine Tat bestrafen, die er nicht versteht?«

Sigismondo packte Benno bei den Schultern und drehte ihn herum, als wollte er ihn zur Schau stellen. Bennos unsteter Blick und sein herabhängender Kiefer machten gebührenden Eindruck, aber der Magistrat schnaubte nur höhnisch.

»Auch ein Dieb, der nicht alle Sinne beisammen hat, bleibt ein Dieb. Im Höllenfeuer wird er schon begreifen, was Diebstahl bedeutet. Bringt ihn weg.« Er nickte den Wachen zu und vollführte wie ein Schwarzkünstler, der sich nicht sicher ist, ob er wirklich etwas verschwinden lassen kann, eine Handbewegung in Richtung Sigismondo. »Ihr mögt ihm vielleicht verzeihen, Herr, aber was ist mit diesem Knaben? Mein Amt ist es nicht, die Milde des Priesters, sondern die Strenge des Gesetzes walten zu lassen. Tretet beiseite.«

Aber er mußte feststellen, daß er Sigismondo weder dazu bewegen konnte, den Weg freizugeben noch den Mund zu halten.

»Rufen wir doch die Heilige an! Unterwerfen wir uns an diesem

gesegneten Freudentag ihrem Urteil. Kommt mit zur Kathedrale, um vor den Reliquien zu beten. Die Heilige Bernadina wird uns sagen, was wir tun sollen.«
Er hatte den richtigen Ton angeschlagen. Seine Worte wurden von den Pilgern, die jubelnd in die Hände klatschten und sie wiederholten, freudig aufgenommen. Der Magistrat hingegen war offensichtlich mit seinem Latein am Ende, da er nicht wußte, wie er die Rechtsprechung des Bischofs gegen die einer Heiligen geltend machen sollte. Er setzte einige Male an, um etwas zu sagen, aber die Frau, die Bennos Strick hielt, schleppte den Gefangenen bereits, gefolgt von einer Horde Pilger, im Laufschritt zur Tür. Nur der Knabe, dessen Kleider gestohlen worden waren, schien weniger erfreut darüber, daß die Hinrichtung ärgerlicherweise verschoben werden sollte, bis die Heilige ihren Segen dazu gab. Wütend schickte der Magistrat zwei Wachen mit und wandte sich dann einigermaßen getröstet einem Mann zu, dessen Hand, wie zweifelsfrei bestätigt werden konnte, in die Tasche eines anderen geschlüpft war. Keine Frage, also, daß man sie ihm abhacken würde, ehe man ihn aufhängte. Es kam dem Ordnungssinn des Magistrats sehr entgegen, daß die Hand dem Übeltäter vor der endgültigen Hinrichtung an die Brust geheftet werden mußte.
In den gewaltigen Hallen der Kathedrale machten sich die Männer des Bischofs nützlich, indem sie gewaltsam den Weg freiräumten. Im Augenblick wurde kein Gottesdienst abgehalten, und außer den stetigen, von den Wänden widerhallenden Gebeten und dem Getuschel der Menge war nichts zu hören. Ein Teil des verfügbaren Platzes wurde von den Pilgern eingenommen, die den mühseligsten Weg gewählt hatten, sich den Reliquien zu nähern: nämlich flach auf dem Bauch kriechend. Da einige von ihnen aus ihren Heimatdörfern über die von den Frühjahrsregenfällen aufgeweichte Erde hierher gerobbt waren, sahen sie wegen der Schlammschichten, die als Zeichen der

Buße ihren Leib bedeckten, kaum noch aus wie menschliche Wesen. Zudem hatten sie, erschöpft von dem meilenweiten Kriechen durch Staub, Schlamm und Geröll und eingelullt vom ununterbrochenen Beten auf dem glatten Marmorfußboden, einen fast schlafwandlerischen Zustand erreicht, und selbst die Spitzen der Piken konnten sie nicht mehr aus ihrer Benommenheit reißen.
Unter dem Vorwand, er wolle der Frau dabei behilflich sein, Benno an den halb aufgerichteten, niedersinkenden oder liegenden Gestalten vorbeizuschleppen, bemühte sich Sigismondo nach Leibeskräften, den einschneidenden Strick von Bennos Hals fernzuhalten. Falls Benno über einen der Büßer stolperte, würde er womöglich erwürgt werden, noch ehe er den Galgen erreichte. Zwei Priester, zu Ehren der Heiligen in festliche grüngoldene Gewänder gehüllt, bahnten sich einen Weg zwischen den knieenden Gläubigen, da sie verhindern wollten, daß es zu einem unziemlichen Auftritt kam. Einer von ihnen bemerkte jedoch, daß die Leute von Wachen des Bischofs geführt wurden, und vermutete daher, daß es sich um eine Angelegenheit seines Herrn handelte. Also geleitete er sie alle zu einer verhältnismäßig freien Stelle gleich am Geländer vor dem Altarraum. Vor den goldenen Schreinen, die die Reliquien enthielten, kniete, in tiefe Andacht versunken, der Bischof von Colleverde. Das Altartriptychon war zugeklappt worden; davor hatte man ein Bildnis der Heiligen Bernadina aufgestellt, auf dem sie über die Köpfe von Dämonen hinwegschritt. Die Altarkerzen erhellten ihr mildes Gesicht und ließen ihre Gewänder und ihren Heiligenschein in schimmerndem Glanz erstrahlen.
Die Unruhe, die der Auftritt der Pilger ausgelöst hatte, und der Anblick von Benno mit seiner Halskette hatte die Gläubigen, die nicht völlig in ihr Gebet versunken waren – die Mehrheit also –, die Köpfe heben lassen. Selbst der Bischof wandte sich, nachdem er sich fromm bekreuzigt hatte, neugierig um.

Für gewöhnlich war er unter seiner Mitra kaum zu sehen, doch da er im Augenblick keine Messe abhielt, hatte er sie nicht aufgesetzt. Sandfarbene, dünne Haarsträhnen umrahmten ein Käppchen aus purpurnem Samt, das ebensowenig zu ihm paßte wie das purpurne Gewand, das seine herabhängenden Schultern schmückte. Seine leicht hervortretenden Augen und das ängstliche Zucken von Nase und Lippen ließen ihn eher einem Hasen als einem Bischof ähneln. Doch eigentlich war er ein guter Mensch, dessen einziges Laster darin bestand, daß er seine Bequemlichkeit liebte. Die Bürger von Colleverde waren mit ihrem Bischof im großen und ganzen zufrieden, wenngleich sie sich zuweilen über ihn ärgerten, weil er wieder einmal bei einer Machtprobe mit der Prinzessin Corio den kürzeren gezogen hatte. Jetzt sah er sich von einem Bauerntölpel und einer Schar von Pilgern umringt, die alle gleichzeitig versuchten, mit ehrerbietig gedämpfter Stimme ihr Anliegen zu erläutern. Zu seiner Erleichterung aber trat schließlich ein hochgewachsener, kahlrasierter Mann in schwarzem Gewand vor, ergriff seine schlaffe Hand und beugte sich über seinen Ring, um diesen zu küssen.

»Exzellenz, wir sind gekommen, um uns der Heiligen zu Füßen zu werfen. Hier steht ein armer Tor, dem ich einen Diebstahl verziehen habe« – bei diesen Worten fing der Knabe zu murren an, wurde aber von den anderen zum Schweigen gebracht –, »und wir haben ihn hierhergeführt, damit ihm auch die Heilige Bernadina vergibt.«

Dieses Anliegen leuchtete dem Bischof ein, wenngleich er fand, daß sich der hochgewachsene Mann über den Ausgang ein wenig zu sicher zu sein schien. Im übrigen würde es ja nicht lange dauern. Bischof Taddeo wies mit der Hand auf den Altar, als wolle er sie einladen, sich ganz als Gäste der Heiligen zu fühlen. Er betrachtete sie mit gütigem Blick und faltete die Hände über seinem wohlgerundeten Bauch, während alle in die

Knie sanken. Die Wachen, die gewahr wurden, daß sie in aufrechter Haltung allgemeine Aufmerksamkeit erregten – und das auch noch in unmittelbarer Nähe der Reliquien –, knieten ebenfalls nieder. Sigismondo war immer noch damit beschäftigt, Benno vor dem Erwürgtwerden zu bewahren. Er packte das Seil, als die Frau, die es hielt, ehrfürchtig zusammensank und ihre zum Gebet gefalteten Hände dem Bild und den funkelnden Reliquienschreinen entgegen hob.

Die Flammen der Kerzen flackerten in einem Windhauch. Plötzlich ließ die Frau den Strick fahren, sank zurück auf die Fersen und stieß einen tiefen Seufzer aus, der wie ein Schluchzen klang. Erwartungsvoll schnappten die anderen Pilger nach Luft. Die Frau riß die Arme empor, begann sich hin und her zu wiegen, und stieß schrille Schreie aus.

»Sie hat sich bewegt! Dank sei der Heiligen Bernadina! Sie hat gelächelt und genickt! Ich habe gesehen, wie sie den Kopf geneigt hat! Schaut nur, sie lächelt! Sie vergibt dem Dieb! Dank sei Gott dem Herrn.«

Ein Raunen lief durch die Menge, da all jene, die nichts gehört und gesehen hatten, nun wissen wollten, was denn geschehen sei. Alle jedoch, die Zeugen des Schauspiels geworden waren, brachen in laute Jubelrufe aus. Bischof Taddeo betrachtete die Menge und fällte eine weise Entscheidung.

»Geh hin, mein Sohn, du bist frei. Dank der Fürsprache der Heiligen Bernadina hat der Herr dir vergeben, wie er am Karfreitag dem Schächer am Kreuz vergeben hat. Gesegnet sei die Heilige, die uns eine solche Ehre zuteil werden läßt, und auch unsere heilige Jungfrau, die gnadenreiche Mutter.«

Wie auf ein Stichwort trat einer der in grüngoldene Gewänder gekleideten Priester vor und stimmte ein Ave an, in das die Menge freudig einfiel, bis auch die Menschen draußen auf dem Platz sich dem Jubelgesang anschlossen. Einige hatten erfahren, was drinnen vorgefallen war, andere benötigten keinen

besonderen Anlaß, um mit einzustimmen. Rasch sprach es sich herum, daß in Colleverde ein Wunder geschehen war, wenngleich man sich nicht einig darüber werden konnte, was sich genau abgespielt hatte.
Die Ursache dieses Wunders, ein reuiger Dieb schlichten Gemüts, wurde von Sigismondo auf die Beine gezogen und von seiner Schlinge befreit. Die Frau, die eben noch so begierig gewesen war, ihn aufzuhängen, umarmte ihn, wobei ihr die Tränen das gerötete Gesicht hinunterliefen, und drückte ihm Küsse auf die stoppeligen Wangen. Einige ihrer Begleiter fühlten sich bemüßigt, ihrem Beispiel zu folgen, wenngleich manchen von ihnen anzusehen war, daß es für sie die allerschwerste aller Kasteiungen bedeutete, Benno zu küssen. Der Knabe, dessen Kleider gestohlen worden waren, stolperte rein zufällig, wobei es ihm gelang, Benno einen kräftigen Tritt gegen das Schienbein zu versetzen.
Die Frau, die mit ihren Küssen die anderen Pilger zu nämlicher Buße angeregt hatte, wandte sich von Benno ab und widmete sich nun der weitaus angenehmeren Beschäftigung, Sigismondo abzuküssen. Der Bischof, der ein weitblickender Mann war, wußte sehr wohl, wozu religiöse Verzückung führen konnte, und entfernte sich unauffällig, während immer noch die fröhlichen Klänge des Ave die Kathedrale erfüllten.
Als die Frau Sigismondo widerstrebend freigab und dieser den Kopf hob, erblickte er einen Mann, der während der ganzen Zeit bäuchlings neben dem Altar gelegen hatte. Nun regte er sich und stand auf. Er war von Kopf bis Fuß in tiefschwarze Trauergewänder gehüllt, die zwar aus feinem Tuch gefertigt waren, aber seinen Stand nicht verrieten. Nun wandte er sein bleiches, von tiefen Falten durchzogenes Gesicht Sigismondo zu. Seine Augen, die tief in den Höhlen lagen, funkelten die Pilger an, als verabscheue er den Wirbel, den sie veranstalteten, von ganzer Seele. Sein spöttischer Blick ruhte einen Augenblick auf Sigis-

mondo und wanderte dann weiter. Offensichtlich hatte der Mann ihn nicht erkannt. Doch Sigismondo hatte vor wenigen Tagen mitansehen müssen, wie dieser Mann den Sohn seiner Gemahlin geköpft hatte. Es war Prinz Livio.

15. Kapitel
Eine wichtige Botschaft

Massimo kam in den Hof des Palazzo Corio gestürmt, und obwohl er sich zu beherrschen suchte, konnte er nicht verbergen, wie sehr ihm sein Anliegen unter den Nägeln brannte. Zufällig geriet er nicht an einen Burschen, sondern an einen Pagen, als er sich nach Sigismondos Verbleib erkundigte. Der Page hatte gelernt, selbst zu einem staubbedeckten, finster dreinblickenden Fremden höflich zu sein. Er verschwand, um sich zu erkundigen. Massimo war zu aufgeregt, um der Aufforderung des Pagen zu folgen und sich auf eine Bank zu setzen. Er wanderte im Hof umher und sah einem Knaben zu, der die dampfenden Pferdeäpfel zusammenfegte, welche gerade erst von Bennos Grauschimmel hinterlassen worden waren. Das Tier des Dieners und auch der Braune seines Herrn waren jedoch vor wenigen Minuten in den Stall geführt worden. Als Massimo an einem Fenster vorbeikam, hörte er drei Worte, die ihn wie angewurzelt auf der Stelle verharren ließen: »... morgen nach Fontecasta.«
»Wo liegt das denn?«
»Nicht weit von hier. Welch günstiger Zufall, daß der alte Mann soeben gestorben ist.«

»O ja, ein *sehr* günstiger Zufall.«
»Es wird einige Fragen geben.«
Aus diesen Worten schloß Massimo, daß Kardinal Petrucci und der Besitzer der anderen Stimme Zweifel an jenem Todesfall hegten, der in Wahrheit niemals stattgefunden hatte. Als der Page wieder im Hof erschien und ihn anredete, wandte er sich mit einem Ausdruck auf dem Gesicht um, der den Knaben zurückfahren ließ.
»Die ... Männer, die Ihr sucht, sind nicht hier. Sie ...« Der Page wollte im gerade mitteilen, daß die beiden am Abend in den Palast zurückkehren würden, doch Massimo stürmte ohne ein Wort hinaus auf die Straße und ließ ihn mit weit aufgerissenen Augen stehen.
Da er Sigismondo auf dem Weg vom Stadttor zum Schloß nicht begegnet war, schlug er nun die entgegengesetzte Richtung ein, wo der große Platz mit der Kathedrale lag.
Er kam nur selten in dieses sonst so verschlafene, kleine Städtchen Colleverde. Heute aber erfüllte festlicher Lärm die Straßen. Um die Kathedrale wogte ein Menschenmeer: Die Leute kamen und gingen, saßen essend auf den Stufen, drängten sich in die Kathedrale und wieder hinaus, kauften und verkauften, sahen den Gauklern zu, gafften vor den Galgen, wo zur Mahnung fünf Männer baumelten, und sammelten sich vor einer Hauswand, wo irgendein Schauspiel dargeboten wurde. Die Zwerge warteten, bis sie wieder an der Reihe waren, während Mitglieder der Seilerzunft ein religiöses Stück zur Aufführung brachten.
Am Portal der Kathedrale wurde Massimo vom Mesner aufgehalten. Rasch begriff er, daß hartes Metall ihm Zutritt verschaffen würde, und entrichtete seinen Obulus.
Drinnen sah er sich um. Er wanderte zwischen den singenden, knieenden und auf der Erde liegenden Menschen umher und spähte in jede Ecke. Aber auch in den Seitenschiffen konnte er

das unverwechselbare Gesicht Sigismondos nirgendwo ausmachen. Schließlich ließ er sich von der Menge durch die Tür am Südturm wieder nach draußen schieben und fand sich auf der Treppe wieder. Verwirrt betrachtete er den Platz vor sich, wo Sigismondo ebensowenig zu sehen war wie im Inneren der Kathedrale. Er zwängte sich an einer Gruppe von Gläubigen mit selig strahlenden Gesichtern vorbei und erklomm den Sockel einer Säule, wobei er fast einen Bettler umstieß, der dort saß.

»Kümmert Euch nicht um mich, guter Herr. Ich bin nur ein armer Krüppel.«

»Hast du ...«, Massimo blickte hinunter, um sich zu vergewissern, daß der Krüppel nicht mit Blindheit geschlagen war, » ...zwei Männer gesehen, die hier herausgekommen sind; der eine groß und mit rasiertem Schädel, der andere klein und schmutzig?«

»Ich habe Hunderte solcher Menschen gesehen, guter Herr. Was hatten sie denn an?« Der Krüppel schob einen Lumpen beiseite, den der Wind über seinen außergewöhnlich abstoßenden Beinstumpf geblasen hatte.

»Der große Mann ist ganz in Schwarz ...«

»Hunderte!«

»... der kleine ist bärtig und trägt einen schmierigen Wams und fleckige Hosen.«

»Hunderte!«

Massimo, dessen Augen unablässig den Platz absuchten, überlegte verzweifelt. »Hast du vielleicht einen kleinen Hund mit nur einem Ohr gesehen?«

»Einen einohrigen Hund?«

»Der Hund!« Ein anderer, ebenfalls gräßlich verstümmelter Mann kam um die Säule gehinkt.

Am Fuße der niedrigen Treppe stieß ein blinder Bettler, der einen eisernen Becher um den Hals hängen hatte, mit schwerer Zunge das Wort »Hund!« hervor.

»Dieser Hund, mein guter Herr, wollte, koste es, was es wolle in die Kirche hinein.«
»Wahrscheinlich glaubte er, die heilige Bernadina würde ihm ein zweites Ohr schenken!«
»Er wurde hinausgeworfen – mit einem Fußtritt.«
»Richtig, er ist genau auf Nello gefallen und hätte ihn fast umgestoßen. Aber er hat es gleich wieder versucht.«
»Wie besessen war er! Und als sie herauskamen ...«
»Die beiden Männer?«
»Sagte ich Euch's nicht? Als sie rauskamen, ist das wollige Ding an dem Kleineren hochgesprungen und hat ihn abgeküßt ganz wie ein Christenmensch.«
»Wohin sind sie gegangen?«
»Gegangen? Das hättet Ihr sehen sollen. In die Luft ist er gesprungen, genau auf den kleinen Mann ...«
»Wohin sind sie gegangen?«
»Und es hat ein Wunder gegeben«, warf Nello ein. »Vergeßt das Wunder nicht.«
Massimo zog eine Münze hervor und kauerte sich vor dem Einbeinigen auf den Boden. Er hielt die Münze hoch und sagte langsam:
»Wohin – sind – sie – gegangen?«
Man mußte ihm zugute halten, daß er den Burschen nicht packte und ihn aus seinen Lumpen schüttelte. Allerdings war es nicht nur die Münze, sondern auch Massimos eindringlicher Gesichtsausdruck, der den Bettler in seinem Geleier innehalten ließ. Denn Massimo malte sich gerade aus, wie bewaffnete Männer in Fontecasta einfielen.
Die beiden Räuber, die zuvor mit Hilfe eines Kindes und eines Krüppels die Aufmerksamkeit der Heiligen hatten auf sich lenken wollen, stießen Massimo beiseite. Sie kamen dicht hinter einem schwarzgekleideten Mann aus der Kathedrale gestapft und verfolgten ihn durch die Menge. Der Mann ging weiter,

ahnungslos, bleich und in seine eigenen, düsteren Gedanken versunken.

Massimo eroberte seinen Platz zurück, und der Bettler sagte: »Die Männer, die Ihr sucht, sind dort hinüber zu den Arkaden gegangen.«

Massimo drückte die Münze in die aufgehaltene Hand und wandte sich um. In diesem Augenblick wurde er fast von vier Zwergen umgerannt, die aufgeregt die Stufen vor der Kathedrale hinabsausten. Sie verschwanden in der Menge.

Massimo steuerte nachdenklich auf den Bogengang zu. Was taten die Leute, wenn sie ihre religiösen Pflichten erfüllt hatten? Sie kauften Speisen und Wein in den Arkaden, wo sich Läden und Buden mit solcher Ware befanden. Doch als er feststellte, wie viele Menschen sich dort drängten, wuchs seine Verzweiflung noch.

Da er mittlerweile klüger geworden war, erwähnte er, wenn ihm gelungen war, sich bemerkbar zu machen, stets den kleinen Hund. »Einen Augenblick«, antwortete eine lächelnde Frau, der der Schweiß in Strömen hinunterlief, und war verschwunden. Dieses »einen Augenblick« bekam er wieder und wieder zu hören. Ein Budenbesitzer erinnerte sich an den kleinen Hund, der es auf einen Ring Wurst abgesehen hatte, doch nicht an seinen Herrn.

Während Massimo ungeduldig in einer Bäckerei wartete, stellte Sigismondo einige Läden weiter in der gleichen Arkade die zweite Runde Wein auf den Tisch und setzte sich wieder neben Benno, der Biondello inzwischen beruhigt hatte, indem er ihn einfach unter sein Hemd steckte. Nach Biondellos Liebesbekundungen sah Bennos Gesicht sauberer aus als seit Wochen; in seinen braunen Augen schimmerten Tränen.

»Ich kann es immer noch nicht fassen, daß sie mich gerettet hat. Dank sei der heiligen Bernadina. Mein ganzes Leben lang werde ich zu ihr beten. War es nicht Glück, daß die Frau das Wunder

geschaut hat? Aber selbstverständlich ist es kein Glück gewesen. Die Heilige hat doch dafür gesorgt, daß sie es sieht.«
Sigismondo verschwieg ihm, daß er, wenn nicht dieser glückliche Zufall eingetreten wäre, selbst eine solche Vision gehabt hätte ... Seiner Meinung nach war es jedoch noch viel wirkungsvoller gewesen, daß die Frau das Wunder geschaut hatte, als er selbst gerade in diesem Augenblick um Vergebung für seine unlauteren Absichten gebeten hatte. Erleichtert hatte er aufgeatmet, als sie seiner Bitte so rasch nachgekommen war. Er zweifelte nicht daran, daß die Pilgerin tatsächlich eine Vision gehabt hatte. Nur das, was er sonst noch in der Kathedrale gesehen hatte, beunruhigte ihn.
»Wir reiten doch zurück zum Landhaus, nicht wahr? Aber wir haben unsere Pferde im Palast gelassen. Jetzt müssen wir wohl zurück.« Benno reichte Biondello ein Stück in Olivenöl getauchtes Brot und sah liebevoll zu, wie der Hund es mit einem Biß verschlang. »Du bist ein kluger Hund. Du wußtest, wen du holen mußt ... Stell dir nur vor, was ich für ein Glück gehabt habe. Ich habe die Reliquien von so nahe gesehen, wie ich es niemals erwartet hätte. Nie hätte ich gedacht, daß ich nach Colleverde komme, als wir aufgebrochen sind, weil wir es doch so eilig hatten.«
»Wir haben es immer noch eilig, aber wir können nicht fort, ehe ich die Prinzessin nicht ein zweitesmal aufgesucht habe. Hoffentlich hält sie uns nicht zu lange fest.« Sigismondo leerte den Rest des Weinkrugs in ihre Becher und trank seinen aus.
Benno, dessen Appetit bei dem Gedanken, daß er ihn beinahe niemals wieder hätte stillen können, noch gewachsen war, erkannte, daß es Zeit zum Aufbruch war. Er stopfte sich mit beiden Händen das restliche Brot in den Mund, so daß sich die Krümel in seinem Bart verteilten; Biondello tat sich an ihnen gütlich.
»Gehen wir und schauen wir auf die Uhr.«
Benno erwartete keine Erklärung dafür, warum die Zeit so

drängte. Aber überraschenderweise deutete Sigismondo beim Aufstehen den Grund an.

»Ich habe jemanden gesehen, der es möglicherweise auf unseren jungen Mann abgesehen hat ... wie zuvor auf seinen Bruder.«

Bennos Mund, der noch nicht wieder völlig geleert war, blieb wie gewöhnlich offenstehen, als er im Geiste »unser junger Mann« in »Prinzessin Minerva« übersetzte und schließlich begriff. Der Schall einer Trommel übertönte den Lärm auf dem Platz.

»Ich kann nur hoffen, daß er seine Absichten mittlerweile geändert hat.« Sigismondo zog sich wieder die Kapuze über den Kopf und brummte in ihren Tiefen leise vor sich hin. »Er trug Trauer und lag wie ein Büßer bäuchlings auf der Erde. Die Heiligen können mehr als nur ein Wunder bewirken.«

Als sie in die Nachmittagssonne hinaustraten, schlug die Turmuhr die Stunde. »Wir haben doch noch ein wenig Zeit«, meinte Sigismondo.

Die Trommel dröhnte schneller und lauter.

Die Zwerge spielten bereits den Hergang des Wunders nach. Im Augenblick riefen sie gerade: »Oh, seht die heil'ge Flut! Gott schickt's, und es ist gut.«

Gewohnt, Knittelverse zu schmieden, hatten sie darin eine erschreckende Fähigkeit entwickelt, und auch wenn manche ihrer Reime ein wenig gezwungen ausfielen und das Versmaß holperte und stolperte, regte sich kein Unmut unter den Zuschauern. Die Zwerge, die die Pilger darstellten, drängten sich zusammen, und zogen – begleitet von eindeutigen Anspielungen darauf, wie sehr jeder von ihnen ein reinigendes Bad nötig hatte – Wämser und Stiefel aus. Sie hatten ein Stück bemalter Leinwand quer über den unteren Rand der Bühne gespannt, und wenn sie auf eine tiefere Ebene des Gerüsts hinabkletterten, sah es aus, als stiegen sie in ein Wasserbecken. Einer von ihnen rief: »Nein, ich

kann es nicht erwarten, in diese reine Flut zu waten!«; er klomm die Leiter hinab, bis nur noch sein Kopf zu sehen war, und warf von dort aus Kleidungsstücke auf die Bühne. Die Hose traf einen der »Pilger« genau im Gesicht, der sich daraufhin mit einem lauten Krachen aufs Hinterteil fallen ließ (»Puh, wie Eure Hosen stinken! Laßt mich ein wenig Wasser trinken.«) Eine finstere Gestalt hatte hinter einem Pfosten das Treiben beobachtet, schlich nun gebückt heran, ergriff die Kleider, rannte quer über die Bühne davon und verschwand auf der anderen Seite. Der Rest der Truppe konnte ihn wegen der mimisch dargestellten ungünstigen Beschaffenheit des Bodens nicht verfolgen (»Ach, an einem spitzen Stein / schlug ich blau mir Fuß und Bein.«) und lief aufgeregt zusammen. Der Badende entstieg den Fluten, wobei er sein Hemd so weit wie möglich nach unten zog. (»Meine Kleider sind nicht mehr. Nachbarn, gebt mir Eure her.«)
Benno war begeistert stehengeblieben, als er sich selbst auf der Bühne dargestellt sah, und Sigismondo tat es ihm gleich – entweder um ihm eine Freude zu machen oder weil er selbst das Schauspiel verfolgen wollte. Die Zwerge hüllten ihren Kameraden in verschiedene, unpassende Kleidungsstücke (»Beim heiligen Sankt Florian, ich zieh' doch keinen Rock nicht an!«) und traten ab. Ein Umbau auf der Bühne versetzte sie »nach Colleverde«, wo sie sich auf den Dieb stürzten. Unter langsamem Trommelwirbel und begleitet von verstümmelten Versen führten sie den Übeltäter zur Freude der Menge, die sich vor ihnen teilte, mit einem Strick um den Hals zum Galgen. Der Strick wurde über den Balken geworfen, und der Dieb betete, was das Zeug hielt.
Auf einmal erhob sich von unten eine schwankend gestützte, in Flitterkram gehüllte Gestalt. Sie trug eine lange Perücke aus Hanf unter einem flatternden Heiligenschein und streckte segnend die Arme aus (»Weil dieser Mann genug gebetet, wird von der Heil'gen er gerettet«).

Ein Zwerg auf Stelzen ging mit einem Sammelbeutel herum. Sigismondo trug sein Scherflein bei. Die Farbe der Münze rief einen Schwall an Dankesbezeugungen hervor, vor denen Sigismondo die Flucht ergriff.
»Wie ungerecht, daß sie Euch vergessen haben!« beschwerte sich Benno, der Biondello unter den Arm geklemmt hielt. Während der Vorstellung hatte er den Hund emporgehalten, damit er besser sehen konnte. Nun war er überglücklich, weil er miterlebt hatte, wie er dem Galgen entronnen war.
Sigismondo brummte vor sich hin. »Mir ist es lieber so. Je weniger Leute von mir wissen, desto besser.« Er hatte seine Aufmerksamkeit offenbar den Messern zugewandt, die über den Köpfen der Menge in der Nähe der gegenüberliegenden Mauer durch die Luft wirbelten und dabei einen blitzenden Bogen beschrieben.

16. Kapitel
»Der Teufel! Der Teufel!«

Immer noch von der Sorge um Fontecasta getrieben, erkundigte sich Massimo weiter bei vielbeschäftigten Menschen, ob sie nicht die beiden Männer (»mit einem kleinen Hund«) gesehen hätten. Nein, hörte er; nein, nein und nochmals nein. Dann jedoch weckte die Auskunft einer Frau neue Hoffnung in ihm: Sie wollte gesehen haben, wie die beiden die Kathedrale betreten hatten. »Vor dem Wunder«, fügte sie hinzu.
»Was denn für ein Wunder?« fragte er und lief weiter. Er hatte selbst ein Wunder dringend nötig und war sich sicher, daß nur

Sigismondo ein solches vollbringen konnte. Er stieg auf den Rand eines Brunnens und ließ seinen Blick über die Menge schweifen. Vergebens. Da rutschte sein Stiefel ab. Fluchend fand er sich, wie ein Storch auf einem Bein stehend, im Brunnenbecken wieder. Das Wasser floß ihm oben zum Stiefelschaft hinein.

»Nehmt Euere schmutzigen Füße aus unserem Wasser!« Eine Frau schlug ihm den Zipfel eines nassen Lumpens über den Kopf. Mit einem Pfeifen im Ohr machte er sich wieder auf die Suche.

Er mußte feststellen, daß die Hilfsbereitschaft der Leute immer mehr schwand. Allerdings war ihm nicht bewußt, daß das an seinem zusehends ungeduldigeren Ton lag.

»Habt Ihr ...« Inzwischen war er fast am Ende der Arkade angelangt. Der Inhaber des Weinausschanks, ein beleibter Mann mit rotbefleckter Schürze, wandte sich zu Massimo um.

»Habt Ihr zwei Männer gesehen, der eine groß und kahlrasiert, der andere ...«

»Mit einem kleinen, einohrigen Hund?«

»Ja, ja.«

»Da habt Ihr Glück gehabt, eben noch sind sie hier am Tisch gesessen. Sie sind gerade erst fortgegangen.«

Massimo wirbelte herum, doch sein Arm wurde von der Pranke eines Mannes umfaßt, der es gewohnt war, Weinfässer hochzuwuchten.

»Der Kahlrasierte –«

»Was ist mit ihm?«

»– er hat seine Kapuze hochgeschlagen.« Mit der freien Hand ahmte der Wirt die Bewegung nach.

Er gab einen verzweifelten Massimo frei, der auf die Straße hinaustaumelte. Eine Kapuze, dachte Massimo, wie sie die Hälfte aller Männer in Colleverde auf dem Kopf tragen. Heilige Bernadina, bitte noch ein Wunder, wenn du sowieso schon dabei bist! Aber wenn sie gerade erst fort sind, können sie noch nicht weit sein. Erschöpft und beharrlich schleppte er sich weiter. Drüben, bei dem Gerüst, hörte er Beifall, und nach einer Weile begann eine Trommel zu schlagen. Auf der behelfsmäßigen Bühne formte ein Zwerg die Hände zu einem Trichter und rief etwas. Massimo eilte weiter.

Er zupfte einen hochgewachsenen Mann mit schwarzer Kapuze am Ärmel, der ihm ein bärtiges Gesicht zuwandte. Auch ein zweiter Mann entpuppte sich als Fremder. Die Menge wurde dichter, als ob sie sich zusammendrängte, um den Weg für jemanden freizugeben. Massimo wurde gegen den Galgen gedrückt. Inzwischen war sein Stiefel so unangenehm durchweicht, daß er ihn auszog, soviel Wasser wie möglich auskippte und sich die Zehen trocknete. Als er bemerkte, daß – begleitet von durchdringendem Geschrei und dem langsamen Schlagen der Trommel – immer mehr Menschen herbeiströmten, zog er den Stiefel wieder an. Unter dem Galgen standen einige Leute, zu denen er sich gesellte. Dann zog er sich hoch, um einen Blick auf die Menge zu werfen, wobei er nicht ahnte, daß er auf diese Weise zum unfreiwilligen Mitspieler in der zweiten Aufführung eines Stücks mit dem Titel »Das Wunder« wurde. Er spürte nicht einmal den bloßen Fuß eines Gehängten, der über im baumelte und seinen Kopf streifte. (Die Schuhe waren der Leiche nicht lang erhalten geblieben, da die Bewohner Colleverdes unnötigen Luxus verabscheuten.)

Massimos Erscheinen, das mit dem Auftritt der »heiligen Bernadina« zusammentraf, welche gekommen war, um den Dieb vor den Qualen der Hölle zu retten, wurde mit einem Aufschrei begrüßt. Geistesgegenwärtig und erfreut bauten die Schauspieler sein plötzliches Auftauchen in das Stück ein. Als Massimo schützend die Hand vor die Augen hob, rief eine Stimme: »Der Teufel packt die Sünderlein und sperrt sie in die Hölle ein!«

Ein Stein traf Massimo am Ohr, als die Menge das Erscheinen

des Leibhaftigen in ihrer Mitte kreischend begrüßte. Erschrokken und wütend duckte er sich. Fremde Hände ergriffen ihn und zerrten ihn über eine Kohlenpfanne, die am Fuße des Galgens stand. Ein zertretener Kuchen landete mitten in seinem Gesicht. Unter schadenfrohen Rufen wurde er zwischen die Leute gestoßen, die lauthals »Der Teufel! Der Teufel!« brüllten. Für Massimo war es ein Spießrutenlauf, auch wenn einige der Schläge und Tritte nur scherzhaft gemeint waren.

Plötzlich stolperte er unerwartet über einen Pilger, der da bäuchlings auf dem Boden lag, schlug der Länge nach hin und stieß sich die Stirn. Der Pilger erhob sich betend und legte sich wieder, den Kopf zur Kathedrale gewandt, auf den Boden.

Innerhalb weniger Minuten wurde Massimo fast all seiner Habe und Kleidungsstücke beraubt, doch ein freundlicher Bürger nahm sich seiner an und führte ihn zum Brunnen hinüber. Dort beobachtete ein beleibter Mann mit einem purpurroten Fleck auf der Schürze, wie man Massimo, der sich mühsam aufrichtete, mit Wasser besprengte.

»Der arme Mensch. Die beiden, die er gesucht hat, müssen ihn überfallen haben«, sagte er. »Kommt, bringt ihn hier herein. Er kann sich auf eine Bank setzen, bis er sich wieder erholt hat.«

»Die Glocke schlägt«, stellte jemand fest. Massimo, der schon geglaubt hatte, das Geräusch dröhne nur in seinem Kopf, war erleichtert, bis der Mann fortfuhr: »Wenn er von außerhalb ist, muß er die Nacht hier verbringen. Jetzt werden die Stadttore geschlossen.«

Massimos Herr hatte betont, wie wichtig es sei, Sigismondo zu finden. Falls Sigismondo verschwunden blieb, war Massimo auf sich gestellt und mußte handeln.

»Wo liegt der Palazzo Corio?« fragte er.

17. Kapitel
»Ich kenne Sein Geheimnis«

Als Sigismondo, gefolgt von Benno, die Stelle erreichte, wirbelten die Messer nicht länger blitzend durch die Luft. Die Menschenmenge, die gleich ihm von dem Schauspiel angelockt worden war, umringte einen jungen Mann, der nicht nur Messer werfen, sondern auch in die Zukunft blicken konnte.

In einer anderen Stadt oder in einem anderen Fürstentum wäre das wahrscheinlich verboten gewesen, aber die Prinzessin Corio klagte schließlich schon seit langem über Bischof Taddeos Nachsicht. Allerdings konnte sich jener in dieser Angelegenheit auf den Herzog selbst berufen, von dem man wußte, daß er die Karten ebenso gern zu Rate zog wie die Sterne.

Vom Nacken des Wahrsagers wallte prächtiges, goldblondes Haar von solcher Schönheit, daß einige Frauen bereits mit träumerischem Gesichtsausdruck die Köpfe neigten, was für die Börse des jungen Mannes Gutes verhieß. Er hatte seine Karten auf einem über zwei Fässer gelegten Brett ausgebreitet und redete mit heller Stimme ununterbrochen auf die Zuschauer ein, wobei seine Sprache unverkennbar verriet, daß er aus der Toskana stammte. Neben ihm auf dem Brett lag ein Tamburin.

»Das ist ja Angelo!« Benno klatschte aufgeregt in die Hände und holte Biondellos Kopf unter seiner unansehnlichen Weste hervor. Der junge Mann, dessen Augen beunruhigend hell in seinem bleichen Gesicht flackerten, war auf ihn aufmerksam geworden, doch er hielt in seinem Redefluß nicht inne und verzog keine Miene. Ein hübsches Mädchen, das der Heiligen zu Ehren ihren Sonntagsstaat angelegt hatte, zerrte ihren Schatz nach vorne, damit er für einen Blick in die Zukunft bezahlte. Blitzschnell wie ein Zauberkünstler legte Angelo die Karten aus. »Die Königin der Kelche.« Er drehte die Karte um und blickte das Mädchen an. Beim Lächeln entblößte er eine Reihe schiefer Zähne, die so gar nicht in sein atemberaubend ebenmäßiges Gesicht passen wollten. »Das bedeutet ein liebliches Wesen und ein gefälliges Äußeres. Außerdem steht Euch eine Entscheidung bevor: Möglicherweise werdet Ihr versuchen, Euer Los zu wenden, meine Schöne.« Er warf einen fragenden Blick auf ihren blonden Schatz, der errötete. Auch die nächste Karte war nicht dazu angetan, den armen Mann zu beruhigen. »Ah, der König der Schwerter! Ihr werdet einen dunkelhaarigen Mann kennenlernen – und was ist mit Euch, Herr?« Geschwind zog er drei Karten. »Kelch-Sieben: Ihr werdet etwas Angenehmes erleben, Herr. Und was sehe ich da? Die Schwert-Sieben!« Nachdem er den jungen Mann zunächst verspottet hatte, schmeichelte er ihm jetzt, bis er wieder besänftigt war. Schließlich strich Angelo das Geld ein und legte einer ungeduldig wartenden, würdigen Dame die Karten.

»Die Kaiserin! Meine Dame, das ist die Karte einer Hausfrau, die so gut kocht, daß einem das Wasser im Munde zusammenläuft, und das mit allem Recht, denn sie zaubert wahre Köstlichkeiten auf den Tisch. Schmückt Euer Haus mit Blumen, denn Ihr werdet bald Grund zum Feiern haben. Allerdings sehe ich hier auch Mäßigung.« Bedenklich schüttelte er den goldblonden Kopf. »Übertreibt es nicht. Gönnt Euerem Gatten von Zeit zu Zeit eine Verschnaufpause.«

Den Zuschauern gefiel das; die Frau biß sich kichernd auf die Lippe. Als Benno sich umblickte, sah er, daß Sigismondo mittlerweile in der ersten Reihe stand, und er drängte sich zu ihm durch. »Und die Kelch-Drei! Die Karte des Heilens und des Genusses – meine Dame, Ihr habt gelitten. Die heiligen Reliquien werden Euch von Eueren Schmerzen erlösen, ganz gleich, welches ihre Ursache sein mag.« Seine Finger ließen die Münzen von dem Brett, auf das die Dame sie gelegt hatte, so behende verschwinden, daß die Umstehenden sich die Augen rieben. »Und Ihr, mein Herr?«

Er warf einen Blick auf Sigismondo, der hoch vor ihm aufragte, und legte wieder die Karten aus; dann deckte er nacheinander drei auf. »Ah, Kelch-Sechs. Ein alter Bekannter wird Euch bei einem neuen Vorhaben helfen.« Sigismondo brummte zustimmend, als ihn ein Blick aus den hellen Augen traf. Der blonde Schopf beugte sich wieder über die Karten. »Und nun ... der fallende Turm.« Benno betrachtete die Karte; auf ihr war ein Backsteinturm abgebildet, an dessen Spitze sich eine gekrönte Wolke befand, aus der es Goldmünzen regnete. Ein blaugekleideter Mann stürzte mit hilflos zappelnden Beinen dem sicheren Tod entgegen. Benno erschien diese Karte unheilverkündend, doch Angelo sprach weiter, als ob nichts geschehen wäre. »Es besteht die Möglichkeit eines Unfalls. Lieber Herr, hütet Euch vor unvorhergesehenen Ereignissen.« Er dreht die letzte Karte um, und Benno erkannte eine in Rot gekleidete Frau mit einem Buch auf dem Schoß und einem sonderbaren Hut auf dem Kopf. »Ach, die Hohepriesterin. Achtet auf Euere Gesundheit, guter Herr, Ihr schwebt in Gefahr. Die Karten lügen nicht.« Seine Finger ließen die Münzen vom Brett gleiten, während er etwas murmelte, das »Irrt Ihr Euch auch nicht?« heißen konnte.

Sigismondo beugte sich vor, als wolle er die Karten selbst in Augenschein nehmen. »Ach, jetzt warnt Ihr mich! Und dabei wußte ich gar nicht, daß sie verheiratet ist!« Nur Benno hätte hören können, was er sonst noch flüsterte. »Gefahr? Was gibt's, mein Bester? Bleibt in der Nähe, vielleicht brauchen wir Euch noch.« Angelo entblößte seine Zähne zu einem Lächeln, das diesmal von Herzen kam.

Als Benno diesem Mann zum erstenmal begegnet war, hätte er beinahe aufgrund eines Mißverständnisses eines der Messer in

den Rücken bekommen. Obwohl sie sich in Rocca als die besten Freunde getrennt hatten und Angelo ihnen mit seinen Messern eine große Hilfe gewesen war, überlief Benno bei der bloßen Erinnerung ein Schauder, während er sich umwandte, um mit Sigismondo davonzugehen. Die Leute, die sich über diese ungünstige Vorhersage freuten, wie sie es immer tun, solange sie nicht selbst davon betroffen sind, blickten ihnen mitleidig nach. Eine Frau packte Sigismondo am Ärmel und drang in ihn, er möge sogleich die Heilige um ihren Schutz anflehen.
Die Karten verhießen wirklich nichts Gutes, aber seit Benno Sigismondo kannte, hatte es kaum einen Augenblick gegeben, in dem er nicht in Gefahr geschwebt hatte – und dennoch war er noch am Leben. Vor allem aber mußte sich die arme junge Dame in Acht nehmen, falls Prinz Livio wirklich in der Stadt weilte.

Noch vor Sigismondo und Benno hatte bereits die Nachricht von dem Wunder den Palazzo Corio erreicht. Benno durfte sich in dem großen Raum niederlassen, wo die Burschen saßen und schwatzten, während sie Zaumzeug putzten. So erfuhr er alles über den Dieb, ohne daß jemand ahnte, daß dieser mit seinem Hund in der Ecke lagerte, an einem Brotkanten kaute und dabei vergaß, den Mund zu schließen.
Ein Wunder war sehr segensreich für Colleverde. Es würde noch Handel und Wandel beleben, wenn die Reliquien längst nach Nemora überführt worden waren. Manche vertraten die Ansicht, daß das wundertätige Bild der Heiligen in der Stadt bleiben solle, da es schließlich auch hier gemalt worden sei. Andere wiederum unterstützten zwar diesen Vorschlag, waren jedoch überzeugt, daß Herzog Grifone es aller Wahrscheinlichkeit mitnehmen würde, wenn er die Gebeine holen kam.
Unter allgemeinem Beifall bemerkte einer, daß der Bischof es sich nun ein für allemal mit der Prinzessin verdorben habe. Wie

hatte er es zulassen können, daß ein Wunder geschah, ohne daß sie zugegen war?
Allerdings war die Prinzessin Corio ausgezeichneter Laune, als man Sigismondo zu ihr führte. Das Bankett war vorüber, und sie saß mit ihrem Bruder und ihrem Neffen am Tisch und knabberte Nüsse und Süßigkeiten. Im Kamin unter dem Wappen der Corios brannte ein riesiges Feuer, um den großen Raum mit dem Deckengewölbe an diesem kühlen Frühlingsabend zu wärmen. Das Wappen der Corios bestand aus einem Schild, den zwei Greifen hielten. Auf diesem Schild hatte ein kleines Tier, vermutlich ein Hermelin, mittels eines Dolches offenbar einen frühen Tod gefunden. Im Schein des Feuers und der Kerzen auf dem Tisch schimmerte die rote Seidenrobe des Kardinals rubinfarben, und sein scharf geschnittenes, schlaues Gesicht wirkte milder. Die Prinzessin Corio war an diesem Abend in grünen und silbernen Damast gehüllt, der so abgesteppt war, daß er funkelte wie Fischschuppen, wenn das Licht darauf spielte. Der Neffe Torquato, der wie immer Schwarz trug, blickte erbost und gleichzeitig tückisch drein. Möglicherweise war Sigismondo in einen Familienstreit hineingeplatzt. Zum Trost, so schien es jedenfalls, hatte sich Torquato ein silbernes Tellerchen gesichert und schob sich kleine Häppchen kandierten Rosenwassers, die von Blattgold schimmerten, in den Mund; seine Tante hatte als Dessert Manus Christi zubereiten lassen.
Die Prinzessin Corio sprach als erste.
»Er war in der Kathedrale. Was bedeutet dieses Gerede von einem Wunder?«
»Man hat gesehen, wie die Heilige auf dem Bild lächelte und den Kopf neigte. Die Schuld oder Unschuld eines Diebes mußte geklärt werden, und nachdem wir zu ihr gebetet hatten, wurde ihm vergeben.«
»Er war dort?« Alle drei Augenpaare richteten sich auf Sigismondo.

Sigismondo verneigte sich. »Gemeinsam mit vielen anderen. Eine Pilgerin hat es gesehen.«
»Waren Geistliche anwesend? Der Bischof?« In ihrer Stimme schwang eine gewisse Schärfe mit.
»Exzellenz, Hochwürden der Bischof selbst haben gebetet.«
»Er hätte mich davon in Kenntnis setzen sollen. Uns alle.« Fast schien sie mit sich selbst zu sprechen. Der Kardinal erhob sich und wärmte sich die Hände an dem Feuer, ehe er das Wort ergriff.
»Das tut nichts zur Sache. Ich werde die Pilgerin selbst befragen. Wo ist der Dieb?« Ein Wunder war schließlich eine Angelegenheit, mit der sich Rom befassen mußte; daher mußte es zuerst auf seine Echtheit hin überprüft werden.
Sigismondo zuckte die Achseln. »Verschwunden, Eminenz.«
»Und ich wage zu behaupten, daß er auch nicht wieder auftauchen wird!« Die Dame lächelte, doch ihr Ton ließ vermuten, daß sie, wenn sie anwesend gewesen wäre, die Botschaft der Heiligen anders gedeutet hätte.
»Wir werden sehen. Vor der morgigen Ankunft des Herzogs bleibt noch genügend Zeit, um alles Nötige zu veranlassen. Für heute werde ich mich in mein Gemach zurückziehen, Schwester; und ich wünsche, nicht in meinen Betrachtungen gestört zu werden.« Der Kardinal beugte sich herab, um seine Schwester auf die Stirn zu küssen, und streckte dann Sigismondo die Hand entgegen; dieser eilte rasch zu ihm hinüber, kniete nieder und preßte die Lippen auf den Ring des Kardinals. Der Kardinal begab sich mit wehendem Gewand zu der doppelflügligen Tür am anderen Ende des Raumes. Zwei eifrige Diener öffneten sie in eben dem Augenblick, da er sie erreichte, und er ging, ohne seinen Schritt verlangsamen zu müssen, ins Nebenzimmer. Dort standen bereits brennende Kerzen auf dem Tisch; es war das Gemach, in das Sigismondo an diesem Vormittag geführt worden war.

»Ich wünsche dir gute Nacht, Neffe«, beschied die Prinzessin Torquato, der ehrerbietig aufgesprungen war und sich eben wieder setzen wollte. »Ich muß noch über einige Dinge sprechen, über die du dir nicht den Kopf zerbrechen brauchst.«
Torquato preßte die Lippen zusammen. Sigismondo hatte beobachtet, daß der Kardinal ihn durch eine Handbewegung daran gehindert hatte, ihm zu folgen, und nun zeigte ihm auch noch die Prinzessin die kalte Schulter!
Hastig küßte er seine Muhme auf die Stirn, nickte Sigismondo unfreundlich zu und nahm sich im Gehen das letzte Manus Christi vom Tellerchen.
Die Diener des Kardinals hatten ihren Posten vor der Zimmertür verlassen und schickten sich an, den Tisch abzuräumen. Doch die Prinzessin winkte ihnen, sich zu entfernen, und nachdem sie fort waren, wies sie auf einen großen mit Gobelinstoff bezogenen Sessel am Kamin, der dem, in dem sie Platz nahm, gegenüberstand.
»Möchte Er Wein? Oder Obst?« Sie deutete auf die Platten auf dem Tisch. Aber Sigismondo setzte sich nur mit einem unverbindlichen Lächeln, legte die Hände auf die Knie und wartete ab.
Die Prinzessin griff zu ihrem Weinbecher, trank aber nicht, sondern blickte hinein, als könne sie ihre Zukunft darin sehen. Falls es sich so verhielt, schien ihr das Ergebnis zu gefallen. Schon beim Eintreten hatte Sigismondo bemerkt, daß sich ihre Stimme seit dem Vormittag völlig verändert hatte. Etwas war geschehen, das in ihr eine Ausgelassenheit, eine Erregung und ein Gefühl der freudigen Erwartung wachgerufen hatte, so stark wie der Moschusduft, der die Luft um sie schwängerte.
Sie nahm einen Schluck und sah ihn an. Ihre dunklen Augen funkelten.
»Ich kenne Sein Geheimnis.«

18. Kapitel
Wir müssen an die Zukunft denken

Kein Muskel regte sich in Sigismondos lächelndem Gesicht. »Wirklich, Hoheit? Was für ein Geheimnis sollte das sein?«
Lachend warf sie den Kopf zurück, den ein mit Diamanten besteckter Silberschleier umhüllte, und klatschte so heftig in die Hände, daß die Ringe klapperten.
»Hätte ich doch Zeit, noch mehr herauszufinden! Im übrigen handelt es sich ja wohl eher um ein Geheimnis des verstorbenen Grafen Giraldi.«
Sigismondo hob die Augenbrauen, um seinem höflichen Erstaunen Ausdruck zu verleihen. Wieder drohte sie ihm mit dem Finger.
»Mein Arzt hat mir alles erzählt.« Sie lachte auf. »Womöglich war Überanstrengung der Grund für den Tod des alten Mannes. Spiel Er nicht den Ahnungslosen. Er hat doch gewußt, daß der Page – der kranke Page – ein Mädchen ist.«
Sigismondo neigte den Kopf und meinte mit einem verschwörerischen Lächeln: »Es ist unmöglich, Euch zu täuschen, Hoheit.«
»Nun denn! Es tut nichts mehr zur Sache.« Sie griff nach einem zusammengefalteten Stück Papier, das auf einem Tischchen neben ihr lag, und strich es glatt. »Er ist unter der Erde, und wir können nur hoffen, daß ihm seine Sulamith vergeben werden wird. Jeder Mensch braucht ein wenig Trost auf dieser Welt.«
Sie warf ihm einen scharfen Blick zu. »Hält Herzog Ludovico bereits nach einer neuen Herzogin Ausschau?«
»Hoheit, es ist erst wenige Wochen her …«
»Ja, ja. Ich spreche nicht von der Trauer in seinem Herzen,

sondern von der Staatsraison. Ein Fürst muß stets zuerst an sein Reich denken. Wäre das nicht der Fall, würden wir in Nemora nicht bald die Vereinigung mit Montenero feiern.« Sie blickte in die Flammen und lächelte gedankenverloren, während ihre Hand über das Blatt Papier fuhr. Dann wandte sie sich wieder Sigismondo zu. »Glaubt Er, daß die Hochzeit verschoben werden muß? Prinz Livio hat uns heute zugesichert, daß er seine Tochter trotz des tragischen Unfalls der seinem Sohn widerfahren ist, nach Colleverde bringen wird.«
Mit unbewegtem Gesicht nahm Sigismondo diese Beschönigung zur Kenntnis, die aus einer Enthauptung einen Ausrutscher mit dem Schwert machte. Auch sein Erstaunen über Prinz Livios Versprechen ließ er sich nicht anmerken – schließlich befand sich die Prinzessin in seiner, Sigismondos, Obhut! Und warum bezeichnete der Prinz das Mädchen immer noch als seine Tochter?
Er Regen trommelte gegen die Fensterläden.
»Schon seit langem streben wir die Verbindung dieser beiden Häuser an. Vielleicht weiß Er nicht, daß Prinzessin Minerva ursprünglich mit dem älteren Sohn unseres Herzogs verlobt war, der vor zwei Jahren verschieden ist. Herzog Grifone aber lag diese Verbindung so sehr am Herzen, daß er dem Prinzen Livio daraufhin seinen Zweitgeborenen, Graf Astorre, als Schwiegersohn anbot.« Die Prinzessin erhob sich, als könne sie in ihrer gegenwärtigen Stimmung das Stillsitzen nicht länger ertragen; gleichzeitig aber bedeutete sie Sigismondo, Platz zu behalten. Raschelnd und funkelnd lief sie im Zimmer auf und ab. Dumpf dröhnten die Schläge der Turmuhr über die Dächer.
»Nun, da Prinz Livios Sohn tot ist ...«
Sie vollendete den Satz nicht. Nun, da Prinz Livio keinen männlichen Erben mehr hatte, konnte der zukünftige Gemahl der Prinzessin Minerva damit rechnen, daß er einst zwei Reiche – Nemora und Montenero – regieren würde. »Selbstverständlich

wird die Hochzeit nicht mit solchem Prunk gefeiert werden, wie es eigentlich vorgesehen war. Prinz Livio hat zwei Todesfälle zu betrauern.«

»Dieser *Unfall* – der Prinz muß untröstlich sein.«

Die Prinzessin kehrte an ihren Platz zurück. Sie ergriff ihren Becher, und als sie ihn leer fand, füllte sie ihn erneut. »Vor Trauer um seine Gemahlin hat er fast den Verstand verloren. Schon einmal ist es über ihn gekommen.« Sie tupfte sich mit einer bestickten Leinenserviette, die auf dem Tisch lag, den Mund ab und nahm wieder das Blatt Papier zur Hand. »Er wußte nicht, was er tat, als er vom Totenbett seiner Frau fortstürzte. Wenn der arme Knabe ihm nur nicht in diesem unglückseligen Augenblick unter die Augen gekommen wäre! Doch das Schicksal geht zuweilen seltsame Wege. Ist es nicht so?«

»In der Tat, Hoheit.« Sigismondo fragte sich, ob ihr auch zu Ohren gekommen war, wie das Schicksal den bedauernswerten Grafen Eugenio geschlagen hatte. Der Brief des Prinzen konnte erst vor kurzem eingetroffen sein, doch Gerüchte reisten oft auf flinkeren Sohlen als die Briefe hoher Herren.

»Die Astrologen des Prinzen haben ihn vor einer ungünstigen Konstellation zwischen Mars und Venus gewarnt, die sein Reich bedroht, und siehe da! Er hat seinen Sohn verloren …«

Bewundernswert, wie es ihr gelingt dieses Ereignis als unvermeidlich darzustellen, dachte Sigismondo. Die Prinzessin hob eine beringte Hand und berührte den Schleier, der in die um ihren Kopf geschlungenen, dunklen Zöpfe ihres dichten Haares eingeflochten war.

»Wir müssen an die Zukunft denken. Die Welt wird mit ihm fühlen.«

Sigismondo murmelte etwas, was als Zustimmung ausgelegt werden konnte, doch offenbar wollte sie unbedingt seine Meinung darüber hören, was Herzog Ludovico vom plötzlichen Hinscheiden seines Neffen halten mochte. »Ludovico schreibt, er könne aufgrund des Todes seiner Gemahlin nicht an den Hochzeitsfeierlichkeiten teilnehmen. Und nun ist auch seine Schwester Oralia gestorben. Die Beziehungen zwischen Montenero und Rocca werden nie mehr so sein wie zuvor. Das wird Prinz Livio sicherlich bedauern …«

»Doch offenbar schmiedet er ein anderes Band, Hoheit«, unterbrach er sie. Die Prinzessin warf ihm einen überraschten Blick zu. Dann lachte sie auf.

»Ja, in der Tat! Die Prinzessin von Nemora wird …«

Sigismondo schnupperte zweimal geräuschvoll. Sie blickte ihn erstaunt an. Schnuppern gehörte nicht zu den Umgangsformen bei Hofe. Plötzlich erhob er sich, ohne sie um Erlaubnis zu bitten, und wies mit dem Finger auf die Tür von Kardinal Petruccis Gemach, unter der eine Rauchwolke hervorquoll. Gleichzeitig hörte die Prinzessin das Knistern lodernder Flammen. Während sie schreiend nach den Dienern läutete, stürmte Sigismondo zu der Tür. Sie war verschlossen. Die Prinzessin schrie immer noch und stürzte auf Sigismondo zu, als dieser mit einem kräftigen Fußtritt die Tür aufstieß. Ihre Stimme erstarb, und sie blieb wie angewurzelt stehen.

Ihr Bruder war an seinen hohen Sessel gefesselt. Sein starrer Blick war auf die Prinzessin gerichtet, und in seinem Mund steckte ein Knebel, der die Hälfte seines Gesichtes verbarg. Flammen, so scharlachrot wie seine Robe, hüllten ihn von Kopf bis Fuß ein.

19. Kapitel
»Wir müssen diese Geheimnisse erfahren«

Sofort stürzte Sigismondo zum Bett des Kardinals und riß mit einem kräftigen Ruck den Vorhang herunter. Während er noch damit beschäftigt war, kam ein grauhaariger Diener hereingelaufen. Der Mann packte einen Krug und leerte dessen Inhalt in die züngelnden Flammen, die sich mit einem Zischen bläulich verfärbten und noch höher empor loderten – im Krug war Wein gewesen. Die ganze Zeit über stand die Prinzessin wie versteinert da, hatte die Hände vor den Mund gepreßt und stieß schrille Schreie aus.

Sigismondo warf die schwere Stoffbahn über den Kardinal, umwickelte ihn damit und schlug auf die Flammen ein. Der Qualm raubte ihm den Atem; der Geruch von verkohltem Fleisch und verbranntem Öl füllte den Raum. Wasser wurde zischend ins Feuer gegossen, und die Diener traten die Flammen aus, die über den Boden züngelten.

Nachdem es endlich gelungen war, den Brand zu löschen, schnitt Sigismondo, in dessen Hand urplötzlich ein großes Messer aufgetaucht war, den Kardinal los. Dann wurde der reglose Körper aus dem schweren Vorhang gewickelt.

Als das getan war, stellte sich heraus, daß die Retter seine in die Überreste der Robe gehüllte Leiche vor sich hatten. Die Augen, nun ohne Brauen und Wimpern, standen weit offen, doch das Leben war aus ihnen gewichen. Kaum ihrer Sinne mächtig schickte die Prinzessin Diener nach Verbänden, Eiweiß, Öl und Kräutern und entfernte den Knebel. Mit zitternden Fingern

mußte sie feststellen, daß sein ganzer Mund mit Leinwand ausgestopft war.
Sie ließ ihren Bruder aufs Bett legen und verlangte immer noch, man solle rasch die Heilmittel herbeibringen, bis Sigismondo das Wort ergriff. »Prinzessin, Seine Eminenz ist tot.«
Sie verstummte und beugte sich über ihren Bruder, während sich der Raum mit Bediensteten füllte, von denen manche Verbände und Gefäße in den Händen hielten; die übrigen standen mit weit aufgerissenen Augen da, flüsterten leise oder weinten. Sigismondo trat zurück und sah sich im Zimmer um. Seitdem er diesen Raum zuletzt betreten hatte, waren, wie er entdeckte, einige kleine Veränderungen vor sich gegangen. Die Papiere auf dem Tisch waren durcheinandergeworfen und lagen zerknittert und verstreut herum; einige von ihnen waren vermutlich dazu verwendet worden, das Feuer zu entfachen. Auf dem Tisch befand sich außerdem eine Schatulle aus burgunderrotem Samt, die offenbar der Aufbewahrung von Wertgegenständen diente, auch wenn sie für ein Schmuckkästchen ein wenig groß geraten war. Das Bett, auf das man den Kardinal gelegt hatte, war schon davor zerwühlt gewesen; die Decke war zurückgeschlagen und ein Kissen verrutscht, was man zuvor wegen des Vorhangs, den Sigismondo heruntergerissen hatte, nicht hatte sehen können. Auf der gegenüberliegenden Seite des Gemachs erblickte er eine Tür in der Wandtäfelung, die jetzt offen stand.
Die Prinzessin befahl den Dienern, vom Bett zurückzutreten. Sie drängten sich zusammen, um Platz für die Geistlichen zu machen, unter denen sich auch Torquato befand. Sigismondo ließ sich von einer Dienerin eine Verbandsrolle geben und zapfte Wasser aus einer Zisterne aus Majolika, die sich in der Ecke über einem Becken befand. Er tauchte seine Hand hinein und feuchtete den Verband an, während er den Raum aufmerksam im Auge behielt. Als er seine verbrannte rechte Hand und das Handgelenk verband, hörte er, wie der Arzt den Kardinal für tot

erklärte. Erschrockene Aufschreie ertönten, doch noch ehe sich das Entsetzen in wilder Konfusion Bahn brechen konnte, begann eine geübte Stimme ein Gebet zu sprechen, das die Lage sofort wieder beruhigte. Die Menschen im Schlafzimmer und im Nebenraum knieten nieder, und Sigismondo schlüpfte durch die Tür in der Täfelung.

Eine schmale Treppe führte steil abwärts, an ihrem Fuße brannte eine Laterne. Mit dem Messer in der Hand stieg Sigismondo hinunter.

Unten befand sich ein kleiner Vorraum, wo ein Mann, die Hände wie ein betender Büßer neben dem Kopf, ausgestreckt vor der Schwelle lag. Die Tür nach draußen stand einen Spalt weit offen. Sigismondo stieg über die reglose Gestalt hinweg und blickte die Straße entlang. Bis auf das Mondlicht, das sich in den Regenpfützen spiegelte, und einem dunklen, kleinen Pelztier, das sich im Rinnstein an seiner Beute gütlich tat, war nichts zu sehen. Sigismondo schloß die Tür, schob den schweren Riegel vor und drehte den Schlüssel um.

Dann kniete er nieder, um festzustellen, ob der Mann, der da auf dem Boden lag, noch etwas zu sagen hatte. Doch sein schlaffer Körper, der schwer in Sigismondos Arm hing, verriet, daß er dazu nicht mehr in der Lage war. Die burgunderfarbene Livree, wie sie die Männer des Kardinals trugen, hatte einen noch dunkleren Rotton angenommen. Dem Wächter war mit einem einzigen Streich die Kehle durchgeschnitten worden, was nach Sigismondos Meinung auf lange Übung schließen ließ. Vorsichtig ließ er den entseelten Körper zu Boden sinken. An der Wand war eine Bank festgeschraubt. Darunter lag, ganz nach hinten geschoben, ein Paar hochhackiger Pantoffeln, die einer Frau gehören mußten. Das Leder war mit einem eingeprägten Muster versehen und rot und grün gefärbt; einer der Schuhe lag auf der Seite, und der Lehm auf der Korksohle war noch nicht getrocknet.

Als Sigismondo wieder die Treppe hinaufstieg, drang ihm erneut ekelerregender Gestank in die Nase – diesmal war es eine Mischung aus verbranntem Öl, verkohltem Fleisch und verschwitzter Kleidung. Oben angekommen stellte er fest, daß auch die Diener von draußen und die Stallburschen herbeigeströmt waren, um in die Gebete einzustimmen und zu gaffen. Jenseits der Tür knieten weitere Bedienstete mit Benno in der ersten Reihe. Am Bett spendeten Torquato, der sich eine Stola übergeworfen hatte, und der Beichtvater des Kardinals dem Verstorbenen die letzten Sakramente.

Auch Sigismondo kniete nieder. Er befand sich neben dem Schreibtisch, und während er wie die anderen die Antworten murmelte, musterte er unter halb geschlossenen Lidern die Schatulle aus burgunderrotem Samt mit den fein ziselierten Messingscharnieren, die auf dem türkischen Teppich, welcher den Tisch bedeckte, stand. Hatte der Kardinal jemanden bezahlen wollen? War er selbst für etwas entlohnt worden? Die Gebete erinnerten ihn daran, daß Kardinal Petrucci wohl im Augenblick eine Rechnung beglich, bei der ihm alles Geld der Welt nichts genützt hätte.

Als die Priester in ihren Gebeten innehielten, stand Sigismondo auf. Sogleich hefteten sich die Augen der Prinzessin Corio auf ihn. Auch sie erhob sich mit der bedrohlichen Geschwindigkeit einer Kobra, stand schweigend da und betrachtete die Menge, die Lippen verächtlich zusammengepreßt, als sei ihr dieser Anblick widerwärtig. Wahrscheinlich hatte noch nie zuvor eine solche Masse von Untergebenen das geheiligte Gemach des Kardinals betreten. Die Prinzessin öffnete gerade den Mund, um sie hinauszuwerfen, als sie bemerkte, daß Sigismondo zwischen den Leuten hindurch auf sie zu kam. Er verbeugte sich und flüsterte: »Hoheit, wäre es nicht ratsam, wenn im Augenblick keiner das Haus verläßt? Dieses schreckliche Ereignis sollte sich nicht herumsprechen, ehe Ihr nicht mehr darüber in Erfahrung gebracht habt. Glaubt mir, Seine Eminenz kannte seine Mörder; er hat ihren Besuch erwartet. Denn Eure Hoheit und ich haben weder einen Schrei noch Laute gehört, die auf einen Kampf schließen ließen.«

Sie blickte ihn wortlos an und nickte. Dann wurden ihre Augen starr wie die ihres Bruders, als begriffe sie erst jetzt das Entsetzliche. Sigismondo fuhr fort: »Der Wächter an der unteren Tür wurde ermordet.«

Wieder nickte sie, als ob sie mit etwas derartigem gerechnet hätte. Sie legte ihm die Hand auf den Arm, und als sie zum Bett hinüberblickte, durchfuhr sie ein Schauder.

»Ich werde tun, was Er für richtig hält. Ich übertrage Ihm die Untersuchung.« Ihr Blick wurde hart. »Mein Bruder«, stieß sie fast flüsternd hervor, »muß gerächt werden. Seine Mörder sollen das gleiche Schicksal erleiden, doch nicht ehe sie um die Gnade winseln, daß das Feuer sie von ihren Leiden erlösen möge.« Wie schon einmal faltete sie die Hände vor dem Leib, so fest, als wolle sie sie daran hindern, einen beliebigen Menschen zu ergreifen und ihm gewaltsam die Wahrheit zu entreißen.

Vor einigen Minuten war Benno, der andächtig mit den anderen am Boden kniete und die Priester beobachtete, der Gedanke gekommen, daß sein Herr Petrucci womöglich selbst angezündet haben könnte, um einen Plan in die Tat umzusetzen, den er, Benno, gar nicht erst zu verstehen versuchte. Im Zimmer herrschte ein Gestank, der selbst für Bennos Nase ein wenig zu streng war. Er konnte den verkohlten Arm des Kardinals auf dem Bett sehen, doch den Rest der Leiche hatte man zu seiner Enttäuschung mit dem Überwurf verhüllt.

Bei einem Blick zur Decke sah er, daß ein Großteil der hübschen, weißen Gipsornamente schwarz von Ruß und geborsten waren. Eine Zeitlang konnte er seinen Herrn nirgends ausmachen. Doch schließlich erschien Sigismondo in der gegenüberliegenden Tür und kniete wie all die anderen nieder. Dann

sprach er mit der Prinzessin. Mit der war nicht gut Kirschenessen, dachte Benno, während Biondello sich zitternd an sein Bein schmiegte. Sie hatte so etwas Unstetes im Blick. Falls diese Tat, wie manche Diener tuschelten, von bösen Geistern begangen worden war, sah sie wohl einem Dämon am ähnlichsten.
Dann ging sie mit seinem Herrn zum Tisch hinüber, und er sah, daß Sigismondo den Deckel einer Schatulle zu öffnen versuchte, die darauf stand. Er war nicht verschlossen und klappte so auf, daß weder Benno noch die übrigen Diener sehen konnten, was sich in der Schatulle befand. Doch am Gesicht der Prinzessin erkannte er, daß sie überrascht war; selbst sein Herr zog die Augenbrauen hoch. Offenbar richtete er eine Frage an die Prinzessin, doch diese zuckte nur die Achseln, griff mit einer Hand in die Schatulle und ließ ihren Inhalt nachdenklich durch die Finger gleiten. Das Geräusch von Goldmünzen, die aneinanderschlagen, soll ja einzigartig sein, und Benno glaubte, genau dies vernommen zu haben. Wenn die Schatulle wirklich bis zum Rand damit gefüllt war, konnte man dafür einige Bauernhöfe kaufen und hatte immer noch Geld genug, um einen Palast auszustatten. Aber wahrscheinlich hatte die Angst vor der Exkommunikation die Diener davon abgehalten, während des Durcheinanders von vorhin die Gunst der Stunde zu nutzen und sich daraus zu bedienen.
Entschlossen ließ die Prinzessin den Deckel zuklappen und winkte einen hünenhaften Diener herbei, der gerade den Raum verlassen wollte. Sie flüsterte ihm etwas ins Ohr, und er hob unter großen Mühen, bei denen ihm der Kiefer hervortrat, die Schatulle hoch. Unterstützt von einem zweiten Diener trug er die Schatztruhe hinaus, wahrscheinlich in einen sichereren Raum.
Als die Diener aus dem Zimmer geschickt wurden, stopfte Benno den Hund rasch unter sein sicheres Wams, drückte sich an die Wand des großen Speisezimmers und versuchte, sich

unsichtbar zu machen. Eine Weile war er damit auch erfolgreich. Er sah, wie der Neffe des Kardinals kochend vor Wut aus dem Gemach stolziert kam und auch die Geistlichen und die Diener den Raum verließen. Sein Herr geleitete die Prinzessin Corio aus dem Todeszimmer, stand eine Weile mit ihr am Kamin und sprach leise auf sie ein. Doch als Sigismondo sich zum Gehen wandte, zeigte er mit dem Finger auf Benno, und die Prinzessin fuhr erschrocken zusammen. »Was ist denn das?« rief sie.
»Mein Diener, Hoheit.« Lächelnd tippte er sich mit dem Finger an die Schläfe. »Wahrscheinlich hat er mich gesucht.«
Benno verbeugte sich – etwas unbeholfen, weil Biondello unter seinem Wams steckte – vor der Prinzessin und eilte dann im Seitwärtsgang einer Krabbe hinter Sigismondo aus dem Zimmer. Er war es gewohnt, daß Leute von Stand ihn musterten, als sei er gerade in diesem Augenblick einem Misthaufen entstiegen.
Oben am Treppenabsatz blieb Sigismondo stehen und beobachtete die Diener, die gerade ihrer Wege gingen. Sie unterhielten sich angeregt, wenngleich mit ehrfurchtsvoll gesenkter Stimme; das Klappern und Schlurfen ihrer Füße hallte seltsam von den Wänden wider. Einige begaben sich, wie befohlen, zu Bett, andere hatten noch Arbeiten zu erledigen. Zwei Frauen, in das Grau des Hauses Corio gekleidet, kamen die Treppe hinauf. Die ältere trug eine Leinenhaube und wischte sich mit dem Handrücken die Tränen fort. Die jüngere hielt einen Wasserkrug und einen Korb mit Leinenstoff und Rohwolle in den Händen. Sigismondo machte ihnen Platz. Benno fragte sich, wer denn eine Waschung nötig haben mochte, bis er begriff, daß sie den Kardinal für die Aufbahrung vorbereiten wollten. Er beneidete sie nicht um diese Arbeit. Es war, fand er, als bahre man eine gebratene Schweinehälfte auf. Er kratzte sich an der Nase.
»Irgend jemand muß eine ziemliche Wut auf ihn gehabt haben,

oder?« fing er mit leiser Stimme an. »Sonst hätte er den Kardinal doch einfach erstechen oder auf eine sonst übliche Weise umbringen können.« Er blickte zu Sigismondos unbewegtem Gesicht hinauf und fragte sich, was wohl als nächstes geschehen würde. Seiner Meinung nach hatte es schon ausgereicht, Prinzessin Minerva und den blinden Grafen zu retten; ein gebratener Kardinal als Dreingabe war eigentlich mehr, als ein Mensch vertragen konnte. »Es wird doch niemand aus dem Palast gewesen sein, oder?«

»Hmmm. Wenn ja, sind sie aber von der Straße aus hereingekommen.« Zwei weitere Dienstboten schleppten mit ernstem Gesicht eine Bahre die Treppe hinauf. »Ein Mann hat die Tür bewacht, die von der Straße aus zu einem Geheimgang ins Zimmer des Kardinals führt. Die beiden hier gehen ihn holen.«

»Haben sie ihn wegen des Goldes in der Schatulle umgebracht?«

»Wenn ja, warum haben sie sie dann zurückgelassen? Die Prinzessin wußte nichts von dem Gold, obgleich es ein kleines Vermögen darstellt. Man könnte es sogar ein großes nennen. Vielleicht hat jemand für das Vergnügen bezahlt, Seine Eminenz verbrennen zu sehen. Es gibt noch viele offene Fragen.« Sigismondo blickte die hohe Treppe hinab und wandte dann den Kopf. »Ich fange mit den Dienern an. Jeder Mann, selbst ein Kardinal, hat einen Diener, der fast alles über ihn weiß.«

Bei mir ist das aber anders, dachte sich Benno und war stolz darauf, eine Ausnahme darzustellen. Sein Herr verbrachte seine Zeit damit, Rätsel zu lösen, und war doch selbst so ein rätselhafter Mensch. Benno wußte nicht einmal, aus welchem Land er stammte. Gewiß nicht aus Italien, obwohl Benno auch schon das Italienische auf so merkwürdige Weise hatte sprechen hören, daß er kaum ein Wort verstanden hatte. Sigismondo sprach Toskanisch, allerdings in einem fremdartigen Tonfall. Doch Benno hatte wenig Ahnung, was für Länder es sonst noch gab.

Bis vor kurzem war er kaum aus seiner Heimatstadt herausgekommen.
Doch über eines wußte er Bescheid, und er sprach es nun bereitwillig an. »Ihr wollt gewiß Battista befragen, den Leibdiener des Kardinals. Er kommandiert alle herum. Man sagt, er sei so schlimm wie die Prinzessin. Er hat Seiner Eminenz viele, viele Jahre lang gedient. Einer der Burschen meinte, Battista wäre schon vor langer Zeit hinausgeworfen worden, wenn er nicht so viele Geheimnisse kennte.«
»Gut, Benno.« Sigismondo packte ihn an den Schultern. »Hol mir diesen Battista. Sag, Ihre Hoheit selbst hätte es befohlen. Wir müssen einige von diesen Geheimnissen erfahren.«
»Wir haben selbst eine ganze Menge Geheimnisse, oder?« Wenn Benno an das Landhaus in Fontecasta dachte, wurde er von einem kindlichen Stolz ergriffen.
»Wollen wir es hoffen.« Sigismondo drehte sich um und lehnte sich an das verschnörkelte Geländer. »Falls sie nicht schon entdeckt worden sind. Die Prinzessin erzählt, daß die Hochzeit von Graf Astorre und Prinzessin Minerva trotz der Trauer um ihre Mutter und ihren Bruder nicht verschoben werden soll.«
Benno riß die Augen auf. »Aber das geht doch nicht! Sie ist ...«
Sigismondo erhobener Zeigefinger ließ ihn verstummen. »Das glauben wir. Aber es ist ein leichtes, unter der Folter aus einem Mann oder einer Frau herauszupressen, was man wissen will. Wahrscheinlich ist Prinz Livio davon überzeugt, daß er die Prinzessin rechtzeitig ausfindig machen kann.« Als Benno abermals den Mund öffnete, hob Sigismondo erneut den Zeigefinger. »Doch ich habe großes Vertrauen zu Massimo. Falls Gefahr droht, wird er meinem Plan folgen, und heute nacht kann ihnen nichts geschehen. Morgen, wenn die Tore geöffnet werden, bringen wir sie in die Stadt.«
Je länger Benno über das soeben Gehörte nachdachte, um-

so verwirrter wurde er. »Ich dachte, Ihr hättet gesagt, der Pr...«, er biß sich auf die Zunge, als Sigismondo, da wieder ein Diener vorbeikam, fast unmerklich den Kopf schüttelte. Mit gedämpfter Stimme fuhr er dann fort: »... hätte den Knaben ermordet, weil er nicht sein Sohn war; aber die Kinder sind ... waren doch Zwillinge, also ist sie ... ich meine, kann sie nicht ...«

Sigismondo lächelte. »Laß dir etwas über Staatsraison erzählen: Wenn du eine Tochter brauchst, um ein Band zwischen deinem Reich und einem anderen zu knüpfen und dir nicht mehr die Zeit bleibt, eine legitime Thronerbin zu zeugen, mußt du eben mit dem vorliebnehmen, was du hast.«

»Und wenn alle wissen, daß sie verschwunden ist?«

»Er hat bis Sonntag Zeit, und heute ist Freitag. Wir müssen uns um dringlichere Angelegenheiten kümmern und es ihm überlassen, das Rätsel zu lösen. Die Prinzessin Corio sucht einen Sündenbock ... Fangen wir doch mit diesem Battista an.«

20. Kapitel
»Ich spreche von Zauberern«

Wenn Battista der Mann war, der die Geheimnisse des Kardinals kannte, lag das wohl daran, daß er nicht den Eindruck erweckte, als wolle er sie jemandem verraten. Die Mundwinkel in dem verbitterten, faltigen Gesicht zogen sich nach unten wie unter dem Gewicht eines unsichtbaren Vorhängeschlosses.

»Seine Eminenz? Über Seine Eminenz habe ich nichts zu sagen. Wer hat Euch überhaupt angewiesen, mich zu befragen?« In seinen runden und ungewöhnlich farblosen, von hängenden

Lidern überschatteten Augen lag ein starrsinniger und argwöhnischer Ausdruck.

»Ihre Hoheit hat mir befohlen, den Tod ihres Bruders zu untersuchen. Wie alle, die Seine Eminenz liebten, wünscht sie, die Schurken, die dieses Verbrechen begangen haben, ihrer wohlverdienten Strafe zuzuführen.«

Battista tauchte die Finger in eine Schale mit Gänseschmalz, die ein Knabe soeben aus der Küche gebracht hatte, und salbte die Brandblasen an seinen Händen. Auf seiner Stirn unter den kurz geschnittenen, grauen Fransen prangte ein schwarzer Rußfleck. Sigismondo, der seinerseits die linke Hand und das rechte Handgelenk immer noch in ein erneut angefeuchtetes Tuch eingewickelt trug, wartete ab. Aus langer Erfahrung wußte er, daß die Kunst einer Befragung oft darin bestand, keine Fragen zu stellen. Schweigen lockt oft hervor, was bei eindringlichem Nachhaken zurückgehalten wird. Nach einer Weile stieß Battista ein Grunzen aus, entweder vor Wut, oder weil ihm seine Verbrennungen Schmerzen bereiteten.

»Man wird sie niemals fangen. Wie denn, solange es in der Stadt von Pilgern und anderen Fremden wimmelt?« Der Blick, mit dem er Sigismondo bedachte, machte deutlich, daß er ihn letzterer Gruppe zurechnete.

»Die Stadttore sind über Nacht geschlossen.«

»Und morgen?« Battista lachte höhnisch. »Erwartet Ihr, daß der Magistrat selbst jede Ladung Krautköpfe untersucht? Es gibt immer Wege, hinein oder hinaus zu kommen.«

Wortlos trat Sigismondo in das kleine, angrenzende Zimmer und setzte sich auf einen Schemel. Battistas finsterer Blick durchbohrte ihn förmlich. Es war so eng, daß sich die beiden Männer fast berührten. Sigismondo war nicht eben von kleinem Wuchs, und die Kammer, die vom Gemach des Kardinals abging, ähnelte eher einem Wandschrank als einem Raum. Sie enthielt einige Regalbretter, auf denen gefaltete Kleidungsstücke lagen, dazu zusammengerolltes Bettzeug, Becher und Teller, wie sie einem Kardinal gebührten, und auf dem niedrigsten und breitesten Brett stand die Schale mit Gänseschmalz neben einem Weinkrug, einem irdenen Becher und Edelkastanien auf einem grellfarbenen Teller aus Majolika. Dieser Teller war gelb und blau gemustert und stellte die Szene dar, in der Eva von der Schlange – beide in giftgrün gehalten – den Apfel entgegennimmt. Wahrscheinlich war er wegen des großen Sprungs, der quer darüber verlief, ausgesondert worden. Sigismondo konnte sich der Vermutung nicht erwehren, daß der Sprung seine Ursache in einem nach Battistas Kopf gezielten Wurf hatte.

Er streckte die Hand aus und nahm sich eine Kastanie. Man kann einen Menschen auch solange reizen, bis er den Mund aufmacht.

»Habt Ihr denn einen Verdacht, wer die Schurken sein könnten?«

»Einen Verdacht? Wen kümmert ein Verdacht? Seine Eminenz ist tot.«

Genüßlich verzehrte Sigismondo die Kastanie und griff nach der nächsten. Battista, der sich im selben Augenblick gegen das Regal mit dem Teller lehnte, gelang es nicht, ihn daran zu hindern. »Aber man hat einen Menschen bei lebendigem Leibe verbrannt! Wer würde einem Mann der Kirche so etwas antun?« Sigismondos Stimme war keine Spur von Hohn anzumerken, doch er handelte sich trotzdem einen argwöhnischen Blick von Battista ein.

»Wer? Jemand der Zeuge war, wie ein anderer auf diese Weise verbrannt wurde.«

Sigismondo nickte bedächtig, während er nachdachte. »Ein Ketzer?«

Battista schnaubte. »Ketzer! Ich spreche von Zauberern. Die Schwarze Magie ...« Plötzlich hielt er inne. Ihm war bewußt geworden, daß er nun doch geredet hatte.

»Hmmm. Hat der Kardinal also einen Zauberer verbrennen lassen?«

Aber Battista wandte sich ab und fing wieder an, seine Wunden mit Gänseschmalz zu beschmieren, wobei er ein verdrießliches Gesicht zog. Als Sigismondo auflachte, blickte er sich rasch um.

»Also hat sich der Zauberer wie ein Phönix aus der Asche erhoben und ist zurückgekehrt, um nun seinerseits den Kardinal zu verbrennen. Mit solchen Ammenmärchen könnt Ihr die Küchenmädchen und Stallburschen erschrecken. Seine Eminenz ist von Menschenhand an den Sessel gebunden, geknebelt, mit Öl übergossen und angezündet worden. Von den Händen mindestens zweier Menschen, um genau zu sein.«

»Gewiß. Sie konnten Antonello zwar nicht vor dem Scheiterhaufen retten, aber sie konnten ihn rächen.«

»Antonello? War das der Zauberer? An der Aufgabe, sich selbst aus Ketten und Feuersbrunst in den Himmel hinaufzuzaubern, ist er wohl gescheitert.«

»Er war ein Narr – warum mußte er auch Seiner Eminenz weissagen, daß er noch vor dem Sommer sterben würde?«

Langsam nickte Sigismondo. Die beiden Männer sahen einander an.

»Jemand hatte den Einfall, dafür zu sorgen, daß sich diese Weissagung bewahrheitet. Wer könnte das gewesen sein?«

»Ich kenne ihre Namen nicht.« Battista streckte seine schmalzglänzenden Hände aus und betrachtete sie. »Meuchelmörder. Briganten. Männer, die Achille Malvezzi, einen Freund der Ketzer, als ihren Führer betrachten.«

»Warum sollten solche Männer den Wunsch haben, Antonello zu rächen?« Sigismondo lehnte sich bequem an die Wand. Battista schob mit dem Unterarm den Teller aus Majolika zu ihm hinüber und wählte selbst bedächtig eine Kastanie. »Da er Malvezzi Glück und Erfolg vorausgesagt und seinen Sohn von einem Fieber kuriert hat, an dem er zu sterben drohte.«

»Also auch ein Arzt, dieser Antonello?«
»Ein Zauberer, das kann ich Euch sagen. Er hat Kranke durch Magie geheilt. Vor etwa einem Jahr ist Seine Eminenz erkrankt, und seine Ärzte konnten ihm nicht helfen. Antonello wurde gerufen, heimlich selbstverständlich. Gewiß, es ist ihm gelungen, Seine Eminenz zu kurieren. Aber sein Übereifer wurde ihm zum Verhängnis.« Wieder huschte ein höhnischer Ausdruck über Battistas Gesicht. »Dieser Narr. Niemand will etwas von seinem eigenen Tod hören.«
Sigismondo strich sich nachdenklich über den kahlen Schädel. »Und diese Briganten – haben sie versucht, Antonello zu befreien, ehe er auf dem Scheiterhaufen endete?«
»Oh, sie kamen zu spät. Sie haben es falsch angefangen, und einer von Malvezzis Männern wurde ergriffen und gehängt.«
»Noch ein Grund zur Rache.« Sigismondo grübelte, und Battista, an das Regalbrett gelehnt, betrachtete ihn im Licht der kleinen Öllampe, die flackernde Schatten auf sein Gesicht warf. Schließlich trafen sich die Blicke aus einem dunkeln und einem blaßhellen Augenpaar. »Wo ist es geschehen?«
»In Bibbiena. Und erst vor einer Woche, als wir die Reliquien von Rom hierherbrachten, sind wir dort durchgekommen. Jemand hatte mit einem Messer ein Blatt Papier an die Kirchentür geheftet. Die Botschaft lautete: ›Das Höllenfeuer erwartet Euch, Petrucci.‹ Seine Eminenz war überhaupt nicht erfreut.«
Sigismondo gab ein tiefes Brummen von sich. Vor seinem geistigen Auge erschien das kluge, hochmütige, nun durch die Flammen entstellte Gesicht.
»Und gab es sonst niemanden, der aus dem Tod Eueres Herrn irgendeinen Nutzen ziehen würde? Keinen aus der Dienerschaft oder aus der Familie, der ihn haßte?«
»Der Neffe?« Das verächtliche Grinsen verstärkte sich. »Der hofft, er könne Gott selbst von seinem Thron stoßen. Seine Eminenz konnte für ihn tun, was er wollte, nie war er zufrieden.«

»Aber als Günstling Seiner Eminenz hätte er es doch sicherlich noch weit gebracht.«
»Es ging nicht darum, wie *weit*, sondern wie *bald*. Ständig lag er Seiner Eminenz in den Ohren, weil es ihm zu langsam ging.
Sigismondo schüttelte den Kopf und erhob sich wie zum Gehen. Seine Gestalt füllte den winzigen Raum. Battista drückte sich an die Wand.
»Und die Frau, die heute nacht hier war?«
»Frau?« Battista steckte sich gerade noch rechtzeitig eine weitere Kastanie in den Mund und entgegnete beiläufig, während er kaute: »Seine Eminenz hatte sich für die Nacht zurückgezogen. Kein Bittsteller wäre mehr zu ihm vorgelassen worden.«
Sigismondo brummte wieder, diesmal unwillig. »In dem Fall, den ich meine, befand sich wahrscheinlich Seine Eminenz in der Rolle des – Bittstellers.«
Battista war entrüstet. »Er hatte es nie nötig, eine Frau um etwas zu bitten! Sie warfen sich ihm buchstäblich zu Füßen!« Er bemerkte, daß er sich auf moralisch fragwürdiges Terrain vorgewagt hatte und hielt inne. Doch Sigismondo lenkte das Gespräch behutsam in die gewünschte Richtung.
»Auch Kardinäle sind nur Männer. Alle Welt versteht das. Selbst der Heilige Vater ist nichts weiter als ein Mann.« Er tippte Battista mit dem Zeigefinger auf die Brust. »Was wißt Ihr über das Geld?«
Battista starrte ihn verstört an. »Geld? Welches Geld?«
»Beabsichtigte Seine Eminenz heute nacht, jemanden für seine Dienste zu bezahlen?«
Battista machte ein Gesicht, als hätte er sich am liebsten am Kopf gekratzt, wenn ihn die Hände nicht so geschmerzt hätten.
»Wenn er das vorhatte, hat er mir nichts davon erzählt. Warum?«
»Kennt Ihr jemanden, der dem Kardinal heute nacht einen Gefallen erweisen wollte? Einen Gefallen, der den Inhalt einer so großen Schatulle wert war?« Mit den Händen beschrieb

Sigismondo den Umfang der unsichtbaren Schatulle, wobei Battista ihm böse zusah. »Sie war mit rotem Samt bezogen.«
»Ich weiß nichts von diesem Geld – und auch nichts von dieser Schatulle. Es war viel Geld darin, sagt Ihr?« Battista war überrascht und daher auch entrüstet, denn eigentlich hätte er darüber im Bilde sein müssen. »Auf der Reise hatte er keine solche Schatulle bei sich. Ich hätte das gewußt. Selbstverständlich führten wir viel Geld mit uns, um für die Reliquien zu bezahlen. Doch das ging mich nichts an, es gab Wachen dafür. Aber abgesehen davon bewahrte Seine Eminenz nur kleinere Summen in seinem Schreibtisch auf.« Battista klopfte sich auf die Brust, wobei er auf dem Abzeichen, das den Kardinalshut darstellte, einen Fettfleck hinterließ. »Ich habe den Schlüssel dazu. Seine Eminenz vertraute mir.« Diese Prahlerei wirkte jedoch eher kläglich, denn dieses Vertrauen hatte ja offensichtlich seine Grenzen gehabt.
»Die Frau heute nacht. War sie schon einmal hier?«
Battista zögerte. Er empfand Sigismondos Nähe als so bedrükkend, daß er nicht wußte, wie er um eine Antwort herumkommen sollte. Achselzuckend rückte er so weit wie möglich ab und rieb sich die feuerrote Handfläche noch einmal mit Schmalz ein.
»Er empfing sie jedesmal, wenn er nach Colleverde kam. Sie war sein Liebling.«
»Also kennt Ihr sie?«
»Eine Kurtisane namens Polissena. Ganz und gar vertrauenswürdig.«
»Und der Diener, der die Geheimtür zur Straße bewachte, hatte Anweisung, sie einzulassen?«
»Seine Eminenz hat mir nicht jede Einzelheit mitgeteilt.« Nach dem Ärger in Battistas Gesicht und Stimme zu urteilen, konnte es gut sein, daß er den Mann, dem die Kehle durchgeschnitten worden war, als Nebenbuhler betrachtet hatte.
Sigismondo schenkte ihm ein breites wohlwollendes Lächeln,

zog scheinbar aus dem Nichts eine Geldmünze hervor und schob sie vorsichtig unter die blasenbedeckte Hand auf dem Regalbrett.

»Ich werde Ihrer Hoheit berichten, wie hilfsbereit Ihr gewesen seid. Vermutlich wird sie an ihrem Hof Verwendung für Euch haben.«

Battistas heruntergezogene Mundwinkel verrieten, was er von diesem Vorschlag hielt, doch er schob die Münze mit einem Murmeln, das seinen Dank ausdrücken mochte, in seine Börse. Sigismondo ging zur Tür, schob den ledernen Vorhang zurück und wandte sich noch einmal um. »Wie lange standet Ihr im Dienst Seiner Eminenz?«

»Elf Jahre.«

»Und war es ein leichter Dienst?«

»Er verlangte immer das beste und konnte Tölpel in seiner Umgebung nicht ertragen«, antwortete Battista herausfordernd. Sigismondo neigte den Kopf, wie um dieser Selbsteinschätzung zuzustimmen. Seine letzte Frage stellte er ganz beiläufig.

»Warum habt Ihr Wein ins Feuer geschüttet?«

»Glaubt Ihr, ich hätte ihn umgebracht? An diesem Platz steht oft der Krug mit dem Waschwasser. Noch während ich ihn ausgoß, bemerkte ich, daß es der falsche war. Ich seine Eminenz umgebracht? Wohin, glaubt Ihr, soll ich jetzt gehen? Was soll ich ohne einen Herrn anfangen?« Mit einem Ruck zog er den Ledervorhang vor die Türöffnung und beendete damit das Gespräch.

Sigismondo blieb noch eine Weile stehen, ehe er davonging. Aus der Kammer drang ein ersticktes Schluchzen. Auch wenn Battista glaubte, die Geheimnisse Seiner Eminenz gekannt zu haben, über seinen Tod wußte er offenbar nichts.

21. Kapitel
»Wir haben den Mörder!«

Gerade hatte Sigismondo die Hand erhoben, um an die Tür von Torquatos Zimmer zu klopfen, als sich im Erdgeschoß Stimmengewirr erhob. Mit ein paar Schritten war er auf dem Treppenabsatz über der Eingangshalle. Als er hinabblickte, sah er Fackeln und Diener, die wild durcheinanderliefen. Bischof Taddeo war gekommen.

Für den Bischof, dessen erklärtes Ziel auf Erden es war, ein friedliches Leben zu führen und der Prinzessin Corio aus dem Weg zu gehen, waren die gegenwärtigen Umstände ein Alptraum. Da der Kardinal tot, ja, sogar auf unnötig aufsehenerregende Weise ermordet worden war, lastete nun auf ihm, dem höchsten Geistlichen in Colleverde, die Verantwortung, seine Mörder ausfindig zu machen. Ferner hieß das, daß er sich auf Befehl – man konnte es kaum eine Bitte nennen – der Prinzessin hatte einfinden müssen, um die Leiche in Augenschein zu nehmen (er wurde gerade nach oben geführt), seinem Entsetzen (das beträchtlich war) Ausdruck zu verleihen und am Totenbett (von dem er sich zurückzog, sobald der Anstand es gestattete) zu beten. Außerdem mußte er der Prinzessin versichern, daß sein Magistrat bereits die Fremden in den Gasthöfen und Herbergen verhörte, »all jene, die keine wahrhaftigen Pilger mit einer schriftlichen Beglaubigung von ihrem Bischof sind.«

»Und was ist, wenn sich die Urheber dieses Verbrechens als Pilger ausgeben?«

Schon zehn Minuten nach seiner Ankunft hatte sie erreicht, daß er sich wie ein dummer Junge fühlte; nach fünfzehn konnte er nur mit größter Mühe den unchristlichen Wunsch unterdrükken, die Mordbrenner hätten sich, da sie doch nun schon einmal an der Arbeit waren, auch der Schwester des Kardinals annehmen sollen.

»Mein Bruder wird in vollem Ornat in der Kathedrale aufgebahrt werden.«

Bedrückt betrachtete der Bischof die Überreste des Kardinals, die ausgestreckt auf dem Bett lagen und von zwei Dienern der Prinzessin in einen leidlich präsentablen Zustand gebracht wurden. Das verkohlte Gesicht ohne Wimpern und Augenbrauen löste im Bischof sehr unangenehme Überlegungen aus, wie wohl der Rest der Leiche aussehen mochte, und zudem hatte er nunmehr eine wesentlich lebhaftere Vorstellung vom Höllenfeuer als bisher. Seine Gebete fielen deshalb um so inbrünstiger aus. Man konnte nur schwer sagen, ob es der Seele des Kardinals im Augenblick besser erging als seinem Körper. Seine Eminenz war, wie man annehmen und befürchten mußte, ohne Absolution verschieden; und er war bekanntermaßen ein sehr weltlicher Mann gewesen.

Zu allem Überfluß beschäftigte den Bischof eine sehr sachliche Frage: Wie sollte man die sterblichen Überreste des Kardinals in diesem Zustand zur Schau stellen?

»Selbstverständlich. Alles Notwendige wird veranlaßt, Prinzessin. Seine Eminenz soll mit allen Ehren bestattet werden, die die Heilige Kirche zu bieten hat. In der Kathedrale werden schon Messen für ihn gelesen, denn sobald ich hörte …«

»Selbstverständlich. Auch der Heilige Vater muß sofort davon in Kenntnis gesetzt werden.«

»Ich werde auf der Stelle eine Botschaft nach Rom senden.«

Der Bischof hätte am liebsten nach seinem Riechfläschchen gegriffen, um den entsetzlichen Gestank nach verbranntem Fleisch, den alle duftenden Kräuter und aller Weihrauch nicht überdecken konnten, aus seiner Nase zu vertreiben.

Doch er hatte den Eindruck, daß das nicht schicklich gewesen wäre.
Eine dritte Stimme mischte sich in das Gespräch ein. »Wäre es nicht das Beste, Tante, wenn ich nach Nemora reiste? Der Herzog sollte diese schreckliche Nachricht aus dem Mund eines Angehörigen erfahren.« Torquato hielt die Hände gefaltet, als ob er immer noch betete, und streifte den Bischof mit einem Seitenblick, als wollte er sagen, daß jede Botschaft von ihm ohnehin überflüssig wäre.
»Ich brauche dich hier«, erwiderte seine Tante. »Du wirst Signor Sigismondo helfen, die Teufel zu finden, die deinen Onkel gemeuchelt haben.«
Torquato zog ein Gesicht, als hätte er in eine unreife Zitrone gebissen. Offenbar gefiel es ihm gar nicht, wieder einmal den Laufburschen spielen zu müssen.
»Ist es denn ratsam, Tante, diese Untersuchung einem Fremden zu überlassen?«
»Er hat den Herzog von Rocca vor seinen Feinden gerettet, Neffe.«
»Die Feinde von Rocca sind nicht die Feinde von Nemora! Könnte man ihn nicht geschickt haben, um diese Untat zu begehen?«
»Er war bei mir, du Narr.«
»Er könnte die Mörder gedungen haben.«
»Er entdeckte den Qualm und hat eigenhändig die Flammen gelöscht. Ich will davon nichts mehr hören, Neffe. Ich habe ihm die Angelegenheit anvertraut.«
Der Bischof hatte höflich, aber überrascht diesen Familienstreit verfolgt. »Sigismondo?«
Die Prinzessin hob die Hand und winkte mit dem Finger. Aus der Menge an der Tür löste sich ein hochgewachsener, breitschultriger, schwarzgewandeter Mann mit rasiertem Schädel, der im Bischof eine Erinnerung wachrief. Als er niederknie-

te, um den Ring zu küssen, ordneten sich des Bischofs Gedanken.
»Das Wunder! Ihr habt den Dieb vor die Heilige geführt, damit sie ihr Urteil fälle.« Der Bischof war sehr stolz auf sein Gedächtnis – für gewöhnlich hatte er Mühe, sich Gesichter zu merken, wie ihm auch vieles andere schwerfiel.
»Das tut hier nichts zur Sache. Ihr werdet Eueren Magistrat anweisen, diesen Mann zu unterstützen.«
»Ach.« Der Bischof kannte seinen Magistrat, und er konnte sich nicht vorstellen, daß diese Zusammenarbeit sehr erfreulich verlaufen würde. Er wandte sich an Sigismondo. »Hat Er schon einen Verdacht, wer diese verabscheuungswürdige Tat begangen haben könnte?«
»Im Augenblick, Exzellenz, läßt sich noch wenig sagen. Doch ich zweifle nicht daran, daß wir die Täter mit Gottes Hilfe finden werden.«
Dieser gelassene, kräftig wirkende Mann mit der festen Stimme übte eine beruhigende Wirkung auf den Bischof aus. Er wollte gerne glauben, daß die Gerechtigkeit siegen würde, wenngleich man zur Zeit ganz gewiß göttlichen Beistand benötigte, um einen Meuchelmörder in Colleverde ausfindig zu machen. Insgeheim aber vertraute er darauf, daß die Heilige noch einmal helfen würde.
»Gott sei mit Ihm und Seinen Bemühungen, mein Sohn. Der Teufel wird nicht obsiegen, solange uns die Heilige Kirche Kraft gibt.«
Wieder kniete Sigismondo nieder und senkte den Kopf. Der Bischof segnete ihn, während die Prinzessin Corio, die ihre Handgelenke umklammert hielt, ungeduldig von einem Fuß auf den anderen trat. Als der Bischof fertig war, nahm sie ihren sichtlich peinlich berührten Neffen beim Arm und führte ihn zu Sigismondo, der sich inzwischen erhoben hatte.
»Sag ihm alles, was du gesehen hast, Neffe. Selbst die kleinste

Kleinigkeit.« Ihr Gesichtsausdruck machte deutlich, daß sie ihm mehr auch nicht zutraute.
»Hoheit.« Sigismondo verbeugte sich ehrerbietig.
Mittlerweile wünschte der Bischof sehnlichst, sich zurückzuziehen, denn er hoffte, noch ein wenig der Ruhe pflegen zu können, ehe der Morgen neuerliche Belästigungen, weitere Anweisungen der Prinzessin und eine peinliche Befragung, was sein Magistrat herausgefunden habe, bringen würde. Ein Trost war nur, daß sie diesem hochgewachsenen Fremden einen Großteil der Verantwortung aufgebürdet hatte. Er hoffte nur, daß die Heilige ihren Schutz nicht von Kleiderdieben auf Leute ausdehnen würde, die Kardinäle anzündeten. Die christliche Nächstenliebe konnte doch nicht grenzenlos sein! Für einen Augenblick huschte ihm der sogleich wieder verscheuchte Gedanke durch den Kopf, daß er sich in all dem Durcheinander wenigstens nicht mit dem Kardinal auseinandersetzen mußte. Zu seinem Glück war ihm noch nicht bewußt geworden, daß nun, da Seine Eminenz tot war, er selbst die Trauung von Herzog Grifones Sohn würde vornehmen müssen – unter den Augen des Herzogs *und* der Prinzessin Corio!
Während die Dame den Bischof zur Tür geleitete, ergriff Sigismondo die Gelegenheit, den Neffen unter vier Augen zu befragen. Er folgte Torquato zu seinem Gemach. Es diente – wie das des Kardinals – gleichzeitig als Studierstube und Schlafzimmer, obwohl es um einiges kleiner und nicht so prunkvoll möbliert war. Auf dem Sims über dem Schreibtisch stapelten sich einige Bücher, etliche Papierrollen lagen auf dem Tisch; und der kleine Läufer war wesentlich abgenützter als der samtene Bezug des Gebetsschemels vor dem Kreuz, das an der Wand hing. An der gegenüberliegenden Wand hinter dem Bett war ein Wandteppich befestigt, dessen trübe, grünbraune Farbe den Raum verdunkelte. Auf ihm war ein klassisches, jedoch von abscheulich unbeholfener Künstlerhand gestaltetes Motiv dargestellt: Hera-

kles, wie er sich in Nessos' giftgetränktem Gewand windet. Ohne sich dieser Anspielung bewußt zu sein. Aber Torquato achtete nicht auf den Bezug dieser Szene zu den jüngsten Ereignissen. Mürrisch sah er Sigismondo an.

»Ich befürchte, meine Tante hat zuviel versprochen, als sie meinte, ich könnte zur Aufklärung dieser Sache beitragen.« Im Licht der Lampe wirkte sein scharf geschnittenes, gutaussehendes Gesicht bleicher als gewöhnlich. »Schließlich habe ich noch weniger gesehen als Er, denn ich kam erst auf den entsetzlichen Schrei meiner Tante hinzu.«

»Und zuvor wart Ihr in diesem Zimmer?«

»Selbstverständlich.« Torquato war so entrüstet, als hätte Sigismondo angedeutet, er könne sich in der Küche oder in den Ställen herumgetrieben haben. »Mein Onkel ist ... war nicht der einzige, der noch spät nachts zu arbeiten hatte.« Er wies auf den Schreibtisch. »Ich bereite im Auftrag von Kardinal Zampata in Rom einen Bericht über den Empfang der Reliquien vor. Der Kardinal untersucht gewisse ketzerische Umtriebe im Nemora, von denen er durch Gerüchte erfahren hat.« Er sagte dies ein wenig herablassend, als wolle er betonen, daß er das Vertrauen der Mächtigen genoß. Immerhin hatte dieser Fremde beobachtet, wie die Prinzessin mit ihm umgesprungen war. Sigismondo aber blieb ernst und ließ auch die gebührende Ehrerbietung keineswegs vermissen.

»Glaubt Ihr, Vater, daß Seine Eminenz, Euer Oheim, Opfer solcher Ketzer geworden ist?« Ein rasierter Schädel auf breiten Schultern – mithin ein gebildeter Halunke, dachte Torquato. Es überraschte ihn, daß seine Tante, die wie ihr Bruder jedem gegenüber Argwohn hegte, diesem Mann mehr vertraute als ihrem eigenen Neffen. Aber trotzdem konnte er sich vielleicht als nützlich erweisen.

»Das könnte sein. Mein Oheim hatte Feinde – wie jeder große Mann.« Eine Erinnerung schien in seinem Kopf aufzublitzen. Er blickte Sigismondo unter gerunzelten Brauen an. »Meinen Onkel haben Drohungen nicht gekümmert. In Bibbiena, auf dem Weg hierher, hat es auch eine gegeben.« Aus dem Nebenzimmer war eine beharrlich betende Stimme zu hören, und Torquato verzog das Gesicht. »Nur der Teufel kann eine solche Tat begehen. Welcher Mensch wäre denn so tollkühn gewesen, hier in diesem Palast? Mein Onkel hätte doch nur um Hilfe rufen müssen.«

»Jemand, der sich Zutritt verschaffen konnte; jemand, der die Geheimtreppe kannte, jemand, dessen Besuch Seine Eminenz erwartet hatte. Wußten viele von der Geheimtreppe?«

Torquato zuckte die Achseln. »Mein Onkel hat seine Angelegenheiten für sich behalten.« Er sah verärgert aus, als fühlte er sich dadurch zurückgesetzt.

»Gewiß hat die Frau davon gewußt«, sagte Sigismondo beiläufig.

Torquato schnappte nach Luft. Doch er antwortete nicht, sondern betrachtete seine gefalteten Hände. Anders als Battista war er zu feinfühlig, um vorzugeben, daß er nichts von den Liebschaften seines Onkels wußte, und zu sehr Weltmann, um ihn zu rechtfertigen.

»Hat Seine Eminenz über die Geheimtreppe auch Zuträger empfangen?«

»Selbstverständlich.«

»Wißt Ihr, ob er heute nacht einen von ihnen bezahlen wollte, Vater?«

Mit dieser Frage hatte Sigismondo Salz in eine offene Wunde gerieben, denn Torquato konnte nur den Kopf schütteln. Doch nun war seine Neugier geweckt. »Weshalb fragt ihr? Denkt Ihr, dieses Verbrechen hatte ein politisches Motiv?«

»Man darf nichts außer acht lassen, Vater. Seine Eminenz war im Begriff, einen Bund zwischen Nemora und Montenero zu stiften. Vielleicht gibt es ja jemanden, dem das ungelegen kam.«

»Doch der Tod meines Oheims wird nichts ändern. Prinz Li-

vio …« Torquato hielt inne und betrachtete wieder seine Hände. Er würde Sigismondo doch nicht erzählen, wieviel Wissenswertes Torquato mittels eifrigen Lauschens an Türen und durch aufgeschnappte Fetzen von Gesprächen zwischen seinem Onkel und seiner Tante in Erfahrung gebracht hatte. Vielleicht hatte er auch – ebenso wie Sigismondo – das leise Rascheln von Samtröcken gehört, das das Nahen der Prinzessin Corio ankündigte, die jetzt in schickliches Schwarz gekleidet, den Raum betrat. Sie würdigte ihren Neffen keines Blickes, sondern winkte Sigismondo mit dem Zeigefinger zu sich.
Doch Torquato hatte noch einen Trumpf im Ärmel. Rasch trat er vor seine Tante.
»Habt Ihr schon daran gedacht, Tante, daß Signor Sigismondo vielleicht vom Herzog von Rocca geschickt worden sein könnte? Durch den Tod meines Oheims hat er einen mächtigen Widersacher verloren. Die Stellung des Herzogs von Nemora ist erheblich geschwächt, wenn er ohne seinen ersten Ratgeber auskommen muß. Sollten wir nicht besser *diesen* Mann verhören?«
Die Prinzessin warf einen prüfenden Blick auf ihren Neffen. Dann wandte sie sich Sigismondo zu.
»Für die Angelegenheit, die ich Ihm übertragen habe, bürgt Er mit seinem Leben. Also wird Ihm sehr viel daran gelegen sein, die Mörder zu finden.« Der Wind trug den dumpfen Klang der Turmuhr hinüber, die Mitternacht schlug. Der schreckliche Freitag war zu Ende. »Heute trifft Herzog Grifone ein, und er wird hören wollen, wie weit wir in dieser Sache vorangekommen sind. Ich hoffe für Ihn, daß Er dann mit einer Antwort aufwarten kann.« Sigismondo verbeugte sich. »Und nun kann Er gehen, um zu erfahren, was der Bote des Magistrats Ihm zu sagen hat.«
Unten in der Halle trat der Bote auf Sigismondo zu.
»Wir haben den Mörder«, verkündete er triumphierend.

»Das ist doch gut, oder? Sie haben ihn gefunden.«
Benno lief mit einer Fackel in der Hand neben Sigismondo her. Unter seinem Wams lugte Biondellos Kopf hervor. Die andere der beiden knisternden, nach Pech stinkenden Fackeln wurde vom Boten des Magistrats getragen, der voranging. Riesenhaft wurden ihre Schatten von den Wänden der Häuser zurückgeworfen, als sie die Straße zum Platz hinaufschritten. Unter ihren Füßen glänzte Schlamm – beileibe nicht nur deshalb, weil es kürzlich geregnet hatte, sondern auch weil den Leuten die Reinlichkeit ihrer Häuser mehr am Herzen lag als die Menschen, die daran vorbeigingen, und sie daher alles zum Fenster hinauskippten.
»Ihr glaubt nicht, daß sie ihn gefunden haben, oder?« Da Benno so oft gezwungen war, aus dem Schweigen seines Herrn die richtigen Schlüsse zu ziehen, hatte er mittlerweile ziemlich viel Übung darin.
»Hmmm ... mir erscheint das zu einfach, Benno. Ich habe das Gefühl, daß es so leicht nicht werden wird«, erwiderte Sigismondo.
Als sie den Platz vor der Kathedrale überquerten, hallten ihre Schritte laut vom Pflaster wider. In dieses Geräusch mischte sich das sanfte Plätschern des Brunnens, in dessen Wasser sich das flackernde Rot der Fackeln spiegelte. Das freundliche Gesicht eines steinernen Delphins erschien plötzlich wie die Fratze eines Ungeheuers.
Sigismondo blieb stehen, um den Verband an seiner Hand zu befeuchten.
»Tut es sehr weh?« fragte Benno mitfühlend.
»Es wird rasch besser. Es brennt kaum noch.«
Auf den Stufen zur Kathedrale ging etwas vor. Gestalten in langen Gewändern, wahrscheinlich Priester, flüsterten eindringlich miteinander. Hinter ihnen stand einer der riesigen Türflügel offen, und aus dem Inneren war ein hallendes, nicht

genau zu bestimmendes Geräusch zu hören. Die Tür des gegenüberliegenden Gebäudes, in dem sich der Amtssitz des Magistrats befand, war ebenfalls weit geöffnet. Am Türbeschlag steckten Fackeln in eisernen Haltern; schläfrige Wächter beobachteten die kleine Gruppe, die sich ihnen näherte. Als sie die Tür erreichten, die Benno zuletzt mit einem Strick um den Hals durchschritten hatte, ließ ein langgezogener Schmerzensschrei von drinnen selbst die Wachen zusammenfahren. Die Priester auf der anderen Seite des Platzes hielten für einen Augenblick in ihrem Disput inne. Sigismondo übergab einem der Wächter Bennos Fackel.

»Komm, Benno. Der Magistrat hat seinen Mann; jetzt versucht er auch noch, das Geständnis zu bekommen.«

In dem großen Raum, wo das Wappen des Bischofs über dem Kamin prangte, hatten sich Wachen entlang der Wände aufgestellt. Drei Menschen befanden sich in der Mitte des Saales; der Magistrat selbst, ein Schreiber in schwarzem Gewand, der mit gezückter Feder an einem Pult stand, und ein Mann, dessen Arme auf den Rücken gefesselt waren. Seine Schultern waren gebeugt, teils vor Schmerzen, teils deshalb, weil sie von einem Strick, der um seine Oberarme gebunden war, nach oben geschnürt wurden. Das andere Ende des Strickes lag über einem Balken, der quer über die Decke verlief. Der Magistrat zerrte daran.

Als Sigismondo weiterging, blieb Benno an der Tür stehen, denn eine innere Stimme sagte ihm, daß der Magistrat nicht erfreut sein würde, ihn ungehängt wiederzusehen. Inzwischen hatte sein Herr den Mann erreicht, und dieser hob den Kopf. Benno erblickte ein verstocktes Gesicht, das mit dem Blut einer Stirnwunde verschmiert war.

Massimo.

22. Kapitel
Er führte etwas Böses im Schilde

Er ist es gewesen, war Bennos erster Gedanke. Warum sonst hätte er seinen Herrn verlassen und in die Stadt kommen sollen? Benno erinnerte sich an Massimos haßverzerrtes Gesicht, nachdem Petrucci dem Landhaus den Rücken gekehrt hatte. »Ich hätte ihn umgebracht«, hatte er zu Sigismondo gesagt. Als Massimo und Gruchio das falsche Grab für ihren Herrn geschaufelt hatten, war es auch ohne Worte ersichtlich gewesen, wen sie am liebsten darin gesehen hätten. Vielleicht war es ein etwas hoher Preis für die ausgestochenen Augen von Graf Mirandola, den Kardinal bei lebendigem Leibe zu verbrennen, aber Benno war der Ansicht, daß Massimo, wenn es um Rache ging, sicherlich nicht kleinlich war; er würde einem Feind alles doppelt und dreifach vergelten.

»Ich kann mich für diesen Mann verbürgen«, wandte sich Sigismondo an den Magistrat, der sich unwillkürlich von seinem Sessel erhoben hatte und mit zitternden Fingern an seiner Amtskette herumspielte, als wolle er sich vergewissern, daß er hier wirklich das Sagen hatte. »Er lebt in Fontecasta, einem Landhaus vor den Toren der Stadt, wo ich im Dienste des verstorbenen Grafen Giraldi gestanden habe. Er ist wahrhaftig kein Schurke.«

Der Magistrat blickte ebenso verstockt drein wie Massimo. »Er ist der Mörder. Sehr Euch seinen Arm an.«

Sigismondos Messer durchtrennte die Stricke um Massimos Handgelenke – der Magistrat verzog die Mundwinkel, als er mitansehen mußte, wie ein guter Strick verschwendet wurde.

Dann betrachtete Sigismondo die rosig verfärbte, mit Blasen bedeckte Stelle zwischen Ellenbogen und Handgelenk, die auch den Geruch nach Gänseschmalz erklärte.
»Seht Ihr.« Der Magistrat war hinzugetreten und stieß nun triumphierend den Zeigefinger in eine der Brandblasen. Massimo zuckte vor Schmerz zusammen und funkelte ihn böse an, ehe er die Augen wieder Sigismondo zuwandte. Sein Blick ähnelte dem eines gefangenen Tieres, das jegliche Hoffnung auf Rettung bereits aufgegeben hat. Wieder stieß der Magistrat zu. »Verbrennungen. Er behauptet, er habe sie sich an einer Kohlenpfanne geholt! Er sei über einen Pilger gestolpert und in eine Kohlenpfanne gestürzt!« Der Magistrat schnaubte vor Freude, jemanden beim Lügen ertappt zu haben. »Als Ihr ankamt, wollte er mir gerade sagen, wie er sich wirklich diese Verbrennungen zugezogen hat. Was tut Ihr da?«
Sigismondo hatte die Knoten aufgeknüpft, die Massimos Schultern zusammenschnürten. Massimo stand gekrümmt vor Schmerzen da und versuchte, sie durch Reiben zu lindern, ohne mit der verbrannten Stelle in Berührung zu kommen. »Hmmm – ich kann keinen Mann befragen, der nicht in der Lage ist, mir seine ganze Aufmerksamkeit zu schenken.«
»Aber wie soll ohne Folter die Wahrheit ans Licht kommen?«
Der Magistrat war erstaunt über diese so unübliche Vorgehensweise, doch Sigismondo setzte Massimo – sehr zum Mißvergnügen des Schreibers, der sich dort niederzulassen pflegte, wenn er nicht gerade an seinem Pult stand – auf einen Schemel. Dann verschränkte er die Arme vor der Brust, lehnte sich an die Tischkante und musterte den Beschuldigten prüfend.
»Warum seid Ihr heute nacht in Colleverde und nicht in Fontecasta?«
Ohnmächtige Wut verzerrte Massimos Züge, so daß er vor lauter Anspannung den Mund nicht aufbekam. Der Magistrat hatte eilends wieder auf seinem Sessel Platz genommen, da er

offenbar befürchtete, Sigismondo könne nun auch diesen Thron der Amtsgewalt mit Beschlag belegen.
Endlich fand Massimo die Sprache wieder. »Ich habe Euch gesucht.«
Sigismondo nickte ernst. »Ihr wolltet mir unbedingt das Neueste über das kranke Mädchen berichten.«
Massimo sah aus, als würde er jeden Augenblick platzen.
»Die junge Geliebte Eueres verstorbenen Herrn. Ihr hättet Euch nicht zu fürchten brauchen. Der Arzt der Prinzessin Corio hat das Mädchen untersucht und dabei selbstverständlich bemerkt, daß sie kein Knabe ist, wie Euer Herr versucht hat vorzugeben. Zudem hat er festgestellt, daß ihr Fieber nicht lebensgefährlich ist. Ihr hattet recht zu kommen, um es mir zu sagen. Gewiß ist ihre Krankheit hauptsächlich durch die Trauer über den Tod Eueres Herrn hervorgerufen worden.«
Benno erkannte, daß sein Herr Massimo eine Geschichte in den Mund legte. Dem Magistrat aber riß jetzt der Geduldsfaden. Er beugte sich so heftig vor, daß seine Kette gegen die Tischplatte schlug.
»Wo habt Ihr die letzte Nacht verbracht?«
Massimo warf Sigismondo einen Blick zu, als wolle er sich erst vergewissern, ob er antworten durfte. Der Magistrat schlug auf den Tisch. »Sprecht«, forderte Sigismondo den Beschuldigten auf.
»Auf dem Boden in einer Weinhandlung«, stieß Massimo widerstrebend hervor.
»Welcher Weinhandlung?«
»Ich weiß es nicht. Ich bin fremd in der Stadt.«
Der Magistrat ließ sich in seinem Stuhl zurücksinken und zog ein finsteres Gesicht, als würde er am liebsten sofort die Daumenschrauben ansetzen. Sigismondo, der sich mit dem Finger sanft das Kinn gerieben hatte, ergriff erneut das Wort.

»War es die Weinhandlung am Platz? Neben der Kathedrale?«
Bei jeder Frage nickte Massimo, zuckte aber stets im selben Augenblick zusammen, da ein stechender Schmerz seine Schulter durchfuhr. »In den Arkaden?«
»Würde der Besitzer oder die Besitzerin Euch wiedererkennen?«
Massimo runzelte so heftig die Stirn, daß die Falten bis hinein in seinen buschigen Haarschopf liefen. »Vielleicht. Ein Mädchen dort hat mir etwas für meine Verbrennungen gebracht.« Er betrachtete die glänzende, rote Stelle an seinem Arm.
»Die Verbrennungen von der Kohlenpfanne?«
»Richtig. Und diesen Kastanienverkäufer würde ich auch gern in die Finger bekommen. Er hat mich getreten, als ich am Boden lag. Den werde ich mir noch vornehmen, das schwöre ich bei allen Heiligen.« Massimos Rachedurst war offenbar unverwüstlich. Falls der Magistrat nur die leiseste Ahnung von der Abneigung gehabt hätte, die Massimo gegen Petrucci verspürte, hätte wohl noch in dieser Nacht das letzte Stündlein des treuen Dieners geschlagen.
»Waren die Stadttore schon geschlossen, als Ihr die Weinhandlung erreichtet?«
Massimo kniff seine ohnehin schon kleinen Augen zusammen, bis sie fast verschwanden. »Die Stadttore ... ja, die Leute sagten sie würden gerade geschlossen.«
»Und da hattet Ihr die Verbrennungen also schon?«
»Alles Lügen!« Der Magistrat sprang auf, so daß sein Sessel auf dem Steinboden mit einem markerschütternden Quietschen nach hinten rutschte. »Wir wollen sehen, ob er bei seinem Märchen bleibt, wenn wir seine Wahrheitsliebe auf die Probe stellen.«
Ein Getöse an der Tür hinderte Sigismondo an einer Erwide-

rung. Drei Wächter schoben und zerrten einen Mann durch die Tür und stießen ihn, als er stolperte, vor den Magistrat.
»Er war nicht im Bett, als wir ankamen, Herr! Er war wach, angekleidet, und führte etwas Böses im Schilde.« Der Wächter, der den Mann am Arm festhielt, schüttelte ihn begeistert.
»Seht Ihr, mein Herr«, sagte der Magistrat zu Sigismondo und hob den Finger. »Wo es Schwierigkeiten gibt, ist stets ein Jude die Wurzel allen Übels.«
Der Mann sah sie aus seinen dunklen Augen an. In seinem Blick lag melancholische Würde, doch um seinen Mund spielte ein unmerkliches Lächeln. Seine Kleider bestanden aus zimtfarbenem Tuch und waren mit Pelz eingefaßt. An seinen Händen, die er nun, da man ihn losgelassen hatte, vor der Brust gefaltet hielt, funkelten schwere, goldene Ringe. Auf sein Gewand war kein gelber Fleck aufgenäht, und er trug auch keinen Hut, der ihn von den anderen Bürgern unterschied. Herzog Grifone war viel zu hoch verschuldet, um seine Juden unfreundlich zu behandeln. Selbstverständlich bestand immer die Gefahr, daß er, falls ihn die Schulden zu sehr drückten, die Juden für irgendein Unheil – etwa ein vermißtes Kind aus angesehener Familie oder die Pest –, verantwortlich machen würde, um dann seine Geldsorgen mit einem Schlag aus der Welt zu schaffen, indem er sie alle niedermetzeln ließ.
Der Mann mit den dunklen Augen war sich dessen bewußt. Er verbeugte sich ehrerbietig vor dem Magistrat und fragte: »Darf ich erfahren, warum man am Sabbat meine Ruhe stört? Wie könnte ich in einer Stadt Schaden anrichten, die unter dem Schutz heiliger Reliquien steht?« Sein Tonfall war keinesfalls spöttisch, aber in seinen Augen glitzerte der Hohn.
Der Magistrat jedoch achtete nicht darauf. Er war hinter seinem Schreibtisch hervorgeschossen und fuchtelte nun dem Juden mit der Faust vor der Nase herum.

»Dreckiger Schweinehund! Ich habe gesehen, wie Ihr Euch in der Messe, die Ihr besuchen mußtet, vor Abscheu geschüttelt habt. Der Bischof wird Euch für diesen Frevel hängen lassen! Und das wäre noch die mildeste Strafe!«

Zum Ärger des Magistrats wich der Jude nicht vor der drohenden Faust zurück, sondern blickte darüber hinweg auf Sigismondo.

»Frevel? Guter Herr, was ist geschehen?«

»Geschehen!« rief der Magistrat aus, der vor Entrüstung kaum an sich halten konnte. Sigismondo aber neigte mit der gleichen Höflichkeit, die ihm entgegengebracht worden war, den Kopf.

»Etwas Entsetzliches, mein Herr. Heute nacht, erst vor wenigen Stunden, ist Kardinal Petrucci ermordet worden.«

»Ermordet?« Der Jude hob die Augenbrauen.

»Ermordet?« krächzte Massimo. Trotz der Schmerzen in seinen Schultern klatschte er in die Hände, als wollte er Beifall spenden.

Sigismondo schüttelte abwehrend den Kopf. »Nun, Gott sei seiner Seele gnädig. Ich muß Euch fragen, mein Herr, wie Ihr den heutigen Abend zugebracht habt?«

Der Jude breitete die Hände aus. »Meine Familie und ich haben gemeinsam zu Abend gegessen, und nach den Gesetzen, die uns die Tradition …«

»Gotteslästerung!« keuchte der Magistrat.

»… vorschreibt, hat keiner von uns nach Einbruch der Dunkelheit das Haus verlassen.«

»Wann habt Ihr Seine Eminenz den Kardinal zuletzt gesehen?«

»Bei der Messe zur Feier der Reliquien, die ich und meine Glaubensbrüder gestern besuchen mußten.«

Der Magistrat mischte sich ein. »Ihr habt danach mit ihm gesprochen. Ich habe genau beobachtet, daß Ihr mit ihm gesprochen habt!« Er zitterte wie ein Terrier, der einer Ratte ansichtig wird. »Was habt Ihr zu ihm gesagt?«

»Mein Herr, er hat das Wort an mich gerichtet. Er wünschte mich wegen einer Geldangelegenheit zu sehen.«
»Er wollte sich Geld von Euch leihen?« fragte Sigismondo, der sofort an die Schatulle auf dem Schreibtisch des Kardinals dachte.
»Nein, mein Herr. Wie mir Seine Eminenz mitteilte, wünschte er eine größere Summe bei mir zu deponieren – als Rücklage für den Bedarfsfall.«
Sigismondo spitzte die Lippen zu einem lautlosen Pfeifen. Offenbar hatte der Kardinal das geheimnisvolle Gold als Lohn für etwas erhalten; doch wofür?
»Wann sollte die Übergabe stattfinden, mein Herr?«
»Er erwähnte den heutigen Tag, aber ich sagte ihm, ich könne am Sabbat keine Geschäfte tätigen. Ich sicherte ihm zu, ich würde ihn am Sonntag vor Prinz Livios Ankunft aufsuchen.« Er wandte sich dem Magistrat zu. »Wird uns Seine Hoheit überhaupt noch die Ehre geben?« fragte er höflich. »Ich hörte, daß der Sohn des Prinzen verstorben ist.«
Der Magistrat plusterte sich auf. »Ihr wißt gar nichts, Jude«, sagte er herablassend. »Seine Eminenz selbst hat mir noch vor wenigen Stunden mitgeteilt – Gott sei seiner Seele gnädig«, fügte er fast bestürzt hinzu, als käme ihm erst jetzt zu Bewußtsein, daß der Kardinal ihm weder in dieser noch in anderen Angelegenheiten jemals wieder etwas mitteilen würde, »daß es keinerlei Änderungen gibt. Samstag nachmittag, heute also, treffen Herzog Grifone und Graf Astorre zu den Hochzeitsfeierlichkeiten ein. Zur gleichen Zeit wird auch Prinz Livio eintreffen, nachdem ich die Straßen zum östlichen Stadttor habe räumen lassen, damit der Hochzeitszug ungehindert zur Kathedrale gelangt.« Auf einmal begriff der Magistrat, daß er gerade seine Vorbereitungen in allen Einzelheiten zwei schweigend lauschenden verdächtigen Subjekten – dem Juden und Sigismondo – erläutert hatte. Also beendete er seine Ausführungen,

indem er die Arme verschränkte und die beiden böse anfunkelte.
»Verzeiht, Herr Magistrat, aber bald graut der Morgen, und wir müssen noch einen weiteren Verdächtigen befragen. Ich würde vorschlagen, daß Ihr Signor –« fragend sah er den Juden an, der ihm seinen Namen nannte – »Signor Ispano nach Hause schickt, wo wir ihn jederzeit antreffen können. Möglicherweise möchte der Herzog ihn nach seiner Ankunft selbst befragen.«
Der Magistrat schluckte. Zu seinem Leidwesen kannte er die nachsichtige Einstellung des Herzogs gegen die Juden. Und er wußte auch, daß ein erboster Herzog einen Magistrat ohne viel Federlesen aufknüpfen ließ – so wie der Magistrat das seinerseits bei einem Dieb zu tun pflegte. Widerstrebend wandte er sich an den Wächter, der den Juden wieder am Arm gepackt hielt.
»Bringt ihn zurück.« Dann drehte er sich wutschnaubend zu Massimo um. »Und den da werft in den Kerker. Wir werden ja sehen, was der Herzog zu Euerer Geschichte zu sagen hat.«
Benno fiel auf, daß der Wächter tatsächlich zögerte, Massimos verbrannten Arm zu berühren. Offenbar hatte Sigismondos Auftreten bei ihm größeren Eindruck hinterlassen als das Gezeter des Magistrats, weshalb ihm Vorsicht geraten schien. Nach allem, was Benno gehört hatte, war es wahrscheinlich, daß Herzog Grifone bei seiner Abreise einige frisch abgeschlagene Köpfe an den Stadttoren zurücklassen würde. Falls der Herzog selbst Nachforschungen darüber anstellte, wer seinen Kardinal in einen Schmorbraten verwandelt hatte, würden sie alle, auch sein Herr, auf der Hut sein müssen.

23. Kapitel
Eine kurze Zukunft

Polissenas schwarzes Dienstmädchen, von ihr Bianca gerufen, war nicht erfreut, als ein Pochen an der Tür sie aus ihrem Nickerchen riß. Sie war sich sicher, daß ihre Herrin um diese Zeit niemanden erwartete, und zwar aus dem einfachen Grund, da sie bereits einen Besucher hatte. Trotzdem sollte man niemals einen Kunden verärgern. Als sie die Luke an der Tür öffnete, hatte sie Mühe, daß man ihrer Stimmer die Schläfrigkeit nicht anmerkte.

»Wer ist da?«

Die Fackel in der Hand eines Dieners warf ihr Licht auf die entschlossenen, gebieterischen Züge eines Fremden, der auf der Treppe wartete. Eines Mannes, mit dem nicht zu spaßen war.

»Der Magistrat des Bischofs schickt mich. Ich möchte deine Herrin Polissena sprechen.«

Nach allgemeiner Auffassung war der Magistrat des Bischofs ein Narr; dank seiner Machtfülle jedoch ein gefährlicher Narr. Also entriegelte Bianca die Tür, und fragte sich, was für Narrheiten diese Männer wohl im Schilde führen mochten. Doch der Kardinal würde den Bischof gewiß in die Schranken weisen, falls dieser etwa beabsichtigen sollte, hier im Namen von Sitte und Moral tätig zu werden.

»Ihr müßt Euch eine Weile gedulden. Meine Herrin ist beschäftigt.« Die Fackel wurde in dem eisernen Halter vor der Tür zurückgelassen. In ihrem Licht konnte Bianca erkennen, daß der Fremde, der nun seine Kapuze zurückschlug, den Schädel kahlrasiert hatte – was sie jedoch nicht weiter überraschte. Geistliche gingen schließlich in diesem Hause ein und aus.

Bianca zündete eine Kerze an, stellte sie auf das Tischchen im Vorraum und entfernte sich in den rückwärtigen Teil des Hauses, um die Wünsche ihrer Herrin zu erfragen.
Benno, der mit Sigismondo in dem kleinen Vorraum wartete, sah sich neugierig um. Zum erstenmal im Leben befand er sich in den Gemächern einer Kurtisane (in Rocca hatte man ihm einmal auf der Straße eine berüchtigte Vertreterin dieses Gewerbes gezeigt!). Schauen kostete nichts. In einer kleinen Nische links von der Tür stand eine Vase aus Majolika, in der sich Pfauenfedern befanden; purpurn und grün schimmerten sie im Kerzenlicht, als seien sie mit Gold besprenkelt. Offenbar wußte diese Frau nicht, daß Pfauen Unglück brachten – außer vielleicht, wenn man sie verspeiste. Allerdings hatte er gehört, daß ihr Fleisch nicht besonders schmackhaft sein sollte; möglicherweise also bestand das Unglück lediglich in Verdauungsstörungen.
Der Mann, der nun in die Vorhalle trat, zog ein Gesicht, als litte er unter weit mehr als bloß Verdauungsstörungen. Er war ein blasser, magerer Jüngling mit einer Hakennase und einem fliehenden Kinn. Während er sich die Senkel schnürte, fluchte er leise vor sich hin. Ein Pelzmantel lag so nachlässig über seinen Schultern, als hätte ihn ihm jemand hastig übergeworfen. Sein unwilliges Gemurmel hatte zum Inhalt, daß er wegen dieser Störung eigentlich sein Geld hätte zurückbekommen sollen. Da er mit diesem Ansinnen allerdings soeben gescheitert war, spielte er schon mit dem Gedanken, seinen Ärger an dem Kunden auszulassen, der der Grund dafür war, daß er so jäh vor die Tür gesetzt wurde. Doch nach einem Blick auf Sigismondos Gesicht und Schultern machte er sich davon, wobei sein Brummen um einiges leiser geworden war.
Röckeraschelnd kehrte Bianca zurück. Zu ihrem Ärger mußte sie feststellen, daß der Kunde kein Trinkgeld zurückgelassen hatte. Sie strich über die Tischplatte, als könne sie es nicht

glauben. »Manche Leute haben kein Benehmen ... Meine Herrin sagt, Ihr könnt hereinkommen, Herr.«
Benno, nun allein mit Bianca, lächelte freundlich und hockte sich an die dem Tisch gegenüberliegende Wand. Im Geiste folgte er seinem Herrn ins Gemach der wunderschönen Polissena.
Sie war schön. Sigismondo hatte dem Kardinal zwar einen guten Geschmack zugetraut, doch nachdem er die Tür hinter sich geschlossen hatte, blieb er einen Augenblick überrascht stehen, um sich an Polissenas Anblick zu erfreuen. Unter einem Baldachin, von dem Rüschen aus geraffter Seide herunterhingen, ruhte inmitten von Polstern aus rubinfarbenen Brokat Polissena.
Den Schwung ihrer Brüste und Hüften konnte Sigismondo durch das zarte, grüne Seidengewand, das ihren Körper umhüllte, lediglich vermuten. Blondes Haar, das sie wahrscheinlich zu Zöpfen flocht, damit es sich so kräftig wellte, fiel ihr über die weißen Schultern. Ihr Gesicht mit den schrägstehenden Augen und dem spitzen Kinn erinnerte an ein launisches Kätzlein. Den rotbemalten Mund hatte sie zu einem spitzbübischen Lächeln verzogen, bei dem Grübchen auf ihren Wangen erschienen. Die Kräuter, die eben erst ins Kaminfeuer geworfen worden waren, erfüllten den Raum mit einem süßen Duft – wie von Lavendel, der in der Sonne trocknet.
»Warum diese Hast, Fremder? Habt Ihr Befehl, mich so, wie ich bin, zum Magistrat des Bischofs zu bringen? Oder wird er höchstselbst hier erscheinen?«
»Der gute Mann weiß nicht, was er versäumt.« Sigismondo trat vor und verbeugte sich in der vollendeten Weise, die schon Kardinal Petrucci beeindruckt hatte. »Ich bin Sigismondo und stehe zu Eueren Diensten, meine Dame. Ich hoffe, daß Ihr mir helfen könnt.«
Sie richtete sich auf und stützte sich auf einen Ellenbogen, wobei

ihr das grüne Seidengewand wie zufällig noch weiter von der linken Schulter hinabrutschte. Das Kätzchen schnurrte. Dann legte sie den Kopf in den Nacken.
»Euch helfen, Sigismondo? Kommt und erklärt Euch ein wenig deutlicher.« Sie klopfte auf das Bett, er trat auf das Podest, auf dem es stand, und ließ sich lächelnd neben ihr nieder.
Sie streckte die Hand aus und tippte ihn sanft auf die Brust.
»Was soll dieses Gerede über den Magistrat des Bischofs? Niemand«, sie stupste ihn erneut mit dem Zeigefinger, »niemand kann mir weismachen, daß Ihr dem Magistrat des Bischofs dient. Diesem Mann würde nicht einmal ein Floh freiwillig gehorchen.« Der Finger verharrte auf seiner Brust, und sie konnte spüren, wie er in sich hineinlachte.
»Also, heraus mit der Wahrheit. Was hat der Magistrat des Bischofs mit Euerem Besuch zu tun?«
»Wir handeln beide im Auftrag Ihrer Hoheit, der Prinzessin Corio ...«
In gespielter Ehrfurcht riß sie die Augen auf. »Sie hat Euch hergeschickt?«
»... und sollen die Schurken finden, die ihren Bruder ermordet haben.«
Ihre Hand fuhr zurück, als hätte sie sich verbrannt. Nun saß sie kerzengerade da, ohne darauf zu achten, daß ihr das Gewand noch weiter hinabrutschte. »Ihr Bruder ...? Der Kardinal? Ermordet? Wann?«
»Möglicherweise geschah es kurz nachdem Ihr ihn heute abend verlassen habt.« Während er sie ansah, spielte er mit dem Zipfel ihres Gewandes, der schimmernd über sein Knie geglitten war. Sie schwieg und musterte ihn. Bleich hob sich ihre Haut vom rubinfarbenen Brokat der Kissen ab.
»Ihr habt Euere Pantöffelchen vergessen.«
Sie zuckte die Achseln; ein ärgerliches Versäumnis. »Und vermutlich hat Nardo Euch gesagt, daß er mich eingelassen hat.«

»Das ist ziemlich schwierig, wenn einem jemand die Kehle durchgeschnitten hat.«
Sie schnappte nach Luft und riß wieder die Augen auf. Dann wandte sie den Blick ab. Die Katze drang vorsichtig auf fremdes Gebiet vor. Als ob ihr fröstelte, nahm sie ihm den Gewandzipfel aus der Hand und schmiegte ihren Hals hinein.
»Battista hat mir von Eurem Besuch erzählt. Wann habt Ihr Seine Eminenz verlassen?«
»Hat man ihm … auch die Kehle durchgeschnitten?«
Sigismondo gab ein nachdenkliches Brummen von sich. »Sie haben ihn an seinen Sessel gefesselt und bei lebendigem Leibe verbrannt.«
Mit einer raschen Bewegung preßte sie sich den Stoffzipfel vor den Mund. »Wann habt Ihr Seine Eminenz verlassen?« wiederholte Sigismondo in gleichmütigem Ton.
Ihre Stimme zitterte, als sie, gedämpft durch den Stoff, antwortete. »Wir hörten die Turmuhr. Aber ich weiß nicht, welche Stunde sie schlug. Er sagte mir sofort, ich solle meinen Mantel nehmen und gehen. Er war in Eile.«
»Erwartete er jemanden?«
»Das verriet er mir nicht.« Sie senkte den Stoff, und ihrem Gesicht war anzusehen, wie sehr sie sich durch diese unvermittelte Aufforderung beleidigt gefühlt hatte. »Er rief zu Nardo hinunter, dieser solle mich rasch hinauslassen – ich wurde förmlich vor die Tür gesetzt. Noch ehe ich nach meinen Pantöffelchen fragen konnte, stand ich schon mit Bianca und Pietro auf der Straße. Bianca wollte noch einmal zurückgehen, da das Pflaster naß war. Aber ich wußte, daß das nur zu Schwierigkeiten führen würde; also kehrte ich barfuß nach Hause zurück.«
»Ihr wußtet, es würde Schwierigkeiten geben?«
»Er verlangte unbedingten Gehorsam. Wenn er befahl, man solle *schnell* gehen, dann meinte er es auch so.«
»Also saht Ihr niemanden kommen, als Ihr gingt?«

Sie blickte ins Feuer. »Auf der Straße war niemand. Auf dem gesamten Rückweg bin ich keiner Menschenseele begegnet, nur einem Betrunkenen, der sich in den Rinnstein erbrach. Pietros Lohn hätte ich mir sparen können; Bianca hat den Säufer davongejagt.« Schaudernd hielt sie inne. »Warum hätte jemand so etwas tun sollen? Ihn bei lebendigem Leibe zu verbrennen? Diese Leute müssen ihn sehr gehaßt haben.«
»Und Ihr? Haßtet Ihr ihn?« Diese Frage, obwohl beiläufig gestellt, ließ sie auffahren.
»Ihn hassen? Er war einer meiner besten Kunden! Ich freute mich auf seine Besuche in der Stadt. Er zahlte gut.«
»Wie hat er Euch heute abend bezahlt?«
»Er nahm Geld aus einer der Schreibtischschubladen, in der er es immer aufbewahrt.«
»Stand auf seinem Schreibtisch einen Schatulle – etwa so groß?«
Sie machte ein überraschtes Gesicht. »Ich habe keine gesehen. Warum? Ist er auch beraubt worden?«
»Ganz im Gegenteil. Die Täter haben das Gold zurückgelassen.«
Sie hob die Augenbrauen und blickte ungläubig drein. »Sie haben etwas zurückgelassen, das sie hätten stehlen können? Diese Leute müssen verrückt sein. Aber es ist doch im Haus seiner Schwester geschehen! Hat er denn nicht um Hilfe gerufen? Warum hat ihn niemand gehört?«
Sigismondo lächelte sie an, und sie erwiderte sein Lächeln. Dann schüttelte er den Kopf. »Ich bin hier, um Fragen zu stellen, nicht um welche zu beantworten. Ihr werdet morgen auf dem Marktplatz alles mit ein paar hübschen Ausschmückungen erfahren. Sagt mir, habt Ihr sonst noch etwas im Zimmer gesehen, das Euch merkwürdig vorkam?«
Sie schien zu überlegen und schüttelte dann ihrerseits den Kopf. Ein flüchtiges Grübchen erschien auf ihrer Wange. »Seine Eminenz hat meine ganze Aufmerksamkeit in Anspruch genommen.« Sie ließ den Stoffzipfel los und legte Sigismondo die Hand

aufs Knie. »Sein Tod betrübt mich. Er war ein guter Kunde, und ein sehr stattlicher Mann. Bei vielen stattlichen Männern hört die Größe an der Bettkante auf, nicht aber bei ihm.«

Falls diese Eröffnung Sigismondo überraschte, ließ er sich jedenfalls nichts anmerken. Statt dessen nahm er ihre Hand von seinem Knie, musterte die Handlinien und zog sie mit dem Daumen nach. Ihre Grübchen vertieften sich. Sie beugte sich vor, um besser zu sehen. »Was lest Ihr in meiner Hand, mein Herr? Man hat mir gesagt, daß mein Venusberg gut ausgebildet ist. Welche Zukunft seht Ihr für mich?«

Unvermittelt drehte er die Hand herum. »Eine sehr kurze, wenn Ihr mir nicht alles sagt.«

»Aber ich habe Euch doch alles gesagt. Was soll ich Euch sonst noch erzählen?« Als sie sich in die Polster sinken ließ, fiel ihr das Haar über das Gewand und verhüllte ihre bloßen Schultern. »Glaubt Ihr, ich lüge?«

Sigismondo gab ein Brummen von sich. »Möglicherweise habt Ihr beschlossen, daß es ratsamer ist, manches zu vergessen. Also: Wer, außer dem Betrunkenen im Rinnstein, befand sich sonst noch auf der Straße, als ihr aus der Geheimtür tratet?«

Sie war überrascht. »Warum glaubt Ihr, daß ich jemanden gesehen habe?«

»Ihr habt den Blick abgewandt, ehe Ihr geantwortet habt. Ihr habt Euch nicht erinnert, sondern vergessen.« Seine Stimme klang nun nicht mehr belustigt. »Wer war es?«

Sie fuhr zusammen, und Anspannung trat auf ihr Gesicht. Doch während sie antwortete, beobachtete sie seinen Mund. »Was werdet Ihr tun, Sigismondo, wenn ich es Euch nicht sage?«

»Es geht nicht darum, was *ich* tun werde. Ich möchte Euch nur daran erinnern, daß der Magistrat des Bischofs ein sehr pflichtbewußter Mann ist.« Er nahm wieder ihre Hand und schüttelte

bedauernd den Kopf. »Daumenschrauben werden ihm nicht genügen. Und in wenigen Stunden trifft Herzog Grifone ein. Ich habe gehört, daß er sehr ungeduldig ist.«
Sie entzog ihm ihre Hand, strich ihr Haar zurück und richtete sich auf, als müsse sie tiefer Luft holen.
»Es ist, wie ich glaubte, nicht von Bedeutung, daß ich ihn nicht erwähnt habe, denn ich habe mich inzwischen so an ihn gewöhnt. Es war Tomaso Delmonte. Seit Monaten schon stellt er mir nach.«
»Ein Kunde?«
»Ja, aber ein lästiger. Er möchte mich heiraten.« Sie machte ein schelmisches und gleichzeitig reumütiges Gesicht. »Es ist immer die gleiche Geschichte. Giovanezza, eine Freundin und, wie man sagen könnte, Angehörige meiner Zunft, erzählt, daß so etwas häufig geschieht. Aber es kommt überhaupt nicht in Frage. Ich habe ihm gesagt, daß man eine Kurtisane nicht heiratet. Seine Familie würde ihn enterben. Alles habe ich getan, um ihn davon abzuhalten. Doch er ist wie ein Besessener. Er schreibt Gedichte für mich und will es einfach nicht einsehen. Ein Vermögen hat er mir zu Füßen gelegt und mich angefleht, mit ihm fortzugehen; nach Rom, nach Frankreich, irgendwo hin.«
»Besitzt er also ein Vermögen?«
»Oh, er ist reich. Seine Familie ist wohlhabend, und er ist der Augapfel seines Vaters. Ich sagte ihm, daß sein Vater sofort den Braten riechen würde, wenn er mich zu Gesicht bekäme. Tomasos Wechsel würden gestrichen, und wovon sollten wir dann in Rom oder in Frankreich leben? Etwa von dem Geld, das ich verdiene?«
»Ist er Euch heute nacht bis nach Hause gefolgt oder zurückgeblieben?«
»Ich sagte ihm, ich würde es nicht länger dulden, daß er mir nachläuft. Und diesmal hat er es erstaunlicherweise nicht getan.

Ich wartete, bis wir um die Ecke gebogen waren, um nicht vor der Tür des Kardinals Aufsehen zu erregen; insbesondere, weil er Besuch erwartete. Ich war wütend darüber, daß Tomaso mir zum Palazzo Corio gefolgt war. Der Kardinal haßt Klatsch. Als wir um die nächste Ecke bogen, stand Tomaso immer noch an der Stelle, wo wir ihn verlassen hatten.«
»Nicht weit entfernt von der Geheimtür des Kardinals.«
»Ihr könnt doch nicht glauben, daß er ... Tomaso würde niemals ... er könnte keiner Fliege etwas zuleide tun.«
»Ich kenne Ungeheuer, die Fliegen schonen, mit Menschen aber weniger zimperlich umgehen. War Seine Eminenz mit Tomaso bekannt?«
»Schwerlich. Die Delmontes sind reiche Kaufleute; möglicherweise kannte er Tomasos Vater, aber ich kann mir nicht vorstellen, daß die Prinzessin Corio die Familie ihrem Bruder vorgestellt hat. Warum?«
Sigismondo lachte. »Schon wieder eine Frage? Weil die Mörder des Kardinals erwartet wurden. Nardo wußte, daß er sie einlassen sollte.«
Plötzlich lächelte sie strahlend und lehnte sich in die Kissen zurück. »Also kann Tomaso es nicht gewesen sein. Warum sollte Nardo ihn nach mir eingelassen haben?« Sie kicherte. »Außerdem war Seine Eminenz in Eile. Niemand würde sich beeilen, um Tomaso zu sehen.«
»Das kann sich inzwischen geändert haben.«
Eine Falte erschien zwischen ihren vollendet gezupften Augenbrauen. »Was meint Ihr damit?«
»Ich meine, daß Tomaso, falls er denjenigen, der erwartet wurde, gesehen hat, vielleicht das gleiche Schicksal bevorsteht wie Nardo.«
Beunruhigt setzte sie sich auf. »Oh! Könnt Ihr ihn nicht retten? Der arme Tomaso.« Das sagte sie in einem Ton, als spräche sie über ein Schoßhündchen.

»Wenn die Mörder glauben, daß er sie gesehen hat, weilt er bereits nicht mehr unter den Lebenden. Die Männer des Magistrats haben alle Straßen rund um den Palazzo Corio abgesucht. Sie haben keine Leiche gefunden. Wir können nur hoffen, daß Tomaso, Eueres Anblicks beraubt und bei Euch in Ungnade gefallen, sofort nach Hause gegangen ist. Vielleicht hatte er ja schon ein Gedicht im Kopf, das er unbedingt auf der Stelle niederschreiben mußte.«

Unter schallendem Gelächter, bei dem ihr Mund kleine, gesunde Zähne entblößte, ließ sie sich in die Kissen fallen. »Diese Gedichte! Ich werde Euch nicht verraten, wofür Bianca sie benutzt hat. Ich sagte ihm, er würde teures Papier verschwenden, doch wer nicht hören will, verschließt die Ohren. Aber was werdet Ihr jetzt tun? Kann ich Euch noch behilflich sein?« Sie schmiegte sich in die Kissen und ließ ihren Blick über Sigismondo gleiten. Dann streckte sie die Arme aus wie eine Katze, die sich räkelt.

Sigismondo stand auf, legte ein Stück Holz in die beinahe erloschenen Flammen, kehrte dann zum Bett zurück und schenkte sich aus einem reich verzierten Silberkrug auf dem Nachttisch einen Becher Wein ein. Er bot ihr den Becher, doch mit einer anmutigen Geste lehnte sie ab. Also trank er selbst, ohne den Blick von ihr abzuwenden, während die Flammen gierig das Scheit verzehrten.

Seit er die Prinzessin Minerva vor dem Schicksal bewahrt hatte, durch die Hand ihres Vaters den Kopf einzubüßen, überstürzten sich die Ereignisse und drohten eine unheilvolle Wendung zu nehmen. Die Ankunft des Herzogs am folgenden Nachmittag würde Gefahr für das Leben mehrerer Menschen bedeuten. Sigismondo aber hatte alles getan, was in seiner Macht stand, um diese Gefahr abzuwenden. Warum also seine Kraft verschwenden, indem man sich im voraus den Kopf zerbrach, welche widrigen Umstände eintreten mochten? Wie ihn die

Erfahrung gelehrt hatte, blieb noch genug Zeit, sich damit zu befassen, wenn sie tatsächlich eingetreten waren. Seit der Nacht in Fontecasta – am Donnerstag also – hatte er nicht mehr geschlafen, und er hoffte, sich vor Sonntagmorgen noch einige Stunden ausruhen zu können. Außerdem war da noch Polissena …

24. Kapitel »Wollt Ihr die Ruhe der Toten stören?«

Bianca näherte sich Benno mit einem freundlichen Lächeln. Ihr gefiel seine natürliche, zurückhaltende Art. Er blickte sie freundlich an, und Bianca bekam Lust, die Zeit zu ihrem eigenen Vorteil zu nutzen.

Doch plötzlich hielt sie inne. Ihre Nüstern blähten sich und zogen sich dann zusammen. Hastig trat sie einen Schritt zurück. Sie betrachtete Benno von Kopf bis Fuß, und Gelächter stieg in ihr auf. Dann stemmte sie die Fäuste in die Hüften und beugte sich mit hochgezogenen Schultern vor, so daß ihr Busen im Ausschnitt ihres Kleides sichtbar wurde. »Würde ich Ihm gefallen?« fragte sie.

Benno schnappte nach Luft. Ein solches Angebot hatte ihm bislang noch niemand gemacht, und er konnte kaum glauben, daß es ernst gemeint war. Aber er hatte nicht vor, diese Gelegenheit ungenutzt verstreichen zu lassen. Seltsamerweise kam ihm der Gedanke an Geld gar nicht in den Sinn, denn schließlich wußte alle Welt, wie selten er welches hatte. »Aber ja!« rief er deshalb.

»Dann muß Er tun, was ich von Ihm verlange. Alles. Verstanden?«
»Ich muß aber warten, bis mein Herr wiederkommt.«
»Ich kenne meine Herrin, und ich habe mir Seinen Herrn gut angesehen. Sie wird ihn nicht so schnell gehen lassen, und ein Mann, der nicht auf den Kopf gefallen ist, wird es auch nicht eilig haben, sie zu verlassen. Für Frauen hat er doch immer Zeit, oder?«
Sie tänzelte ein wenig auf und ab, und Benno fielen fast die Augen aus dem Kopf. »Was soll ich tun?« fragte er schließlich.
Sie hielt inne, drehte sich blitzschnell um, öffnete eine Tür und sagte: »Hier hinein.«
Benno folgte ihr. Das kleine Zimmer wurde von einem Kaminfeuer erleuchtet und enthielt eine Wanne, ein Feldbett und einen Wandschirm, über dem ein Laken hing. Nun wandte sich Bianca Benno zu und knöpfte geschickt sein Wams auf. »Obacht«, sagte er im selben Augenblick, als Biondello den Kopf herausstreckte. Erschrocken fuhr sie zurück. Der Hund sog schnuppernd den unbekannten Geruch nach Kräutern und Düften ein, der den Raum erfüllte.
»Guter Gott, ich dachte, Er hätte ein Hemd zum Wechseln da drin … Gewiß hat er Flöhe.«
»O ja«, stimmte Benno zu. »Allerdings.« Erst vor kurzem hatte Benno zum erstenmal in seinem Leben ein Hemd zum Wechseln erworben, das jedoch friedlich in seiner Satteltasche ruhte.
»Zieh dich aus.«
Benno legte das Wams ab und setzte Biondello auf den Boden. Nachdem der Hund ein wenig herumgeschnüffelt hatte, hockte er sich vors Feuer, und fing an, an seinen Flanken herumzubeißen; seine Flöhe waren nämlich mit ihm aufgewacht.
»Los. Alles.«
»Alles?« Benno zog seine Stiefel aus, und Bianca schickte sich

an, die Senkel an seinen Kleidern aufzuschnüren. »Warum alles?«
»Weil ich es sage.« Sie streifte ihm das Hemd über den Kopf. Mit dem Hemd regneten Brotkrusten, ein schmieriges Stoffbündel, eine verschimmelte Trockenpflaume, ein halbes Dutzend Haselnüsse, eine zerquetschte Feige, ein Stück Käse, eine Zwiebel und ein Apfel zu Boden. Schnell wie der Blitz sauste Biondello herbei, um sich daran gütlich zu tun, denn sonst trennte ihn immer das Hemd von all diesen Schätzen.
»He!« Als eine Brotkruste sich verselbständigte, griff Benno danach.
Doch in diesem Augenblick zog Bianca ihr Kleid über den Kopf. Benno, dem die Zukunft seiner Vorräte mit einemmal gleichgültig war, näherte sich ihr, aber sie wich ihm aus und wies auf die Wanne.
»Da hinein.«
Benno warf einen Blick darauf. »Aber da ist ja Wasser drin!«
Immer noch hielt sie den Finger auf die Wanne gerichtet. Verwirrt, doch gehorsam stieg Benno bis zu den Schienbeinen in das duftende Naß. Die Oberfläche fühlte sich lauwarm an, darunter war es heiß.
Noch nie zuvor hatte er eine nackte Frau gesehen, und der Anblick ihres geschmeidigen, dunkelhäutigen Körpers verwirrte ihn. Auf ihren Befehl hin setzte er sich, und sie ließ sich ihm gegenüber in der Wanne nieder.
Es war gewiß eng darin, aber auf eine sehr angenehme Weise. Zuerst lenkte ihn Biondello ab, der geräuschvoll das Päckchen mit dem Fleisch über den Boden zerrte, doch bald nahm Bianca all seine Aufmerksamkeit in Anspruch. Sie wusch ihn.
Schon oft hatte Benno sich gefragt, warum die feinen Leute von Zeit zu Zeit ein Bad nahmen; nun breitete sich ein engelsgleiches Lächeln auf seinem bärtigen Gesicht aus.
In der nächsten Stunde wusch Bianca Benno mit einigen Unter-

brechungen (teils praktischer Natur, denn sie mußte Holz nachlegen und Biondello daran hindern, sich an dem Badevergnügen zu beteiligen, teils sinnlicher Natur) von Kopf bis Fuß. Bislang hatte Benno seine Erfahrungen mit Mädchen an Stallmauern oder im Stroh gemacht. Daß es auch so gemächlich verlaufen konnte, war ihm so neu wie das Baden an sich. Er war hingerissen.

Während Benno das erste Bad seines Lebens genoß, saßen die Bewohner Fontecastas wie im trauten Familienkreis in der großen Küche. Das Kaminfeuer brannte, und die alte Frau kauerte davor und zupfte in seinem Licht Kräuter. Der Blinde saß auf einem hochlehnigen Stuhl und hörte zu, wie das Mädchen vorlas. Der alte Mann hockte dösend auf einer Bank in einer dunklen Ecke.

Graf Mirandola war dankbar, daß Prinzessin Minerva ihm vorlas. Sowohl ihre ausdrucksvolle Stimme wie ihre Lateinkenntnisse machten das Zuhören ungleich angenehmer. Sein früherer Vorleser, der vor drei Jahren das Zeitliche gesegnet hatte, hatte alles in einem eintönigen Singsang vorgetragen, ohne den Sinn der Worte zu verstehen und in einem falschen Versmaß. Und dem Grafen war nichts übriggeblieben, als dieses Gestammel schweigend über sich ergehen zu lassen.

Zudem war er dankbar, weil er auf diese Weise von seiner Angst abgelenkt wurde. Massimo war immer noch nicht zurück, und das bedeutete, daß er über Nacht in der Stadt festsaß. Graf Mirandola machte sich Sorgen, daß ihm etwas Schlimmeres zugestoßen sein könnte. Auch die heikle Entdeckung des Arztes war nicht dazu angetan, den Grafen zu beruhigen. Das Mädchen hatte ihr Bestes getan, um ihn zu täuschen. Graf Mirandola hatte gehört, wie sie sich mühte, die Stimme eines kranken und schwächlichen Knaben nachzuahmen, doch ein unglücklicher Zufall hatte gewollt, daß der Arzt an dem hübschen Knaben Gefallen fand. Also hatte er sich nicht mit dem üblichen Aderlaß und einer Harnprobe zufriedengegeben, sondern sich angeschickt, eine Untersuchung vorzunehmen, die sowohl das Schamgefühl des Mädchens verletzt als auch ihr Geheimnis gelüftet hatte. Nun würde der schreckliche Mensch die Nachricht in Colleverde verbreiten. Nach Ansicht des Grafen würde man dort unweigerlich zu dem Schluß gelangen, daß es sich bei dem verkleideten Mädchen um die verschwundene Prinzessin handeln mußte. Schließlich konnte er nicht wissen, daß Sigismondo dem Kardinal gegenüber seinen Aufenthalt in Montenero verschwiegen hatte, so daß niemand eine Verbindung zwischen ihm und Prinzessin Oralia hergestellt hätte.

Und nun war auch Sigismondo nicht zurückgekehrt. Sicherlich drohte den Bewohnern von Fontecasta, wenn die Stadttore von Colleverde in der Frühe geöffnet wurden, große Gefahr.

Das Mädchen hielt beim Lesen inne. »Die Hunde bellen so laut«, sagte sie.

»Sie bellen den Mond an. Eigentlich sind sie keine sehr guten Wachhunde, denn sie kläffen die ganze Zeit.«

Die Prinzessin trug immer noch ihre Knabenkleidung, die inzwischen eine Verbesserung erfahren hatte, denn Sybilla hatte sie gewaschen, während die Prinzessin krank im Bett lag. Dazu hatte das Mädchen noch einen hauchdünnen Schleier umgelegt, den ihre Mutter Graf Mirandola geschickt hatte; um den Hals trug sie, obwohl sie keine Halsschmerzen mehr hatte, auf Sybillas Anordnung hin ein scharlachrotes Tuch zum Schutz gegen die Nachtkühle. Nun nahm Sybilla einen irdenen Becher vom Herd, hinkte zu dem Mädchen herüber und hielt ihr das Gefäß hin, wobei sie tadelnd etwas von »Hals« und »Heiserkeit« brummelte.

»Trinkt, Prinzessin«, ermutigte sie der Graf belustigt. Also gehorchte sie, während die alte Frau auf den Becher wartete.

Plötzlich hob Graf Mirandola warnend die Hand. Alle sahen ihn an, bemerkten, daß er aufmerksam lauschte, und hielten wie erstarrt in der Bewegung inne.
»Im Obstgarten«, flüsterte er. »Da draußen … gräbt jemand.«

Sie hatten eine Fackel und eine Laterne bei sich. Zwei Männer hackten mit Pickeln die Erde auf, während der dritte draußen vor dem geborstenen Tor in der Mauer die Pferde bewachte. Der vierte, in einen Umhang gehüllt, wartete mit funkelnden Augen. Der Lärm, den sie verursachten, kümmerte sie nicht, im Haus, das etwa hundert Meter entfernt lag, zeigte sich kein Licht, und das ständige Bellen der Hunde hatte offenbar niemanden geweckt. In der Dunkelheit konnte man die knorrigen Obstbäume kaum sehen. Hie und da warfen die grabenden Männer, denen bei der Arbeit der Atem wie eine Dampfwolke vor dem Mund stand, einen Blick auf das stille Haus. Inzwischen hatten sie zu Schaufeln gegriffen, die schließlich auf zerbrochenen Stein trafen.
Plötzlich schoß ein riesiger Vogel über ihre Köpfe hinweg und sie duckten sich hastig. Einer der Männer schluckte.
»Los! Weiter!«
Sie förderten immer mehr Gesteinsbrocken zutage, die sie auf den Haufen mit dem Aushub warfen, und suchten dabei mit den Augen die Grube ab. Dann griffen sie zu den Laternen, um sich noch einmal zu vergewissern. Wortlos blickten sie den Mann an, der ihnen zugesehen hatte. Im Licht der Fackeln konnte man sehen, daß er sich an die Kehle griff. Das zitternde Funkeln der Goldstickerei an seinen Handschuhen verriet, wie schwer er atmete.
»Keine Leiche?«
»Nein, Herr. Nur Steine. Wir sind ganz unten angelangt.«
Sie hörten das flirrende Zischen, als er sein Schwert zog.
»Dann lebt er noch. Nehmt eure Hacken. Los.« Während die

Männer aus dem Grab kletterten, packte er die Fackel. »Zum Haus!«
Die ganze Zeit über war aus der Ferne gedämpftes Gebell zu ihnen herübergedrungen. Doch plötzlich klang es lauter und kam immer näher. Zwei Hunde, riesige und struppige Tiere mit gefletschten Zähnen, tauchten aus dem Nichts auf. Eine nach der Seite geschwungene Hacke traf einen von ihnen am Kopf, so daß er emporgeschleudert wurde und zuckend ins Gras fiel. Der zweite bekam die Fackel zu spüren und taumelte aufjaulend zurück. Im Schein der Fackel und im schwankenden Licht der Laterne war ein gedrungener Mann zu erkennen, der kriegerisch eine Hellebarde schwenkte. »Was zum Teufel habt Ihr hier zu suchen?« schrie er. »Wißt Ihr nicht, daß es hier Geister gibt? Wollt Ihr die Ruhe der Toten stören?«
Gruchio, der in der Vergangenheit Eindringlinge mit diesen Worten stets erfolgreich verscheucht hatte, hatte beschlossen, Sigismondos Anweisungen für den Notfall zu mißachten. Doch diesmal hatte er es nicht mit Bauern zu tun, die sich bereits vom Ruf dieses Hauses einschüchtern ließen. Er hatte kaum Zeit, diese Entdeckung zu machen und zu sehen, was aus den Hunden geworden war, als ihn schon eine Axt in die Brust traf.
Die drei Männer warteten eine Weile, ob sich noch ein weiterer Angreifer zeigen würde; der verbrannte Hund rieb sich die Schnauze und versuchte, sie im Gras zu kühlen, bis der Anführer der drei die Fackel nach ihm warf und er jaulend davonlief. Dann deutete der Mann auf das Haus.
In seiner Zuversicht hatte Gruchio die Tür nicht verschlossen. Der Anführer stieß sie auf, und einer seiner Mordbuben hielt die Laterne hoch, die dort an einer Kette hing. Vor ihnen lag ein kurzer Korridor. An seinem Ende stand reglos ein zierlicher Knabe. Sein Gesicht wurde von blonden Locken umwallt, seine Gestalt von einem durchscheinenden Schleier verhüllt, und ein scharlachroter Schnitt trennte seinen Kopf vom Körper. Die

Laterne schwang zurück, so daß die Gestalt ins Dunkel versank, und als die Lampe wieder nach vorne baumelte, war der Knabe verschwunden.

Mit einem markerschütternden Schrei drehte sich der Anführer der drei um und stürzte davon. Wißt Ihr nicht, daß es hier Geister gibt? dröhnte es in seinem Schädel. Wollt Ihr die Ruhe der Toten stören?

Seine Begleiter hatten die Erscheinung – die unwirklich anmutende Gestalt, die plötzlich verschwunden war – ebenfalls gesehen. Erschrocken über den markerschütternden Aufschrei ihres Anführers rannten sie zu ihren Pferden. Einer von ihnen wäre, da der Mond sich gerade hinter den Wolken verbarg um ein Haar in das leere Grab gestürzt. Ein anderer hatte vergessen, sein Pferd loszubinden, und riß in seiner wilden Flucht ein Stück des Astes ab, an dem der Zügel hing. Der Mann, der die Pferde hätte beaufsichtigen sollen, war durch den Schrei so verstört, daß er noch vor allen anderen eilends in der Nacht verschwand.

Der Mann mit dem Schwert stolperte ihnen nach in den Obstgarten, wo er zitternd zu Boden sank. Während die Hufschläge seiner Spießgesellen verhallten, lag er zappelnd wie ein an Land geworfener Fisch im Gras, und seine Finger krallten sich in die aus dem Grab ausgehobenen Erdklumpen.

Der Mond kam hinter einer Wolke hervor und beleuchtete gleichmütig seine zuckende Gestalt und den Mann, der nicht weit von ihm reglos auf dem Boden lag und sich nie mehr erheben würde.

25. Kapitel
Der Teufel in Colleverde

Bei Tagesanbruch herrschte sowohl in Fontecasta als auch in Colleverde rege Betriebsamkeit.

Minerva, die wie angewurzelt im schwingenden Licht der Laterne vor den Eindringlingen stehengeblieben war, war von Sybilla blitzschnell in die Küche gezogen worden. Die Nacht hatte sie im Keller verbracht, den man durch eine verborgene Falltür von der Küche aus erreichte, und hatte kaum ein Auge zugetan. Das Gesicht von Prinz Livio, dem Manne, den sie vierzehn Jahre lang als ihren Vater gekannt hatte, verfolgte sie die ganze Nacht hindurch. Er hatte sie angesehen. Er hatte sie erkannt. Er würde wiederkommen. Minerva konnte sich nicht erklären, warum er ihr mit seinem Schwert nicht gleich an Ort und Stelle den Kopf abgeschlagen hatte.

Kurz vor Morgengrauen war sie zitternd vor Kälte auf einem Kartoffelsack eingeschlummert. Sie hatte geträumt, daß sie, die Hände um den Hals gepreßt, ihren eigenen Kopf betrachtete, der vor ihr auf dem Boden lag. Als sie aus dem Schlaf aufschreckte, weckte sie mit ihrem Stöhnen Sybilla, die auf einem Stapel Säcke vor sich hindöste. Mit beiden Händen hielt sie eine Mistgabel an die Brust gedrückt. Sybilla war bereit, ihr Leben so teuer wie möglich zu verkaufen, und der erste Mann, der in den Keller hinabkam, würde Gelegenheit haben, seine eigenen Eingeweide zu besichtigen.

Im Dämmerlicht konnte Minerva Graf Mirandola kaum erkennen, der reglos, vielleicht schlafend, in einen Mantel gehüllt auf einem behelfsmäßigen Tisch lag. Zwar war kein Fremder ins

Haus eingedrungen, aber auch Gruchio war noch nicht zurückgekehrt. Allerdings wäre es leichtsinnig gewesen, jetzt schon hinauszugehen, um ihn zu suchen. Auch die Hunde bellten nicht mehr, und Sigismondo und Massimo blieben ebenfalls verschwunden. Vielleicht waren ja beide in Colleverde umgekommen.
Minerva wußte, was sie zu tun hatte. Aus der klassischen Literatur kannte sie die Geschichten von Männern und Frauen, die für andere ihr Leben aufs Spiel gesetzt oder sogar geopfert hatten. Und schließlich trug sie den Namen der Kriegsgöttin, die stets mit Helm, Speer und Schild dargestellt wird. Sie wollte eine zweite Caterina Sforza sein und der Welt beweisen, daß sie sich von nichts und niemandem einschüchtern ließ. Und deshalb würde sie selbst nach Colleverde reiten, um festzustellen, ob Sigismondo und Massimo noch lebten. Falls sie tot waren, würde sie sich nach Rocca begeben und ihren Onkel Ludovico bitten, den blinden Grafen zu retten.
Sie war die einzige, die dazu imstande war. Sie allein konnte die alte Frau und den Blinden beschützen. Noch vor fünf Tagen, in Montenero, einer längst versunkenen Welt, war sie die verzärtelte Tochter der Prinzessin Oralia gewesen; eine alte Frau und ein Blinder hätten ihr nicht mehr bedeutet als die Bettler vor den Palasttoren. Doch inzwischen war sie eine von ihnen. Die alte Hexe, die sie von ihrem Fieber kuriert hatte, hatte sie mittlerweile sogar ins Herz geschlossen. Und das obwohl diese sie ständig unter wildem, unverständlichen Geschimpfe herumkommandierte. Sybilla erschien Minerva wie eine Gestalt aus einer weit zurückliegenden, fast vergessenen Zeit, wie eine alte Wärterin, streng aber tröstlich.
Was Graf Mirandola anging, dessen vornehme Art und Anteilnahme sie rührten, so vermutete sie, daß sie eigentlich ihm die kindlichen Gefühle schuldete, die sie Prinz Livio all die Jahre erwiesen hatte. Wenn er mit ihr sprach, lag Zuneigung in

seiner Stimme. Hätte ihre Mutter aus bloßem Mitleid heraus diesen Mann beschützt? Minervas erstes Entsetzen und ihr Abscheu, weil ihre Mutter einen Ehebruch eingestanden hatte, war rasch gewichen. Sie begriff daß sie nun die Hüterin eines romantischen Geheimnisses war. Mit ihren vierzehn Jahren gab ihr das die Kraft, zum Kampf auszuziehen und die Drachen zu besiegen.

Während Minerva neben Sybilla im taufeuchten Obstgarten stand und voll Entsetzen Gruchios hingestreckten Körper anstarrte, betrachtete Sigismondo einen anderen hingestreckten Körper, nämlich den von Benno, der bäuchlings auf Biancas Bett lag. Gegenüber Gruchio hatte Benno, der splitternackt war und schlief, einen Vorteil: Er lebte noch.
Als er erwachte und sich umdrehte, hätte er allerdings schwören können, daß er soeben noch im Paradies gewesen war. Verwirrt lächelte er zu seinem Herrn empor, während Bianca ihm sein Kleiderbündel auf den Bauch fallen ließ und vor Sigismondo einen Knicks machte.
»Hmmm, ich verstehe. Ich schulde Ihr etwas für die Gastfreundschaft, die Sie meinem Diener erwiesen hat«, sagte dieser und gab ihr doppelt soviel Trinkgeld, als sie erhofft hatte. Manche Männer wußten eben von Natur aus, was sich gehörte.
Der kleine, einohrige Hund winselte um die Beine des Herrn herum und wedelte wie zur Begrüßung mit dem Schwanz. Er hatte sich mit dem Großteil von Bennos Hemdinhalt den Bauch vollgeschlagen und dazu – was Bianca noch nicht wußte – auch ein Stück des feinen Kuchens verspeist, den sie für das Frühstück ihrer Herrin bereitgestellt hatte.
»Gebt acht, Herr«, warnte sie Sigismondo, »wenn Ihr durch die Stadt geht. Es heißt, der Teufel sei nach Colleverde gekommen. Habt Ihr die schreckliche Neuigkeit über Seine Eminenz gehört?«

»Der Grund meines Besuches war, sie deiner Herrin zu überbringen. Hat Benno dir davon erzählt?«
»Was? Hat er davon gewußt? Mir hat er kein Sterbenswörtchen verraten.«
»Vermutlich hatte er Wichtigeres im Kopf. Was soll das heißen, der Teufel ist in Colleverde?«
Obwohl Bianca enttäuscht war, daß ihre Nachricht keine Neuigkeit für den Fremden gewesen war, wußte sie glücklicherweise noch mehr zu sagen, und während Benno hastig seine Kleider anzog und ihren vertrauen Geruch genoß, stand sie, die Hände in die Hüften gestemmt, da und erzählte.
»Ich weiß es von Pietro, der morgens das Wasser holt. Die ganze Stadt redet darüber! Alles liegt nur an den Reliquien, wißt Ihr das? Der Teufel rächt sich an der Heiligen. Und da es der Kardinal war, der die Reliquien hierher gebracht hat, war er das erste Opfer. Wie hätte er auch im Palast seiner Schwester in Flammen aufgehen können, wenn nicht der Teufel seine Hand im Spiel gehabt hätte?«
»Will der Magistrat des Bischofs denn den Teufel festnehmen?«
Heftig nickte Bianca mit dem Kopf, wobei sich das korallenrote Seidentuch lockerte, das sie darumgeschlungen hatte. Sie steckte es mit einer Hand zurecht und fuhr fort: »Ach, der nimmt doch jeden fest, der ihm über den Weg läuft, um sich wichtig zu machen. Und den Teufel muß man nicht weit suchen.« Sie beugte sich vor, senkte die Stimme und warf Benno einen Blick zu, um sicherzugehen, daß er auch lauschte. »Es heißt, er käme aus Fontecasta, in der Gestalt des lebenden Toten.«
Dann richtete sie sich wieder auf und sah die beiden Männer an, während sie ihren Turban neu wickelte. Ganz offensichtlich war es ihr gelungen, ihre Zuhörer zu beeindrucken. Sigismondo musterte sie schweigend. Bennos Gesicht tauchte entsetzt aus dem Halsausschnitt seines Hemdes auf.

»O ja, ein Toter! Man sagt, ein paar Leute seien bei Morgengrauen zum Osttor hereingekommen. Sie seien völlig verstört gewesen und hätten etwas von einem leeren Grab bei dem Landhaus erzählt, wo es Geister gibt.«
»Fontecasta.« Sigismondo verschränkte die Arme und strich sich mit dem Zeigefinger über die Lippen. »Woher wußten sie, daß das Grab leer war?«
Bianca zuckte die Achseln. Eigentlich schauten die Männer sonst auf ihre Brust, wenn sie das tat, aber diese beiden blickten in ihr Gesicht. »Woher soll ich das wissen, Herr? Es heißt, daß Tote über geheime Kräfte verfügen. Der Magistrat läßt den Galgen nachts bewachen, und trotzdem fehlt am Morgen immer etwas. Man sollte bedenken, daß – wenn Reliquien von Heiligen Gutes tun – die Gebeine von Verbrechern gewiß Schaden anrichten.«
Sie entriegelte die Tür und hielt sie auf. Draußen auf dem Hof war das fröhliche Schmatzen von Schweinen zu hören.
»Sagt dem Magistrat des Bischofs, Herr, daß er sich am besten einmal draußen in Fontecasta umsehen sollte.«
Als Benno, gefolgt von dem eilig die Stufen hinabstürmenden Biondello, den Hof erreicht hatte, flüsterte er eindringlich: »Was werdet Ihr tun? Weiß jetzt nicht jeder, daß der blinde Graf noch am Leben ist? Wird der Magistrat nach Fontecasta reiten?«
Sigismondo legte ihm die Hand auf die Schulter und sah ihm fest in die Augen, als wolle er ihm seine Kraft übertragen.
»*Du* mußt nach Fontecasta reiten, Benno, ehe der Magistrat Gelegenheit dazu hat. Bring alle hierher nach Colleverde.« Er runzelte die Stirn. »Ich wollte den Magistrat dazu überreden, Massimo freizulassen. Dann hätte er bei Tagesanbruch nach Fontecasta aufbrechen können. Doch man ist uns zuvorgekommen. Hoffen wir, daß Gruchio alle rechtzeitig in den Keller schaffen konnte.«

»Wir hätten doch davon erfahren, wenn sie sie entdeckt hätten, oder nicht? Klingt eher, als hätte die Hexe sie wieder einmal verscheucht.«

Sigismondos gerunzelte Stirn glättete sich, und er versetzte Benno eine freundschaftliche Kopfnuß.

»Bianca hat wohl auch deinen Verstand gereinigt. Aber die Ereignisse überstürzen sich. Beim Aufwachen gingen mir die Worte des Magistrats im Kopfe herum: Prinz Livio wird zur gleichen Zeit eintreffen. Das bedeutet, daß der Prinz entweder damit rechnet, noch heute nachmittag die Prinzessin Minerva ausfindig machen zu können, oder daß er einen Ersatz für sie aufgetrieben hat.«

»Wenn er jeden Augenblick in Colleverde eintreffen kann, ist es doch gefährlich für Prinzessin Minerva und die anderen, in die Stadt zu kommen. Herzog Grifone würde den blinden Grafen sicherlich erkennen, oder nicht? Und wenn er vorgehabt hat, ihn den Wölfen zum Fraß vorzuwerfen, wird er diesmal bestimmt keine halben Sachen machen wollen.«

»Wenn man gleichzeitig von zwei Gefahren bedroht ist, muß man sie gegeneinander abwägen und feststellen, welche die größere ist.« Sigismondos Augen hatten sich von Benno abgewendet und schienen etwas zu beobachten, das außer ihm niemand sehen konnte. »Ich muß hierbleiben, und du brauchst Hilfe. Komm.«

Verblüfft trottete Benno hinter Sigismondo her. Er hatte das gleiche Vertrauen wie Biondello, der ihnen beiden auf den Fersen folgte. Sie erreichten den Platz vor der Kathedrale. Obwohl es noch nicht hell war, boten bereits die Händler ihre Waren feil, Buden wurden aufgebaut, Laternen leuchteten, Menschen mit Eimern drängten sich vor dem Brunnen, und summendes Stimmengewirr ertönte. Die Pilger strömten in die Kathedrale. Die Zwerge auf ihrer Bühne probten ein neues Stück: der Besuch des Teufels beim Kardinal. Gerade erörterten

sie hitzig, welche Gefahr wohl der Bühne und dem dahinterliegenden Gebäude drohte, wenn man Fackeln unter eine Ritze in den Bohlen hielt, um die Verbrennung des Kardinals darzustellen.
Die Zwerge waren nicht die einzigen Gaukler, die mit Proben beschäftigt waren. Nicht weit von den kläglich baumelnden Leichen am Galgen und ihrem gähnenden Wächter entfernt, wirbelten blitzende Messerklingen durch die Luft.
»Angelo«, wandte sich Sigismondo an den goldhaarigen Jüngling, als dieser geschickt das letzte Messer auffing und es wie die anderen irgendwo an seinem schlanken Körper verschwinden ließ. »Wir brauchen Eure Hilfe.«
Zwei klare, graue Augen musterten ihn prüfend. Angelo hatte schon damit gerechnet, daß man sich an ihn wenden würde. Offenbar war Feuer im Dach.
»Das wird Euch aber einiges kosten«, meinte er.

26. Kapitel
Erst sieht man es, dann ist es fort

Die Betriebsamkeit in Fontecasta war ebenfalls aus der Not geboren. Prinzessin Minerva war es von Kind an gewohnt, daß alles nach ihren Wünschen geschah. Da sie zudem noch vom Gedanken an Heldentum beflügelt wurde, blieb sie taub für Graf Mirandolas Versuche, sie zum Bleiben zu bewegen. Sybilla hingegen dachte nicht daran, sie zurückzuhalten, und hätte sie wohl am liebsten begleitet. Nur war es ganz unmöglich den blinden Grafen ebenfalls mitzunehmen, und weil man ihn auch

nicht allein in Fontecasta zurücklassen konnte, mußte sie eben bei ihm bleiben.
Sybilla war über Gruchios Tod noch ganz außer sich, obwohl sie zu seinen Lebzeiten eigentlich kein sehr inniges Verhältnis verbunden hatte. Möglicherweise war sie aber auch nur erbost darüber, daß er so dumm gewesen war, sich auf diese Weise abschlachten zu lassen.
Wie dem auch sei, sie machte sich jedenfalls daran, ihn zu beerdigen, da sie es offenbar für gefährlich hielt, seine Leiche einfach liegenzulassen. Mit Gesten und dem einen oder anderen verständlichen Wort wies sie darauf hin, daß die schrecklichen Besucher ja zurückkehren konnten! Also half Minerva ihr, den entseelten Körper des alten Mannes zum Grab zu schleppen, und da sie ihn nicht langsam hinabsenken konnten, wälzten sie ihn einfach hinein. Minerva wandte das Gesicht ab, als Sybilla mit dem Spaten Erde und Steine auf das weiße Haar und das wachsbleiche, blutbefleckte Gesicht hinabrieseln ließ. Der Graf bestand darauf, daß man ihn in den Obstgarten hinausführte, damit er ein Gebet sprechen konnte, und nachdem er fertig war, bekreuzigte sich Sybilla und stimmte einen unverständlichen Singsang an. Minerva glaubte, in Sybillas Litanei einzelne Wörter zu verstehen, aber da es sich weder um Latein noch um Italienisch handelte und sie nur wenig Griechisch beherrschte, vermutete sie, daß die alte Frau sich alles nur ausdachte.
Im Stall half Sybilla ihr, die kräftigere der beiden Mähren zu satteln. Minerva war ihr dankbar dafür, denn sie hatte sich bislang noch nie Gedanken darüber gemacht, daß Pferde sich die zum Reiten notwendigen Vorrichtungen nicht selbst anlegten. Den Sattelgurt hatte Sybilla angezogen, indem sie dem Gaul einfach einen Schlag in den Bauch versetzte und am Riemen zerrte, als das Tier erschrocken zusammenfuhr. Minerva schlug den Pfad nach Colleverde ein, den die alte Frau ihr mit rudern-

den Handbewegungen gezeigt hatte – wobei sie tatsächlich das Wort »geradeaus« über die Lippen brachte!
Zur gleichen Zeit mietete Angelo Pferde, um nach Fontecasta aufzubrechen, obwohl Sigismondo ihm gesagt hatte, daß dort genug Reittiere für alle vorhanden waren. Das Mädchen konnte ja hinter einem von ihnen im Sattel sitzen; und die alte Frau sollte den Esel nehmen, der im Obstgarten gehalten wurde. »Ihr werdet es mit ziemlich starrsinnigen Menschen zu tun haben«, warnte er. Aber Angelo fletschte nur die Zähne, so wie man beiläufig ein Messer aufblitzen läßt. Benno war keineswegs gekränkt, daß man ihn nicht allein mit dieser Mission betraut hatte, sondern sehr dankbar für Angelos Begleitung. Wenn jemand außer seinem Herrn mit einem toten Grafen und einer Hexe fertigwerden konnte, dann Angelo.
Der Pfad, den Minerva entlangritt, war schmal und steinig; er schlängelte sich zwischen Bäumen und riesigen Felsen hindurch und eignete sich besser für Ziegen als für Pferde. Außerdem hatte Sybilla offenbar nicht fest genug zugeschlagen, denn der Sattelgurt begann zu rutschen. Da Minerva zudem keine schützenden Röcke trug, fühlten sich ihre Schenkel bald wund an.
Und dann begann das Pferd zu lahmen.
Sie stieg ab und wünschte sich, sie hätte gewußt, wie weit es nun wirklich nach Colleverde war. Beharrlich führte sie das Pferd weiter. An den Füßen hatte sie Gruchios Stiefel, denn die zierlichen Pantöffelchen, die sie auf der Flucht getragen hatte, waren nur auf Marmor oder gebohnerten Dielen zu gebrauchen. Als Sybilla sie durch den Obstgarten hatte hinken sehen, hatte sie dem toten Gruchio kurzerhand die Stiefel ausgezogen. Zuerst hatte Minerva sich gesträubt: Niemals würde sie es über sich bringen, diese Stiefel anzuziehen! Doch dann war ihr wieder eingefallen, daß sie ja jetzt eine Heldin war, und sie schlüpfte hinein. Während sie nun so mühsam wie das Pferd dahinhum-

pelte, überlegte sie sich, ob es nicht doch Unglück brachte, sich die Schuhe eines Toten anzuziehen. Die Wolle, die Sybilla vorne hineingestopft hatte, damit sie besser paßten, hatte sich zusammengeballt und drückte. Außerdem war Minerva nach der fast schlaflosen Nacht ziemlich erschöpft, und ihr Drang nach Heldentum hatte stark nachgelassen. Allerdings verfolgte sie noch immer der Alptraum, daß Prinz Livio zum Landhaus zurückkommen würde, um nach ihr zu suchen; und für diesen Fall war es um einiges besser, wenn sie sich in Colleverde befand.

In Colleverde lief der Magistrat des Bischofs im Zimmer auf und ab und rang die Hände. Er wußte nicht, was er wegen der Gerüchte, die nun in der Stadt umgingen, unternehmen sollte, denn er wollte verhindern, daß die Bevölkerung wegen Kardinal Petruccis Tod den Kopf verlor. Ihm selbst fehlte zum Aberglauben zwar die Vorstellungskraft, doch wenn das, was sich in Fontecasta abgespielt hatte, kein Spuk gewesen war, hatte sich jemand große Mühe gegeben, damit es so aussah. Allein dafür mußten diese Leute auf jeden Fall bestraft werden. Allerdings konnte er der Angelegenheit nicht selbst nachgehen, weil er hier vor Ort alle Hände voll zu tun hatte – vor allem mußte er ja die Vorbereitungen für Herzog Grifones Ankunft überwachen. Hinzu kam, daß er ein Auge auf diesen ungewöhnlichen Mann haben wollte, den die Prinzessin Corio mit der Untersuchung des Mordes betraut hatte.

Wichtig war es nun, die Männer ausfindig zu machen, die die Gerüchte über Fontecasta überhaupt erst in Umlauf gebracht hatten; wenn er sie fand, würde er sie sehr eingehend befragen, eingehender, als ihnen lieb sein mochte. Doch die Torhüter hatten sie nicht einmal ordentlich beschreiben können. Und dabei war es, wie er diesen Taugenichtsen unmißverständlich klargemacht hatte, hauptsächlich ihnen zu verdanken, daß sich das Gerücht so rasch verbreitet hatte. Schließlich hatten sie den

Männern noch vor Morgengrauen Einlaß in die Stadt gewährt und selbst zugegeben, daß es »zu dunkel« gewesen sei, um ihre Gesichter und ihre Kleidung zu erkennen ... Das Beste war, wenn er einige seiner eigenen Leute nach Fontecasta schickte – obwohl er ja eigentlich keinen einzigen entbehren konnte –, damit sie feststellten, ob das Grab wirklich leer war, und alle, die sie im Landhaus vorfanden, zum Verhör mitbrachten. Es schien unwahrscheinlich, daß sich die Geister bei Tageslicht zeigen würden.

Die Abgesandten des Magistrats, die sich da nicht so sicher waren, kamen diesem Befehl eher widerwillig nach. Immerhin konnte es ja auch Geister geben, die gerade das Tageslicht vorzogen. Der Trupp verließ Colleverde durch das Nordtor, von wo aus die Straße nach Nemora führte, auf der Herzog Grifone und sein Sohn am Nachmittag ankommen sollten. Da die Männer es nicht eilig hatten, bestand (was sie natürlich nicht wußten) keine Gefahr, daß sie Benno und Angelo überholten, die etwa eine halbe Stunde vor ihnen über die gleiche Straße aufgebrochen waren; diese wiederum hatten ihrerseits keine Möglichkeit, Minerva zu begegnen.

Minerva wiederum wäre von den Männern des Magistrats auf der Rückkehr nach Colleverde überholt worden, hätte sie sie nicht kommen gehört. Auf dem kürzeren Pfad zwischen dem Landhaus und dem Osttor begegnete man nur selten einem Menschen, und daher erschrak sie, als sie Hufgetrappel hörte. Sofort stand ihr wieder Prinz Livios Gesicht vor Augen. Vielleicht war er ja zum Landhaus zurückgekehrt, hatte Graf Mirandola und Sybilla gefoltert und herausgefunden, wohin sie verschwunden war, und verfolgte sie nun mit gezücktem Schwert. Glücklicherweise befand sie sich nicht auf dem Pfad, als sie die Hufschläge hörte, sondern war das steinige Ufer zu einem Flüßchen hinabgestiegen, das unter einer baufälligen, gewölbten Brücke hindurchfloß. Sie hatte die Absicht gehabt, das Pferd zu tränken und ihre wundgeriebenen Füße zu kühlen. Gerade hatte sie Gruchios entsetzliche Stiefel abgestreift und erleichtert die Füße ins Wasser gehalten, als sie schon wieder aufspringen und mit dem Pferd unter der Brücke Schutz suchen mußte. Dort kauerte sie sich hin, hielt das Pferd beim Zaumzeug fest und hoffte, daß es nicht wiehern würde. Aber das Tier schien zu erschöpft dazu. Über ihrem Kopf hörte sie das Donnern der Hufe und eine fremdartig klingende Stimme. Sie betete, und es dauerte einige Zeit, bis sie sich wieder aus ihrem Versteck wagte.

Angelo hatte ein wenig Schwierigkeiten mit Sybilla gehabt, doch der blinde Graf hatte, als er Bennos Stimme erkannte, bereitwillig alles erzählt. Er verstand, daß Sigismondo Angelo als seinen Geleitschutz geschickt hatte, und vertraute ihm ohne Widerspruch. Zwar warnte er sie, er habe seit langem nicht mehr im Sattel gesessen, aber da ihn seine eigene Sicherheit wenig kümmerte und ihn die Sorge um Minerva bedrückte, war er froh über die Gelegenheit, ihr zu folgen.

Sybilla hatte zunächst einige finstere Blicke auf Angelo geworfen – als ob sie jedes der Messer, die an seinem Körper verborgen waren, erahnte –, sich dann aber bereit erklärt, mitzukommen (zumindest glaubten die anderen dies ihrem unverständlichen Wortschwall zu entnehmen). Doch als Graf Mirandola im Sattel saß, war die alte Frau plötzlich verschwunden. Der blinde Graf war betrübt, als Angelo erklärte, sie müßten sie zurücklassen, da er die Anweisung habe, Graf Mirandola so rasch wie möglich nach Colleverde zu bringen. Schließlich könne die alte Frau ihnen ja auf dem Esel folgen.

Auch Benno meinte, daß Prinzessin Minerva in größerer Gefahr schwebe als die alte Frau, die gewiß, für sich selbst sorgen könne. Er schlug vor, auf dem kürzeren Pfad zurückzureiten. Wortlos nahm Angelo Graf Mirandolas Pferd beim Zügel, gab seinem Gaul die Sporen und wandte sich in die Richtung, in die Benno gedeutet hatte.

Sybilla war damit beschäftigt, die Ziegen zusammenzutreiben, die am Abhang angepflockt waren. Sie wollte sie einschließen, denn Ziegen waren viel zu wertvoll, um sie den wilden Tieren zu überlassen. Eine der Ziegen hatte ihren Pflock aus dem Boden gerissen, und Sybilla verfolgte sie gerade, als die Männer des Magistrats das Landhaus erreichten. Dank der Gerüchte wußten sie glücklicherweise, daß sich das leere Grab vor der kleinen Kapelle im Obstgarten hinter dem Haus befand. Und da alle Türen und Tore offenstanden, gingen sie durchs Haus in den Garten, wo sie sogleich das frische Grab entdeckten.

Nur, daß es kein leeres Grab war, sondern ein volles.

Zuerst waren alle erleichtert, als sie das frische Grab mit dem gewölbten Erdhaufen darauf erblickten – offenbar hatte den Männern, die behauptet hatten, daß es leer gewesen sei, die Einbildung einen Streich gespielt; vielleicht hatten sie sich auch nur wichtig machen wollen. Schweigend standen die Männer in dem mit Erdbrocken bedeckten Gras.

»Also ist alles in Ordnung.«

Wieder Schweigen, bis einer sagte: »Der Magistrat wird nicht zufrieden sein, wenn wir nicht das Grab untersuchen. Ich möchte nicht, daß man mich noch einmal hier herausschickt.«

Den Umständen entsprechend gut gelaunt – doch nicht ohne hin und wieder einen Blick auf das Landhaus und die Kapelle zu werfen, um sich zu vergewissern, daß weit und breit kein Geist lauerte – griffen die Männer zu Spaten und Hacken und schaufelten Erde aus dem Grab. Ein Esel, der in der Nähe der Mauer festgebunden war, sah ihnen neugierig zu. Die Erkundungen, die der Magistrat in der Stadt eingezogen hatte, hatten ergeben, daß Graf Giraldi hier vor einigen Tagen ein christliches Begräbnis erhalten hatte, weshalb man davon ausgehen mußte, daß die Verwesung schon fortgeschritten war. Nachdem die Männer beim Graben auf einen Körper gestoßen waren und die restliche

Erde beseitigt hatten, erlebten sie jedoch eine unangenehme Überraschung, die sie fluchtartig die Grube verlassen ließ.
Der Tote war ohne Sarg und Leichentuch bestattet worden, und das wachsbleiche Gesicht, das ihnen entgegenstarrte, gehörte keineswegs einem Menschen, der schon vor einigen Tagen das Zeitliche gesegnet hatte. Vielmehr sah es aus, als sei sein Besitzer noch vor wenigen Stunden am Leben gewesen. Blut klebte in seinen Mundwinkeln – ganz wie man es sich bei lebenden Toten vorstellte.
Ohne weitere Beratungen warfen die Männer ihre Werkzeuge fort, rannten zu ihren Pferden und trieben sie den ganzen Weg nach Colleverde erbarmungslos an.
Sybilla hörte sie davonreiten, als sie aus der Scheune kam, wo sie die Ziegen mit Futter und Wasser versorgt und eingesperrt hatte. Die Mistgabel in der Hand, lief sie in den Obstgarten, um die Eindringlinge zu vertreiben. Verärgert entdeckte sie, daß das Grab geöffnet und all die Mühe, die es bereitet hatte, Gruchio unter die Erde zu bringen, umsonst gewesen war. Also lehnte sie die Mistgabel neben sich an einen Baum, griff zum Spaten und fing wieder von vorne an, wobei sie bei jeder Schaufel voll Erde entsetzlich fluchte. Ihre Verwünschungen – untermalt vom Gesang der Vögel und einem gelegentlichen Eselsschrei – richteten sich gleichermaßen gegen die Eindringlinge (Narren aus dem Dorf, wie sie vermutete) und den toten Gruchio, der einem genauso viel Unannehmlichkeiten verursachte wie der lebendige. Trotzdem bedachte sie ihn, nachdem sie ihn wieder ordentlich eingegraben hatte, mit einem Gebet, ehe sie Mistgabel, Spaten und die Hacken, die über Nacht hinzugekommen waren, in einem Schuppen einschloß.
Bevor sie den Esel holte, ging sie durchs Haus und versperrte oder verriegelte jede Tür und jeden Fensterladen. Sie füllte eine Tasche mit Lebensmitteln, löschte das Küchenfeuer, schloß die Haustür ab und steckte den Schlüssel in die Tasche. Im Hof

sammelte sie einen dicken Holzprügel und einen rostigen Nagel auf und trug sie in den Obstgarten, wo sie den Nagel unter dem argwöhnischen Blick des Esels mit einem Stein ins Holz hämmerte.

Nun war sie bereit für Colleverde.

Eine Stunde später, nach einem Wortwechsel mit der Prinzessin Corio, bei dem er wie üblich den kürzeren gezogen hatte, befand sich der Bischof, mit Weihwasser und Hostien ausgerüstet, auf dem Weg nach Fontecasta. Vergeblich hatte er eingewandt, daß er in Kürze am Nordtor Herzog Grifone empfangen müsse. Die Prinzessin hatte darauf beharrt, daß die allgemeine Stimmung in Colleverde ein Eingreifen des höchsten Kirchenfürsten der Stadt unumgänglich mache. Und da ihr Bruder ermordet worden war, fiel diese Aufgabe unglücklicherweise dem Bischof zu. Deshalb mußte er sich nun zu dem Landhaus begeben, um die Geister auszutreiben, die dort angeblich umgingen. Herzog Grifone würde sehr erzürnt sein, wenn er hörte, der Bischof habe seine Pflicht vernachlässigt.

Also machte sich der Bischof auf seinem Esel auf den Weg, und betete, daß er rechtzeitig zurücksein würde, um den Herzog zu begrüßen. Der Leib des Herrn wurde vor ihm hergetragen, und hinter ihm folgten Diener, die – falls sie wirklich auf einen Untoten stoßen sollten – vorsorglich einen Pfahl mitführten.

Wenigstens wußte er, was er zu erwarten hatte: ein offenes Haus und ein offenes Grab.

27. Kapitel
In aller Öffentlichkeit

Wie Sigismondo und Benno feststellten, hatte sich die Nachricht vom Tod des Kardinals schon kurz nach Tagesanbruch in der Stadt herumgesprochen. Gleich allen Hiobsbotschaften, die einen nicht unmittelbar betreffen, wurde auch diese genüßlich aufgenommen und von Türschwelle zu Fenster, von Laden zu Laden und rund um den Brunnen weitererzählt; bald hieß es, der Leibhaftige selbst sei aus Fontecasta gekommen, um den Kardinal zu rösten, und viele erfindungsreiche Klatschmäuler erhielten Gelegenheit, weitere Ausschmückungen hinzuzufügen, die jeden tatsächlichen Augenzeugen in Erstaunen versetzt hätten.

Diejenigen, die dem Kardinal nicht wohlgesonnen gewesen waren oder ohnehin keine Ehrfurcht gegenüber der Kirche hegten, tuschelten, er sei ganz von allein in Flammen aufgegangen, während er sich dem Glücksspiel, der Unzucht oder gar beiden Sünden zugleich hingegeben habe. Man behauptete, der Mann sei buchstäblich von seinem eigenen schlechten Gewissen verzehrt worden. Später allerdings hieß es übereinstimmend, der Teufel habe das Dach des Palastes mit einem Donnerkeil gespalten und den Kardinal in den Armen der Buhlschaft mit einem Streich erschlagen.

Eine früher verbreitete Fassung der Geschichte bekam auch Giacomo Bardelli zu hören, als er am frühen Morgen Brot für sich und seine Begleiter kaufte.

Mit dem Brot in der Hand stürzte er in ihre Herberge, um seinen Freunden die Nachricht zu überbringen, wobei er in seiner

Aufregung sein Wams zu Boden schleuderte und darauf herumtrampelte.
»Er ist tot! Petrucci ist tot! Ist gestern nacht im Palazzo Corio verbrannt!« Er schrie so laut, daß ihn ein Hustenanfall überkam. Seine drei Freunde (von denen einer bereits am Tisch saß und den Käse schnitt, der mit dem erwarteten Brot verzehrt werden sollte, während die anderen sich noch träge im Stroh am Boden räkelten) fuhren entsetzt auf. Nach ihren Gesichtern zu urteilen war das die schlechteste Nachricht, die sie jemals erhalten hatten.
Ihre Stimmung besserte sich auch nicht, als Giacomo berichtete, daß die Männer des Magistrats die ganze Stadt durchkämmten, alle Fremden ausfragten und jeden festnahmen, der keine ausreichenden Gründe für seine Anwesenheit vorbringen konnte. Da man den Herzog in wenigen Stunden erwartete, verliefen diese Maßnahmen in großer Hast, denn Menschen, die einen Kardinal anzündeten, würden sicherlich auch nicht bei einem Herzog Halt machen.
Die Nachricht führte dazu, daß die drei Männer ohne Frühstück ihre Unterkunft verließen, um in den belebten Straßen unterzutauchen. Giacomo brachte es nicht über sich, sein Handwerkszeug zurückzulassen, und während er sein Hab und Gut zusammenraffte, wurde er von den Männern des Magistrats abgeholt und fortgeschleppt – ohne Gepäck. Kurz darauf stand er vor dem Magistrat – der ihm auf den ersten Blick zuwider war – und einem kahlrasierten, hochgewachsenen Mann, der ganz in Schwarz gekleidet war. Im Gegensatz zum Magistrat versuchte der Fremde nicht, Giacomo einzuschüchtern, und behandelte ihn auch nicht unfreundlich; allerdings ließ er keine Mißverständnisse darüber aufkommen, daß es nur zu Giacomos Vorteil sei, wenn er umgehend und außerdem höflich auf alle Fragen antworte.
»Warum seid Ihr in Colleverde?« Nach dem tückischen Keifen

des Magistrats klang die tiefe Stimme des Fremden wohltuend gleichmütig.
»Nun, wegen der Reliquien, so wie alle anderen auch. Und natürlich auch wegen der Hochzeit.«
»Seid Ihr Pilger? Habt Ihr ein Schreiben von Euerem Bischof bei Euch?«
Giacomo zögerte. »Aber nein. Meine Freunde und ich sind, wie man sagen kann, auf der Durchreise. Auf dem Weg nach Hause«, fügte er erklärend hinzu.
»Und wo wäre das?«
»San Sevino.«
Der schwarzgekleidete Mann hatte die Arme vor der Brust verschränkt und strich sich mit dem Zeigefinger über die Lippen. »Auf dem Weg nach Hause?« Seine Stimme klang belustigt, doch sein Gesicht blieb ernst.
»Natürlich haben wir einen Umweg genommen.«
»Wo wart Ihr vorher und warum?« Der Magistrat war keineswegs gewillt, das Verhör Sigismondo zu überlassen, und sein Tonfall verriet, daß er keine befriedigende Erklärung von seiten Giacomos erwartete. Doch dieser hatte sich seine Antwort sorgfältig zurechtgelegt, weshalb er sie ohne Stocken herunterspulte.
»Wir sind zwei Steinmetze und zwei Gehilfen, wißt Ihr, und wir haben am neuen Querschiff der Kathedrale von Berano gearbeitet.«
»Und man hat Euch fortgeschickt?« fragte der Magistrat mit verächtlicher Stimme.
»Nun, wir wurden nicht mehr gebraucht.«
»Aha!«
»Sie haben einen anderen genommen, der in Nemora für Herzog Grifone gearbeitet hat. Ich glaube, er war der Vetter von irgend jemandem, Ihr wißt doch, wie das ist.«
Sigismondo ergriff Giacomos Hand und betrachtete die wunden

Knöchel und eingerissenen Fingernägel. Dann drehte er die Hand herum, um die schwieligen Handflächen in Augenschein zu nehmen. Giacomo hüstelte verlegen.

»Habt Ihr jemals im Auftrag von Kardinal Petrucci gearbeitet?«

»Leider nicht. Wir hörten, daß er für sein Wappen über dem Portal seines Palastes in Nemora ein hübsches Sümmchen gezahlt hat. Eine sehr gute Arbeit.«

Mit einem Kopfnicken lehnte sich Sigismondo an den Tisch des Magistrats. Der Magistrat verrenkte sich zuerst den Hals, um an Sigismondo vorbeiblicken zu können; dann verrückte er seinen Stuhl.

»Wurdet Ihr in San Sevino geboren?«

»Geboren …? Oh, nein, nicht in San Sevino.«

Sigismondo musterte das Gesicht seines Gegenübers so eingehend, wie er zuvor seine Hände betrachtet hatte. Es war ein offenes, freimütiges Gesicht und wettergegerbt, wie man es erwarten konnte. Die dunklen Augen funkelten lebhaft, und die Lippen schlossen sich über leicht hervorstehenden Zähnen. Man konnte in diesem Gesicht lesen wie in einem Buch. Ganz offensichtlich war Giacomo sehr daran gelegen, die Frage seines Geburtsorts ein für allemal zu klären. »Ich stamme ursprünglich aus Bibbiena. Ein hübsches Städtchen.« Wieder hüstelte er und hielt sich die Hand vor den Mund.

»Seid Ihr kürzlich dort gewesen?«

Giacomo dachte mit halb geschlossenem Mund darüber nach, ob es wohl ratsam sei, einen Aufenthalt in Bibbiena einzugestehen. Doch Sigismondos nächste Bemerkung brachte die Entscheidung.

»Wart Ihr dort, als ein Brief mit einer Drohung gegen den Kardinal an der Kirchentür gefunden wurde?«

»Nein, Herr. Ich bin schon seit einer Ewigkeit nicht in Bibbiena gewesen.« Mit glänzenden Augen sah er Sigismondo an; wie ein Hund, der die Absichten seines Herrn erraten und diesen unbe-

dingt zufriedenstellen möchte. Sigismondo brummte vor sich hin; ein Geräusch, das Giacomo nicht deuten konnte. Der Magistrat allerdings rutschte auf seinem Stuhl hin und her und tippte mit dem Fuß unruhig gegen den Querbalken zwischen den Tischbeinen. Mit Daumenschrauben hätte diese Angelegenheit sofort erledigt und ein weiteres, sinnloses Gespräch vermieden werden können. Es blieb nur noch so wenig Zeit, bis Herzog Grifone eintraf, und dann würden Seine Gnaden sicherlich wissen wollen, wer seinen Kardinal verbrannt hatte.
»Holt Tomaso Delmonte hierher.«
Der Wächter warf einen Blick auf den Magistrat, ehe er Sigismondo gehorchte, was die Laune des ersteren beträchtlich verbesserte.
Tomaso Delmonte wirkte eher wie ein großes Kind als wie ein Mann, der sich mit dem Gedanken trug, eine Kurtisane zu heiraten. Er hatte ein jungenhaftes Gesicht mit großen Augen und Pausbäckchen und einer trotzig gerunzelten Stirn, die Polissena und jedem anderen, der versuchen sollte, ihn seiner Luftschlösser zu berauben, gehörige Schwierigkeiten verhieß.
In diesem Augenblick war er so entrüstet, wie es nur ein junger Mann aus guter Familie und mit einem reichen Vater im Hintergrund sein konnte.
»Was hat das zu bedeuten? Wißt Ihr nicht, wer ich bin? Ihr könnt nicht so mit mir umspringen! Ich werde gesetzlich gegen Euch vorgehen!«
»Wir sind das Gesetz.« Erfreut über diese Herausforderung, sprang der Magistrat von seinem Stuhl hoch und baute sich neben Sigismondo auf, wobei er ohne es zu merken wie dieser die Arme verschränkte. Er wußte vom Reichtum der Delmontes, aber seine Unbestechlichkeit war stadtbekannt. Falls dieser Bursche hier sich mit klingender Münze aus der Affäre ziehen wollte, würde er eine unliebsame Überraschung erleben.

Sigismondo wies auf Giacomo. »Habt Ihr diesen Mann schon einmal gesehen?«
Tomaso war verwirrt darüber, daß der Fremde einfach über seine Beschwerde hinweg ging. Unwillkürlich wandte er sich zu dem Handwerker um, der seinen fragenden Blick befangen erwiderte.
»Woher soll ich das wissen?« versuchte der junge Bursche aufzutrumpfen. »Weshalb fragt Ihr das?« Stirnrunzelnd sah er Giacomo an, als habe man ihn aufgefordert, einen Kothaufen von einem anderen zu unterscheiden. »Wo soll ich ihn denn gesehen haben?« Mit dieser letzten Frage wollte er wohl andeuten, daß dieser Mann wohl kaum in denselben Kreisen verkehrte wie ein Delmonte.
Sigismondo versuchte, seinem Gedächtnis auf die Sprünge zu helfen. »Vielleicht auf der Straße hinter dem Palazzo Corio? Gestern abend, kurz nachdem die Turmuhr die zehnte Stunde geschlagen hat?«
Wenn das überhaupt möglich war, blickte Tomaso noch verblüffter drein als Giacomo. Dieser Schurke, der aussah wie ein Priester, mußte übernatürliche Kräfte besitzen. Nun, bei Gott, schließlich redete ja alle Welt darüber, daß in Colleverde der Teufel umging!
Der Magistrat rieb sich die Hände; wenn er etwas auf Anhieb erkannte und zu schätzen wußte, dann war es, wenn jemand mit seinem Latein am Ende war.
»Wer hat euch gesagt, daß ich dort gewesen bin? Ist mir jemand gefolgt?« Der Gedanke, daß jemand sein Tun und Treiben überwacht haben könnte, versetzte Tomaso in Wut. Kein liebestoller junger Mann, dessen Bemühungen erfolglos verlaufen sind, hat viel dafür übrig, wenn andere Menschen ihm zusehen, wie er seiner Liebsten auf Schritt und Tritt nachläuft. Er warf einen Blick auf Giacomo, der schuldbewußt seine Schuhe betrachtete, als wünschte er, sie würden ihn auf und davon tragen. »Den da

würde ich sowieso nicht bemerken – außer ich würde mit ihm zusammenstoßen.«
Giacomo quittierte dies mit einem unerwarteten Zornesausbruch. »Ihr würdet mich also nicht bemerken, he?« Die Daumen im Gürtel eingehakt, beugte er sich nach vorn und fletschte die Zähne. »Euch soll wohl alle Welt bemerken«, höhnte er, »wie ihr in Euerem Nerzmantel auf der Straße umherstolziert ...«
Die tiefe Stimme unterbrach ihn so unerbittlich, daß sogar der Magistrat zusammenfuhr.
»Und habt Ihr gestern nacht Eueren Nerzmantel getragen?«
Tomaso geriet ins Stottern. »Ich ... kann sein.« Doch dann faßte er sich wieder. »Und warum auch nicht? Ist es etwa verboten, einen Nerzmantel zu tragen, wenn man nachts unterwegs ist? Wenn ich damit gegen die Kleiderordnung verstoßen habe und eine Strafe bezahlen soll, wird sich mein Vater darum kümmern. Ihr macht aus einer Mücke einen Elefanten ...« Er verstummte, denn Sigismondo und der Magistrat lächelten nur schweigend.
»Wir haben sie. Alle beide!« Triumphierend funkelte der Magistrat Sigismondo an. »Sie waren beide dort! Sie stecken unter einer Decke!« Diese Erkenntnis erregte ihn so, daß er Sigismondos Arm packte. »Sonnenklar: Sie verabreden sich vor der Pforte zur Geheimtreppe. Dann klopft Delmonte unter irgendeinem Vorwand an die Tür – wahrscheinlich hat ihm sein Name sofort Einlaß verschafft –, und er schleust diesen Taugenichts hinein, damit der dem Wächter die Kehle durchschneidet – wie ihr sagtet, muß der Mörder einen Spießgesellen gehabt haben. Und dann verbrennen sie den Kardinal.«
Entsetzen malte sich auf Tomasos Gesicht. Giacomo hingegen hatte eine schwielige Hand vor den Mund gepreßt, als befürchte er, jegliches weitere Wort könnte ihn noch tiefer in den Schlamassel stürzen. Der Magistrat schlenderte zu den Gerätschaften hinüber, die an der Ziegelwand hingen: riesige, eiserne Zangen, ein eiserner Stiefel mit einer Schraube zum Anziehen, die gelok-

kert war, damit man die Dornen auf der Innenseite bewundern konnte; kleinere Zangen für Zähne und Nägel, Hammer, an denen noch Blut klebte, Seile und verknotete Stricke, die ordentlich zusammengerollt an Haken baumelten, und viele weitere Haken in erstaunlich mannigfaltiger Ausführung. Über all diese Schätze wachte ein stiernackiger, kahlrasierter Mann in einem schweißfleckigen Lederwams. Er erhob sich in freudiger Erwartung, als der Magistrat auf ihn zutrat.
»Jetzt werden wir endlich Geständnisse erhalten!« verkündete der Magistrat zuversichtlich.
Die Proteste von Tomaso und Giacomo wurden durch die Ankunft von zwei Wächtern unterbrochen, die einen aufgeregten, kleinen Mann mit rotem Bart hereinführten. Hinter ihnen schlüpfte Benno unauffällig in den Saal und drückte sich an die Wand. Der Rotbart wartete keine Erklärungen ab, sondern deutete mit einem anklagenden Zeigefinger auf Giacomo. »Das ist er! Er hat versprochen, er werde heute vormittag wiederkommen, um den Keller auszuräumen, aber nein! Und ich habe ihm ausdrücklich gesagt, daß ich ihn für den Wein brauche, weil ich in aller Frühe eine Lieferung erwarte! Glaubt er etwa, ich könnte dort weiterhin seine elenden Brennholzstapel aufbewahren, und das, wenn die Stadt voller Leute ist und uns eine Hochzeit ins Haus steht?«
»Brennholz?«
»›Wollt Ihr mir das Haus anzünden?‹ habe ich ihn gefragt. Und noch dazu all die Ölfässer, die er dort gelagert hat! Wenn Ihr jemanden bestrafen wollt, weil sie jetzt auf der Straße umherliegen, dann bestraft ihn! Gleich in der Frühe habe ich ihm gesagt, muß das Zeug verschwunden sein, und als er nicht kam, habe ich es rausgeworfen.« Keuchend hielt er inne; in seinem Bart funkelte der Speichel, den er in seiner Entrüstung von sich gegeben hatte.
»Öl? Holz?« Am liebsten wäre der Magistrat dem kleinen Mann

um den Hals gefallen. »Seht Ihr?« wandte er sich an Sigismondo. »Hier haben wir den Beweis!«
Merkwürdigerweise immer noch ungerührt, lehnte Sigismondo am Tisch. Immerhin nickte er. »In der Tat, aber nur der Beweis dafür, daß er vorhatte, irgend etwas oder irgend jemanden anzuzünden, nicht dafür, daß er es wirklich getan hat.« Er warf Giacomo, der unter dem Eindruck dieser Anschuldigung heftig den Kopf schüttelnd zurückgewichen war, bis er an den hinter ihm postierten Wächter stieß, einen Blick zu. Der Folterknecht, der sich sicher war, daß seine Dienste bald gewünscht sein würden, öffnete gerade ein Paar Daumenschrauben, auf die der Magistrat gedeutet hatte. Das Metall knirschte unwillig, als wolle es sich gegen die ihm zugedachte Aufgabe wehren. »Ich war's nicht ... Das Holz wollte ich verkaufen. Das Holz und das Öl auch. Es ist doch nicht verboten, Öl und Holz zu verkaufen, oder etwa doch?« wandte sich Giacomo an Tomaso, den Kaufmannssohn, der ihm zufällig am nächsten stand, doch für das Metier seines Vaters erstaunlich wenig übrig zu haben schien. »Es war ja nicht meine Schuld, daß ich nicht zurückgekommen bin, um die Sachen abzuholen. Ich wurde verhaftet. Ihr müßt mir einfach glauben!«
»Ich sehe nicht, warum wir dazu verpflichtet wären.« Sigismondo klang keineswegs drohend, aber Giacomo, dem das Knirschen der Daumenschrauben durch Mark und Bein ging, versuchte weiterhin eifrig, ihn zu überzeugen.
»Welchen Grund hätte ich haben sollen, Seine Eminenz zu verbrennen? Warum?«
»Da er Euere Familie in San Sevino verbrennen ließ.«
Giacomo schwieg entsetzt. Die dunkle Stimme fuhr fort: »Genau heute vor einem Jahr hat Seine Eminenz die Aufständischen in San Sevino verbrennen lassen, und zwar in dem Turm, in den sie geflüchtet waren. Euere Liebe zu Jahrestagen, Giacomo, hat Euch die Gelegenheit versäumen lassen. Das Holz und das Öl

waren für heute nacht bestimmt. Ihr wolltet den gesamten Palazzo Corio anstecken.«

Mit offenem Mund lauschte der Magistrat. Tomaso fuhr zurück, als sei Giacomo ein Aussätziger; der Folterknecht grinste in freudiger Erwartung und klopfte sich mit den Daumenschrauben auf die Schenkel; Giacomo brach in Tränen aus und schlug die schwieligen Hände vors Gesicht.

»Meine Frau, mein Kind! Er kannte kein Erbarmen ...«

»Schurke!« Der Magistrat hatte sich aufgeplustert wie ein Kampfhahn. »Sie haben den Tod hundertmal verdient! Aufständische müssen gerichtet werden! Und auch du wirst sterben. Der Herzog ...«

»Mit Euerer Erlaubnis, Herr.« Alle Blicke richteten sich auf Sigismondo. »Der Herzog wird durch mich über diesen Mann unterrichtet werden. Werft ihn fürs erste in den Kerker. Die Befragung sollte erst nach der Ankunft Seiner Gnaden fortgesetzt werden.«

Der Magistrat überlegte. Der Herzog war mit Recht dafür bekannt, daß er, was die Folter betraf, über großen Erfindungsreichtum verfügte. Möglicherweise würde es ihn verärgern, wenn man ihn einer Gelegenheit, sein Können unter Beweis zu stellen, beraubte. Widerstrebend befahl der Magistrat den Wachen den stammelnden Giacomo wegzuführen. Während Benno ihnen nachblickte, spürte er, wie ihm die Tränen in die Augen traten. Man mußte ihn eigentlich bewundern; er hatte keine halben Sachen machen und den ganzen Palast niederbrennen wollen! Dann fiel Benno allerdings ein, daß auch sein Herr und er davon betroffen gewesen wären, doch es blieb ihm keine Zeit, darüber nachzudenken. Die Wachen vor der Tür hatten die gekreuzten Piken erhoben, um dem Mann, der nun eintrat, den Weg freizugeben.

»Die Prinzessin Corio wünscht unverzüglich, Signor Sigismondo zu sehen.«

Der Angesprochene verneigte sich ehrerbietig. »Ich werde mich umgehend auf den Weg machen.« Dann beugte er sich zum Magistrat hinunter und flüsterte: »Bei diesen Männern wird die Angst sicherlich mehr bewirken als körperlicher Schmerz. Sie wissen, mit wem sie es zu tun haben. Ich werde Ihrer Hoheit mitteilen, wie umsichtig Ihr diese Angelegenheit handhabt.« Laut fuhr er fort: »Ihr habt recht. Diese Männer sollen in Euerem Kerker ihr Schicksal erwarten.«
Er ließ einen zufrieden strahlenden Magistrat zurück, der sogleich befahl, Tomaso und Giacomo in Ketten in den tiefsten Kerker zu werfen – eine Schonfrist, für die die beiden offenbar nicht sonderlich dankbar waren.
Als sie den Amtssitz des Magistrats verließen, sah Benno, der Mühe hatte, mit Sigismondo Schritt zu halten, daß sein Herr besorgter aussah als gewöhnlich.
»Hmmm ... was ist geschehen?«
Benno flüsterte seinem Herrn die Antwort in das ihm entgegengeneigte Ohr. Der blinde Graf war wie geplant in die Stadt gebracht worden; die alte Frau würde nachkommen; doch Gruchio war tot, ermordet von Männern, die in der letzten Nacht gekommen waren, um das Grab zu öffnen. Und Prinzessin Minerva war bereits nach Colleverde aufgebrochen, bevor er und Angelo Fontecasta erreicht hatten.
»Welchen Weg hat sie genommen?«
»Den kürzesten, sagte der Graf; doch wir sind auf diesem Weg zurückgeritten und ihr nicht begegnet. Sie muß sehr schnell vorwärtsgekommen sein. Ihre Absicht war, Euch oder Massimo zu suchen. Ich dachte, Ihr hättet sie bereits gefunden.«
Sigismondo nahm das Vertrauen in seine Fähigkeiten schweigend zur Kenntnis. Mühsam bahnten sie sich einen Weg durch die Menschenmassen, die sich auf dem großen Platz drängten. Inzwischen war die Menge weiter angewachsen, denn viele wollten die sterblichen Überreste des Kardinals sehen. (Aller-

dings wurden sie um diesen Anblick betrogen, denn die Prinzessin hatte, angewidert vom gaffenden Volk, in aller Frühe angeordnet, ihren toten Bruder in der Kapelle des Bischofs aufzubahren.) Hinzu kamen noch die Schaulustigen, die gespannt darauf warteten, wie die Zwerge die tragischen Ereignisse der letzten Nacht in Szene setzen würden.

Und natürlich wollten alle den Einzug von Herzog Grifone miterleben, der in wenigen Stunden erwartet wurde. Einige fragten sich mit wohligem Schaudern, das sie hinter frommen Gebeten um himmlischen Schutz für Seine Gnaden zu verbergen suchten, ob der Herzog vielleicht das nächste Opfer des Teufels sein würde. Großen Männern wird im Leben nichts geschenkt.

Während Sigismondo sich durch die Menge in der Straße drängte, in der sich der Palazzo Corio erhob, sah er über den Köpfen der Menschen Messer aufblitzen. Und als er die Stelle erreichte, hatten sich schon die Schaulustigen um einen jungen Mann mit goldblondem Haar geschart.

Benno blieb stehen, um sich das Schauspiel anzusehen. Angelo hatte seine Darbietung ein wenig verändert; nun forderte er die Zuschauer auf, ihre Karten von seinem Gehilfen, der das Schicksal verkörperte, auswählen zu lassen. Der Gehilfe hatte mit Silberpuder bestäubtes schwarzes Haar, das unter einem bäuerlichen Strohhut bis hinab auf die Schultern wallte. Sein grobes Gewand reichte gerade bis über die Knie, und die Füße hatte er in Lumpen eingebunden. Als er den Leuten zernarbte Höhlen anstelle von Augen zuwandte, schnappte Benno lauter als alle anderen nach Luft.

Um weiteren Äußerungen des Erstaunens vorzubeugen, flüsterte Sigismondo: »Angelo tut, was ich ihn geheißen habe. Wenn man etwas verbergen will, stellt man es am besten in aller Öffentlichkeit zur Schau, wo niemand es vermutet.«

28. Kapitel
Irgendwann lacht das Glück

Die Hochzeitsgesellschaft, die sich auf der gewundenen Straße von Nemora aus Colleverde näherte, erinnerte in mancher Hinsicht an die Prozession, in der der verschiedene Kardinal die Reliquien aus Rom überführt hatte. Die Staubwolke war fast ebenso gewaltig, und auch diesmal waren die Menschen von den Bauernhöfen und aus den Dörfern zusammengelaufen, um zu gaffen. Kappen wurden gelüftet, Menschen knieten nieder, und Kinder wurden emporgehoben, damit sie besser sehen konnten. Allerdings war die Begeisterung beträchtlich geringer. Zunächst einmal stammten Reliquien, was immer man sich auch von ihnen erhoffen mochte, mit Sicherheit von bereits Verstorbenen. Herzog Grifone hingegen war, allen hoffnungsvollen Gerüchten zum Trotz, äußerst lebendig, und einem lebendigen Herzog haftete stets etwas Unberechenbares an. War er zufrieden, so wurden einem vielleicht die Steuern gestundet, oder er ließ auf seine Kosten eine neue Kirche bauen. War er aber erzürnt, so konnte das ziemlich unangenehme Folgen haben, wie man in San Sevino gesehen hatte.
Die letzten Neuigkeiten über den Herrscher von Montenero waren ein weiterer Beweis dafür: Verlor ein Herrscher die Geduld, so verloren die Menschen in seiner Umgebung womöglich den Kopf. Also erklangen die Jubelrufe, die dem Herzog und seinem Sohn vom Straßenrand entgegenschallten, um so lauter, als jeder wußte, daß sie bald wieder abreisen würden. Was die gegenwärtige Laune Seiner Gnaden betraf, waren die Meinungen geteilt: War er ergrimmt, weil sein erster Ratgeber bei

lebendigem Leibe verbrannt worden war? Oder war er leutselig gestimmt, weil eine Hochzeit und die Verbindung zwischen Nemora und Montenero bevorstanden?
Selbst sein Sohn war sich dessen nicht sicher. Der Vater hatte ihm befohlen, neben ihm herzureiten, und wie immer fühlte er sich in seiner Nähe unbehaglich. Das Antlitz des Herzogs unter dem schwarzen Samthut, an dem ein Rubin von der Größe eines Möweneis prangte, wirkte finster. Ein grausamer Zug lag auf dem ebenmäßigen, von tiefen Falten durchgezogenen Gesicht mit der kurzen, gebogenen Nase und den schmalen Lippen, das er nun seinem Sohn zuwandte. Es erschien sinnfällig, daß Grifone unter dem Sternbild des Widders geboren war; und wirklich ähnelte er dem Abbild dieses Tierkreiszeichens, das er kürzlich an der Decke seines riesigen Audienzsaals im Palast von Nemora hatte anbringen lassen. Die Augen, die er auf Astorre richtete, wirkten wie dunkle Kristalle. Umstehende, die in diesem Gesicht Anzeichen einer tödlichen Krankheit zu entdecken hofften, mußten zugeben, daß immer noch Kraft und Entschlossenheit seine Züge prägten; und das, obwohl der Herzog früh ergraut war und die Vierzig bereits überschritten hatte. Doch in welchen Taten würde sich diese Entschlossenheit äußern? Diese Frage versetzte alle Menschen seiner Umgebung in Angst und Schrecken und bereitete seinem Sohn Sorgen.
»Was werdet Ihr wegen des Kardinals unternehmen, Herr?«
Die dunklen Kristallaugen funkelten. »Begraben, was von ihm übrig ist, und die Schurken rösten, die ihn verbrannt haben.«
»Kennt man sie schon?«
»Ich werde es bald erfahren.« Mit fester Hand umfaßte der Herzog die scharlachroten Zügel; das Sonnenlicht blitzte auf den goldenen Fransen an seinen Handschuhen. »Wie auch du bald erkennen wirst, lauern überall Verräter. Petrucci ist mir unzählige Male nützlich gewesen, denn er hat diese Verräter entdeckt und beseitigt.« Plötzlich lachte er auf. »Erinnerst du dich an San

Sevino? Genau heute vor einem Jahr, am Tag der heiligen Bernadina, ließ Petrucci die Aufständischen in den Turm treiben, um ihnen ein bißchen einzuheizen.« Unvermittelt verdüsterte sich sein Gesicht aufs neue. »Er wird mir fehlen. Wie kein anderer hat er getan, was ich von ihm erwartete. Wenn er nicht gewesen wäre, würde mich Graf Mirandola, dieser Heuchler, immer noch an der Nase herumführen.«
Mutig ergriff Astorre das Wort. »Er war mir ein guter Lehrer und stets freundlich.« Wäre es nicht verboten gewesen, den Namen des Grafen bei Hofe zu erwähnen, hätte Astorre noch öfter die Gelegenheit genutzt, den Mann zu verteidigen, an den er sich noch immer voller Zuneigung erinnerte. Der Herzog schnaubte höhnisch.
»Freundlich? Gewiß war er freundlich. Oder erwartest du, daß Verrätern ihre Absichten auf die Stirn geschrieben stehen? Mein Vater vertraute diesem Mann, und er nannte ihn seine Augen. Die Augen des Herzogs! Ich habe sie ihm geschlossen.« Genüßlich kniff er seinerseits die Augen zusammen. »Das war doch überaus *freundlich* von mir – ich habe ihm den Anblick der Wölfe erspart, als sie sich zum Abendessen einfanden.« Er beugte sich zu Astorre hinüber und versetzte ihm einen Klaps auf den Schenkel, so daß sein Pferd scheute. »Zögere nie, deine Feinde zu beseitigen, mein Sohn, denn sie werden auch nicht zögern.«
Nicht zum erstenmal fragte sich Astorre, ob er jemals den gleichen Geschmack an der Entdeckung und Vernichtung von Feinden gewinnen würde wie sein Vater – mochte diese Tätigkeit dem Leben als Herrscher auch einige zusätzliche Würze verleihen. Er war davon überzeugt, daß er beim Anblick von Folterungen und Hinrichtungen nie Freude empfinden würde. Allerdings durfte er diese Abneigung ebenso wenig bekennen wie seine Abneigung gegen die Freuden der Jagd. Sein Vater hingegen konnte mit derselben Gleichmut dem Ausweiden

eines Hirsches oder eines Verräters beiwohnen; und man mußte einräumen, daß Menschen ohne ihre Eingeweide eine weitaus geringere Bedrohung darstellten.
Bei diesem Gedanken fiel ihm sein zukünftiger Schwiegervater ein.
»Weiß man, Herr, ob Prinz Livio seinen Sohn einer Verschwörung verdächtigt hat?« Mit Aufständischen im Familienkreis mußte sich fast jeder Herrscher herumschlagen, doch Astorre war sich bewußt, daß sein Vater ihm vertraute – und das völlig zurecht.
»In seinem Brief gab er nur seiner Trauer Ausdruck.« Der Herzog schnaubte wieder. »Es heißt, der Prinz leide an der Fallsucht, obwohl es nur selten zu einem Anfall kommt. Ich habe Ärzte befragt. Sie halten es für ausgeschlossen, daß das Mädchen unter demselben Gebrechen leidet. Auch deine Kinder werden davon verschont bleiben.« Er bedachte seinen Sohn mit einem Lächeln, das ebenso väterlich wie wölfisch wirkte. »Keine Angst, du wirst deine Hochzeitsnacht nicht mit einer Braut verbringen, die sich mit Schaum vor dem Mund auf dem Boden wälzt.«
Astorre erinnerte sich an Minerva als einem außergewöhnlich hübschen Mädchen, dessen spitzes Gesicht fast in einer Wolke goldschimmernden Haares verschwand. Als sie vor sechs Jahren mit seinem Bruder verlobt worden war, hatte sie stets die Augen gesenkt gehalten. Nachdem das Fieber Ercole hinweggerafft hatte, war sein Vater untröstlich gewesen. Dann aber hatte er verkündet, daß die Verbindung mit Montenero unter allen Umständen zustandekommen müsse; was zur Folge hatte, daß sie sich nun auf dieser Reise befanden. Prinz Livio mochte ähnlich denken, denn sonst hätte er nach dem Tod seines Sohnes die Hochzeit verschoben.
»Schau.« Sie befanden sich auf einer Anhöhe, und der Herzog wies mit dem Finger hinab. Die Mauern von Colleverde schim-

merten in der Frühlingssonne golden, orangefarben und weiß, und rund um die Stadt erstreckten sich braun und grün Wälder und Felder. »In Kürze werden wir am Ziel sein. Wie ich sehe, haben unsere Leute schon das Zelt aufgebaut.«

Vor dem Einzug in Colleverde mußte man noch einmal rasten, um sich den Straßenstaub von den Kleidern bürsten zu lassen, die grobschlächtigen Reisepferde zu wechseln und einem menschlichen Rühren zu folgen, bevor man nach der anstrengenden Reise in einer langsamen Prozession durch die Stadt zog. Sie würden unzählige Reden und Gedichte über sich ergehen lassen müssen – wahrscheinlich in der üblichen Mischung aus Ansprachen in Lateinisch und Versen von verschiedener Güte in der Landessprache. Dazu kamen noch Chöre in Engelsgewändern, leicht geschürzte Schönheiten als Verkörperung irgendwelcher Allegorien, die mit diesem Anlaß in einem – wenn auch noch so entfernten – Zusammenhang standen, und so viele Triumphbögen, Blumengirlanden und Prunkwagen, wie die Stadt sich leisten konnte. Wahrscheinlich hatte ein Florentiner über die Vorbereitungen gewacht, und die waren nicht billig.

Der letzte Teil der Reise verlief fast schweigend. Grifone überlegte zufrieden, daß nun, nach dem Tod von Livios Sohn, das Mädchen Erbin seines Reiches war. Falls es Livio nicht gelang, eine neue Verbindung einzugehen und einen weiteren Sohn zu zeugen, ehe er von einem abermaligen Anfall oder einem anderen unglücklichen Ereignis hinweggerafft wurde, würde Astorre einst Montenero mit Nemora vereinigen. Grifone neigte dazu, häufig so überraschend und schwer zu erkranken, daß seine Ärzte erschraken und seine Feinde frohlockten, doch meist erholte er sich mit ebenso überraschender Geschwindigkeit. Allerdings konnte er nicht damit rechnen, daß das immer der Fall sein würde. Sein Sohn würde gute Berater brauchen – Petruccis Tod hatte eine große Lücke gerissen.

Eines stand fest: Er würde Colleverde nicht verlassen, ehe er

jene, die schuld an dieser Lücke waren, gefunden und ausgiebig bestraft hatte. Es war zwecklos, Bischof Taddeo diese Aufgabe zu überlassen. Dieser Mann war nicht einmal in der Lage, ein hartgekochtes Ei der Gerechtigkeit zuzuführen!
Astorre seinerseits schwieg, weil er an Minerva dachte. Er hoffte, daß sie immer noch so hübsch war, und auch, daß es sie nicht allzusehr bekümmern würde, sich so bald nach dem Tod ihrer Mutter und dem unerklärlichen Mord an ihrem Bruder zu vermählen. Wie seltsam es sein mußte, einen Zwillingsbruder zu haben, jemanden, der einem so ähnlich war und doch ein anderer, der nicht einmal dem gleichen Geschlecht angehörte – und ihn dann so plötzlich und durch die Hand des eigenen Vaters zu verlieren! Wahrscheinlich würde Minerva froh sein, Prinz Livio zu verlassen. Sein eigener Vater versetzte zwar andere in Angst und Schrecken, doch er würde sich nie an seiner Familie vergehen. Und zu dieser Familie würde Minerva in wenigen Stunden gehören. Sie würde in ihrem Schoß Trost und Geborgenheit finden; dafür wollte er sorgen.
Unwillkürlich spornte Astorre sein Pferd an, so daß es in einen leichten Trab fiel, und der Hengst des Herzogs, der nicht zurückbleiben wollte, tat es ihm, da sein Herr ihn nicht zügelte, gleich. Rasch näherten sie sich nun Colleverde und allem, was dort ihrer harrte.

Während man sich vor den Mauern von Colleverde für den Empfang wappnete, wurden in der Stadt hastig die letzten Vorbereitungen für dieses Ereignis getroffen. Den Triumphbogen am Nordtor hatte man erst in der vorangegangenen Nacht, also eine Woche später als ursprünglich geplant, fertiggestellt, so daß kaum Zeit blieb zu proben, wie Fortuna von seiner Spitze hinabschwebt, um dem Herzog einen Lorbeerkranz aufs Haupt zu setzen. Fortuna, ein Mädchen von üppiger Gestalt, erhob Einwände; erstens litte sie unter Höhenangst, zweitens traue sie dem schwankenden Aufbau nicht und drittens befürchte sie, die Winde, die sie herablassen sollte, würde wieder wie in der ersten Probe mitten in der Luft stehenbleiben. Sie habe keine Lust, mit dem Kranz wie mit einem Wurfring nach dem Kopf Seiner Gnaden zu zielen, was zwar dem zufälligen Charakter der Gunst Fortunas entspräche, aber beim Herzog möglicherweise Unmut wecken würde.

Außerdem wolle sie nicht die Perücke der Fortuna tragen, die einer alten Sitte zufolge nur vorne Haar aufwies und hinten kahl war. Man entgegnete ihr, dies hätte sie sich früher überlegen müssen, und zudem werde sich sowieso niemand um ihren Hinterkopf kümmern, wenn man einen leibhaftigen Herzog angaffen könne. Daß ihr Betragen bewies, wie gut sie sich für die Rolle des launischen Glücks eignete, beruhigte den Mann, der für den Ablauf des Schauspiels die Verantwortung trug, keineswegs – er war in der Tat Florentiner und sehr teuer. Die Kaufmannsgilde wollte den Herzog mit einem Beweis ihrer Ergebenheit beeindrucken – eine Vorsichtsmaßnahme, die durchaus gerechtfertigt war – und trug deshalb die Kosten dafür. Zufälligerweise war die Darstellerin der Fortuna die Geliebte eines wohlhabenden Kaufmanns, und so wäre es unhöflich gewesen, sich nach einem Ersatz für sie umzusehen, selbst wenn die Betreffende ihre Ansprache so rasch hätte auswendig lernen können. Der Florentiner war verzweifelt.

Dieser Gemütszustand war nicht im geringsten gemildert worden, als er am Vortage zu später Stunde erfahren hatte, daß Prinz Livio, dessen Einzug in die Stadt ursprünglich für morgen vorgesehen gewesen war, schon heute durch das Osttor einreiten werde. Seine Ankunft würde also mit der von Herzog Grifone zusammentreffen oder kurz danach folgen. Der Florentiner hatte dem Zug einen Boten entgegengeschickt, damit dieser mit dem gebührenden Anstand und in aller Demut den Vorschlag unterbreitete, der Prinz möge doch erst nach dem Herzog einziehen, was die Wirkung seines Auftritts beträchtlich erhöhen würde. Allerdings war der Florentiner dank seiner bisherigen Erfahrungen mit Prinzen nicht all zu zuversichtlich, daß dieses Ansinnen Gehör finden würde. Hohe Herren mit Sinn für dramatische Wirkung waren rar. Die meisten glaubten, ihr bloßes Erscheinen würde ausreichen, damit alle vor Ehrfurcht erstarrten. Außerdem war der Florentiner gezwungen gewesen, eine äußerst hübsche Darstellung vom Tode Absaloms zu streichen, nachdem zu Anfang der Woche bekannt geworden war, daß Prinz Livio seinen Sohn verloren hatte. Statt dessen hatte er nun den Kampf zwischen dem Erzengel Michael und dem Teufel, der bei den Leuten immer sehr beliebt war, ins Programm genommen. Die Schauspieltruppe der Zwerge erwies sich als unverzichtbar. Sie bestand nicht nur aus erfahrenen Mimen, sondern verfügte auch über eine große Menge an Hörnern, Schwänzen, Masken und Mistgabeln. Doch wie immer kam es zu Streitereien. Der Darsteller des Erzengels Michael äußerte Bedenken, ob die Zwerge sich für die Rolle als Teufel eigneten, und beklagte ihren täppischen Umgang mit den Mistgabeln.

Der Florentiner war sich über die theologische Feinheit im klaren, daß die aufständischen Engel, die den Erzengel bekämpfen, eigentlich zu Anfang auch noch wie Engel aussehen und sich erst nach ihrer Verbannung in die Hölle in Teufel verwandeln mußten. Doch schließlich dienten solche Vorführungen der Unterhaltung von Menschen, deren Sinn für theologische Feinheiten bei weitem schwächer entwickelt war als ihre Liebe zum Spektakel – eine Erkenntnis, die den Zwergen in Fleisch und Blut übergegangen war. Auch der Prinz würde sicherlich keinen Einspruch erheben; schließlich sollte man Aufständische nicht als Engel darstellen. Im übrigen fand ein guter Kampf immer den Beifall der Zuschauer. Damit auch die Schaulust der Braut befriedigt wurde, hatte der Florentiner einen von Panthern gezogenen Wagen vorbereitet, auf dem Bacchus und

Ariadne saßen. Die Panther waren in Wirklichkeit Jagdgeparden, die der Kardinal ihm vor seiner Abreise nach Rom leihweise überlassen hatte. Und da man diesen zarten, reizbaren Geschöpfen selbstverständlich keine Arbeit zumuten konnte, wurde der Wagen von einer Horde Satyrn geschoben. Die Girlanden, mit denen die Geparden scheinbar vor den Wagen gespannt waren, wurden von Wärtern mit festen Griff gehalten, damit die Tiere auch nicht davonliefen. Allerdings hatten die Geparden bei den Proben eher die Neigung an den Tag gelegt, sich mit hochmütiger Miene auf ihre Hinterläufe zu kauern. Man hatte dem Florentiner versichert, daß sie laufen konnten wie der Wind, und er hoffte nur, daß die Tiere erst dann Lust verspüren würden, sich dieser Behauptung würdig zu erweisen, wenn Prinz Livio und die Braut schon weit genug entfernt waren.

Am Ende aber lächelte Fortuna dem Florentiner und schwebte, den Kranz in der Hand, vom Triumphbogen herab. Das war weniger seinen Schmeicheleien als den Allegorien von Ruhm, Hoffnung, Kühnheit und Reue zu verdanken, die weiter unten auf sorgfältig aufgebauten Podesten plaziert waren. Jede von ihnen war sehr besorgt wegen Fortunas Höhenangst, was sogar soweit ging, daß sie sich erboten, in Windeseile ihre Rede auswendig zu lernen und ihren Platz einzunehmen. Der Florentiner eilte nun die Strecke entlang, auf der die Hochzeitsgesellschaft entlangziehen sollte und die von den Wachen des Bischofs und des Kardinals abgesperrt wurde; denn er mußte sich vergewissern, wie es um Bacchus stand. Offenbar in dem Bemühen, seiner Rolle gerecht zu werden, hatte sich der Gott des Weines in der vergangenen Nacht sinnlos betrunken. Er war ein hochgewachsener, magerer Jüngling, der unter seinem Gewand aus Leopardenhaut, in dem er den Geparden erstaunlich ähnelte, beinahe zusammenbrach. Als der Florentiner ihn erreichte, vernahm er an den Jubelrufen, die vom Nordtor erschollen, daß der Herzog eingetroffen war.

Ein hochgewachsener Mann in Schwarz, der den Wachen der Stadt bekannt war, befand sich ebenfalls auf dem Weg zum Nordtor. Als der Jubel verstummt war und Fortuna ihren eintönigen Sermon anstimmte, versperrten die Wachen des Herzogs Sigismondo den Weg. Dann allerdings geschah etwas, wodurch sich ihre Haltung änderte. Der Herzog, der so unbeteiligt und hochmütig aussah wie die Geparden, hörte mit halbem Ohr der Rede zu und ließ gleichzeitig seine Blicke abschätzend über die Gebäude der Stadt wandern, wobei er Überlegungen zur künftigen Besteuerung ihrer Bürger anstellte. Die Ablenkung war ihm durchaus willkommen.

»Wer ist das?«

Sein Hauptmann ritt heran und verbeugte sich ehrerbietig.

»Euer Gnaden, es ist ein Bote des Herzogs von Rocca. Er sagt, es sei dringend.«

Sigismondo hielt eine Schriftrolle empor, an der das schwere Siegel von Rocca baumelte.

29. Kapitel
Fürchterlicher Ärger

Eine halbe Stunde zuvor war der große Platz in Colleverde noch nicht so dicht bevölkert gewesen, daß man sich bei jedem Schritt auf die Füße trat. Die Menschen eilten hin und her, unterhielten sich und kauften an Buden ein, die nicht nur Speisen, sondern auch Tonfigürchen der heiligen Bernadina, Siegel mit dem Abbild Colleverdes und Heiligenbilder feilboten. Ein geschäftstüchtiger Händler machte großen Umsatz mit Wachsklümpchen, welche wie er hoch und heilig schwor, von Kerzen stamm-

ten, die vor dem wundertätigen Bild der Heiligen gebrannt hätten. Ein Nebenbuhler hatte angefangen, seidene Fäden zu veräußern, die an einem Stoff aus schwarzer Seide befestigt waren. Er behauptete, es handle sich um Fäden aus der Flagge, die hinter dem Bild der Heiligen hing. Die Käufer achteten nicht auf die Spötter, die meinten, das einzige Wunder bestehe darin, daß es gelungen sei, sich dieser Gegenstände unter der Nase der Priester zu bemächtigen.
Diese Spötter gehörten natürlich auch nicht zur Kundschaft des Wahrsagers, der unter den Arkaden seitlich des Platzes seinen Stand aufgebaut hatte. Heute lockte er noch mehr Menschen als am Vortag an, weil nun ein blinder Mann bei ihm die Karten zog. Und hier hatte Sigismondo sie entdeckt: Angelo in seinem zweifarbigen Wams, auf dem goldblonden Haar eine leicht abgewetzte blaue Samtkappe, deren Zipfel ihm wie der Arm einer Geliebten über der Schulter lag; und neben ihm, in sackleinenem Gewand und mit ausgebleichtem Strohhut, Graf Mirandola, der das edle Antlitz wie die meisten Blinden leicht nach oben wandte. Die Menschen sahen aufmerksam zu, wie er die Karten vom Stoß nahm. Angelo warf Sigismondo, der sich hinter eine magere Frau mit einem Pilgerstab stellte, einen kurzen Blick zu. »Gerade noch rechtzeitig, edler Herr; Ihr seid gerade noch rechtzeitig gekommen, um Euch die Karten lesen zu lassen.« Angelo nahm von einem älteren Mann, der soeben seine Zukunft erfahren hatte, die Münzen entgegen und ließ sie verschwinden, während sein Blick über die Menge schweifte. »Unter vier Augen, meine Herren? Aber das lasse ich mir in Gold bezahlen.«
Diese Bemerkung verriet, daß Angelo etwas höchst Bedeutsames in Erfahrung gebracht haben mußte. Also zog Sigismondo eine Münze aus dem gewünschten Metall hervor und wurde unter dem überraschten Tuscheln der Menge hinter einen zerlumpten, mit Sternen bemalten Vorhang gezogen, der mit einem

Seil an zwei Stangen und einem wackeligen Haken an der Rückwand der Arkade befestigt war.
Deswegen erblickte Benno, der, auf der Suche nach Prinzessin Minerva, nun schon zum drittenmal aus der Kathedrale kam, zufällig einen kahlrasierten Schädel – sein Herr bückte sich gerade, um aus Angelos Bude zu treten.
Benno stolperte an den Bettlern vorbei und wich den gefletschten Zähnen eines wütenden Köters aus, der wahrscheinlich Biondello unter seinem Wams riechen konnte. Hastig drängte er sich durch die Menschenmengen auf dem Platz, die mittlerweile dazu übergingen, sich auf beide Seiten der Straße, auf der der Zug entlangkommen würde, zu verteilen. Allerdings war man sich nicht einig, wo die besten Sichtverhältnisse herrschten.
Die Leute schoben einander rücksichtslos in verschiedene Richtungen, wobei sie meistens Benno in die Quere kamen. Ein hochgewachsener Mann in einem langen Umhang blieb plötzlich stehen, und Benno verfing sich in den Falten des Kleidungsstücks. Ein langer starker Arm befreite ihn und drehte ihn herum, so daß er direkt in Sigismondos Gesicht blickte.
»Wie ich sehe, hast du kein Glück gehabt, mein armer Benno. Dafür aber ich.« Und die kräftige Hand an seinem Hinterkopf schob ihn durch eine Menschengruppe, die ihnen entgegenwogte und sich bei Sigismondos Anblick wie durch Zauberhand teilte. »Hier hinein.«
»Hier« war ein Ort, der sofort von einer entrüsteten Katze freigegeben wurde; nicht jedoch, ehe sie einen deutlichen Hinweis hinterlassen hatte, daß sie diesen Ort als ihr Hoheitsgebiet beanspruchte; doch Benno war ja, was Gerüche anging, völlig unempfindlich. Erwartungsvoll blickte er zu seinem Herrn auf.
»Wo habt Ihr sie untergebracht?«
»Von der vermißten Prinzessin keine Spur, Benno. Aber wir

müssen davon ausgehen, daß wir sie bald zu Gesicht bekommen werden.«
»Wißt Ihr also, wo sie ist?«
»Der Prinz bringt sie hierher, um sie zu verheiraten; zumindest behauptet er das.«
Bennos Mundwinkel sanken herab. »Meint Ihr, er hat sie gefunden? Als es hieß, daß die Hochzeitsgesellschaft auf dem Weg hierher ist, dachte ich …«
»Wir wissen nicht, ob er sie gefunden hat.« Sigismondos Augen suchten immer noch die Menge ab. »Vielleicht hält er sie für tot. Wenn er noch nichts über mich und den Brief an die Prinzessin erfahren hat, vermutet er vielleicht, daß ein schutzloses Mädchen, das einfach wegläuft …« Sigismondo machte sich nicht die Mühe, diesen Satz zu beenden, und Benno dachte an die Wölfe in den Hügeln vor Nemora, denen Herzog Grifone so großzügig den geblendeten Grafen Mirandola überlassen hatte.
»Aber wenn er sie für tot hält, wen bringt er dann als Braut mit? Glaubt er, man weiß hier nicht, wie sie aussieht? Vor einer Hochzeit wird doch immer ein Portrait geschickt – damit der Bräutigam auch weiß, was ihn erwartet.
Wenn er jetzt einfach jemanden anderen mitbringt … dann wird es doch bestimmt fürchterlichen Ärger geben.«
»Ich glaube, man hat es auf fürchterlichen Ärger abgesehen. Angelo hat mir von einem Arzt erzählt, der wissen wollte, was die Karten ihm für heute voraussagen. Der Arzt hat nämlich Geister gesehen. Nicht die seiner Kranken, denn gestern war er noch kein Arzt.«
»Kein Arzt … Aber so etwas lernt man doch nicht über Nacht.«
»Kommt darauf an, Benno, ob man einen Doktorhut und das entsprechende Gewand in die Finger bekommt. Angelo hat ihn und seine beiden Spießgesellen beschrieben – einer war sehr auffällig, er hatte ein blaues Gesicht, was er einem Unfall mit

Schießpulver verdanken dürfte. Und die Geister, die sie gesehen haben, spukten, soviel ich weiß, in Fontecasta.«
Benno setzte sich fast auf ein Schwein, das die Schnauze zwischen seine Knöchel gesteckt hatte, um eine auf der Vortreppe liegengebliebene Rübe zu verzehren.
»Fontecasta!«
»Gestern, bevor er Arzt wurde, hat der Mann Angelo nach den Erfolgsaussichten eines gefährlichen Unternehmens befragt. Ein Sterndeuter hatte ihm nämlich geweissagt, dieses Unternehmen würde nur glücken, wenn alle Schulden bezahlt seien. Heute sagte er, die Schulden seien bezahlt, doch es habe böse Omen gegeben. Ob die Unternehmung trotzdem glücken würde?«
»Aber wenn er wirklich in Fontecasta war, warum hat er dann das Grab geöffnet? Wollte er Leichenteile stehlen, um sie zu Zaubertränken zu verarbeiten, wie Bianca meinte?« Benno blickte Sigismondo verwirrt an. »Oder glaubt ihr, jemand wollte sich vergewissern, daß der blinde Graf tatsächlich tot ist? Etwa der Kardinal ...«
In diesem Augenblick sah sich Benno dazu gezwungen, einen zappelnden Biondello aus seinem Hemd zu jagen, der unbedingt einen Beitrag zu den Gerüchen im Hauseingang leisten mußte. Beide Männer sahen ihm schweigend zu, während Benno nachdachte und dann fortfuhr: »Aber der Kardinal hatte doch keine Ahnung, daß der Graf im Landhaus derselbe war, den eigentlich die Wölfe hätten verspeisen sollen, richtig?«
»Außerdem war der Kardinal bereits tot, als das Grab geöffnet wurde. Aber Prinz Livio hat mittlerweile genügend Zeit gehabt, sämtliche Dienstboten seiner Gemahlin foltern zu lassen. Gestern war er in Colleverde. Ich habe ihn in der Kathedrale gesehen.«
Benno schlug die Hand vor den Mund und riß die Augen auf.

»Der *Prinz*! Wollt Ihr etwa sagen, der Prinz war in Fontecasta, um festzustellen ...?«

»Ob Graf Giraldi, der Liebhaber seiner Frau, tatsächlich tot ist. Denn von den Dienern dürfte er erfahren haben, daß seine Gemahlin weiterhin mehrmals im Jahr Geld und Botschaften nach Fontecasta geschickt hat. Und er wußte ja nichts von Graf Mirandola.«

»Er dachte also, daß Graf Giraldi ...« Benno unterbrach sich, da er Biondello daran hindern mußte, einem Kind zu folgen, das ein Stück Salami gefährlich dicht in Bodennähe trug. Als er sich wieder aufrichtete, stellte er fest, daß die Aufmerksamkeit seines Herrn abgelenkt worden war. Selbst durch das aufgeregte Gemurmel der Menge, das zuweilen von Rufen übertönt wurde, konnte man den Tumult auf den Stufen der Kathedrale deutlich vernehmen.

Dort rauften zwei Knaben, wobei der eine sich auch noch einer alten Frau erwehren mußte, die auf seinen Rücken eintrommelte und so kräftig nach seinen Beinen trat, wie ihre Röcke es ihr gestatteten. Ein Wächter des Bischofs, der die breiten Treppen für das Gefolge des Herzogs freimachen sollte, wollte einschreiten, doch ein Stoß der alten Frau kostete ihn zu seiner Verlegenheit das Gleichgewicht, so daß er auf dem Sammelteller eines Bettlers landete. Die Alte kreischte unverständliche Worte, während sie auf den einen Knaben eindrosch, und erschrocken erkannte Benno alle drei.

Sigismondo bahnte sich bereits einen Weg durch die Menge, obwohl es eigentlich gar kein Durchkommen mehr gab. Doch bei Sigismondos Anblick behielten die Leute ihre Unmutsäußerungen lieber für sich. Dafür bekam Benno, der seinem Herrn auf den Fersen folgte, einige Knüffe und Püffe ab. Nachdem Sigismondo die Kirchentreppe erreicht hatte, stieg er über den Bettler hinweg, der nach seinem Schritt griff, stieß einige weitere Bettler, die ihrem Gefährten zur Hilfe eilen wollten, beiseite,

packte beide Knaben an den Schultern und trennte sie. Die alte Frau schlug inzwischen unter dem Jubel der Menge auf den Wächter ein, der zwar sein Gleichgewicht, nicht aber seine Würde wiedererlangt hatte und versuchte, sie festzunehmen.
»Er hat meine Kleider an! Das sind meine Kleider!« Der Knabe zappelte in Sigismondos Griff; vor Wut war er puterrot im Gesicht, und überdies blutete er kräftig aus der Nase. Benno versteckte sich mit der Geschicklichkeit, die ihn bis jetzt noch nie im Stich gelassen hatte, hinter dem Priester, der von dem ungehörigen Radau angelockt worden war. Der Knabe war um die Freude betrogen worden, Benno hängen zu sehen, und Benno war sich – auch wenn ihn die Heilige in aller Öffentlichkeit begnadigt hatte – darüber im klaren, daß Hinrichtungen in der Volksgunst ebenso hoch standen wie Wunder und zudem noch um einiges leichter ins Werk zu setzen waren. Seiner Einschätzung nach war es besser, niemanden daran zu erinnern, daß er noch lebte.
Erleichtert betrachtete er die Prinzessin Minerva. Ihr Haar war unter einer Kappe verborgen, die Wollstickerei an ihrem Kittel mit dem Blut des Knaben bespritzt und der Kragen ihres Hemdes fast abgerissen; aber sie hatte gesiegt. Für jemanden, der es nicht gewohnt ist, sich die Hände mit Bauernlümmeln schmutzig zu machen, war das ein ausgezeichneter Anfang gewesen.
»He, das ist aber kein Benehmen!« wandte sich Sigismondo an besagten Bauernlümmel. »Ich habe dir für diese Kleider gutes Geld gegeben. Schon vergessen?« Er schüttelte den Knaben leicht, daß das Blut in alle Richtungen spritzte. »Und ohne Zweifel hat dieser Bursche hier ebenfalls gutes Geld für die Kleider bezahlt. Nenne niemanden einen Dieb, ehe du nicht die Wahrheit kennst.« Dann wandte er sich Minerva zu. »Du, junger Mann, kommst mit mir. Ich gebe dir einen Becher Wein aus. Der Herzog muß drei Triumphbögen, die Fahrt in einem Prunk-

wagen und sechs Ansprachen hinter sich bringen, ehe er die Kathedrale erreicht. Komm.«

Der Junge, der sich mit finsterem Gesicht trollte, streckte Minerva die Zunge heraus, schmeckte sein eigenes Blut und zog sie rasch wieder ein. Die Nase hoch erhoben und mit aristokratischer Verachtung über den Zustand ihrer Kleider hinwegblikkend, schritt Minerva an ihrem Widersacher vorbei. Sie hatte Sigismondo ein strahlendes Lächeln geschenkt, wahrscheinlich hätte sie ihm am liebsten die Hand zum Kuß gereicht. Benno erkannte, wie erleichtert sie war. Es war kein Vergnügen, sich allein in einer unbekannten Stadt herumzutreiben, obwohl sie offenbar Sybilla gefunden hatte. Mittlerweile hatte der Wächter sein Vorhaben, die Alte zu verhaften, aufgegeben. Er begab sich wieder auf seinen Posten, wobei er ein Kreuzzeichen gegen den bösen Blick beschrieb.

Die Menschenmenge hatte dieses Schauspiel sehr genossen. Alle bedauerten, daß die Darsteller sich nun offenbar aus dem Staub machen wollten, doch dann sahen sie noch zu ihrem Vergnügen, wie der hochgewachsene Mann, der eine Hand auf der Schulter des geretteten Knaben liegen hatte, mit der anderen einem Mädchen auf einem blumenbewachsenen Balkon im Haus neben der Kathedrale zuwinkte. Einige Bewohner Colleverdes erklärten den Fremden neben ihnen, daß dieses Haus, obwohl man es nicht gerade als Bordell bezeichnen konnte, doch jenen Zutritt gewährte, die die Taschen voller Geld hatten. Das Mädchen sei als das hübscheste in der ganzen Stadt bekannt. Sie winkte zurück. Ganz sicher kannte sie der Mann, auch wenn er ein verkleideter Kartäusermönch sein mochte; zumindest würde er sie bald kennenlernen. Auf jeden Fall führte er den Knaben in Versuchung. Die beiden bogen, gefolgt von der alten Frau, einem verwirrten Tölpel und einem einohrigen Hund, in die Gasse neben der Kathedrale ein und verschwanden durch einen Torbogen im Hof. Derbe Ratschläge wurden dem

Knaben nachgeschrien, doch niemand hielt es für notwendig, auch den Mann zu beraten.
Minerva war wirklich erleichtert, Sigismondo zu sehen, Heldentum war eine einsame Angelegenheit, wenn man ganz auf sich gestellt war. Vor etwa einer Stunde war sie, die lahme Mähre am Zügel, hinkend in der Stadt eingetroffen. Die Frage, was sie mit dem Tier anfangen sollte, hatte sich bald gelöst, da sie einen Mann beobachtet hatte, der im Hof einer Herberge Anweisungen zur Pflege seines Pferdes erteilte. Zunächst war der Wirt beim Anblick der bäuerlich gekleideten Minerva nicht sonderlich beeindruckt gewesen, doch als sie den Mund auftat, änderte sich sein Verhalten. Sie sprach wie eine Edelfrau, und die Befehle flossen ihr mühelos von den Lippen. Eine Goldmünze räumte alle weiteren Bedenken aus.
Dieser Sorge ledig, war Minerva durch die Straßen gewandert und hatte sich von der allgemeinen fröhlichen Stimmung anstekken lassen. Zum erstenmal verspürte sie Aufregung anstelle von Angst. Überall wimmelte es von Menschen, doch keiner beachtete sie. Sie war es gewöhnt, daß alle Blicke auf ihr ruhten und sich ständig eine Horde Diener um sie scharte, deren einzige Aufgabe darin bestand, für ihr Wohlergehen zu sorgen; und so empfand sie diese Gleichgültigkeit als beruhigend. In einer solchen Menschenmenge würde ihr Vater – Prinz Livio – sie niemals finden. Der gräßliche Tod ihres Bruders kam ihr mittlerweile vor wie ein Traum und vermischte sich mit dem Ansturm neuer Eindrücke, denen sie in den letzten Tagen ausgesetzt gewesen war. Inzwischen konnte sie sogar wieder daran denken, wie ihr Bruder sie oft grausam verhöhnt, ihre Schoßhündchen gequält und sie am Haar gezogen hatte, bis sie schrie. Immer wieder hatte er ihr triumphierend vorgehalten, daß er, der eine Viertelstunde jünger war, einfach nur dank seines Geschlechts einmal den Thron von Montenero erben würde. Er hatte dafür gesorgt, daß ihr liebster alter Kammerdiener fortge-

schickt wurde, und ihr gedroht, sie ins Kloster zu stecken, wenn er seinem Vater auf den Thron folgte …

Ihr Vater? Morgen hätte er sie nach Colleverde gebracht, und sie wäre mit ihrem Bruder an der Spitze eines gewaltigen Gefolges samt Mitgift hierher zu den Hochzeitsfeierlichkeiten geritten. Wen würde Graf Astorre nun heiraten? Und was würde aus ihr werden?

Sie mußte unbedingt die Kathedrale finden. Graf Mirandola hatte darauf bestanden, daß sie Geld einsteckte – »Vergeßt nicht, daß es von Euerer Mutter stammt« – , und sie wollte für ihre Mutter und für ihren armen Bruder Messen lesen lassen. Auch für die Sicherheit von Graf Mirandola wollte sie beten. Jeder Augenblick, den sie in seiner Gegenwart zubrachte, ließ in ihr das Gefühl wachsen, daß sie endlich einen Vater gefunden hatte.

Die Straßen schienen alle zur Kathedrale zu führen. Minerva sah ihre Türme in der Sonne funkeln. Dann schlug dröhnend die große Turmuhr. Ihr war, als hätte jemand neben ihr von der Hochzeit gesprochen. Wie enttäuschend mußte es für die Leute sein, daß sie nun nicht stattfand! Sie betrat die dämmrige, von Kerzen erleuchtete Kathedrale und wurde sofort getadelt, weil sie die Kappe nicht abgenommen hatten.

Es blieb nur zu hoffen, daß niemand sie ohne ihre Kopfbedekkung erkannte. Doch anscheinend waren alle beschäftigt, und es dauerte eine Zeitlang, bis sie einen Priester fand, der Zeit hatte, sich ihr zu widmen. Zwar war die Seitenkapelle klein und staubig, doch die Messe, für die sie eine erstaunliche Summe Geld bezahlte, hatte sie getröstet. Dann hatte sie in einer dunklen Ecke zur Heiligen gebetet. Einige alte Frauen in der vordersten Reihe flehten um ein weiteres Wunder – offenbar hatte gestern bereits eines stattgefunden. Minerva richtete den Blick auf das Bild der Heiligen. Wie sehnte sie sich nach einem Zeichen, daß die Sünden ihrer Mutter vergeben waren und daß

sie und ihr Vater – Graf Mirandola – nicht mehr in Gefahr schwebten!
Als sie Sigismondo erblickte, schöpfte sie neue Zuversicht, daß sich schließlich doch alles zum Guten wenden würde. Während sie in einem unbekannten Haus die Treppen hinaufstiegen, erzählte sie ihm, daß ihr letzte Nacht im Landhaus Prinz Livio erschienen sei. Zu ihrer Überraschung stellte sie fest, wie angenehm es war, nicht mehr die Verantwortung tragen zu müssen und sich von geheimnisvollen Ereignissen mitreißen zu lassen. Zum Beispiel dieser Aufstieg über eine steile Treppe, an deren Ende sie ein außergewöhnlich hübsches Mädchen in einem tief ausgeschnittenen, orangefarbenen Samtkleid erwartete.
»Polissena«, stellte Sigismondo Minerva das Mädchen vor. »Sie wird sich um Euch kümmern.« Als Minerva in das merkwürdige, prunkvoll ausgestattete Gemach voranging, hörte sie ihn flüstern und blickte sich um. Der kahlrasierte Kopf hatte sich tief zu Polissenas goldener Lockenmähne hinabgebeugt. Er lachte beim Sprechen, und Polissena blickte Minerva prüfend an, während sie antwortete. Er gab ihr Geld. Minerva verstand die Worte: »Vergiß nicht, dein bestes.« Dann wandte er sich Minerva zu. »Mit Euerer Erlaubnis muß ich jetzt fort. Ich komme innerhalb einer Stunde zurück.«
Noch ehe sie widersprechen oder eine Erklärung hätte fordern können, war er verschwunden. Nun war sie mit Polissena allein – und mit Sybilla, die sich mitten im Zimmer im Kreise drehte, um alles in Augenschein zu nehmen. Dabei murmelte sie etwas, das wie po-po-po klang; ihr Gesichtsausdruck verriet nicht, was in ihr vorging. Polissena näherte sich Minerva, machte einen Knicks und nahm ihr die schäbige Kappe ab. Die schwarze Dienerin, die mit verschränkten Armen abwartend dastand, stieß einen bewundernden Ruf aus. Polissena berührte die goldenen Locken.

»Perlen! Ich finde, Perlen und silberne Tüllblumen. Bianca, mein Silberbrokatkleid!«

Am Quietschen der Winde, die die letzten Worte der Fortuna untermalten, erkannte Herzog Grifone, daß er der Empfänger des Lorbeerkranzes war, dessen Zittern in der Hand des Mädchens ihre Aufregung verriet. Das Ding würde auf seinen Hut gesetzt werden und den Rubin verdecken, für den er die Steuereinnahmen einer ganzen Stadt bezahlt hatte. Allerdings wollte er den Hut auf keinen Fall abnehmen, denn es ziemte einem Herzog nicht, sich in aller Öffentlichkeit barhäuptig zu zeigen. Außerdem hatte er den Rubin doch erworben, um damit das Volk in Staunen zu versetzen. Er lächelte huldvoll und ging im Kopf noch einmal seine kleine lateinische Dankesrede durch. Er war beunruhigt. Jemand in der Stadt hegte solchen Haß gegen ihn, daß er seinen Ratgeber verbrannte, und nun stand dieser kahlrasierte Bote aus Rocca neben seinem Pferd und brachte ihm eine noch schlimmere Hiobsbotschaft. Konnte man diesem Mann vertrauen? Grifone hatte kein Abkommen mit Ludovico di Rocca, aber schließlich war Astorre im Begriff, dessen Nichte zu ehelichen.
Die Seilwinde erfüllte ihre Aufgabe vorbildlich. Fortuna schwebte auf ihrer girlandenbesetzten Wolke zum Herzog hinab und setzte ihm erfolgreich den Kranz auf das Haupt, ohne ihm den Hut über die Augen zu schieben, den Rubin zu verdecken oder zu stürzen und ihn vom Pferd zu reißen. Gut eingeübt, dachte er. Eine Trompete erscholl zu früh und unterbrach ihn bei seiner Dankesrede. Dann bewegte sich das ganze Gefolge langsam weiter auf den Bischof zu (der unruhig von einem Fuß auf den anderen trat, während er darauf wartete, seinen Herrn und Gebieter zu segnen). Danach folgten der Bürgermeister von Colleverde, der die Schlüssel der Stadt auf einem blausamtenen Kissen trug, und die Honoratioren. Der kahlrasierte Mann stand

nicht länger neben dem Herzog; er war in der Menge verschwunden, ehe der Herzog Zeit gefunden hatte, den Brief mit dem baumelnden Siegel von Rocca zu lesen, das dem Fremden überhaupt erst die durchlauchtigste Aufmerksamkeit gesichert hatte.
Beim Weiterreiten hob der Herzog das Schreiben an die Augen. Falls Ludovico die Warnung seines Boten wiederholte …
An meine geliebte Schwester Oralia, las er.

30. Kapitel
»Vater«

Einer der Gründe, warum der eigentliche Hochzeitszug für Sonntag und nicht für Samstag angesetzt gewesen war, lag darin, daß man beiden Herrschern die gleiche Aufmerksamkeit zuteil werden lassen wollte. Allerdings hatte Prinz Livios Astrologe in dem Versuch, den Einfluß eines schlechten Sterns abzuwenden, der – wie es hieß – den Tod der Gemahlin und des Sohnes verursacht hatte, alle Vorbereitungen für den Einzug seines Herrn durcheinandergebracht. Er verkündete, man müsse alles einen Tag vorverlegen, um dem Stern zuvorzukommen und somit Unheil zu verhindern.
Also sollte der Einzug von Prinz Livio durch das Osttor dem Herzog Grifones durch das Nordtor folgen; doch der Prinz würde, so hatten es beide Seiten beschlossen, mit weniger als den ursprünglich geplanten Ehrungen vorliebnehmen müssen. Die Entscheidung, entweder einen ausländischen Prinzen oder ihren Herzog zu erfreuen, der immerhin die Steuern festsetzte, war den Bewohnern Colleverdes nicht schwer gefallen; deshalb

hatte man dem florentinischen Zeremonienmeister entsprechend eindeutige Anweisungen erteilt. Wie Sigismondo gesagt hatte, mußte der Herzog erst drei Triumphbögen, eine Fahrt im Prunkwagen und sechs Reden hinter sich bringen, ehe er den Palast des Bischofs erreichte. Prinz Livio und die Braut hingegen würden mit nur einem Triumphbogen, dem Wagen des Bacchus, dem Kampf des Erzengels Michael mit den Teufeln und lediglich einer Rede vorliebnehmen müssen, letztere nicht einmal in Latein. Hätte der Prinz sich an seinen Zeitplan gehalten, wären mehr Redner, einige Grazien und auch Fortuna selbst zur Verfügung gestanden. Allerdings würden die Gäste aus Montenero beim Hochzeitsschmaus am selben Abend entschädigt werden; dort würden die Planeten auftreten, um das Brautpaar von einem Wunderwerk der Mechanik – das sich hoffentlich drehen würde – aus zu segnen.

Selbstverständlich würde das Volk nichts von alledem zu sehen bekommen, aber die Leute beklagten sich nicht. Sie zehrten immer noch von der Aufregung darüber, daß der Teufel nach Colleverde gekommen war, um den Kardinal zu verbrennen, weil dieser die heiligen Reliquien in die Stadt gebracht hatte; und überdies hatte ja am Vortag auch noch ein Wunder stattgefunden. Das allein würde schon genug Stoff für Gespräche und Gerüchte vieler Jahre abgeben, und es bestand immer noch die Aussicht, daß vor dem Abend erneut etwas Ungewöhnliches geschehen würde. Und die Leute sollten nicht enttäuscht werden.

Allerdings herrschte große Enttäuschung darüber, daß die Braut so dicht verschleiert war. Die Frauen unter den Zuschauern sahen ihr das nach, denn schließlich war sie ja in Trauer. Zudem schickte es sich, daß eine Braut vor der Trauung einen Schleier trug – wenn auch nicht so dicht, daß man ihre Züge nicht einmal mehr erahnen konnte.

Es blieb nur zu hoffen, daß sie nicht ihrem Vater ähnlich sah.

Prinz Livios Antlitz hingegen war unter dem schwarzen, mit Gold verzierten Samthut, der einen guten Mittelweg zwischen Trauer und Festlichkeit darstellte, gut sichtbar und wurde neugierig gemustert. Da die Tatsachen in der Gerüchteküche noch ausgeschmückt worden waren, hieß es nun, er habe in einem Tobsuchtsanfall seine Gattin auf dem Totenbett hingeschlachtet. Anschließend hätten ihm Schuldgefühle vollends den Verstand geraubt, und er habe jeden niedergestreckt, der sich ihm in den Weg stellte. Sogar eine Ballade war verfaßt worden, die sich in bewegten Worten mit der Angelegenheit befaßte. Jedoch hielt man es nicht für taktvoll und zudem für gefährlich, sie auf der Straße zu singen, solange der Prinz in der Stadt weilte.
Nach allgemeiner Auffassung sah der Prinz haargenau wie ein Mensch aus, dem eine solche Schandtat zuzutrauen war. Sein gepeinigter Blick verfehlte seine Wirkung nicht. Manche verliehen der Meinung Ausdruck, er sei verrückt geworden, und sie beteten zu Gott, diese Eigenschaft möge sich nicht auf seine Tochter übertragen haben, um nun das Blut ihres Herrscherhauses zu vergiften. Außerdem hieß es, der Prinz fürchte so sehr um seine Gesundheit, daß er seinen Arzt, bekleidet mit Kappe und pelzbesetztem Gewand, mitgebracht habe, der nun neben dem Pferd des Prinzen herschritt und hin und wieder einen Blick nach oben warf, als wolle er sich vom Wohlbefinden seines Herrn überzeugen. Es wurde getuschelt, der Prinz könne jeden Augenblick einen Anfall erleiden, und während die meisten voller Spannung darauf warteten, waren jene in der ersten Reihe erleichtert über die Wachen des Bischofs mit ihren Piken, die den Pfad säumten.
Wie es sich schickte, sollte der Herzog, geleitet vom Bischof, zuerst vor dessen Palast eintreffen, wo er und sein Sohn die Braut und ihren Vater begrüßen würden.
Nach drei Triumphbögen, einer Fahrt im Prunkwagen und sechs Reden traf der Herzog dort ein. Er trug immer noch den

Lorbeerkranz auf dem Kopf und wirkte bemerkenswert frisch. Beobachter schlossen daraus, daß er sich gut erholt haben mußte, falls er wirklich schwer krank gewesen sein sollte. Er nahm den Jubel mit huldvoll erhobener Hand entgegen und eilte in einer Geschwindigkeit die Stufen hinauf, die allgemein Aufsehen erregte. Einige Klatschmäuler meinten, man müsse glauben, nicht sein Sohn, sondern er sei der Bräutigam. Man befand, daß ihm der Lorbeerkranz gut zu Gesicht stand, und im Laufe der Gespräche wurde der Rubin größer und größer. Graf Astorres Anblick riß die Frauen zu wahren Begeisterungsstürmen hin. Die Prinzessin aus Montenero konnte sich wirklich glücklich schätzen! Dann machten es sich die Zuschauer bequem, um die Ankunft von Prinz Livio zu erwarten.
Dem Prinzen war anzusehen, daß er die Mühe, die man sich seinetwegen gegeben hatte, nicht zu schätzen wußte. Als die Menge dem jungen Mann, der den Bacchus darstellte, laut Beifall klatschte, hatte sich dieser aus der Kutsche gelehnt, um der Braut eine mit goldenem Band verschnürte Weintraube anzubieten. Doch der Prinz hatte sie ihm entrissen und sie seiner Tochter so grob in den Schoß geworfen, daß es ihr fast den Atem raubte. Die Trauben bestanden so früh im Jahr, aus venezianischem Glas, und waren wie alles, was aus Venedig kam, sehr teuer. Glücklicherweise waren sie nicht zerbrochen, denn das wäre wirklich ein schlechtes Omen gewesen. Die Prinzessin mühte sich verzweifelt, im Wind, der über den Platz wehte, ihre Schleier festzuhalten. Die Darbietungen schienen sie nicht zu kümmern, denn sie hielt den Kopf gesenkt. Die Geparden waren trotz des Beifalls der Rufe und der heftigen Bewegung des Prinzen völlig teilnahmslos geblieben.
Die Menge, bereits erbost über Prinz Livio herablassende Haltung, ärgerte sich noch mehr, als er den Wagen erreichte, auf dem der heilige Michael seinen Kampf mit den Teufeln ausfechten sollte. Nach einem kurzen Blick ritt er weiter und zwang

damit sein Gefolge und den ganzen Zug, es ihm gleichzutun. Einige Zuschauer wagten, ihn auf die Darbietung aufmerksam zu machen, doch er antwortete mit etwas, das sich wie ein Fluch anhörte, und funkelte sie so böse an, daß sie zurückwichen. Allen fiel auf, daß der Prinz von finster wirkenden Männern umringt war, und man munkelte, daß es sich um seine Wärter handelte.

Nach alledem konnten auch die Sänften mit dem Gepäck und die Lastesel mit den hübschen Schabracken, die die Mitgift der Prinzessin trugen, die Leute kaum versöhnlicher stimmen. Schließlich hatte man mit Hunderten von Packpferden, Gefolge, Trompeten, prächtigen Stoffen und brokatumhüllten Truhen gerechnet ...

Allerdings wurde das Schauspiel trotzdem aufgeführt, sobald die Prozession vorbeigezogen war; die Geldgeber waren zwar enttäuscht, aber schließlich wollten sie ihre Mittel nicht umsonst aufgewendet haben, und so kamen doch noch alle auf ihre Kosten.

Im Palast des Bischofs wurden inzwischen weitere Vorbereitungen getroffen. Rasch und in herrischem Ton gab der Herzog seine Anweisungen; eine davon lautete, den hochgewachsenen, kahlrasierten Mann in Schwarz ausfindig zu machen. Doch das gelang niemandem, da keiner auf den Gedanken kam, in dem Raum gleich neben dem Audienzgemach nachzusehen, den die Prinzessin gerade herrichten ließ, da dort der Ehevertrag unterzeichnet werden sollte. In diesem Zimmer wurden geschnitzte Stühle für den Herzog, den Prinzen, den Bischof und das Brautpaar auf einem Podest vor dem besten Wandteppich des Bischofs aufgereiht (er stammte aus Flandern und stellte dar, wie Elias den Raben zum Fraß vorgeworfen wird). Entlang der Wände standen Wachen des Bischofs. Auf der Treppe hatten Männer der Kardinalswache Posten bezogen. Sie hatten dem Magistrat gegenüber darauf beharrt, ihr verstorbener Herr, der die Trauung selbstverständlich vollzogen hätte, habe sie hierherbefohlen, und davon könne auch seine bedauerliche Abwesenheit nichts ändern. Anfangs hatte sich der Magistrat darüber ereifert, doch er war es gewohnt, daß man sich über seinen Willen hinwegsetzte. Außerdem verlieh das Gesicht des Hauptmanns der Kardinalswache, das hauptsächlich aus Narben bestand, seinen Worten besonderen Nachdruck.

Auf der einen Seite wies das Zimmer drei hohe Fenster auf, welche auf einen Balkon führten, von dem aus man den Platz überblicken konnte. Wenn der Ehevertrag unterzeichnet war, sollte das Brautpaar auf ihn hinaustreten und sich der Menge zeigen, ehe es die kleine überdachte Brücke zwischen dem Palast und der Kathedrale überquerte, um vor den Reliquien die Messe zu hören. An einem Tisch neben dem Fenster saßen die Advokaten, die mit ihren schwarzen Kappen und Roben sehr wichtig aussahen. Sie ordneten Papiere, stritten sich über deren richtige Reihenfolge und erörterten, wo das Siegel, das Wachs und die Heiratsurkunde ihren Platz haben sollten. Letztere war kunstvoll gestaltet und zeigte das Bild eines Paares, das sich bei den Händen hielt. Im Hintergrund waren ein antikes Gebäude, eine Frühlingslandschaft mit Feldern und Bäumen und allegorische Tiere zu sehen. Darunter hatte man auf goldgerahmten Schildern sorgfältig die Wappen von Nemora und Montenero aufgemalt. Es fehlten nur noch Siegel und Unterschriften.

Herzog Grifone hatte auf dem prächtigsten Stuhl auf einem eigenen Podest Platz genommen, das sich mitten auf der Bühne befand. Er sah sich aufmerksam um und stellte fest, daß auch für die Prinzessin Corio ein Stuhl bereitstand. Er hatte ihr bereits einen Brief zukommen lassen, in dem er ihr sein Beileid wegen des Todes ihres Bruders versicherte. Da sie wegen der Trauer den Feierlichkeiten nicht beiwohnen könne, werde er sie später im Palazzo Corio aufsuchen. Das war gleichzeitig ein Befehl und eine Ehre. Also ordnete er an, den Stuhl zu entfernen, nahm den

Lorbeerkranz ab und reichte ihn und auch den Hut, der abgebürstet werden mußte, einem Pagen. Dabei fragte er sich, wo wohl der Bote aus Rocca abgeblieben sein mochte.
Wäre er durchs Zimmer gegangen und hätte eines der hohen Fenster geöffnet und hinausgeblickt, hätte er ihn gesehen.
Nachdem der Herzog im Palast verschwunden war und Prinz Livio in den Genuß seines Triumphbogens und seiner Kutsche mit Bacchus gekommen war, geriet Bewegung in die Menge. Aus den Straßen, die von den Stadttoren herführten, strömten die Menschen nun auf den Platz, während die Wachen ihre Posten verließen. Als der Prinz vor dem Palast abstieg, der Braut aus der Sänfte half und sich mit väterlicher Fürsorge darum kümmerte, daß ihre Schleier und somit ihre Keuschheit keinen Schaden nahmen, hatten sich die meisten Schaulustigen bereits eingefunden. Zuerst richtete sich die allgemeine Aufmerksamkeit auf die Hand, die der Prinz ungeduldig nach dem hingehaltenen Arm des Arztes ausstreckte, da er offenbar nicht aus eigener Kraft die Stufen hinaufsteigen konnte, um dem Bischof entgegenzugehen. Seine Tochter wurde von zwei Hofdamen gestützt. Nachdem der Prinz im Inneren des Palastes verschwunden war, ohne einen Anfall zu erleiden, konnte die Menge ihre Aufmerksamkeit wieder auf andere Dinge richten.
Auf dem Balkon, wo der Sohn des Herzogs mit seiner Braut erscheinen würde, waren zwei Menschen zu sehen, von denen aber keiner wie ein Hochzeiter aussah. Beide waren in Schwarz gekleidet; der eine hatte einen kahlrasierten Schädel, der andere trug eine lederne Kapuze. Letzerer war schon seit geraumer Zeit auf einer Seite des Balkons gestanden. Man nahm allgemein an, daß es sich um einen Trompeter handelte, der darauf wartete, einen Tusch zu blasen. Allerdings mußte sich die Trompete zu seinen Füßen hinter der mit Fahnen verkleideten Brüstung befinden. Auf jeden Fall erklärte das, warum er sich den Menschen im Innern des Palastes nicht zeigte, andererseits aber

darauf achtete, daß ihm nichts was drinnen geschah, entging, da er sich ja bereithalten mußte. Das Erscheinen des kahlrasierten Mannes hatte er überhaupt nicht bemerkt, weil er aufmerksam durch ein Fenster spähte.

Auf einmal geschah etwas so Unerwartetes, und Seltsames, daß die Zuschauer sich zu den unterschiedlichsten Mutmaßungen veranlaßt sahen. Der Mann mit der Lederkapuze stolperte, als ob ihm jemand ein Bein gestellt hätte; vielleicht hatte er auch nach seiner Trompete gegriffen. Der andere fing ihn auf und ließ ihn vorsichtig zu Boden gleiten. Dort lag er offenbar bequem, während der Kahlrasierte sich erhob, freundlich auf ihn einsprach und dann seinen Platz am Fenster einnahm. Von einer Trompete war immer noch nichts zu sehen. Die Zuschauer waren verblüfft. Noch während sie dastanden und den Vorfall erörterten, drehte sich der Mann, der inzwischen die Kapuze trug, zu ihnen um und winkte ihnen freundlich zu, ehe er sich wieder der Beobachtung der Fenster widmete. Das zerstreute bis zu einem gewissen Grade das Unbehagen, das sich in der Menge ausgebreitet hatte.

Prinz Livio wäre vom Herzog vor den Toren von Colleverde gebührend empfangen worden, wenn er, wie ursprünglich geplant, erst am folgenden Tag eingetroffen wäre. Nun mußte er sich mit der zweiten Wahl in Gestalt des Bischofs begnügen. Schließlich kam es nicht in Frage, daß ein Herzog wartend auf den Palaststufen herumstand, und so blieb es dem Gastgeber überlassen, den Prinzen am Fuße der großen Treppe zum Audienzgemach, wo der Ehevertrag unterzeichnet werden sollte, zu begrüßen. Die Prinzessin wurde eilends ins Ankleidezimmer neben dem großen Gemach geführt, wo sie sich nach der Reise kämmen, umziehen und sich erleichtern konnte, falls die Aufregung ihre Wirkung nicht nur geistig, sondern auch anderweitig zeigen sollte.

Prinz Livio fand den Bischof noch ermüdender als andere Ver-

treter seines Standes. Also gab er sich wenig Mühe, die lateinischen Artigkeiten, die Bischof Taddeo sich so sorgfältig zurechtgelegt hatte, mit auch nur einem Mindestmaß an Höflichkeit zu würdigen. Statt dessen beobachtete er ungeduldig, wie seine Tochter, behindert von den langen Schleiern, die Stufen hinaufstieg, wobei ihr der Beistand ihrer aufgescheuchten Hofdamen nur wenig half. Der Bischof fuhr zusammen, als der Prinz ihm wieder seine Aufmerksamkeit zuwandte, nachdem die Damen im Obergeschoß verschwunden waren; und er verstummte unter dem lodernden Blick aus den dunklen Augen. Er spürte die Angespanntheit seines Gegenübers, und sofort fiel ihm ein, daß dieser Mann seinen eigenen Sohn umgebracht hatte; möglicherweise war er vom Teufel besessen und würde weitere Greueltaten begehen. Schließlich wußte der Bischof, daß der Teufel umging – er war gerade noch rechtzeitig aus Fontecasta zurückgekehrt, um den Herzog zu empfangen. In Fontecasta war ganz gewiß der Teufel am Werk; er verschloß Türen und hatte das schreckliche Grab des Untoten zugeschaufelt. Als der Bischof dem Blick des Prinzen begegnete, schluckte er und fing seine Rede noch einmal an der Stelle an, an der er den Herrscher mit dem edlen Julius Cäsar verglich ... wenngleich er sich fragte, ob dieser Vergleich angesichts des Endes, das der edle Julius Cäsar genommen hatte, nicht ungehörig war.
Nachdem der Prinz die Ansprache zu Ende gehört und dem Bischof geantwortet hatte, wurde er, vorbei an den Wachen des Kardinals, die Treppe hinaufgeleitet. Inzwischen war auch die Braut fertig. Das Erscheinen des kahlrasierten Mannes auf dem Balkon, das die Menge so verwundert hatte, war ein Zeichen dafür gewesen. Kurz nach dem Niedersinken des an der Ausübung seiner Pflicht gehinderten Trompeters öffnete sein Vertreter das Fenster, durch das er gespäht hatte, und schlüpfte hinein. Wieder erhob sich in der Menge fragendes Getuschel.

In dem großen Gemach trat das dicht verschleierte Mädchen an die Seite des Prinzen, um Herzog Grifone vorgestellt zu werden, der bereits von seinem Podest stieg und ihr entgegentrat. Der Prinz jedoch war immer noch auf den Arm seines Arztes angewiesen, so daß dieser ihn vor den Herzog würde führen müssen. Da schlug das Mädchen auf seiner anderen Seite vorzeitig den Schleier zurück.
»Vater.«
Ihr versagte die Stimme. Er wandte sich um.
Die Augen des Prinzen hefteten sich auf Minervas Gesicht.

31. Kapitel
Wer war der Feind?

Benno war überrascht gewesen, wie mühelos Polissena sie durch verlassene Seitengassen und eine Hintertür, deren Wächter sie offenbar kannte, in den Bischofspalast geführt hatte. Sie stiegen eine Hintertreppe hinauf und betraten ein Zimmer, das mit Wandschirmen, einer Kommode und einem Tisch mit blauseidenem Tischtuch, einem bestickten Nadelkissen, einem silbernen Kamm und einem Spiegel ausgestattet war. Eigentlich hatte Benno damit gerechnet, daß Soldaten ihnen den Weg versperren und unangenehme Fragen stellen würden. Außerdem hatte er schon befürchtet, Sigismondo werde ihn für die Sicherheit der Prinzessin Minerva verantwortlich machen, da er sie ja in seiner Obhut zurückgelassen hatte. Obwohl er die Pläne seines Herrn nicht kannte, konnte er sich doch deutlich genug ausmalen, um in Angst zu geraten. Er wünschte, Angelo wäre bei ihm, anstatt irgendwo da draußen den blinden Grafen zu

bewachen – wenn man es überhaupt bewachen nennen konnte, ihn vor aller Augen zur Schau zu stellen. Benno seufzte. Sein Herr war nicht der Mann, der abwartete, bis etwas geschah; er forderte die Ereignisse heraus.
Und nun trug diese Herausforderung Früchte. Benno fiel ein Stein vom Herzen, als Sigismondo mit einem Lächeln auf dem Gesicht in das Ankleidezimmer trat. Prinzessin Minerva trug Polissenas Silberbrokatkleid, an dem Sybilla brummend herumzupfte, damit der Rock richtig fiel. Sie bedachte das Mädchen mit einer gluckenhaften Fürsorglichkeit, die ihrem eigentümlichen Wesen entsprach. Sigismondo legte den Finger an die Lippen und trat beiseite, als sich die Tür wieder öffnete. Ein dicht verschleiertes Mädchen trat ein, das seine liebe Not hatte, die Röcke so zu raffen, daß die Frauen, die ihr folgten, nicht darüber stolperten. Nachdem auch die beiden Hofdamen im Zimmer waren, schloß Sigismondo rasch die Tür und blieb davor stehen, während alle drei Prinzessin Minerva verblüfft anstarrten. Das verschleierte Mädchen machte Anstalten zu einem Hofknicks, brach aber dann in Tränen aus. Sigismondo half ihr auf und bat sie, sich ruhig zu verhalten. »Gott sei Dank, man hat Euch gefunden, Prinzessin!« hauchte sie.
Auf einen Wink von Sigismondo hin machte sich Polissena hastig daran, die Blumenkrone und die Juwelen, mit denen der Schleier am Kopf des weinenden, einer Ohnmacht nahen Mädchens befestigt war, zu lösen. Prinzessin Minerva senkte das Haupt, um sich Krone und Schleier anlegen zu lassen; Sybilla erwies sich dabei ebenso geschickt wie Polissena.
Sigismondo ließ die schluchzende falsche Prinzessin auf einer Bank am Fenster Platz nahmen und flüsterte dann der rechtmäßigen Braut einige Worte ins Ohr. Benno verstand lediglich »wenn ich mich zeige«; dann schlüpfte sein Herr durch eine andere Tür hinaus, durch die man einen Balkon erkennen konnte.

Hoch erhobenen Hauptes schritt Prinzessin Minerva, gefolgt von den verwirrten, doch erleichterten Hofdamen, ins Audienzgemach. Sybilla huschte hinterdrein, und Benno, der sich an die Wand gleich neben der Tür drückte, konnte den gesamten Raum überblicken. Der Herzog erhob sich von seinem Stuhl vor dem Wandteppich, der Bischof wandte sich der Braut zu, die Advokaten saßen an ihrem Tisch vor dem Fenster, und hinter einem Fenster, durch das das Raunen der Menge drang, war Sigismondos Schatten zu sehen. Im nächsten Augenblick schlug Prinzessin Minerva mit einer ausladenden Handbewegung den Schleier zurück, so daß der flatternde Tüll Benno zunächst die Sicht versperrte. Doch durch den dünnen Stoff konnte er das geisterhaft bleiche Gesicht und den starren Blick von Prinz Livio erkennen.
In diesem Moment schoß Biondello, dessen untrügliches Gespür für drohende Gefahr ihn schon in seinem Heimatdorf davor bewahrt hatte, im Kochtopf zu enden, unter Bennos Hemd hervor und flüchtete ins Ankleidezimmer. Der Rückstoß ließ Benno gegen die Wand taumeln.
Prinz Livio hatte sich wie von einer unsichtbaren Hand geschoben herumgedreht und stand zur Salzsäule erstarrt da. Sein Arzt, der mit seinem Gewand nicht weiter aufgefallen war, schon deshalb, weil ihn seine Kleidung als Angehörigen eines niederen Standes verriet, sprang hastig vor. Er ließ seinen Schutzbefohlenen, der Hilfe gerade in diesem Augenblick dringend nötig gehabt hätte, stehen und stürzte durchs Zimmer auf Herzog Grifone zu; hätte er nicht ein funkelndes Stilett in der Hand gehalten, hätte man meinen können, er wolle diesen um Hilfe anflehen.
Benno schnappte nach Luft, doch da Sigismondo ihm just in diesem Augenblick Minerva in die Arme stieß, konnte er nichts weiter erkennen.
»Bring sie zurück ins Zimmer und bewache die Tür.«

Die Hofdamen eilten davon, während die strampelnde Prinzessin Minerva mehr durch Sigismondos Schubs als durch eigenen Antrieb im Ankleidezimmer landete. Benno postierte sich mit seinem Messer in der Hand vor der Tür und stellte fest, daß er nicht viel versäumt hatte. Immer noch herrschte ein schrecklicher Tumult. Benno konnte verstehen, warum Sigismondo die Prinzessin in Sicherheit wissen wollte.
Der mörderische Doktor war zu seinem großen Nachteil geradewegs in das Schwert des Herzogs gelaufen. Ein rascher Stoß streckte ihn zu Boden, wo bereits der Bischof inmitten seiner Roben lag. Wie Benno vermutete, hatte er sich tapfer dazwischengeworfen, als der Arzt den Herzog angriff. Die Mitra war ihm vom Kopf gefallen, und die Leiche des Arztes hinderte ihn am Aufstehen. Blut floß auf sein weißgoldenes Priestergewand. Über seinem Kopf zischte Grifones Waffe und traf klirrend auf das Schwert Prinz Livios, der aus seiner Erstarrung erwacht war und den Herzog nun in wilder Wut bedrängte. Benno fragte sich, wie der Herzog diesem Angriff standhalten konnte. Auf einmal schien der Raum voller kämpfender Männer zu sein. Der Wandteppich hinter dem Podest, welcher den Elias zeigte, war zur Hälfte heruntergerissen worden, und Soldaten in den Farben des Herzogs – schwarz und weiß – gingen mit ihren Piken auf Prinz Livios Diener und in der allgemeinen Verwirrung auch auf die Kardinalswache los, die ins Zimmer gestürmt war.
Benno reckte den Hals, um festzustellen, was aus seinem Herrn geworden war. Deshalb bemerkte er kaum, wie die Prinzessin Minerva ihm auf die Schulter tippte, weil auch sie etwas sehen wollte. Er hörte die Hofdamen der Braut schluchzen und jammern und vernahm auch das aufgeregten Rufen der Prinzessin, deren Worte er wegen des Krachens, Scheppern und Geschreis in dem überfüllten Raum jedoch nicht verstehen konnte. Er entdeckte Sigismondo, der in der linken Hand eine Axt hielt und mit der anderen sein Schwert durch die Luft sausen ließ.

Wie immer wirkte sein Gesicht ernst und angespannt; um ihn herum vernahm man Stöhnen, krachende Schläge und die Schreie der Verwundeten. Ein Mann in den Farben des Herzogs taumelte rückwärts auf Benno zu und fiel ihm vor die Füße; die Hände preßte er gegen eine Wunde in der Brust, aus der das Blut sprudelte. Über ihn gebeugt stand Sybilla. Die Haube war ihr vom Kopf gerutscht, und Benno sah, wie sie die Hellebarde aufhob, die der Mann fallengelassen hatte. Sie schwenkte sie wild und schlug einen Mann nieder, wobei sie mit dem hinteren Ende der Waffe den Bischof zu Fall brachte, der sich gerade wieder erhoben hatte.
Benno blickte an zwei torkelnden Männern vorbei, die offenbar ihre Waffen verloren hatten und nun versuchten, einander zu erwürgen. Den einen erkannte Benno an seinem pockennarbigen Gesicht als Gehilfen des Arztes. Der Herzog wurde immer noch vom Prinzen bedrängt, und Benno fragte sich, warum Sigismondo ihm nicht zur Hilfe eilte, bis er den Grund bemerkte: Eine Horde von Livios Männern hatte Sigismondo, der mit dem Rücken zum Fenster stand, umzingelt. Neben ihm kämpfte Graf Astorre – wenigstens vermutete Benno wegen seiner Ähnlichkeit mit dem Herzog und seines Hochzeitsgewandes aus Seide und Brokat, daß er es war. Der junge Mann focht gegen einen Hünen, der mit dem Schwert auf ihn eindrang. Noch während Benno das beobachtete, erhielt er plötzlich einen kräftigen Stoß in den Rücken. Als er sich mit beiden Händen am blutdurchtränkten Wams des Mannes zu seinen Füßen abstützte, sah er, wie die silberbrokatenen Röcke der Prinzessin durch eine Lücke zwischen den Kämpfenden huschten. Er rappelte sich auf, um sie zu verfolgen, doch die Männer, die sich immer noch gegenseitig würgten, stolperten ineinander verschlugen auf ihn zu und brachten ihn erneut zu Fall. Benno sah wie Prinzessin Minerva zum Tisch hinüberlief, wo sich der grüne Vorhang bauschte, weil die Advokaten sich dahinter in Sicherheit zu bringen ver-

suchten. Die Prinzessin griff nach einem Tintenfaß und schleuderte es geradewegs ins Gesicht des Mannes, der ihren Bräutigam bedrängte. Ohne zu zögern durchbohrte Astorre den Hünen, während dieser noch dastand und sich die Augen rieb; die Tinte, die an seinem Wams hinabrann, verfärbte sich rot.
Gleichzeitig hieb Sigismondo mit einem Schlag die Pike, die ihn bedrohte, entzwei, so daß die Spitze zu Boden fiel, stieß seine Waffe dem überraschten Angreifer in den Leib und sprang dann zur Seite. Der Verwundete taumelte, beide Hände gegen den Magen gepreßt, auf den Balkon hinaus, prallte heftig gegen die Brüstung und stürzte hinunter in die wartende Menschenmenge.
Inzwischen hatte sich Benno von den beiden Männern, die sich immer noch nicht erwürgt hatten, befreit, zog sein Messer und erhob sich. Bedauerlicherweise war es nun seine Pflicht, der Prinzessin Minerva zu folgen, um sie vor den möglichen Auswirkungen ihres Wagemuts zu bewahren. Doch das war leichter gesagt als getan. Benno wich einem heftigen Stoß mit der Pike aus, der von rechts kam und eigentlich für einen anderen bestimmt war. Der Mann, gegen den der Stoß gerichtet gewesen war, taumelte rückwärts in eine Gruppe von Schwertkämpfern hinein, stolperte dann wieder vorwärts, und als er an dem Mann mit der Pike vorbeikam, sah Benno, daß er ein Schwert im Rücken stecken hatte. Auch er verschwand durchs Fenster und über das Balkongeländer. Von unten ertönte ein Aufschrei.
Benno, der von dem zurückweichenden Schwertkämpfer an die Wand gedrückt wurde, stellte fest, daß ihm der Mann genau ins Messer gelaufen war und nun vorwärtssprang, wobei er sich die linke Hinterbacke hielt. Benno drängte weiter und hielt Ausschau nach der Prinzessin.
Doch zuerst entdeckte er Herzog Grifone, dessen mittlerweile schwertloser rechter Arm von Prinz Livios Klinge an die Holztäfelung geheftet wurde. Offenbar trachtete der Prinz danach,

dem Herzog das Schwert ins Herz zu stoßen, sobald er es wieder freibekam. Da sah Benno das silberne Brokatkleid heranrauschen. Prinz Livio hatte den Herzog am Hemdkragen gepackt und riß ihn auf, während er an seinem Schwert zerrte. Im gleichen Augenblick, als Graf Astorre dem Angreifer mit dem Schwert auf den Kopf schlug, packte Prinzessin Minerva von hinten den Umhang des Prinzen und zog mit aller Kraft daran. Mit einem Aufschrei, der alle innehalten ließ, stürzte der Prinz zu Boden.

Grifone ergriff sein Schwert mit der Linken und vergewisserte sich noch einmal, daß Astorre den Prinzen wirklich getötet hatte.

Es wurde immer noch gekämpft. Wahrscheinlich hielten es Livios Männer für erstrebenswerter, hier an Ort und Stelle zu sterben als in den berüchtigten Kerkern von Herzog Grifone zu verschmachten. Schließlich aber ergriffen sie die Flucht. Einer hatte sich bis zum Hemd entblößt, weil er vermutlich befürchtete, die Livree könnte ihn verraten. Da sie die Türen verschlossen fanden, blieb ihnen nur der Weg über den Balkon, unter dem die Menge das Schauspiel jubelnd begrüßte.

Astorre half Prinzessin Minerva vom Boden auf; rasch küßte er ihr die Hand, ehe er sich schützend vor sie stellte und den Blick suchend durch den Raum schweifen ließ. Keiner der Männer des Prinzen stand noch auf den Beinen. Der Bischof, der auf das Podest zueilte, rutschte auf dem rotverschmierten Boden aus und stürzte abermals hin. Die kleine alte Frau versetzte einem Mann aus Montenero, der sich noch rührte, einen Schlag. In der plötzlich eingetretenen Stille öffnet sich die Tür zum Bankettsaal, und eine Schar bleicher Geistlicher, unter ihnen Torquato, erschien. Außer Stöhnen war kein Laut zu hören.

Astorre geleitete Prinzessin Minerva ins Ankleidezimmer und kehrte dann zurück. Über die reglos am Boden liegenden Gestalten hinweg schritt Sigismondo auf Grifone zu, der ihn mit

einigen hastig hervorgestoßenen Fragen begrüßte, auf die er aber keine Antwort erhielt. Statt dessen nahm Sigismondo den verwundeten Arm des Herzogs. Er riß den Ärmel auf und neigte den Kopf, um an der Wunde zu schnuppern. Astorre begriff rasch. Mit besorgtem Gesicht hielt er Livios Schwert empor. Wieder schnupperte Sigismondo, betrachtete dann die Waffe und schüttelte den Kopf. Er wies auf das Ankleidezimmer. »Wasser«, ließ sich seine dunkle Stimme vernehmen.
Nun stand Grifones Hauptmann in blutverschmiertem, schwarzweißem Gewand vor seinem Herrn. Der Herzog wies auf einige Leichen.
»An den Füßen vom Balkon«, sagte er.
In den nun folgenden Minuten im Ankleidezimmer schienen alle Standesunterschiede auf wundersame Weise ausgelöscht. Der Herzog ließ sich von Sybilla die Wunde säubern und plauderte dabei mit Polissena, deren Gegenwart ihn ganz offensichtlich aufheiterte. Prinzessin Minerva, bleich und erschöpft, aber dennoch gefaßt, unterhielt sich auf der Bank vor dem Fenster mit ihren Hofdamen. Eine Ausbuchtung im blauseidenen Tischtuch entpuppte sich als schwarze Schnauze an einem schmutzigweißen Fell. Benno hob Biondello auf und küßte ihn. »Mein kleiner Advokat.«
»Advokat!« rief Grifone aus, der offenbar sehr scharfe Ohren hatte. »Ist der Vertrag in Sicherheit?«
Der Bischof lag auf den Knien im Audienzgemach und verabfolgte den tödlich Verwundeten die Sterbesakramente. Einer von ihnen gehörte zu den Wachen des Kardinals. Sein Hauptmann kniete neben ihm, um ihm in seiner letzten Stunde beizustehen. Der Herzog, der gerade verkünden wollte, daß die Trauung auf einen geeigneteren Tag verschoben sei, winkte ihn zu sich.
Der Hauptmann der Kardinalswache, der offenbar so schwer verwundet war, daß er nahe daran war, die Besinnung zu verlie-

ren, wurde, gestützt von zwei seiner Männer und notdürftig verbunden, vor den Herzog gebracht. Er bedauerte die Verwirrung; als er mit seinen Männern hereingestürmt gekommen sei, habe er nicht gewußt, was vor sich ging. Doch schließlich hätten sie sich wacker gegen Prinz Livios Männer geschlagen, die die Treppe hätten stürmen wollen.

»Wäre Seine Eminenz mir erhalten geblieben, wäre es nie zu dem heutigen Vorfall gekommen.« Der Herzog schüttelte den Kopf.

Die Menschenmenge unter dem Balkon war nach dem Sturz der ersten Leiche voller Schrecken so weit wie möglich zurückgewichen, um ja nicht dem Teufel, der offenbar in des Bischofs eigenem Palast sein Unwesen trieb, zum Opfer zu fallen. Erst als zwei Männer tot auf dem Pflaster lagen und weitere hinabkletterten, begriffen die Leute, was da vor sich ging, denn bis auf einen trugen alle Prinz Livios Farben. Inzwischen war an den Livreen der Leichen, die kopfüber von der Balkonbrüstung gehängt wurden, deutlich zu erkennen, wer der Feind war.

Benno, der seinen Hund an die Brust gedrückt trug, beobachtete die Ereignisse von der Tür des Ankleidezimmers aus. Aus dem Bankettsaal unter dem Audienzgemach hörte er Sigismondos Stimme. Auch der Herzog hatte sie vernommen und trat in den Raum, und Benno, neugierig wie immer, trottete unauffällig hinterdrein.

Sigismondo erhob sich von der Seite des mörderischen Arztes. Man hatte dem Doktor das Gewand ausgezogen; sein Gesicht war verzerrt, doch noch während sie es betrachteten, entspannte es sich. Er hörte auf zu atmen.

»Euer Gnaden«, sagte Sigismondo. »Er sagte mir, Prinz Livio Söldnerheer stehe an der Grenze. Vermutlich ist es inzwischen schon in Nemora eingefallen.«

32. Kapitel
Man kann nicht immer gewinnen

Benno stellte fest, daß Herzog Grifone ebensowenig zum Abwarten neigte wie Sigismondo. Nachdem er vernommen hatte, was Sigismondo dem sterbenden »Arzt« hatte entlocken können, rief er sofort den Hauptmann seiner Wachen herbei; und nun kniete er schon vor dem Bischof, hielt die Hand eines seiner Männer und versprach ihm, für seine Witwe zu sorgen. Dann erhielt der Mann den Befehl, Prinz Livios Leiche auf ein Pferd zu binden und an der Spitze seiner Leute unter Führung von Graf Astorre den Söldnern entgegenzureiten. Nach Bennos Meinung ging es darum, den Männern, die für Prinz Livio hätten kämpfen sollen, zu vermitteln, daß sie jetzt eine Leiche als Feldherr hatten – oder (was noch wichtiger war) daß sie von einem Toten wohl kaum eine angemessene Bezahlung erwarten konnten.

»Sag ihnen, sie werden ihr Geld bekommen.« Der Herzog hielt inne und lächelte, wie es einem zufriedenen Wolf gut zu Gesicht gestanden hätte. »Sie sollen sich über die Grenze zurückziehen und auf eine Nachricht von mir warten. Aber verrate ihnen nicht, daß das Geld aus den Truhen des Prinzen stammt.« Dann wandte er sich an den Magistrat, der inzwischen eingetroffen war und sich im Hintergrund hielt. Der Magistrat war hin und her gerissen zwischen dem Wunsch, sich vor dem Herzog wichtig zu machen, und der Furcht davor, was geschehen würde, falls dieser ihn tatsächlich bemerkte. »Wo hat Er die Lasttiere mit Prinzessin Minervas Mitgift untergebracht?«

Der Magistrat strahlte. Die Erledigung solcher Angelegenhei-

ten war seine Stärke. Er teilte dem Herzog mit, die Tiere seien in den Stallungen des Bischofs untergestellt worden, und die Truhen mit den Schätzen befänden sich, wie er es selbst bereits im voraus angeordnet habe, in einem bewachten Raum.
Der Herzog bedachte ihn mit einem Lächeln, das auf den Magistrat jedoch keineswegs so beruhigend wirkte wie die begleitenden Worte: »Gut! Prinz Livio hatte das Geld wahrscheinlich dafür vorgesehen, sich einige Gefälligkeiten zu erkaufen. Jetzt soll Graf Astorre etwas davon zur Grenze mitnehmen.« Er tippte dem Magistrat, der zusammenfuhr, auf die Brust. »Oder kennt Er einen Söldner, der sein Geld nicht lieber dafür einstreicht, daß er nicht kämpfen muß?«
Benno bemerkte, daß Sigismondo leise auf den Balkon hinaustrat. Dort waren die Wachen des Herzogs damit beschäftigt, einige Leichen in der Livree des Prinzen hinauszuzerren. Durch das offene Fenster drangen die Schreie der Menge herein, die jedesmal erschollen, wenn ein weiterer Toter baumelnd über die Balkonbrüstung hinabgelassen wurde. Benno folgte seinem Herrn nach draußen und sah, daß er neben einem Mann am Boden kniete, der vor der Tür zum Ankleidezimmer lag.
Fast liebevoll hielt Sigismondo den Kopf des Mannes in beiden Händen. Sanft wischte er das Blut ab, das dem Verwundeten aus dem Mundwinkel rann.
»Der Kardinal«, sagte er. »Erzählt mir vom Kardinal.«
»Einen Priester.« Der Mann, dem das Blut aus dem Mund floß, konnte kaum noch ein Wort herausbekommen. »Beichte.«
»Mein Sohn.« Sigismondo schlug die lederne Kapuze zurück und beugte sich tiefer herunter, damit die allmählich versagenden Augen des Mannes ihn besser erkennen konnten. »Sagt mir, was ist mit dem Kardinal?«
Das Gesicht verzerrte sich – ob vor Haß oder vor Schmerzen, war schwer auszumachen. »Er hat 'Tonello verbrannt ... wir haben es ihm heimgezahlt ... segnet mich, Vater ...«

Doch für einen Segen war es zu spät. Entsetzt beobachtete Benno, wie Sigismondo sich erhob, sich bekreuzigte und den Männern des Herzogs die Leiche zeigte; einer kam sofort mit einem zur Schlaufe geschlungenen Strick herbei. Benno schob sich hinter Sigismondo ins Audienzgemach.
»Ihr habt ihm weisgemacht, Ihr wäret ein Priester! Ihr habt ihn um die Absolution betrogen!«
Erschrocken blieb er stehen, als sein Herr mit ernstem Gesicht zu ihm herumfuhr.
»Das Urteil darüber wollen wir unserem höchsten Richter überlassen. Es steht dir nicht an, mir Vorhaltungen zu machen.« Dann erhellte sich seine Miene ein wenig. »Benno, für diesen Mann gab es keine Absolution. Einem Menschen, der einen Priester ermordet hat, kann nur vom Heiligen Vater selbst Vergebung erhalten. Hmmm ... was also, glaubst du, erwartet einen Mann, der einen Kardinal verbrennt?«
»Er hat den Kardinal ermordet?« Vor Überraschung erhob Benno die Stimme, so daß der Herzog sich erstaunt umdrehte. Sofort verbarg sich Benno hinter Sigismondos schützender Schulter. Der Herzog winkte Sigismondo zu sich hinüber.
»Weiß Er, wer Kardinal Petrucci umgebracht hat?«
Sigismondo verbeugte sich, wobei Benno für einen Augenblick zum Vorschein kam, sich aber blitzartig duckte.
»Wir haben vom Magistrat gehört«, fuhr der Herzog fort, »daß Er ihm geholfen hat, den Mord an meinem geliebten Ratgeber zu untersuchen.«
Sigismondo verbeugte sich erneut. Plötzlich packte ihn der Herzog so heftig beim Arm, daß der Magistrat zurückfuhr. »Wenn Er weiß, wer Petrucci umgebracht hat, muß Er es mir sagen. Dieser Mensch soll unsere Gerechtigkeit kennenlernen.« Seine Heftigkeit ließ keinen Zweifel daran, daß der Betreffende diese eher schmerzhafte Bekanntschaft mit der Gerechtigkeit nicht lange würde genießen können.

»Euer Gnaden, ich bin mir noch nicht sicher. Ich vermute, daß einer der Meuchelmörder, die Prinz Livio gedungen hat, um Euch zu beseitigen, gestern nacht die Gelegenheit wahrgenommen hat, seinen eigenen Rachefeldzug zu führen.«
Ungeduldig scheuchte der Herzog den Arzt weg, den man endlich gefunden hatte und der nun aufgeregt darauf wartete, Grifones Wunde zu untersuchen. »Seinen eigenen Rachefeldzug? Weswegen?«
»Vielleicht haben Euer Gnaden von einem gewissen Antonello gehört, einem Zauberer, den Seine Eminenz im letzten Jahr in Bibbiena verbrennen ließ.«
»Ich erinnere mich. Er hatte Seiner Eminenz geweissagt, er werde noch vor dem Sommer sterben.«
Soeben hatte ein Page einen Sessel von den Podesten heruntergebracht. Der Herzog hielt inne und ließ sich, gedrängt von dem beflissenen Arzt, darauf nieder. Möglicherweise erinnerte ihn der Gedanke, daß der Kardinal seinen Tod nicht hatte abwenden können, an seine eigene Sterblichkeit. Schweigend und nachdenklich saß er da, während der Arzt mit einem ängstlichen Blick auf sein Gesicht vorsichtig den verklebten Verband vom Oberarm abwickelte. Inzwischen hatte der Page ein Wasserbecken geholt, in dem Kräuter schwammen. Der Herzog fuhr fort. »Nun, dieser Antonello hat wahr gesprochen. Und Er behauptet also, Seine Eminenz sei zur Vergeltung für diese Hinrichtung verbrannt worden? Auge um Auge, Feuer um Feuer – und damit die Weissagung in Erfüllung ging?«
»Es hat den Anschein, Euer Gnaden. Die Männer, die Petrucci verbrannt haben, standen in Antonellos Schuld; der Zauberer hat den Sohn eines von ihnen gerettet.«
»Wie heißen diese Männer? Ihre Namen!« Nun war die Wunde des Herzogs freigelegt; ein häßlich klaffender Schnitt, bei dessen Anblick sich Benno mehr denn je freute, daß er nicht einem Stand angehörte, dessen Mitglieder ebenso selbstverständlich

mit einem Anschlag auf ihr Leben zu rechnen hatten wie andere mit einer Erkältung. Offensichtlich war der Arzt überrascht, daß die Verwundung nicht schwerer war. Von Berufs wegen entrüstet beäugte er das Stück dunkelrot verfärbten Wollstoffs, das als Verband gedient hatte. Benno hielt es für ein Stück von Sybillas Unterrock. Jetzt sprach Sigismondo.

»Ich kenne nur einen Namen: Achille Malvezzi.«

»Ein Brigant?«

»Euer Gnaden haben von ihm gehört?«

»Schon seit einigen Jahren macht er unsere Grenzen unsicher und beraubt und tötet unsere Untertanen. Erst im letzten Jahr hat Petrucci einen von seinen Leuten aufknüpfen lassen.«

»Als er versuchte, Antonello zu befreien, Euer Gnaden.«

»Stand dieser Malvezzi also im Dienste von Prinz Livio? Ist er hier?« Der Herzog betrachtete den marmornen Fußboden. Der Bischof hatte, immer noch begleitet von einem Priester, der das Salböl trug, gerade einem weiteren Sterbenden in den Farben des Herzogs die letzte Ölung erteilt; unter gewöhnlichen Umständen wäre dieser Mann niemals des geistlichen Beistandes eines so hohen Kirchenmannes teilhaftig geworden. Die nicht lebensgefährlich Verwundeten hatte man hinausgebracht, die Toten waren entweder auf den Balkon oder in die Kapelle getragen worden, und ein Diener säuberte den blutverschmierten Boden. Sigismondo schüttelte den Kopf.

»Malvezzi dient dem Volk bereits als Beispiel, wie Euer Gnaden Gerechtigkeit üben. Er war es, der als Arzt verkleidet versucht hat, Euch zu ermorden.«

»Dann habe ich ihn ja schon umgebracht.« Dem Herzog war deutlich anzusehen, wie sehr er den unwiderruflichen, raschen Tod Malvezzis bedauerte. »Aber Er sprach doch noch von einem anderen. Ist der auch tot?« Benno konnte sich des Gefühls nicht erwehren, daß der Herzog sogar seinen eigenen Arzt geschickt hätte, um das Leben dieses Menschen zu verlängern.

»Nein, Euer Gnaden. Auch er hat seine Strafe erhalten und hängt da draußen.« Die dunklen Augen wiesen auf die knirschenden Seile, die an der Balkonbrüstung befestigt waren. »Er war vor dem Fenster postiert, um Graf Astorre umzubringen, wenn er an den Tisch trat, um den Vertrag zu unterzeichnen. Das sollte das Zeichen zum Angriff sein. Ich habe das von Malvezzi erfahren.«
Der Herzog verzog das Gesicht – entweder weil ihn diese schreckliche Vorstellung peinigte oder weil der Arzt gerade die Wunde säuberte, durch die das Schwert ausgetreten war. »Aber wenn Malvezzi mich töten wollte, warum hat er mir dann Zeit gelassen, mein Schwert zu ziehen?«
»Hmmm ... sein Plan schlug wohl fehl, Euer Gnaden. Er war als Arzt verkleidet, und ich glaube, Prinz Livio wollte sich Euch auf seinen Arm gestützt nähern; doch der Prinz erlebte eine Überraschung.« Die dunkle Stimme hatte einen belustigten Klang angenommen. »Er hat nicht damit gerechnet, seine Tochter zu sehen.«
Der Herzog starrte ihn entgeistert an. »Will Er sich über mich lustig machen?« Es war nicht zu überhören, daß ein solcher Witzbold mit dem Schlimmsten rechnen mußte.
»Euer Gnaden, als ich Euch am Stadttor warnte, Prinz Livio trachte Euch nach dem Leben, hatte ich nicht mehr die Zeit, Euch zu sagen, daß die Braut nicht die Prinzessin Minerva war.«
»Nicht ...« Der Herzog beugte sich vor.
»Der Prinz, der nach dem Tode von Prinzessin Oralia vor Trauer den Verstand verlor, tötete, wie Euer Gnaden wissen, seinen Sohn. Ich befand mich gerade am Hof, weil ich einen Brief vom Herzog von Rocca an die Prinzessin ...«
»Ach, ich verstehe. Den Brief, den Er mir gegeben hat.« Der Herzog machte ein finsteres Gesicht. »Fahr Er fort.«
»Mir schien, daß die Prinzessin Minerva in großer Gefahr schwebte.« Sigismondo warf einen Blick auf den Pagen und den

Doktor. »Wenn Euer Gnaden gestatten, würde ich alles weitere gerne unter vier Augen mit Euch besprechen.«
Der Herzog winkte mit seiner gesunden Hand und ließ alle außer Sigismondo so weit zurücktreten, bis sie außer Hörweite waren. Ängstlich beobachtete Benno vom Fensterstock aus, wie sich der rasierte Schädel zu dem Hut mit dem Rubin hinunterbeugte, der funkelte wie das Auge eines wütenden Tieres. Dabei fragte er sich, wie sein Herr die Entführung von Prinzessin Minerva erklären wollte. Wie wollte er beweisen, daß ihre Keuschheit und ihre Ehre, die doch für die Braut eines herzoglichen Sohnes so wichtig waren, keinen Schaden genommen hatten? Benno fand, daß sein Herr viel zu sorglos mit dem guten Ruf der Prinzessin umgegangen war. Dem Gesicht des Herzogs konnte er nichts entnehmen, aber gewiß würde er die Hochzeit jetzt absagen. Benno hatte mit eigenen Augen gesehen, wie die Prinzessin Graf Astorre das Leben gerettet hatte – aber wußte der Herzog es auch? Trotzdem mußte er doch ihren wagemutigen Versuch bemerkt haben, ihn vor dem Tode zu bewahren, indem sie den Prinzen zu Boden zerrte. Genügte das, damit dieser zornige Mann der Heirat zwischen seinem Sohn und der Tochter eines Menschen zustimmte, der soeben einen Anschlag auf ihn unternommen hatte?
Selbstverständlich wußte Grifone nicht, daß sie wahrscheinlich gar nicht die Tochter des Prinzen war ... Benno kratzte sich heftig am Kopf und bemühte sich, seine Gedanken zu ordnen.

Minerva saß in einem Winkel des Zimmers, wo die anderen sie nicht sehen konnten. Das Dasein als Heldin gefiel ihr vortrefflich, und sie hatte sich noch nie so lebendig gefühlt wie in diesem großen Raum, in dem die Männer links und rechts von ihr tot zu Boden fielen. Beim Anblick von Astorre, der in den sechs Jahren seit ihrer letzten Begegnung unglaublich stattlicher geworden war und mit dem Rücken zur Wand gegen einen Riesen kämpfte, hatte sie sich einfach mitten ins Getümmel stürzen müssen. Keinen Augenblick lang hatte sie gezögert. Doch als sie es sich jetzt, da alles vorüber war, überlegte, überkam sie ein merkwürdiges Gefühl. Wieder sah sie Prinz Livio mit blutüberströmtem Gesicht auf dem Boden liegen. Und das rief erneut den Alptraum in ihr wach, an den sie während des Kampfes gar nicht mehr gedacht hatte. Sie schlug die Hände vors Gesicht, aber auch die Dunkelheit vermochte sie nicht zu trösten.

»Prinzessin?« Polissena beugte sich über sie. Ihr entströmte ein Geruch nach Moschus und einem anderen, fremden Duft. »Seid Ihr verletzt?«

Sie schüttelte den Kopf. Wo war Astorre? Er hatte ihr die Hand geküßt, sie ins Ankleidezimmer geführt und war dann zu seinem Vater zurückgekehrt. Seinem Gesicht hatte sie nichts entnehmen können. Was würde jetzt geschehen? Prinz Livio, der vor den Augen der Welt ihr Vater war, hatte versucht, den Herzog zu ermorden. Ich bin zwar nicht seine Tochter, sagte sie sich mutig, aber ich bin immer noch die Tochter von Prinzessin Oralia, und mein Onkel ist der Herzog von Rocca.

Plötzlich bemerkte sie einen Lärm, der schon seit einiger Zeit tobte: das Johlen und Schreien der Leute draußen auf der Straße. Sie waren gekommen, um ihre Hochzeit mitzuerleben; riefen sie nun nach ihrem Blut?

»Prinzessin. Seine Gnaden kommt.«

Es gelang ihr, sich zu erheben. Auf einmal fürchtete sie sich. Der Herzog war entsetzlich bleich; sie sah die weißen Locken unter seinem Hut, den rotfunkelnden Rubin und seine dunklen Augen, die sie musterten. Nun würde sie ihr Urteil erfahren. Selbst Sigismondo, der hinter dem Herzog stand, konnte sie nicht länger beschützen.

»Prinzessin Minerva.« Er würde sie ins Kloster stecken. Nie würde sie die Liebe kennenlernen, nie würde sich Astorres Arm um ihren Leib schlingen! »Wir haben alles überdacht, was heute

vorgefallen ist.« Seine Stimme klang rauh. Der Kerker also; niemals mehr würde sie in einen Frühlingsmorgen hineinreiten! Er nahm sie bei der Hand, und während sie sie ihm reichte, fragte sie sich, ob ihr vielleicht gar der Tod drohte. Kaum begriff sie, was er ihr sagte. »Wahrscheinlich habt Ihr damit gerechnet, Herzogin von Nemora zu werden, wenn die Zeit gekommen ist. Doch das Schicksal war schneller. Nur Euer Mut kommt Euerer Schönheit gleich. Ich habe beschlossen, Euch selbst zur Frau zu nehmen.«
Herzog Grifone hob ihre Hand an die Lippen und küßte sie. Sigismondo zuckte die Achseln. Man kann nicht immer gewinnen.

33. Kapitel
Die Suche nach dem Brief

Für den Magistrat des Bischofs war es eine herbe Enttäuschung gewesen, daß die Mörder des Kardinals ihre Strafe bereits bekommen hatten. Doch er war fest entschlossen, nicht auf die Lorbeeren für seine bisherigen Dienste zu verzichten. Aus diesem Grund überwand er sogar seine Angst vor dem Herzog – immerhin hatte Seine Gnaden ihn ja gelobt –, eilte ihm und seinem Gefolge entgegen, und warf sich auf die Knie.
»Euer Gnaden, was die Ermordung des Kardinals betrifft, so gibt es noch andere …«
»Andere?« Nun war ihm die ungeteilte Aufmerksamkeit des Herzogs gewiß, aber er schaffte es dennoch, sich zu erheben und in Positur zu werfen.

»Drei Schurken, Euer Gnaden, die ich verhaften ließ. Sie warten im Kerker des Bischofs auf ihr Verhör.«
»Er möge sie vor mich führen, wenn ich aus dem Palazzo Corio zurückkehre.« Jetzt lächelte der Herzog wie ein Wolf, der schon sein Abendessen wittert. »Auch die Prinzessin Corio wird sie um ihres Bruders willen gern zu Gesicht bekommen. Bring Er auch Folterknechte mit; wir werden sie brauchen. Komm.« Er sah sich nach Sigismondo um, konnte ihn aber nirgendwo entdekken. Sein Lächeln verschwand. Er war nicht daran gewöhnt, daß sich ein Mann einfach aus dem Staub machte, ohne ihn vorher um Erlaubnis zu fragen. Außerdem wollte er noch mehr über die vergangenen Ereignisse wissen; doch dafür würde auch noch später Zeit sein. Gegen den Rat seines Arztes bestieg er vor den Stufen des Bischofspalastes sein Pferd, das mit einer in Scharlachrot und Gold gehaltenen Schabracke bedeckt war. Er ritt über den Platz, wo ihm durch die aus vollem Halse jubelnde Menge ein Weg gebahnt wurde, und nahm huldvoll die Glückwünsche des Volkes entgegen. Das Schauspiel des heutigen Nachmittags hatte alle zufriedengestellt. Der Anschlag auf den Herzog und der Versuch, das Land einzunehmen, hatte die Beliebtheit des Mannes, dessen Taten nicht immer die Zuneigung seiner Untertanen erweckten, in kaum glaublicher Weise wachsen lassen. Die Beinamen, mit denen man ihn bedachte, hatten sich verändert. Zwischen »Halunke« und »alter Schwerenöter« liegen eben Welten. Fast hätten die Leute noch seine Findigkeit bei der Besteuerung seiner Untertanen gelobt.
Ehe sich der Magistrat in den Kerker begab, betrachtete er den Balkon und die baumelnden Leichen mit echter Begeisterung, die nur durch den Gedanken gedämpft wurde, daß man die Hauswand würde säubern müssen, wenn alles vorbei war. Ganz sicher würde der Haushofmeister ihn um Männer bitten. Schon benutzten die Leute die Leichen als Zielscheiben und bewarfen sie mit verdorbenem Obst und faulem Gemüse und sogar mit

frischem, so groß war die allgemeine Freude. Ein überglücklicher Pastetenbäcker hatte eine Ladung wertloser Innereien verkauft und Geld verdient, ohne sich die Mühe machen zu müssen, sie zu Pasteten zu verarbeiten. Nach allgemeiner Auffassung verdankte man den glücklichen Ausgang den Reliquien, und der Teufel hatte eine ordentliche Abreibung einstecken müssen.

Benno beobachtete, wie Prinzessin Minerva, die einen verwirrten Eindruck machte, von ihren ehrerbietigen Hofdamen – gefolgt von der brummenden Sybilla – in ein Gemach geführt wurde, das die Diener des Bischofs in aller Eile hergerichtet hatten. Da es ihm nicht gelungen war, hinter Sigismondo ins Ankleidezimmer zu schlüpfen, war er verblüfft, als er munkeln hörte, die Prinzessin werde Herzogin von Nemora werden. Er freute sich, daß der Herzog nun trotzdem seinen Segen zu der Heirat gab, aber gewiß mußte sie doch Grifones Tod abwarten, ehe sie Herzogin werden konnte. Im Audienzgemach herrschte rege Betriebsamkeit. Diener säuberten Podest und Tisch und hängten den Wandteppich wieder auf. Im großen Saal nebenan wurden Tische aufgestellt. Gerade als sie den Boden fertig gewischt hatten, hob Biondello das Bein vor einem Fensterstock und bekam dafür einen vollen Eimer Wasser ab, der ihn fast in Bennos rettende Hände schwemmte.

Die Advokaten hatten ihre Papiere zusammengesammelt; die Fenster waren gerade rechtzeitig geschlossen worden, denn im nächsten Augenblick schlug eine Rübe gegen die Scheibe, gefolgt von einer roten, schleimigen Masse, bei deren Anblick sich Benno der Magen umdrehte, bis er sich an die Innereien erinnerte, die in den Buden auf dem Platz gebraten wurden.

»Raus mit dir, du Taugenichts! Raus mit dir und deinem Hund!«

Der Haushofmeister hielt gerade noch rechtzeitig inne – um ein Haar hätte er Benno an der mit dem schmierigen Wams bedeckten Schulter berührt – und wies einen Diener an, ihn hinauszu-

werfen. Der Diener, ebenso heikel wie der Haushofmeister, gebrauchte nach einem Blick auf Benno lieber seinen Stiefel als seine Hand. Benno, der Biondello umklammerte und sich das Hinterteil hielt, sauste rascher die Treppe zur Tür hinunter, als ihm lieb war. Als er taumelnd in der Eingangshalle ankam, wurde er plötzlich von einer großen Hand beim Kragen gepackt und wieder auf die Beine gestellt.
»Komm. In den Palazzo Corio.«
Benno rieb sich immer noch das Hinterteil und folgte Biondello, der seinerseits voll Vertrauen hinter Sigismondo hertrottete und nur stehenblieb, um mit dem verbliebenen Wasser in seinem Fell eine vorbeilaufende Katze anzuspritzen.
Die Feiertagsstimmung draußen war so ausgelassen, daß Sigismondo, nun da der Herzog mit seinem Gefolge vorbeigezogen war, seine liebe Not hatte, den Platz zu überqueren. Doch plötzlich schrie jemand, er sei der Mann vom Balkon, der vor aller Augen den Verräter umgebracht habe. Eine begeisterte Menschenmenge schob ihn in die richtige Richtung. Die Leute klopften ihm auf die Schulter und bedachten ihn mit nur leicht angebissenen Schweinshaxen und überschwenglichen Küssen, woraus auch Benno, der seinem Herrn auf den Fersen folgte, seinen Vorteil zog. Er hatte Biondello aufgehoben, damit dieser nicht zertreten wurde, und drängte sich hinter einer Frau mit einem Kind auf der Schulter her, die ganz eng an Sigismondo herangerückt war. Sie forderte den Kleine auf, Sigismondos rasierten Schädel zu streicheln, weil das Glück brachte.
Einige Gäste aus Montenero, die in aller Unschuld vor den Ereignissen im Palast ihre Herkunft nicht verheimlicht hatten und nur angereist waren, um der Hochzeit beizuwohnen, waren grün und blau geschlagen worden. Einer von ihnen wurde gerade unter großem Beifall im Brunnenbecken ertränkt. Das würde diese Leute lehren, daß es sich nicht gehörte, dem Herzog von Nemora nach dem Leben zu trachten!

Im Palazzo Corio herrschte ein großes Durcheinander. An einem Mast, der über die Straße ragte, flatterte die Fahne von Nemora – ein schwarzer Greif auf weißem Grund – in der Frühlingsbrise; an einem weiteren Mast war offenbar die Fahne von Montenero – scharlachrot und gelb – angebracht gewesen, denn die Zipfel eines Tuchs in den nämlichen Farben wurden gerade durch ein hohes Fenster neben dem Mast hereingezogen, als Sigismondo und Benno eintrafen. Im Hof schnatterten Diener, Burschen und Wachen des Kardinals und des Herzogs wild durcheinander, als ob ihr Leben davon abhinge, alles Wissenswerte umgehend auszutauschen. Benno mußte daran denken, wie friedlich es vormals an diesem Ort gewesen war. Drinnen begegneten sie zuerst Battista, der ein Dienstmädchen mit rußbeschmierten Armen wegführte. Die junge Frau, die sich die Schürze übers Gesicht geschlagen hatte, schluchzte herzzerreißend. Battista wandte ihnen sein finsteres Gesicht unter dem grauen Haarschopf zu.
»Wie ich höre, hat man sie erwischt. Schade, daß sie tot sind.« Der Mord an seinem Herrn wog schwerer für ihn als der Tod eines Prinzen und der Umstand, daß ein Herzog nur um Haaresbreite den Verschwörern entronnen war.
»Hmmm – vielleicht sind einige ja noch am Leben. Der Herzog will ein paar weitere Verdächtige befragen«, erwiderte Sigismondo aufmunternd. Bedrückt dachte Benno an den armen Massimo. »Seine Gnaden glaubt, daß die Prinzessin gerne dabei behilflich sein wird.«
»Behilflich!« schnaubte Battista. Das Mädchen, das Sigismondo neugierig gemustert hatte, fing wieder zu schluchzen an und preßte ihr Gesicht in die Schürze. »Die Prinzessin läßt jeden im Palast verhören. Seit sie erwacht ist, hat sie alle befragt. Jeder Winkel ist durchsucht worden.«
»Durchsucht? Wonach?«
»Einem Brief. Meine Herrin will nicht sagen, von wem er

stammt. Nicht etwa, daß die meisten hier ihn lesen könnten, falls sie ihn fänden. Er ist nicht versiegelt. Sie glaubt, er könne ins Feuer gefallen sein, und Maria hier hat die Asche durchsiebt, bis sie von Kopf bis Fuß schwarz war, und für ihre Mühe nur Schläge erhalten.«

Maria, die vor lauter Schluchzen unter ihrer Schürze fast erstickte, ließ diese nun sinken, um Atem zu holen. Benno sah, daß ihr gerötetes Gesicht tatsächlich grau verschmiert war. Als sie zu husten anfing, klopfte Battista ihr mit dem Unterarm zwischen die Schulterblätter, um seine verletzte Hand zu schonen.

»Kommt Ihr aus dem Palast des Bischofs? Habt Ihr den Neffen meiner Herrin, Vater Torquato, dort gesehen? Sie fragt nach ihm. Eigentlich sollte er hier sein, um gemeinsam mit ihr Seine Gnaden zu empfangen.«

Das Mädchen, das inzwischen wieder Atem geschöpft hatte, nutzte diesen, um erneut in Schluchzen auszubrechen. Battista schnalzte mit der Zunge und schickte sich an, sie wegzuführen.

»Ich wundere mich, daß er nicht hier ist. Hat vielleicht im Kampf den Tod gefunden? Sonst hätte er sich eine solche Gelegenheit doch nicht entgehen lassen – schließlich hat man nicht jeden Tag die Möglichkeit, sich die Gunst eines Herzogs zu sichern.«

»Hmmm. Möglicherweise hat er anderswo ein besseres Angebot bekommen. Wer weiß?« Etwas in Sigismondos Stimme, allerdings nicht in seinem Gesicht, sagte Benno, daß sein Herr die Antwort sehr wohl wußte. Sobald Battista und das Mädchen verschwunden waren, setzte sich Sigismondo in Bewegung. Mit beängstigender Geschwindigkeit jagte er die Treppe hinauf, wobei er zwei Stufen auf einmal nahm. Benno konnte kaum mit ihm Schritt halten. Wieder einmal staunte er über Sigismondos erstaunliche Fähigkeit, sich in unbekannten Gebäuden zurechtzufinden. Gewiß, er hatte einen Teil des gestrigen Abends im Palazzo verbracht, doch soweit Benno im Bilde war, hatte er den Korridor, den sie nun in halsbrecherischer Hast entlangeilten,

noch nie zuvor betreten. Biondello wurde dabei so durchgeschüttelt, daß er strampelte, um heruntergelassen zu werden. Benno holte Sigismondo in dem Augenblick ein, als dieser mit geducktem Kopf durch eine niedrige Tür trat. Das Zimmer dahinter war offensichtlich der Ort, an den er gelangen wollte, denn er sah sich bereits aufmerksam um, blickte hinter Wandbehänge und strich mit der Hand über die Wände.
»Sucht Ihr also auch den Brief?« wollte Benno wissen, aber er bekam keine Antwort. Sigismondo brummte nur geistesabwesend vor sich hin und betastete den Sockel des Stehpults, der aus einem hohlen Kasten bestand. Allmählich bekam es Benno mit der Angst zu tun. Was war, wenn jemand hereinkam? Entschuldigt vielmals, Prinzessin, wir brechen gerade in Eueren Palast ein; nur um Euch zu helfen, Ehrenwort; wir wollten Euch lediglich zu Diensten sein ... Nun hatte Sigismondo den Kasten geöffnet und durchsuchte mit Hilfe von Biondello, der ebenfalls seine Nase hineinsteckte, die Papiere, die sich darin befanden. Jemand ging pfeifend auf dem Flur vorbei, und Benno verspürte auf einmal den übermächtigen Drang, einem menschlichen Rühren nachzugeben.
»Dauert es noch lange?« fragte er zappelnd.
»Nimm doch den Kamin«, antwortete Sigismondo, während er alle Papiere aufs Bett legte und den Boden des Kastens abklopfte.
Benno folgte diesem Rat, wobei er ein wenig Holzasche aufwirbelte. Aus den Augenwinkeln sah er, daß Sigismondo mit geschlossenen Augen lauschend die Seitenwände des Kastens abtastete. Plötzlich war ein scharfes Klicken zu hören, und Sigismondo lachte zufrieden auf. Benno zog sich die Hosen hoch und blickte seinem Herrn über die Schulter. Der Boden des Kastens war aufgesprungen; darunter lagen weitere Papiere.
»Woher wußtet Ihr das?« fragte Benno bewundernd.
»Heimlichtuer haben immer Geheimfächer im Pult.« Sigismon-

do sah hastig die Papiere durch, während Benno einen Augenblick über das Wunder der Schrift nachdachte – Zeichen auf Papier, die den Klang von Wörtern wiedergaben! Mit geschickter Hand suchte Sigismondo zwei Papiere heraus und schob sie in eine Innentasche seines schwarzen Lederwamses.
»Ist das der Brief der Prinzessin? Woher hat er den? Warum?«
»Das werden wir noch sehen. Was sollen diese ganzen Fragen?«
Sigismondo legte die restlichen Papiere zurück und drückte den Boden des Kastens herunter, bis er wieder einrastete. »Gib mir die dort drüben.«
Benno nahm die Papiere vom Bett und reichte sie Sigismondo. In diesem Augenblick huschte Biondello herein, der draußen auf dem Korridor herumgestreunt war. Mit eingekniffenem Schwanz versteckte er sich hinter dem Schreibtisch. Beide Männer wußten sofort, was das zu bedeuten hatte. Benno ließ den Kiefer herunterhängen und fing an zu schielen. Sigismondo bewunderte mit hinter dem Rücken gefalteten Händen die Wandbehänge.
»Was tut Ihr hier? Wer hat Euch hereingelassen?«
Es war Torquato, aber er sah so zerrauft aus, daß seine Entrüstung lediglich erheiternd wirkte. Sein eines Auge war bereits zugeschwollen und nahm eine Farbe an, die kirchliches Purpurrot zu werden versprach. Sein Gesicht war schmutzig und blutverschmiert, sein Gewand nicht nur von Dreckspritzern übersät, sondern zudem noch zerrissen. Er warf einen Blick auf sein Pult, das, soweit Benno beurteilen konnte, aussah wie zuvor.
»Vater, was ist geschehen?« Besorgt war Sigismondo vorgetreten. »Habt Ihr Euch geprügelt? Seid Ihr verletzt?«
»Ich wurde überfallen …« Doch in diesem Augenblick bemerkte Torquato, daß seine Frage mit einer Gegenfrage beantwortet worden war. »Was habt Ihr in meinem Gemach zu suchen?«
Sigismondo senkte den Kopf. »Die Prinzessin hat nach Euch gefragt. Seine Gnaden ist eingetroffen.«

Eilig hinkte Torquato zum Vorhang, der vor der Zimmertür hing, hob ihn und rief nach einem abwesenden Tonio. Als er sich umwandte, war das Zimmer leer. Nur etwas war zurückgeblieben, das er nicht sofort erkannte, denn da es im Rinnstein gelegen hatte und von Schweinen beschnüffelt worden war, konnte man seinen eigentlichen Geruch nicht mehr ausmachen. Benno holte Sigismondo ein und bemerkte, daß dieser lachte. Ob über Torquatos Aussehen oder darüber, daß er ihm etwas entwendet hatte, konnte Benno nicht sagen. Hatte vielleicht Sigismondo selbst den Überfall auf Torquato veranlaßt?
An einem schmalen Fenster blieb Sigismondo stehen, was zur Folge hatte, daß Benno mit ihm zusammenstieß. Gemeinsam blickten sie hinunter in den Hof, wo der Herzog gerade galant einer schwarz verschleierten Prinzessin Corio in ihre ebenfalls schwarz verhüllte Kutsche half.
»Wir müssen uns beeilen, Benno. Sie halten schon die Daumenschrauben für Massimo bereit.«

34. Kapitel
Würze für das Festmahl

Der Magistrat hatte seinem Herzog drei Gefangene versprochen. Doch als er zu seinem Amtsgebäude auf der anderen Seite des Platzes zurückkehrte, um sie zur Befragung in den Palast zu bringen – und diesmal würde sich dieser von der Prinzessin Corio bevollmächtigte Fremde nicht einmischen können –, mußte er zu seinem Ärger feststellen, daß mittlerweile nur noch zwei übrig waren.

Stefano Delmonte war vor allem durch seine Schlauheit steinreich geworden, und obwohl er sich im klaren darüber war, daß sein Sohn seinen hellen Kopf nicht geerbt hatte, war das noch lange kein Grund, den Jungen unter dem Verdacht der Beteiligung an der Ermordung Kardinal Petruccis im Kerker des Magistrats schmachten zu lassen. Nachdem sich herumgesprochen hatte, daß die Mörder des Kardinals ergriffen worden waren und nun vom Balkon des Palastes baumelten, eilte er sofort zum Amtsgebäude des Magistrats, wo er feststellte, daß der Magistrat selbst sich im Palast befand. Also überzeugte er den Hauptmann der Wache davon, daß der Magistrat die Freilassung Tomasos gewiß billigen würde.
Zwar war der Magistrat stolz auf seinen Ruf der Unbestechlichkeit, aber der Hauptmann seiner Wache sah nichts Schlimmes darin, für die glückliche Zusammenführung von Vater und Sohn ein kleines Geschenk entgegenzunehmen.
Als Tomaso aus dem Kerker hinaufgeführt wurde, wo er – obgleich das Stroh sauber gewesen war – die schrecklichste Nacht seines Lebens zugebracht hatte, haderte er mit der ganzen Welt. Er funkelte seinen Vater wütend an, riß sich aus seiner Umarmung und weigerte sich, wie ein verlorener Sohn nach Hause zurückzukehren. Er lief davon und war bald in der festlich gestimmten Menge auf dem Platz verschwunden. Also begab sich Stefano Delmonte allein auf den Heimweg. Wenigstens saß sein Sohn nicht mehr im Kerker, und falls er ihn brauchte, würde er ihn gewiß vor dem Haus dieser schrecklichen Kurtisane finden.
Nachdem der Magistrat seinem Hauptmann ordentlich die Leviten gelesen hatte, fiel ihm ein, daß ihm trotzdem noch ein Gefangener fehlte – bis er sich wieder an den Juden erinnerte. Zwar wußte er aus Erzählungen, daß der Herzog für gewöhnlich seine Christenpflicht vernachlässigte und die Juden schützte; doch daß Grifone nach all den Vorfällen nicht auch bereit sein

würde, einen Juden zu verbrennen, erschien dem Magistrat äußerst unwahrscheinlich. Also befahl er dem Hauptmann, den Juden abzuholen und ihn mit Giacomo und Massimo in den Palast zu bringen. Dann wies er den Folterknecht an, sich mit allen tragbaren Gerätschaften ebenfalls dort einzufinden. Falls diese sich nicht als ausreichend erweisen sollten, konnte man sich ja immer noch etwas einfallen lassen. Auch vom Herzog wußte man, daß es ihm nicht an Erfindungsgabe mangele.

Als der Herzog in den Bischofspalast zurückkehrte, fühlte er sich matt. Mittlerweile verstand er, warum sein Arzt ihm vom Reiten abgeraten und ihn angefleht hatte, sich wegen seiner Verletzung zu schonen. Daß er sich zum Palast begeben hatte, um die Prinzessin Corio zu geleiten, war ein Akt der Courteoisie gewesen, der nun einen unerwartet hohen Tribut forderte. Dank der prompten Behandlung durch die alte Hexe, die zu belohnen er nicht vergessen durfte, hatte er nur wenig Blut verloren, doch nun zeitigte die Aufregung, verursacht durch den überraschenden Kampf und den Anschlag auf sein Leben, langsam ihre Wirkung. Die Zeit war nicht spurlos an ihm vorübergegangen; früher hatten ihm derartige Wunden nie so zu schaffen gemacht. Tief in seinem Innersten wurde ihm klar, daß er nicht länger ein junger Mann war.

Deswegen war er auch nicht in der Stimmung, Nachsicht mit den Gefangenen zu üben, die der Magistrat ihm vorführen wollte.

Als der Bischof den Herzog vom Tod des Kardinals in Kenntnis setzte, hatte er ihn zugleich eingeladen, sich in seinem Palast wie zu Hause zu fühlen. Eigentlich hätte die Prinzessin Corio ihn und sein Gefolge bewirten und nach der Hochzeit das Festmahl ausrichten sollen. Doch wegen des tragischen Todes ihres Bruders verbot sich das. Allerdings war der Bischof nicht unbedingt glücklich darüber, für den Magistrat mit seinen Gefangenen und Folterknechten den Gastgeber zu spielen. Er hatte bereits einen langen, anstrengenden Tag hinter sich. Schon bei Tagesanbruch war er losgeritten, um den Teufel aus einem Landhaus und einem Grab auszutreiben. Bei seiner Rückkehr hatte er den Herzog willkommen geheißen, nur um Zeuge grauenerregender Gewalttaten in seinem eigenen Palast zu werden. Er hatte noch nicht einmal die Zeit gehabt, den Heiligen zu danken, die ihn während der Kampfhandlungen wiederholt hatten zu Boden stürzen lassen und ihn somit vor einem schlimmeren Schicksal bewahrt hatten. Da er ein mitleidiger Mann war, hatte er sich danach verpflichtet gefühlt, den Sterbenden Trost und die Absolution zu spenden. Und nun, da er endlich die Gelegenheit gehabt hätte, sich zum Gebet und zu einem Schläfchen zurückzuziehen, ließ ihn der unermüdliche Herzog rufen, damit er der Befragung der Gefangenen beiwohnte. Er freute sich nicht im geringsten darauf, denn er wußte, daß ihm die Sterne des Herzogs gegen Übeltäter fehlte. Doch trotzdem hatte der Teufel, dessen Werke sich so gräßlich gezeigt hatten, nicht triumphiert. Er dankte Gott und der Jungfrau Maria, der heiligen Bernadina und ihren Reliquien, deren wunderbare Kraft unzweifelhaft den Herzog vor dem Tode bewahrt hatte.

Als er den Platz neben dem Herzog einnahm und zusah, wie der Magistrat hereinstolzierte, fühlte er fast so etwas wie Bedauern über den Tod des Kardinals, obwohl Petrucci – im Gegensatz zum Bischof ein methodischer Mann – ihm das Leben nicht gerade einfach gemacht hatte. Der Kardinal hätte an einem solchen Schauspiel Vergnügen gehabt, und hätte alles tatkräftig in die Hand genommen. Der Bischof hätte nichts weiter tun müssen, als dazusitzen und den lieben Gott einen guten Mann sein zu lassen.

Benno und Sigismondo trafen just in dem Augenblick ein, als der Magistrat mit einer großartigen Geste dem Herzog seinen Juden vorführte.

»Euer Gnaden, dieses Subjekt hat sich unzweifelhaft in der

fraglichen Angelegenheit mit dem Satan verbündet; denn schließlich hat der Vorfall am Vorabend seines verfluchten Sabbats stattgefunden.«
An dieser Stelle wollte der Bischof schon Einspruch erheben, denn als belesener Kirchenmann wußte er – wahrscheinlich im Gegensatz zu den meisten übrigen Anwesenden –, daß der Sabbat bereits bei Abenddämmerung beginnt. Er spielte mit dem Gedanken, anzumerken, daß ein Jude während dieser Zeit gewiß kein Feuer anzünden würde; nicht einmal unter einem Kardinal. Doch der Herzog ließ ihn nicht zu Wort kommen.
»Hat Er nicht mehr Beweise? Nur Seinen Glauben an die Schuld dieses Mannes? Befand sich der Mann in der Nähe des Palastes, als das Verbrechen begangen wurde?«
»Gesehen hat ihn niemand, Euer Gnaden.« Für den Magistrat war das offensichtlich ein Beweis für die Gerissenheit des Verdächtigen, nicht für dessen Unschuld. »Der Kardinal hat ihm mitgeteilt, er erwarte eine große Summe Geldes. Möglicherweise ist er gekommen, um es sich zu holen.«
»Und tat er es?«
Doch nicht am Sabbat, dachte der Bischof.
»Aber nein, Euer Gnaden. Es wurde, soweit ich gehört habe, zurückgelassen, als der üble Schurke die Flucht ergriff.«
Der Herzog griff an die Wunde, die angefangen hatte zu pochen.
»Von wem hat Er das gehört?«
»Von mir, Euer Gnaden. Ich war dabei.« Sigismondo trat vor und verbeugte sich mit der gleichen Demut, die auch schon das Wohlgefallen des Kardinals gefunden hatte. »Die Prinzessin Corio bat mich, eine Untersuchung durchzuführen.« Wieder verbeugte er sich, diesmal in Richtung der schwarzgewandeten Gestalt auf einem Sessel unterhalb des Herzogs.
Mit einem Nicken nahm sie diese Bezeugung seiner Ergebenheit entgegen und sagte: »Ich kenne ihn als einen Mann, der dem Herzog von Rocca nach dem Tod seiner Gemahlin gute

Dienste erwiesen hat. Es ist wahr, daß sich auf dem Schreibtisch meines Bruders eine Schatulle voller Gold befand, die vorher noch nicht dagewesen war. Mein Bruder hat mir nichts darüber erzählt, obwohl er sonst keine Geheimnisse vor mir hatte.« Ihre Stimme klang traurig, aber sicher.
»Und Er, Jude, was hat Er zu sagen?«
Achselzuckend breitete der Jude die Hände aus. Die Ketten um seine Handgelenke trug er mit der gleichen Würde wie das dicke, goldene Armband, das über dem feinen, zimtfarbenen Tuch seines Gewandes lag. »Was soll ich dazu sagen, Euer Gnaden? Ich war nicht dabei. Warum sollte ich jemanden töten, der mir die Ehre erweisen wollte, meine Dienste in Anspruch zu nehmen; vor allem wenn ich dadurch schreckliche Vergeltung über mich und mein Volk brächte?«
Schweigend musterte ihn der Herzog. Dann faßte er einen Beschluß. »Laßt ihn gehen. Was er sagt, ergibt Sinn. Es bestehen keine Beweise gegen ihn. Ich wünsche nicht, daß in Nemora Unschuldige verfolgt werden.«
Daß ein Jude unschuldig sein konnte, war dem Magistrat unverständlich, doch einem Herzog mußte man gehorchen. Die Handschellen wurden aufgeschlossen, der Jude verneigte sich tief und ging seiner Wege. Benno fragte sich, was wohl geschehen wäre, wenn der Herzog sich nicht hätte überzeugen lassen. Bislang hatte er nur erlebt, daß man, wenn immer ein schweres Unglück geschah, fast gewohnheitsmäßig alle Juden verbrannte.
»Die anderen Verdächtigen, Magistrat?« Dem Ton des Herzogs war zu entnehmen, daß er sehr ungehalten werden würde, falls sich diese Leute ebenfalls als unschuldig entpuppen sollten. Der Magistrat war gekränkt, weil er den Juden hatte freilassen müssen, und verstimmt über die merkwürdigen Ansichten des Herzogs über die Stichhaltigkeit von Beweisen. Allerdings war er sich sicher, daß seinem nächsten Angebot mehr Erfolg beschie-

den sein würde. Giacomo wurde an seinen Ketten vor den Herzog gezerrt. Er sah aus, als seien die ganze Nacht Ratten über ihn hinweggelaufen. Außerdem machte er ein verwirrtes und ängstliches Gesicht – ein sehr erfolgversprechender Anwärter für einen Platz am Balkongeländer. Der Hauptmann der Wache sorgte mit einem Ruck an den Ketten dafür, daß er in die Knie sank.

»Dieser Schurke, Euer Gnaden, hat nach eigenem Eingeständnis Öl und Holz gehortet, um Seine Eminenz zu verbrennen. Er ist einer der Aufständischen, die sich im letzten Jahr in San Sevino gegen Euer Gnaden erhoben haben ...«

»Er war nicht dabei.« Als Sigismondos ruhige Worte an das Ohr des Herzogs drangen, wandte dieser ruckartig den Kopf.

»Er war nicht dabei? Gehörte dieser Mann nicht zu den Aufständischen?«

Sigismondo schüttelte den Kopf, und während der Magistrat mit Zwischenrufen und Handbewegungen versuchte, ihn zu unterbrechen, fuhr er fort. »Er ist Steinmetz, Euer Gnaden, und hielt sich nicht in seiner Heimatstadt auf, als seine Familie Schutz im Turm suchte ...«

»Als Seine Eminenz ihrem verräterischen Handeln ein Ende bereitete, Euer Gnaden!« Mit schriller Stimme, wie eine Stechmücke im Wettstreit mit einer Hummel, gelang es dem Magistrat, sich Gehör zu verschaffen. »Seine Eminenz ließ den Turm niederbrennen.«

Giacomo trug zu dem allgemeinen Rumor bei, indem er stöhnend den Kopf gegen den Marmorfußboden schlug. Nach einem Blick auf den Herzog hatte er alle Hoffnung auf Gnade fahrenlassen, doch er stöhnte trotzdem.

»Euer Gnaden.« Wie ein dunkler Schatten ragte Sigismondo vor einem der großen Fenster auf, die zum Balkon hinausführten. Seine breiten Schultern und sein glattrasierter Kopf strahlen soviel Sicherheit aus, daß der Herzog den Blick vom Magistrat abwandte, der gerade wieder zum Sprechen ansetzte. »Dieser Mann hat Seine Eminenz nicht verbrannt. Man kann ihm lediglich nachweisen, daß er zu diesem Zwecke Öl und Holz gesammelt, nicht aber daß er es auch benutzt hat.«

»Er war auf der Straße. Auf der Straße vor der Geheimtür Seiner Eminenz! Er ist dort gesehen worden!« Inzwischen hechelte der Magistrat wie ein Hund, der auf seine Belohnung wartet, nachdem er die Jagdbeute seinem Herrn zu Füßen gelegt hat. »Wir haben einen Zeugen ...« Seine Stimme wurde leiser, denn falls der Herzog diesen Zeugen zu sehen verlangte, würde er einräumen müssen, daß er ihn hatte entkommen lassen.

»Was hat Er zu sagen?« Bislang hatte der Herzog seine Ungeduld gezügelt; doch da war der ermüdende Übereifer des Magistrats, ganz zu schweigen von seiner unangenehmen Meckerstimme; da war seine pochende Wunde; da war der lästige Lärm, den der Kopf des Steinmetzes auf dem Fußboden verursachte; und außerdem war da noch das eisige Schweigen des Mannes aus Rocca, das der Herzog als Tadel deutete. All diese Dinge zusammengenommen, war es durchaus möglich, daß er demnächst einen seiner berüchtigten Wutausbrüche bekommen würde.

»Sprich, wenn Seine Gnaden dich etwas fragt!« Der Hauptmann zerrte noch einmal kräftig an den Ketten, und der Magistrat verlieh dieser Aufforderung Nachdruck, indem er Giacomo in die Rippen trat. Doch Giacomo war nicht mehr in der Lage, ein Wort von sich zu geben; auf einen Hustenanfall folgte weiteres Stöhnen und ein noch heftigeres Schlagen mit dem Kopf auf den Boden. Sigismondo trat vor.

»Wenn Euer Gnaden gestatten, werde ich ihm zeigen, was ihn erwartet, wenn er den Mund nicht aufmacht.« Er wies auf den Balkon. Wenn er spricht, blüht ihm das gleiche, dachte Benno, welcher sich hinter zwei Wachen des Herzogs postiert hatte, die sich beide im Stillen fragten, wann der andere wohl zuletzt

gebadet haben mochte (Bianca hatte nämlich nur Benno, nicht aber dessen Kleider gewaschen).
Der Hauptmann riß Giacomo auf die Füße, und Sigismondo ergriff die Ketten, um ihn zum Fenster zu führen. Ein Page öffnete es, und Giacomo wurde auf den Balkon gestoßen, wobei er sich heftig, aber vergeblich sträubte, da er glaubte, daß man ihn auf der Stelle hinunterwerfen würde. Die Schar der Schaulustigen auf dem Platz war kleiner geworden, doch als sie die Männer auf dem Balkon bemerkten, brachen sie in Jubel aus, da sie einen verspäteten letzten Akt des Schauspiels erwarteten. Sigismondos Stimme, dicht an Giacomos Ohr, drang klar und deutlich in das umnebelte Gehirn des Unglücklichen. »Schaut sie Euch gut an. Habt Ihr einen von denen schon einmal gesehen?« Giacomo spürte, daß der Mann, der ihn festhielt, nicht sein Feind war, auch wenn er ihn mit einer Hand im Nacken zwang, sich über die Brüstung zu beugen und hinabzublicken; und so tat er sein Bestes, ihm zu Diensten zu sein. Die Gesichter der Toten hatten ein wenig unter den Wurfgeschossen der Menge gelitten und waren schon im Leben verzerrt gewesen; zudem war es aus diesem Winkel schwierig, überhaupt etwas zu erkennen. Giacomo beugte sich weit hinunter und dachte ängstlich daran, daß er wahrscheinlich auch bald dort baumeln würde. Fast hätte er auch seinen Beitrag zur Verschmutzung der Hauswand geleistet, ehe er antworten konnt. Doch als er länger hinsah, blieb sein Blick an einem der Gesichter hängen, und er zeigte darauf, wobei seine Ketten über die Brüstung schleiften.
»Der da! Der war dabei. Ich schwöre, den habe ich gestern nacht auf der Straße gesehen. Was für ein häßlicher Kerl, dachte ich mir noch, als er sich im Mondlicht umwandte.«
Nun beugte sich auch Sigismondo vor. Gemeinsam betrachteten sie die verzerrten Züge von Achille Malvezzi, auf dessen Kopf nun ein faules Ei anstelle eines Doktorhuts prangte. Dann rich-

tete sich Sigismondo wieder auf, wobei er Giacomo mit sich zog. »Wo wart Ihr, daß er Euch nicht entdeckt hat?« Falls Malvezzi Giacomo erblickt hätte, hätte er ihm durch einen gezielten Hieb alle weiteren Leiden erspart, denn einen Zeugen vor der Geheimtreppe hätte er wohl am allerwenigsten gebrauchen können.

»Als ich Leute kommen hörte, bin ich ein Gerüst hinaufgeklettert und habe mich ruhig verhalten. Nachdem die Mädchen fort waren und sich auch der Geck in seinem Nerzmantel aus dem Staub gemacht hatte, wollte ich schon hinuntersteigen; doch da kamen die anderen.« Mit dem Kopf wies er auf Malvezzis Füße. »Sie haben mich nicht gesehen. Für gewöhnlich schauen die Leute nicht nach oben.« Giacomo sprach mit der Überzeugung eines Steinmetzes, der in seinem Leben schon einiges mitgemacht hat.

»Es waren also mehrere. Sind sie auch hier?«

Wieder beugte sich Giacomo vor, um hinunterzuspähen; diesmal konnte man an seinem Gesicht deutlich erkennen, welche Wirkung das auf seinen Magen hatte. »Kann ich nicht sagen. Wirklich nicht. Der eine hat sich im Mondlicht umgedreht; er sah sich nach einem anderen um, der einen Umhang trug. Der machte den Eindruck, als wolle er sein Gesicht verbergen; es war völlig verhüllt.« Mit klirrenden Ketten macht Giacomo vor, wie der Mann den Umhang umgewickelt hatte. »Eben, als wolle er sein Gesicht verstecken. Dann glaubte ich schon, er hätte mich gehört. Er drehte sich um und blickte in meine Richtung, und für einen Augenblick blieb er stehen – als ob er lauschte. Ich wagte nicht, mich zu rühren.« Giacomo spielte seine Beobachtung nach; er vollführte eine Vierteldrehung und lauschte reglos – abgesehen davon, daß er vor Angst zitterte. Jemand in der Menge zielte mit einem Wurfgeschoß auf ihn, und Sigismondo zog Giacomo zurück ins Zimmer, wo der Herzog ungeduldig wartete. Der Bischof hatte die Vorbereitungen für eine Messe erörtert, die zum Dank für die Rettung von Herzog und Herzogtum am nächsten Tag abgehalten werden sollte, und die Prinzessin regte sich plötzlich unter ihren Schleiern, als wolle sie daran erinnern, daß sie sich angesichts ihres Verlustes nicht genötigt sah, irgend jemandem zu danken. Nun wurde der schurkische Steinmetz wieder hereingebracht; und der Herzog fand, daß er nun reif für die Folter war.

»Nun? Hat Er etwas zu sagen?« fragte er barsch. Seine Schmerzen hinderten ihn daran, einen klaren Gedanken zu fassen, und er konnte sich nicht mehr erinnern, warum der Mann aus Rocca den vermaledeiten Steinmetz überhaupt auf den Balkon geführt hatte. Die Wirkung dieser Maßnahme allerdings war nicht zu übersehen.

»Erbarmen, Euer Gnaden! Erbarmen!« Giacomo warf sich wieder zu Boden. »Ich habe den Kardinal nicht verbrannt. Das schwöre ich bei Gott und allen Heiligen. Ich schwöre es bei den Reliquien der heiligen Bernadina. Bringt mich zu den Reliquien, und ...«

»Genug!« Die Stimme des Herzogs ließ Benno auffahren, und er stellte fest, daß es nicht nur ihm so ergangen war. »Ich verurteile Ihn zum Tode. Vielleicht hat Er Seine Eminenz nicht verbrannt, aber Er hatte die Absicht. Und um die Absicht geht es doch hier, nicht wahr, Bischof? Laßt ihn zu Tode peitschen und zu den anderen hängen. Wir verschwenden nur unsere Zeit mit ihm.«

Erfreut über diesen Beweis, daß seine Verhaftung gerechtfertigt gewesen war, trat der Magistrat vor. Endlich ging es voran. Zwei seiner Männer waren nötig, um den sich sträubenden und schreienden Giacomo hochzuzerren. Als der Wächter vor Benno vortrat, um zu helfen, erschrak dieser, weil er nun für alle gut sichtbar war. Doch niemand beachtete ihn. Alle Augen blickten auf Sigismondo, der Giacomo den Arm um die Schulter legte und ihn freundschaftlich an sich drückte.

»Ein Vorschlag, Euer Gnaden? Könnte diese Auspeitschung nicht dem heutigen Festmahl zu Ehren Euerer Verlobung mit Prinzessin Minerva eine zusätzliche Würze verleihen?«

35. Kapitel »Ich gebe hier die Befehle!«

Zischend wie eine Kobra war die Prinzessin mit wallenden Schleiern aufgesprungen. »Brennen soll er! Brennen, wie mein Bruder verbrannt ist!«
Möglicherweise empfand der Herzog dies als abgeschmackt. Er zögerte, und Sigismondo, der Giacomo freundlich wie ein Menschenfresser seinem Opfer die Wange tätschelte, widersprach: »Prinzessin, Rache sollte richtig ausgekostet werden. Verbrennt man einen Mann, erstickt er am Rauch – Puff, und alles ist vorbei! Peitscht Ihr ihn aber zu Tode wie ein Schwein, wird auch das Fleisch schön zart.«
Benno schluckte, die Prinzessin hielt inne, und der Herzog traf eine Entscheidung.
»Heute abend beim Festmahl soll er zum ersten und letzten Mal in seinem Leben mit einem Herzog speisen.« Schon von seinen Lehrern war Grifone oft für sein Vergnügen an derartigen Scherzen getadelt worden. Die guten Männer hatten sich des Eindrucks nicht erwehren können, daß er eine abartige Freude an der kathartischen Katastrophe zeigte, die – wie bereits Aristoteles sagte – in der antiken Tragödie nicht der Unterhaltung, sondern der Reinigung der Seele dient. »Nun, Bischof, soll er heute abend für die musikalische Untermalung sorgen?«

Die Laune des Herzogs besserte sich zusehends, während sich die des Bischofs verdüsterte. Er sah sich gezwungen, einen zustimmenden Laut von sich zu geben, doch er dachte daran, daß das Mahl, das seine Köche mit aller erdenklichen Mühe zubereitet hatten, durch die Schreie dieses armen Mannes – für ihn wenigstens – verdorben sein würde. Für einen gebildeten Menschen konnte es zum Essen nur eine Untermalung geben: Musik von einem kleinen Orchester, wie er es über die Jahre hinweg zusammengestellt hatte – Meister auf der Zither, dem Krummhorn und der Kniegeige; und all das sollte nun vergebens gewesen sein! Der Bischof sandte ein Stoßgebet zum Himmel, mit dem er den Anmächtigen anflehte, der Herzog möge Colleverde so schnell wie möglich verlassen, und ließ ein zweites folgen, in dem er um das ebenso rasche Verschwinden dieses kahlrasierten Fremden bat, der so abscheuliche Einfälle hatte.

»War das der letzte, Magistrat?« Stirnrunzelnd rieb sich der Herzog den Arm, doch der Magistrat war nicht mit besonderem Einfühlungsvermögen begabt. Er warf sich in die Brust und lächelte breit, wie jemand, der stolz darauf ist, daß er sich das Beste für den Schluß aufgespart hat. Auf sein Zeichen hin ging der Hauptmann zur Tür, um den letzten Gefangenen zu holen.

»Euer Gnaden, der Bischof hat Euch sicherlich erzählt, wo all das Teufelswerk seinen Ursprung hat – der Satan hat während der ganzen Zeit vor den Toren der Stadt gehaust und ist gekommen, um Euer Gnaden zu stürzen und unsere gesegnete Heilige zu schänden!« Der Magistrat schwieg bedeutungsvoll und riß dann die Arme hoch, als der letzte Gefangene hineingeführt und vor dem Herzog auf die Knie gezwungen wurde. »Das ist der Mann aus Fontecasta, Euer Gnaden! Im Bund mit dem Teufel ist er gestern nacht nach Colleverde gekommen, um Seine Eminenz zu verbrennen, damit der Kardinal die Verschwörung gegen Euer Gnaden Leben nicht enthüllt. Seht!« Der Magistrat

beugte sich vor und hielt den Arm des Gefangenen hoch, daß die Ketten klirrten. »Verbrennungen! Die Flammen seines teuflischen Herrn haben ihn gezeichnet!«
Entsetzt sah Benno zu. Er mußte zugeben, daß Massimo, mit dem Schmutz einer Nacht im Kerker bedeckt, die kleinen Augen gerötet und mit vorgeschobenem Kinn, einen recht annehmbaren Teufel abgab.
»Heilige Bernadina, schütze uns!« Der Bischof bekreuzigte sich und beugte sich vor, um Massimo zu betrachten. »Das ist der Mann, dessen Grab ich erst heute morgen in Fontecasta öffnen ließ – doch wie schrecklich hat er sich seitdem verjüngt!«
»Ein Untoter!« Vor lauter Aufregung hüpfte der Magistrat auf und nieder. »Er ernährt sich von Blut. Der Teufel geht hier in Colleverde um!«
Falls Massimo wirklich der Teufel war, dachte sich Benno, zeigte er kein großes Geschick, sich seiner übernatürlichen Kräfte zu bedienen. Was für ein Pech, daß der Bischof die Leiche des armen Gruchio gesehen hatte und daß Massimo seinem Vater so sehr ähnelte! Dem Bischof sträubten sich die Haare vor Entsetzen. Seine Männer hatten doch einen Pfahl durch die Leiche in Fontecasta gestoßen; er hatte die bösen Geister ausgetrieben! Diese gespenstische Erscheinung mußte ein Trugbild der Hölle sein!
Der Herzog hingegen war nachdenklich. Erst vor einem Monat hatte er gegen den Wunsch seines Sohnes seinen Astrologen fortgejagt, der ihm mit seinen ständigen Weissagungen von bevorstehendem Unheil die Laune verdorben hatte. Vor den Auswirkungen dieser verhängnisvollen Konstellation der Planeten, so der Astrologe, könne nur ein Mann aus dem Osten den Herzog retten. Montenero lag im Osten, und immer wenn Grifone sich gefragt hatte, ob der Astrologe sich auch nicht irrte, hatte er sich mit dem Gedanken getröstet, daß Prinz Livio sich als sein Retter erweisen könnte.

Allerdings hatte Prinz Livio gerade genau das Gegenteil getan, und allmählich begann der Herzog, sich ernstliche Sorgen um sein Schicksal zu machen. Nachdem er den Astrologen entlassen hatte, hatten die Leute an seinem Hof sofort behauptet, daß gebildete Menschen sich nicht mit einem solchen Aberglauben abgaben. Doch inzwischen war sich der Herzog dessen gar nicht mehr so sicher. Und schließlich hatte auch Prinz Livios Astrologe darauf beharrt, daß die Hochzeit um einen Tag vorverlegt werden müsse, wenn der Prinz drohendes Unheil abwenden wolle.

Der Herzog grinste. Trotz aller Pläne des Prinzen hatte die Hochzeit nicht am heutigen Tage stattgefunden, und der Prinz selbst war im Augenblick auf sein Pferd geschnürt und hatte das schlimmste Unheil erlitten, das einem Menschen überhaupt widerfahren konnte: Tod ohne Absolution. Trotzdem hatte der Astrologe mit der Weissagung bevorstehenden Unheils recht gehabt. Er winkte Sigismondo zu sich heran.

»Woher kommt Er?«

»Euer Gnaden?«

»Wo wurde Er geboren?«

Diese Frage, die mit dem Dämon aus Fontecasta ganz offensichtlich nicht das geringste zu tun hatte, schien den Mann, an den sie gerichtet war, nicht zu verwundern, was den Herzog sehr beruhigte.

»Man sagte mir, Euer Gnaden, daß ich in Moskau geboren wurde, aber«, Sigismondo lächelte, »obwohl ich dabei war, könnte ich keinen Eid darauf schwören.«

Benno verzog keine Miene in seinem freundlichen, tölpelhaften Gesicht, obwohl Sigismondo ihm erzählt hatte, er stamme aus Byzanz; gegenüber dem Herzog von Rocca hatte er erwähnt, daß Spanien sein glückliches Heimatland sei. Zwar war Herzog Grifone es nicht gewohnt, daß man ihm scherzhafte Antworten gab, doch diesmal sah er darüber hinweg, denn Moskau lag ganz

gewiß im Osten. Also mußte dieser Mann, der Weissagung zufolge, wissen, was zu tun war. Er wies auf Massimo.
»Was soll mit ihm geschehen?«
Sigismondo betrachtete Massimo, der bebend vor Zorn auf dem Boden kauerte, mit einem abfälligen Brummen. »Bei allem Respekt für den ehrwürdigen Bischof und seinen Magistrat, aber dieser Mann kommt mir nicht wie ein Dämon vor. Wie ich dem Magistrat bereits erzählte, arbeitete ich für kurze Zeit in Fontecasta, und ich kenne den Mann.«
»Aber heute morgen – das Grab?« Der Amethyst am Finger des Bischofs blitzte auf, so sehr zitterte seine Hand. »Der gleiche Mann, aber mit weißem Haar und Blut auf den Lippen.«
»Sein Vater, Herr, der vor Euerer Ankunft von Achille Malvezzi ermordet wurde.« Seufzend ließ Massimo den Kopf sinken.
Grifone beugte sich vor. »Malvezzi? Der Brigant, der versucht hat, mich zu ermorden? Was suchte er in Fontecasta?«
Sigismondo gab ein langgezogenes Brummen von sich. »Euer Gnaden erinnern sich doch an den Zauberer Antonello, den Seine Eminenz verbrennen ließ? Den Malvezzi rächen wollte? Zweifellos hatte Malvezzi von Graf Giraldis Tod gehört und wollte sich einen Teil der Leiche aneignen.« Als die Anwesenden diese schauerliche Vermutung vernahmen, bekreuzigten sie sich hastig. »Für einen Zauber, den Antonello ihm beigebracht hat, um ihn gegen Euch zu verwenden, Euer Gnaden. Ich habe erfahren, daß der Vater dieses Mannes versuchte, Graf Giraldis Grab gegen die Entweihung zu schützen, und dafür ermordet wurde.«
Ebenso wie der Bischof betete Benno so innig er konnte. Allerdings hatte sein Gebet zum Inhalt, der Herzog möge Graf Giraldis Tod oder den Verbleib seiner Leiche nicht zu eingehend untersuchen. Er fragte sich, wo Angelo wohl in diesem Augenblick weilte, und fügte seinem Gebet noch einen Satz hinzu:

Lieber Gott, bitte sorg dafür, daß Angelo den blinden Grafen nicht die Karten für einen von Herzog Grifones Männern ziehen läßt, die sich in der Stadt herumtreiben! Wenn jemand Mirandola erkannte, würde Sigismondo mehr zu erklären haben, als ihm lieb war, und der schöne Angelo hatte dann wahrscheinlich zum letztenmal die Zukunft geweissagt.

»Giraldi?« Der Herzog runzelte wieder die Stirn. Die Prinzessin neben ihm rutschte unruhig hin und her. Plötzlich brach es aus ihr heraus.

»All das, Euer Gnaden, ist doch völlig gleichgültig! Dieser Bursche hat eine Brandverletzung, und der Magistrat ist davon überzeugt, er habe sie sich zugezogen, als er meinen Bruder anzündete. Laßt ihn so lange foltern, bis wir die Wahrheit zu hören bekommen!«

Noch ehe Sigismondo einen Einwand machen konnte, funkelte der Herzog die Prinzessin wutentbrannt an. Benno hielt den Atem an. Falls der Teufel sich wirklich in diesem Raum befand, kam der Herzog wohl am ehesten in Frage.

»Hoheit, ich gebe hier die Befehle und übe Gerechtigkeit.« Dann wandte er sich rasch zu Sigismondo und Massimo um. »Er sagt, daß dieser Mann unschuldig ist, daß er sich die Verbrennung anderweitig zugezogen hat?«

»In diesem Augenblick haben wahrscheinlich viele der Untertanen Seiner Gnaden Verbrennungen durch Kerzen, Fackeln, Kohlebecken zu beklagen«, erklärte Sigismondo. »Die Schurken, die wagten, Seine Eminenz zu ermorden, stehen bereits«, und er wies mit dem Kopf in Richtung Balkon, »vor einem höheren Richter.«

»Nun denn.« Der Herzog erhob sich, wobei er sich wieder den Arm hielt. »Laß Er ihn frei«, wies er den enttäuschten Magistrat an. »Und Er hol meinen Arzt«, befahl er einem Pagen. »Hoheit, wir sehen uns beim Mahl. Ehrenwerter Bischof, sorgt dafür, daß das Requiem für den Kardinal morgen stattfindet. Euer bester

Geistlicher soll die Totenrede halten, der begabte Redner, den Ihr kennt. Mein treuer Berater soll mit allen Ehren bestattet werden.«

Er hielt inne und warf Sigismondo einen Blick zu. »Und nun zu Ihm. Ich wünsche Ihn heute abend auch beim Festmahl zu sehen. Dann soll Er Seinen verdienten Lohn bekommen.«

Benno wünschte, er hätte sich deutlicher ausgedrückt. Denn schließlich blieb so die Frage offen, wie dieser Lohn aussehen würde. Ein Beutel Gold wäre recht willkommen gewesen, aber wenn man bedachte, wie launisch dieser Herzog war, konnte sich der Lohn ebensogut als Galgenstrick entpuppen.

Wenigstens hatte sein Herr Massimo befreit; doch was würde aus Giacomo werden? Warum Sigismondo etwas so Entsetzliches mit ihm vorhatte, war Benno ein Rätsel. War Giacomo also doch ein Verbrecher? Allerdings war Benno schlau genug, nicht alles zu glauben, was ein Herr vorschlug, solange es nicht tatsächlich geschah. Sigismondo ging mit Worten ebenso leichtfertig um wie Angelo mit seinen Messern. Wenn Sigismondo heute abend zum Festmahl ging, würde Benno ihn bedienen und so miterleben, was mit Giacomo geschah. Er hoffte nur, daß es ihm nicht den Appetit verderben würde.

Der Bischof war wegen der Anordnung des Herzogs, nicht er, sondern ein Redner solle die Ansprache halten, nicht im mindestens beleidigt. Zwar war er in den Glaubensschriften sehr bewandert, aber Reden zu halten lag ihm nicht. Er war sich bewußt, daß seinen Ansprachen der zündende Funke fehlte. Der Neffe Seiner Eminenz hingegen, Vater Torquato, war dafür der richtige Mann. Für einen kleinen Geistlichen wie ihn war das eine große Ehre, und die Prinzessin würde sich geschmeichelt fühlen. Sie hatte diese Aufmunterung dringend nötig; nicht nur wegen ihres tragischen Verlustes, sondern auch wegen der öffentlichen Demütigung, die ihr der Herzog heute bereitet hatte: »Ich gebe hier die Befehle« –

in der Tat. Der Bischof konnte sich nicht erinnern, jemals eine größere Freude empfunden zu haben als in diesem Augenblick.

36. Kapitel
Der Wahrsager und der Blinde

Minerva lag auf einem Bett in dem Gemach des bischöflichen Palastes, das der Haushofmeister eilends für sie hatte herrichten lassen. Anders als viele seiner Glaubensbrüder hielt sich Bischof Taddeo weder heimlich noch in aller Öffentlichkeit eine Geliebte. Also war es nicht ihm zu verdanken, daß Polissena die Hintertüren zum Palast so gut kannte. Der Haushofmeister hatte Nadelkissen, verschnörkelte Handspiegel, Duftöle und noch viele andere Gerätschaften auftreiben lassen, welche eine Besucherin, die bald Herzogin werden würden, seiner Ansicht nach dringend brauchte.
Doch eine Verbindung mit Grifone war genau das, was Minerva sich beim besten Willen nicht vorstellen konnte. Sigismondo hatte sie vor einem Schicksal gerettet, das, wie sie heute nach dem Kampf wußte, ihren sicheren Tod durch die Hand Prinz Livios bedeutet hätte. Sie hatte den Überfall auf Fontecasta überstanden und noch am gleichen Tag Heldentaten vollbracht. Sie hatte Graf Astorre das Leben gerettet – und das alles nur, damit sein schrecklicher Vater sie zur Gemahlin nahm?«
Immer noch erschrak sie beim Gedanken an die Wut, die sie ergriffen hatte, als Prinz Livio nicht nur Herzog Grifone, sondern ihre gesamte Zukunft bedrohte. Nun lag sie auf dem Bett und

blickte zur bemalten Decke empor, wo eine nicht mehr ganz junge Danae mit sehr zufriedenem Gesichtsausdruck die Beine zum Empfang eines Goldregens spreizte. Minerva strampelte. Ihre Hofdamen, drei dumme Gänse, die sie früher in Angst und Schrecken versetzt hatte – war das erst eine Woche her? – saßen am Fenster, tranken Wein, schauten hinaus auf den Platz und warfen immer wieder einen ängstlichen Blick auf die Gestalt auf dem Bett. Neben Minerva standen auf einem Tisch mit eingelegtem Emaillemuster ein Schälchen aus Silber und Gold mit getrockneten Aprikosen und ein Becher Wein. Aber sie hatte nichts angerührt.

Was um Himmels willen sollte sie tun? Auf der Stelle hatte sie begriffen, daß sie einem Herzog schlecht ins Gesicht sagen konnte, sie wolle an seiner Stelle lieber seinen Sohn heiraten. Gerade in diesem unpassenden Augenblick waren ihr alle schrecklichen Geschichten eingefallen, die sie über Herzog Grifone gehört hatte. Seine Frau, so lauteten die Gerüchte, sei vergiftet worden. Weiter hieß es, daß er seine Mätressen schlug und eine von ihnen sogar mit ihren eigenen Zöpfen erdrosselt habe. Er hatte ein wölfisches Grinsen. Außerdem war er ein alter Mann, mindestens vierzig. Und Astorre, der schöne Astorre, dessen Leben sie mit dem geschickt geschleuderten Tintenfaß gerettet hatte; sollte sie niemals in seinen Armen liegen? Sollte sie etwa seine Stiefmutter werden?

Sie streckte Danae, die immer noch das herunterregnende Gold anlächelte, die Zunge heraus.

Selbstverständlich würden viele meinen, daß sie sich glücklich schätzen konnte. Eine Herzogin von Nemora würde förmlich im Reichtum ersticken. Zudem konnte Grifone jederzeit sterben, soviel hatte sie gehört; aber schließlich konnte jeder jederzeit sterben, auch wenn er sich besserer Gesundheit erfreute als der Herzog – erst heute hatte sie wieder den Beweis dafür erhalten! Beim Gedanken an das Blut und die Schreie fuhr sie zusammen.

Doch selbst wenn Grifone starb, konnte sie Astorre trotzdem niemals heiraten, da sie die Frau seines Vaters gewesen war. Kein Papst würde dazu die Erlaubnis erteilen; ganz gleich, wieviel Geld sie ihm auch dafür bot.
Mit den Absätzen ihrer Satinpantöffelchen trommelte sie auf die brokatene Bettdecke. Die Hofdamen erschraken, entschieden dann aber, sich nicht darum zu kümmern.
Sie brauchte Sigismondo. Wenn er sie einmal gerettet hatte, konnte er das auch ein zweitesmal tun. Inzwischen vertraute sie ganz wie Benno darauf, daß Sigismondo immer einen Ausweg wußte. Sie weigerte sich, daran zu denken, daß es selbst Sigismondo nicht wagen würde, Herzog Grifone von einer einmal gefaßten Heiratsabsicht abzubringen. Er würde sicherlich wissen, was zu tun war.
Nachdem Minerva zu diesem Schluß gekommen war, fühlte sie sich sogleich besser. Sie hoffte, Astorre würde Einspruch gegen das Vorhaben seines Vaters erheben. Zwar bestanden nur geringe Aussichten, daß dieser Einspruch etwas bewirken würde, doch es würde so erniedrigend sein, wenn er sich einfach fügte ... Sie legte den Kopf auf die Seite und betrachtete Danae. Sie selbst hatte eine viel anziehendere Figur. Diese Fettwülste – pfui! Minerva setzte sich auf, leerte mit einem Schluck den Becher bis fast auf den Grund und nahm eine getrocknete Aprikose aus dem Schälchen. Ihre Hofdamen, die soeben den unglückseligen Umstand erörtert hatten, daß sie aus Montenero stammten und nun in einer Stadt weilten, wo Leute aus Montenero offenbar unbeliebt waren, sprangen auf, um sich unentbehrlich zu machen. Wenn Prinzessin Minerva wirklich Herzogin von Nemora wurde, hatten sie eine Beschützerin.
Einige Meilen entfernt an den Ufern des Flusses, der die beiden Reiche voneinander trennte, hatte Astorre einem ansehnlichen Söldnerheer Prinz Livios Leiche vorgeführt. Die Männer hatten auf das Zeichen gewartet, mit Feuer und Schwert in Colleverde

einzufallen – was natürlich nicht ohne Plünderungen abgegangen wäre. Anfangs hatte ihr Anführer die Befugnis des jungen Herrn, der sich ihm in den Weg stellte, angezweifelt. Doch als er den Mann, der ihn fürs Brandschatzen und Plündern hatte bezahlen wollen, kopfüber im Sattel hängen sah, war er bereit zuzuhören, obwohl er das Gesicht unter der Schicht getrockneten Blutes und Straßenstaubs zuerst nicht erkannt hatte. Ein hilfsbereiter Soldat aus Nemora holte Wasser vom Fluß und wusch das Gesicht des Prinzen oberflächlich ab.

Der Handel wurde abgeschlossen, als der junge Herr eine angemessene Menge Goldes zutage förderte, das sich in einer Truhe auf dem Rücken eines Esels befand. Man erörterte den neuen Vertrag, der aufgesetzt werden sollte, da der alte ja durch den Tod eines der Unterfertigten – Prinz Livio – seine Gültigkeit verloren hatte.

Dann salutierte der Anführer der Söldner und machte mit seiner Truppe kehrt, um auf der anderen Seite des Flusses das Lager aufzuschlagen und auf Nachricht von Herzog Grifone zu warten. Allerdings konnte er sich einen wehmütigen Blick auf die unversehrten Dörfer und die noch viel einladender funkelnden Türme von Colleverde nicht verkneifen. Der Anführer dachte (denn er war ein gebildeter Mann und hatte einen humanistischen Lehrer gehabt, ehe er beschloß, Söldner zu werden) über die Macht der Möglichkeit nach.

Astorre ritt mit seinen Männern nach Colleverde zurück. Er war davon überzeugt, daß sein Vater mit ihm zufrieden sein würde, er freute sich darauf, Prinzessin Minerva wiederzusehen. Beim Reiten sang er vor sich hin. Da er aufgebrochen war, ehe der Herzog Sigismondo befragte, ahnte er nicht, daß er seine Braut bereits verloren hatte. Was Prinz Livio betraf, hielt es Astorre für das Beste, einen Umhang über sein Gesicht zu breiten, ehe sie nach Colleverde einritten. Schließlich war Livio ein Prinz und wäre, hätte er nicht aus unerklärlichen Gründen Grifone nach

dem Leben getrachtet, Astorres Schwiegervater geworden. Der Überfall im bischöflichen Palast war ungeschickt durchgeführt und schlecht geplant gewesen, und das, obwohl Prinz Livio in dem Ruf gestanden hatte, ein fähiger Mann zu sein.
Doch plötzlich runzelte Astorre zweifelnd die Stirn, was ihm in den Augen des Hauptmanns, der neben ihm ritt, eine erstaunliche Ähnlichkeit mit seinem Vater verlieh. Astorre war nämlich eingefallen, daß die Frage der Staatsraison keineswegs geklärt war. Würde sein Vater immer noch wünschen, daß er die Tochter eines Mannes heiratete, deren Vater versucht hatte, ihn zu töten und das Herzogtum an sich zu reißen? Bei dem Gedanken, er könnte gezwungen sein, Minerva zu entsagen, durchfuhr ihn ein Schmerz, der fast körperlich spürbar war. Solche Schönheit! Als sie mit einer großartigen Geste den Schleier zurückgeschlagen hatte, hatte er den Blick kaum von ihr abwenden können. Wie ein Schutzengel im silbrig schimmernden Gewand war sie herangeschwebt, als der Hüne ihn im Kampf bedrängt hatte. Wahrscheinlich hatte sie ihm das Leben gerettet. Nur schwer konnte er sich eingestehen, daß der Hüne fast den Sieg davongetragen hätte, doch nur seine jugendliche Kraft hatte ihn davor bewahrt, schon früher dem erfahrenen Kämpfer zu unterliegen. Wie dem auch sein mochte, sie hatte wundervoll ausgesehen! Welche Seligkeit, ein solches Mädchen in die Arme zu nehmen!
Wieder warf der Hauptmann einen Blick auf Astorre und stellte fest, daß dieser, wenn er lächelte, seinem Vater nicht im mindesten ähnelte.
Während sie sich Colleverde näherten, kehrte in der Stadt nach einem erfreulichen und ereignisreichen Tag wieder Ruhe ein. Nemora hatte gesiegt, während Montenero Prügel hatte einstecken müssen. Die Pilger kehrten, ausgerüstet mit Lebensmitteln aus den Buden, in ihre Herberge zurück.
Der Magistrat, der seine Suppe mit frittierten Käsebällchen löffelte, berichtete seiner Gattin die Ereignisse des Tages, wäh-

rend sie sein bestes Wams ausbürstete, in dem er vor die Gäste des Bischofs treten wollte, um die Vollstreckung von Giacomos Urteil zu überwachen. In der Küche des Bischofs legten die Köche letzte Hand an das Bankett. Wildschwein war in einem Tuch gedünstet und dann, gewürzt mit Pfeffer, Muskat, Nelken und Ingwer, in einer Teighülle gebacken worden. Dazu gab es Hasenpüree in Fleischbrühe und Wein und Hasenbraten, den einer der Köche gerade mit fein geriebenem Brot und Zimt bestreute. Brisoletts aus Trockenobst und Nüssen waren in Teig getaucht, auf Schnüre gefädelt und dann um Spieße gewickelt worden – eine Leibspeise des Bischofs, ebenso wie eine dicke Suppe aus Früchten und Mandelmilch, die nun, da die Fastenzeit vorüber war, auch wieder Fleisch enthalten durfte.

Um den Sieg des Herzogs und die Ankunft der Reliquien, die sich als so hilfreich erwiesen hatten, gebührend zu feiern, sollte zum Schluß eine ganz besondere Köstlichkeit aufgetragen werden, die, wie man hoffte, selbst die Kunst der herzöglichen Köche nicht in den Schatten stellte. Sie bestand aus dem feinsten Marzipan; man hatte Pistazien mit einer riesigen Menge des sehr teuren Zuckers verknetet und daraus eine Nachbildung der Kathedrale von Nemora geschaffen. Jedes Türmchen war naturgetreu geformt, und auf den Stufen vor den offenen Türen knieten zwei Figürchen. Eigentlich hätten sie den Herzog und den Kardinal darstellen sollen, doch mit einem geschickten Fingerdruck war der Kardinalshut in die Mitra eines Bischofs verwandelt worden. Über die Frage, ob auch das Brautpaar abgebildet werden sollte, hatte es einen hitzige Auseinandersetzung gegeben, in deren Verlauf sogar Messer gezogen worden waren. Doch der Haushofmeister, der gerade noch rechtzeitig eingeschritten war, entschied, auf das Brautpaar zu verzichten, da der Herzog ja nicht nur wegen der Hochzeit, sondern auch wegen der Reliquien Colleverde besuchte. Nun, da es hieß, der Herzog selbst trüge sich mit Heiratsabsichten, schätzte sich der

oberste Konditor glücklich, daß er keine zusätzlichen Figürchen angebracht hatte, die zu entfernen womöglich das ganze Kunstwerk beschädigt und die Ausgewogenheit der Gestaltung zerstört hätte. Er spielte mit dem Gedanken, die Mitra des Bischofs abzuzwicken und statt dessen aus gesponnenem Zucker einen Brautschleier zu formen; doch nach weiterer Überlegung verwarf er diesen Gedanken wieder.
Die Untergebenen, die den gesponnenen Zucker hätten herstellen müssen, dankten im Stillen der heiligen Bernadina.
Im Palazzo Corio dauerte die Suche nach dem verschwundenen Brief immer noch an, nachdem die Prinzessin einen Teil ihres Zorns über die Zurechtweisung durch den Herzog an ihrem Neffen ausgelassen hatte. Sie warf ihm vor, daß er nicht zugegen gewesen war, um den Herzog bei seiner Ankunft zu begrüßen. Torquato war seinerseits aus einer Reihe von Gründen erbost, er zog ein finsteres Gesicht und erwiderte die Standpauke mit einem lateinischen Zitat, das seine Tante allerdings nicht verstand. Danach zog er sich in sein Gemach zurück und ließ sich aus der Küche noch mehr rohes Fleisch kommen, um es auf sein rasch anschwellendes Auge zu legen.
Der Zustand seines Gesichts und auch seiner Kleider (seine Tante hatte zufälligerweise beobachtet, wie man sie zum Waschen forttrug) führte dazu, daß die Prinzessin ihm in sein Zimmer folgte, um ihm mitzuteilen, was sie von Geistlichen hielt, die sich ohne Rücksicht auf ihre Kleider und in diesem Fall auch auf den guten Ruf der trauernden Familie in den Straßen prügelten. Seine mangelnde Zurückhaltung, so fügte sie hinzu, sei auch der Grund, warum sein Oheim ihm nie die Förderung zuteil werden ließ, um die er ihn immer angefleht hätte. Im Gehen merkte sie noch an, daß in seinem Zimmer ein unangenehmer Geruch herrsche.
Nachdem sie sich endlich entfernt hatte, um überall im Haus noch einmal die Kaminasche durchsieben zu lassen, Schreib-

tischschubladen zu durchwühlen und dabei Ohrfeigen zu verteilen, ließ sich Torquato nieder und verfaßte ein unfreundliches Beschwerdeschreiben an die Behörden, in welchem er sich über den schmutzigen Zustand der Straße beklagte, in der er gestürzt war. Er hielt es für klüger, nicht noch einmal nachzusehen, ob der Brief seiner Tante auch gut versteckt war; schließlich konnte sie jeden Augenblick wieder hereinkommen. Er lag ja sicher an seinem Platz.

Als Astorre und seine Männer mit donnernden Hufen in die Stadt einritten, wurden die Triumphbögen gerade abgebaut. Die Winde, der Fortuna so mißtraut hatte, wurde unter der Aufsicht des Florentiners in ihre Bestandteile zerlegt. Eigentlich war er nicht darüber erleichtert, daß die abendlichen Darbietungen beschnitten worden waren; man würde ihn zwar trotzdem dafür bezahlen, aber er war in seiner Berufsehre gekränkt. Trotzdem widmete er sich eifrig den Aufgaben, die seiner harrten. Die Geparden waren wieder den Wärtern des Kardinals zurückgegeben worden, und der Florentiner war, offen gesagt, froh, sie los zu sein, denn ihr gleichgültiger Gesichtsausdruck erinnerte ihn zu sehr an einige seiner adeligen Auftraggeber.

Was die Kaufleute in Colleverde betraf, wußte er genau, woran er mit ihnen war: Mach deine Arbeit, setze den Herzog in Erstaunen, und du bekommst dein Geld. Ob der Herzog nun beeindruckt war oder nicht, war inzwischen nicht mehr von Bedeutung – es hieß, er habe sich während der gesamten Ansprache der Fortuna mit jemandem unterhalten –, und außerdem war ihm seit seinem Einzug in Colleverde soviel widerfahren, daß er wahrscheinlich gar nicht mehr an die Darbietungen dachte. Rückblickend betrachtet, war auch Prinz Livios Meinung zum Wagen des Bacchus zu vernachlässigen, es sei denn, er hatte dem Mädchen, das nun Herzogin werden solle, gefallen. Aber der Florentiner zweifelte nicht daran, daß er sein Geld bekommen würde. Glücklicherweise lag den Geschäftsleuten

von Colleverde einiges daran, einander auszustechen, und einige Gilden hatten ihr Scherflein beigetragen.
Als Astorre über den Platz vor der Kathedrale zum bischöflichen Palast ritt, blitzte plötzlich etwas in der Abendsonne auf. Er schickte einen Burschen, um nachzusehen, während er vor dem Portal des Palastes wartete. Der Duft der Speisen, die in Buden und Läden zubereitet wurden, stieg ihm in die Nase, und er bemerkte, daß er hungrig war. Allerdings fiel im gar nicht auf, wie ihn die Leute auf dem Platz anstarrten. Der Bursche teilte ihm mit, es handle sich um einen Wahrsager, der, wahrscheinlich um Kundschaft anzulocken, mit Messern jonglierte. Es sei der Mann, bei dem ein Blinder die Karten zöge, und man behaupte, er habe alle Ereignisse des heutigen Tages vorausgesagt. Astorre hatte einen plötzlichen Einfall. Seit sein Vater den Hofastrologen fortgejagt hatte, war Astorre ein unbehagliches Gefühl nicht mehr losgeworden. Und heute hatten sich die Prophezeiungen bewahrheitet! Gab es ein schöneres Hochzeitsgeschenk für Prinzessin Minerva als eine glückliche Weissagung für ihr gemeinsames Leben? Welche Wolke konnte jetzt noch die Sonne verdunkeln, deren Schein sie ewig beglücken würde? Auch sein Vater würde sicherlich erfreut sein, denn inzwischen mußte auch er begriffen haben, daß der Wahrsager sich nicht geirrt hatte.
»Bring Er sie in den Palast. Den Wahrsager und den Blinden.«
Sein Vater liebte das Außergewöhnliche. Der Blinde würde ihm bestimmt gefallen.

37. Kapitel
Hexerei im Palast?

Nachdem der Herzog sich mit seinem Arzt zurückgezogen hatte, wurde angeordnet, daß im ganzen Palast Ruhe zu herrschen habe, damit er der Ruhe pflegen könne. Deshalb war der Haushofmeister des Bischofs besonders erpicht darauf, die Herkunft des Lärms zu ermitteln, der plötzlich im Erdgeschoß losbrach.

Er konnte nicht wissen, daß die alte Hexe, die dort auf einen seiner Untergebenen einschlug und eintrat, ausgerechnet die Frau war, die dem Herzog vorhin große Dienste erwiesen hatte. Der Diener, der ins Schienbein getreten und an den Ohren gezogen wurde, wobei auch seine Livree einiges abbekam, war entrüstet. Gleichzeitig jedoch wußte er nicht, wie ihm geschah. Schließlich hatte er die Alte dabei ertappt, wie sie die brokatenen Überdecken befühlte und mit ihren schmutzigen Fingern den Stoff berührte, mit dem beim Festmahl das Podest für den Sessel des Herzogs geschmückt werden sollte. Also tat er nur seine Pflicht. Was aber, wenn es sich bei diesem alten Weib um eine Abgesandte des Teufels handelte, der hier in Colleverde sein Unwesen trieb?

Wie für alte Frauen üblich, war sie in ein schwarzes Gewand gehüllt, doch unter ihrer verrutschten Haube lugten schneeweiße Löckchen wie bei einer Elfe hervor. Ihre Augen funkelten – und dann erst ihre Sprache! Es mußte sich um Zaubersprüche handeln, denn man verstand kein Wort, und das hieß doch gewiß, daß sie Böses im Schilde führte!

»Alte, woher kommt Sie? Was hat Sie hier zu suchen?«

Der Haushofmeister wußte, daß es jetzt vor allem darauf ankam, die Dienerschaft zu beruhigen. Der Bankettsaal war erst zur

Hälfte hergerichtet, und im Augenblick ruhten dort alle Arbeiten. Die Dienstboten standen mit weit aufgerissenen Augen da, bekreuzigten sich, und würden, wie der Haushofmeister mit einem Blick erkannte, jeden Augenblick losstürmen und durch Gerüchte über Hexerei im Palast sämtliche Vorbereitungen zum Erliegen bringen. Die Alte funkelte ihn an und tat, als wäre sie taub. Nach ihren sonnengebräunten Wangen zu urteilen, war sie wahrscheinlich eine Bäuerin, die in die Stadt gekommen war, um die Prozession und die Reliquien zu sehen. Gewiß hatte sie sich während des Tumults in den Palast verirrt und fand nun den Ausgang nicht mehr. Einige dieser Bauern hatten eine Aussprache, die beim besten Willen kein Mensch verstehen konnte – er selbst hatte einmal einen Diener gehabt, der aus den Abbruzzen stammte, und der hatte geredet, als käme er aus Spanien. Also erhob der Haushofmeister die Stimme, um zu ihren schwerhörigen Ohren und ihrem sicherlich schwerfälligen Verstand vorzudringen.

»Woher kommt Sie, Frau?«

Aus heiterem Himmel fing die Alte an zu kichern. Offenbar war in ihrem Oberstübchen etwas durcheinandergeraten.

»Fontecasta! Daher komme ich!«

Sofort benahmen sich die Dienstboten wie eine Hühnerschar, wenn der Fuchs in den Stall eingedrungen ist. Schreiend und kreischend stoben sie hinaus; ein Mädchen blieb wegen des Eimers, den sie trug, am Türstock hängen und betete lauthals ein Ave Maria nach dem anderen, bis sie sich endlich befreit hatte. Selbst der Haushofmeister, der mit der merkwürdigen Gestalt allein zurückblieb, murmelte ein Gebet. Allerdings versuchte er sich immer noch einzureden, daß sie nur eine verrückte, alte Bäuerin sein konnte, die sicherlich aus dem Weiler Fontecasta in der Nähe des unglückseligen Landhauses stammte. Sie achtete gar nicht auf den Aufruhr, den sie verursacht hatte, ganz so, als sei sie derartiges gewöhnt. Wortlos war sie

zum Fenster getreten und blickte nun in den Hof hinaus. Da sich das Fenster im Erdgeschoß befand, verfügte es nur über Gitterstäbe und Läden, nicht aber über Glasscheiben. Die Alte spähte hindurch, als habe sie etwas entdeckt. Der Haushofmeister folgte ihr, wobei er überlegte, ob es gefährlich sei, sie an der Schulter zu berühren. Offenbar würde er sie eigenhändig hinauswerfen müssen – eine Aufgabe, die seiner nicht würdig war, aber trotzdem notwendig –, damit sich die Dienstboten beruhigten und das Bankett rechtzeitig fertig wurde. Bislang waren weder die Girlande noch der Baldachin angebracht worden.
»Massimo! Massimo! Hierher.« Ihr Gekreische klang wie der Schrei einer Möwe und gellte dem Haushofmeister schmerzhaft in den Ohren. Mit den Händen, die er schon ausgestreckt hatte, um sie zu packen, hielt er sich nun den eigenen Kopf. Sie war verrückt. Warum war denn nie ein Wächter in der Nähe, wenn man einen benötigte? Dafür standen sie einem immer bei der Arbeit im Weg herum!
»MASSIMO! Hierher!«
Die Hände an die Ohren gepreßt, riß der Major Domo entsetzt die Augen auf. Ein grauenerregendes Gesicht mit wirrem Haar und vorstehendem Kiefer, über und über mit Dreck beschmiert, drückte sich an die Gitterstäbe, als ob die geröteten Augen etwas im Raum suchten.
Hastig stieß der Haushofmeister einen Schwall Ave Marias hervor. Das Gesicht verschwand. Der Haushofmeister schüttelte sich wie jemand, der aus einem Alptraum erwacht, hörte auf zu beten und schickte sich erneut an, die alte Frau – oder Hexe – in den Hof hinauszujagen, wo sie sich seinethalben mit ihrem Kumpanen unterhalten konnte. Am wichtigsten war, daß die Dienerschaft wieder an ihre Arbeit zurückkehrte, die Girlanden fertiggestellt und angebracht wurden und die Vorhänge endlich an ihrem Platz hingen. Zähneknirschend streckte er wieder die Hand nach ihrer Schulter aus, doch sie verfehlte ihr

Ziel. Die Alte hatte ihre Röcke gerafft und huschte zur Tür, was den Haushofmeister unsagbar erleichterte. Er war schon auf einen Tritt ins Schienbein gefaßt gewesen; aber wenigstens waren keine Dienstboten anwesend, die Zeugen dieser Demütigung hätten werden können. Die Alte war wirklich hurtig, dachte er sich. Falls es der Teufel gewesen war, der sie rief, war sie ihm offenbar eine gehorsame Magd.
Vorsichtig folgte er ihr, in der Hoffnung, sie würde das Anwesen verlassen, damit er die Dienerschaft zurückrufen konnte. Doch in diesem Augenblick flog die Tür auf, und das gräßliche Gesicht erschien erneut. Es gehörte einem gedrungenen Burschen in zerrissenen, schmutzigen Kleidern, der eilig auf die alte Hexe zuhumpelte.
»Sybilla! Wo ist der Herr?«
Der Herr! Also war das nicht der Leibhaftige selbst, selbstverständlich nicht; es gab noch einen …
Die beiden unterhielten sich angeregt, fuchtelten mit den Händen, plapperten und achteten überhaupt nicht auf den Haushofmeister, der sich diesem Gespann körperlich unterlegen fühlte. Schließlich hatte er ja miterlebt, wie grob die Alte mit Mario umgesprungen war, und der gedrungene Mann wirkte zwar ein wenig angeschlagen, aber trotzdem noch bedrohlich.
»Massimo!«
Der nächste, der durch die Tür kam, war der Tölpel. Was ihn betraf, war sich der Haushofmeister seiner Sache sicher. Bennos Auftauchen löste bei jedem das Gefühl aus, daß man ihn sofort entfernen mußte, am besten mit einem Fußtritt. Der Haushofmeister wies mit seinem Stab auf die Tür. Die Schmutzschicht, die den Tölpel umhüllte, ließ ihn zögern, Hand an ihn zu legen.
»Hinaus! Alle hinaus«, versuchte er sein Glück. In diesem Moment erschien zu seiner Erleichterung der Hauptmann der Wache. Offenbar war Graf Astorre von der Grenze zurückge-

kehrt, und nun war die Rettung nah. Glücklicherweise begriff der Hauptmann sofort, daß es sich um eine Notlage handelte, wozu wahrscheinlich – ebenso wie beim Haushofmeister – Bennos Anblick beigetragen hatte. Er wandte sich um, gab den Wachen in der Livree des Herzogs ein Zeichen und wies auf die Alte, den gedrungenen Mann und den Tölpel, die immer noch die Köpfe zusammensteckten.

Piken können eine erstaunliche Überzeugungskraft entwickeln. Mit einem Lächeln sah der Haushofmeister zu, wie die Wachen nach den drei Eindringlingen stießen, aber niemand hatte mit dem gerechnet, was nun geschah. Die Alte duckte sich unter einer Pike hindurch und versetzte deren Besitzer mit beiden Fäusten einen geschickten Fausthieb in den Magen. Während der Mann sich vor Schmerzen krümmte, entriß sie ihm die Pike, schwang sie durch die Luft und ließ einen weiteren Wächter gegen den Hauptmann taumeln, so daß dieser auf allen Vieren landete, als wolle er den Marmorboden nach Rissen absuchen. Der Dämon namens Massimo trat den Hauptmann mit aller Kraft ins Hinterteil, so daß dieser bäuchlings zu Füßen des Haushofmeisters landete. Währenddessen setzte sich der Tölpel an die Wand; unter seinem Wams rumorte es eigenartig.

»Hmmm – kann ich jemandem behilflich sein?«

Es war der Mann aus Rocca oder aus Moskau – oder vielmehr sein Rücken. Der Mann, der den Mord am Kardinal untersucht hatte und der vom Herzog selbst um Rat gefragt worden war. Er machte einen umso verwirrenderen Eindruck, als er die Gestalt eines Soldaten und das Haupt eines Priesters hatte, doch seine Gegenwart wirkte auf seltsame Weise beruhigend. Die Hilfe war da! Der Haushofmeister wollte schon zu einer Erklärung ansetzen, doch auf eine plötzliche Bewegung hin wandte er ruckartig den Kopf und starrte den Tölpel an; zu seinem Entsetzen gewahrte er, wie sich die Brust des Kerls öffnete und ein Hund den

Kopf herausstreckte. Mein Gott, ein Geist! Heilige Mutter Maria, das waren in der Tat Teufel!
Er packte den Mann aus Rocca beim Arm.
»Sie kommt aus Fontecasta!«
»Ich ebenfalls, und ich kann mich für sie alle verbürgen. Der Bischof hat den Teufel aus dem Landhaus ausgetrieben. Die alte Frau hat heute morgen das Leben des Herzogs beschützt. Er wird sie reich belohnen.«
Inzwischen hatte sich der Hauptmann erhoben und sah sich wütend nach demjenigen um, der ihn getreten hatte. Sybilla schob Massimo beiseite und ballte die Fäuste zu einem weiteren Schlag; doch der Hauptmann hatte gesehen, welche Verheerung der erste angerichtet hatte; er packte Sybilla bei den Handgelenken und schleuderte sie zu Boden. Massimo wurde von einem Wächter mit der Pike in Schach gehalten. Der Hauptmann wollte sich auf keinen Fall vor seinen Männern von einem alten Großmütterchen demütigen lassen, und deshalb versetzte er ihr noch einige Schläge auf den Kopf.
»Alte Hexe!«
Doch sie ließ sich nicht einschüchtern. »Canalla! Dologne! Skatapedo!« kreischte sie.
Plötzlich warf sich der Mann aus Rocca dazwischen und half der Alten auf. Der letzte Schlag des Hauptmanns traf auf Muskeln, so eisenhart, daß ihm die Hand schmerzte. Ihm fiel ein, wie wacker sich dieser Mann im Kampf gegen Prinz Livios Leute hervorgetan hatte. Nun half der Fremde der alten Frau, sich den Staub von den Rücken zu klopfen, und redete dabei in einer fremden Sprache auf sie ein, mit knappen Worten, die aber gleichzeitig sehr melodisch klangen. Sie starrte ihn an, schrie »Orea!« und fiel ihm um den Hals.
Der Haushofmeister zupfte den Hauptmann drängend am Ärmel. »Sie steht in der Gunst des Herzogs. Er wird zürnen, wenn ihr etwas zustößt.«

Zähneknirschend befahl der Hauptmann seinen Leuten, die Waffen zu senken. Dann standen er und der Haushofmeister da und beobachteten, wie die alte Frau den lächelnden Mann aus Rocca auf die Nase, die Wangen und den Mund küßte, wobei sie ihn bei den Ohren festhielt. Wenn dieser Fremde soviel Einfluß hatte, daß sogar der Herzog auf ihn hörte, und wenn er diese drei kannte, würde er auch mit ihnen fertigwerden. Der Hauptmann, der gerade erst mit Graf Astorre von der Grenze zurückgekehrt war, war müde und durstig, und sein nächster Dienst begann schon am Abend. Mit großer Erleichterung hatte der Haushofmeister festgestellt, daß es sich bei allen Beteiligten seinen Zweifeln zum Trotz um menschliche Wesen handelte. Außerdem war der Teufel ja vom Bischof selbst aus Fontecasta ausgetrieben worden. Nun brauchte er nur noch die Dienstboten zusammenrufen, ihnen diese Umstände vor Augen zu führen und vor allem dafür zu sorgen, daß sie sich mit der Arbeit sputeten.

So kam es, daß Sigismondo, Sybilla, Benno und Massimo allein zurückblieben; Biondello, erfreut darüber, daß die Gefahr vorbei war, tänzelte um sie herum. Sybilla hatte sich bei Sigismondo untergehakt, seine Hand genommen und redete auf ihn ein; nicht in ihrem üblichen Geplapper, sondern – soweit die anderen feststellen konnten – in der gleichen klangvollen, fremden Sprache, der sich Sigismondo zuvor bedient hatte. Die Worte sprudelten aus ihrem Munde hervor, als hätte sie sich eine halbe Lebenszeit in ihr aufgestaut, und Sigismondo warf nur hin und wieder eine Frage in ihren Redeschwall ein. Eine ihrer Antworten sorgte tatsächlich dafür, daß er fast unmerklich die Augenbrauen hochzog. Er führte sie zu der langen Bank, die am Fenster stand. Dort ließen sie sich nieder und unterhielten sich weiter, wobei sie mit ihrer freien Hand fuchtelte, die seine tätschelte und ihn in die Wange kniff. Dabei strahlte sie ihn an. Man hätte meinen können, er sei ihr längst verlorengeglaubter

Sohn, dachte Benno. Das wäre ja wie im Märchen, wenngleich man sich nur schwer vorstellen konnte, daß Sigismondo jemals ein hilfloser Säugling gewesen war. Aber wenigstens hatte sich seine Haartracht seit damals nicht sonderlich verändert.
Ein Knurren in seinem Ohr riß ihn aus seinen Gedanken.
»Ich bin hungrig. Habt Ihr etwas zu essen?«
Massimo sah ausgehungert aus – was bei ihm allerdings auch nach einer herzhaften Mahlzeit der Fall war. Benno kramte auf diese heiser hervorgestoßene Bitte hin unter seinem Hemd. Zu seiner Überraschung entdeckte er nur sehr wenig, denn für einen Augenblick hatte er sein Bad mit Bianca in der letzten Nacht vergessen, durch das er einiger seiner Vorräte verlustig gegangen war. Er stieß auf eine Zwiebel – noch in ihrer braunen Schale –, die er im Palazzo Corio gefunden hatte, und auf einen Kanten Brot; mehr hatte er in Fontecasta nicht einstecken können, weil Angelo ihn so zur Eile gedrängt hatte. Gierig nahm Massimo beides entgegen, und Benno befürchtete schon, er würde die Zwiebel mitsamt der Schale verschlingen. Doch Massimo pellte sie zuerst mit dem Daumennagel und kaute dann so heftig, wie er alles anging, auf dem Brot herum, das es allerdings gewiß nötig hatte.
Plötzlich hielt er inne.
»Der Herr?«
Er warf einen Blick auf Sigismondo, der immer noch mit Sybilla sprach.
»Ist er nicht bei ihm?«
Als ihm das klar wurde, ließ er das Brot fallen, welches Biondello noch im Fluge aufschnappte, und stürzte auf Sigismondo los.
»Wo ist der Herr? Ist er tot?« Er packte Sigismondos freie Hand, hielt sein Gesicht ganz dicht an seines und wiederholte die Frage in einem Ton, der flehend, aber auch drohend wirkte: »Wo ist er? Schwebt er in Gefahr?«

Sigismondo brummte vor sich hin. »Ohne Zweifel. Ganz wie wir anderen auch. Er befindet sich in der Stadt, Massimo, und in sehr guten Händen.«
Massimo spuckte beim Sprechen Zwiebelstückchen aus. »Aber die Männer des Herzogs sind in der Stadt! Was ist, wenn sie ihn erkennen?«
»Wer würde ihnen glauben? Einen Mann, der vor acht Jahren den Wölfen vorgeworfen wurde? Das ist ein Wunder für die heilige Bernadina. In der Stadt gibt es so viele Blinde, wir müßten schon gewaltiges Pech haben, wenn gerade er jemandem auffällt.«
Pech war es in der Tat, denn durch eine Seitentür des Palastes führte man gerade in diesem Augenblick den Wahrsager und den Blinden, die auf Graf Astorres Befehl herbeigebracht worden waren, in den Wachraum, wo sie begeistert willkommen geheißen wurden. Die Wachen hofften auf einen Zeitvertreib, bis der Herzog die beiden rufen ließ.

38. Kapitel Das schönste Geschenk, das sich ein Mann wünschen kann

Alles war für das Festmahl bereit. Der Herzog, der seinem Arzt nicht gestattet hatte, ihn zur Ader zu lassen – nicht einmal den allerkleinsten Blutegel wollte er dulden –, fühlte sich nach seinem Nickerchen wieder besser. Der Hauptmann hatte ihm den Erfolg von Graf Astorres Mission gemeldet, seine Wunde pochte

kaum noch, und der Gedanke an überstandene Gefahren und zukünftige Freuden verlieh ihm neue Kraft. Er schickte zwei Pagen mit einer kleinen Schatulle, die mit schnitzten Putten aus Elfenbein verziert und mit blauem Samt ausgeschlagen war, zu Prinzessin Minerva. Darin fand sie ein Perlenhalsband mit einem herzförmigen Anhänger aus Rubin, das ihr seht gut gefallen hätte, wäre es von Astorre gekommen. Sie vermutete, daß das Schmuckstück ursprünglich als Geschenk eines Schwiegervaters gedacht gewesen war, also fühlte sie sich berechtigt, es sich von ihren Hofdamen anlegen zu lassen. Ihre Dankesworte, die dem Herzog überbracht werden sollten, waren höflich und unverbindlich, aber so hübsch gesetzt, wie es sich dank ihrer guten Erziehung von selbst verstand.
Prinz Livio hatte kein Brautkleid einpacken lassen, aber Polissenas Silberbrokat wies nur ein oder zwei Blutspritzer am Saum auf, weshalb Minerva den Palastzofen befahl, diese zu entfernen. Die Hofdamen tuschelten schon wieder. Die dummen Gänschen ahnten ja nicht, was Minerva in dieser Woche erlebt hatte. Eine von ihnen, Luisa Montalba, die Prinz Livio gezwungen hatte, sich als Prinzessin auszugeben, tat Minerva ehrlich leid. Wahrscheinlich würde sie in der nächsten Zeit kaum wagen, sich zu zeigen.
Minerva ihrerseits war sehr zufrieden mit dem, was sich ihr zeigte, als sie in den silbernen Handspiegel blickte. Sie betrachtete ihr Gesicht, die Farbe ihrer Wangen und ihre blitzenden Augen und befand, daß der Kampf ihre Lebensgeister geweckt hatte. Das Perlenhalsband stand ihr bemerkenswert gut, aber das Rubinherz erinnerte sie an den Rubin an Herzog Grifones Hut und das bleiche Gesicht unter den weißen Locken. Was war, wenn Sigismondo kein Weg einfiel, ihre Hochzeit mit dem Herzog zu verhindern ...? Sie runzelte die Stirn, verscheuchte diesen Gedanken und wies Louisa an, einige Strähnen aus den Zöpfen, die sie ihr gerade flocht, hinauszuziehen und sie in

Löckchen über ihren Ohren anzuordnen. Astorre würde sicherlich auch beim Festmahl sein.
Astorre hatte nur wenig Zeit, sich in dem ihm zugewiesenen Gemach seiner blutigen, verschwitzten und staubigen Kleider zu entledigen, die er jetzt schon den ganzen Tag – auch während des Kampfes und des Ritts zur Grenze – getragen hatte. Es waren prächtige Kleider aus silbernem Samt mit Ärmeln aus Goldbrokat und Seide, mit denen er eigentlich seine Braut hatte beeindrucken wollen. Doch wahrscheinlich hatte sie sie gar nicht wahrgenommen. Selbstverständlich hatte er noch weitere prunkvolle Gewänder für die zu erwartenden Bankette und Empfänge mitgebracht. Seine Diener hatten schon die Truhen ausgepackt und einiges bereitgelegt, damit Astorre seine Wahl treffen konnte.
Außerdem stritten sie sich schon seit einiger Zeit darüber, wer von ihnen Astorre mitteilen sollte, daß er seine Braut verloren hatte. Der Schreiber saß bereits am neuen Ehevertrag. Die Diener hatten gehofft, jemand habe ihren Herrn schon auf dem Weg hierher unterrichtet, aber das war kaum zu erwarten, denn die Leute würden sicherlich nicht in den Straßen auf Graf Astorre zustürzen und ihm erzählen, daß seine Hochzeit abgesagt war.
Was die Bewohner von Colleverde betraf, freuten sie sich trotz alledem auf die Hochzeit. Zwar hatte man den Bräutigam ausgewechselt, aber das tat nichts zur Sache. Wenn man Glück hatte, würde aus den Brunnen am Hochzeitstag Wein sprudeln – ein Wunder, das Herzöge erfahrungsgemäß besser zustande brachten als Heilige. Einige Frauen äußerten Mitleid mit der Braut, die nun nicht den schmucken, jungen Grafen bekommen sollte, doch andere wandten ein, daß sie dafür schneller als erwartet Herzogin werden würde.
Wer würde es also dem Grafen Astorre sagen? Er entschied sich für ein scharlachrotes Samtwams mit silberner Stickerei und

silberdurchwirkten Damastärmeln, und während die Diener ihm beim Ankleiden halfen, ahnten sie alle, daß er es gewählt hatte, weil es zu einem gewissen Kleid aus Silberbrokat paßte. Wer sollte es ihm also sagen?

Der einzige Mensch im Palast, der sich nicht an den Vorbereitungen zum Festmahl beteiligte, war aus gesundheitlichen Gründen entschuldigt. Kardinal Petrucci lag aufgebahrt in der Privatkapelle des Bischofs. Der Herzog hatte befohlen, daß morgen in der Kathedrale von Colleverde das Requiem abgehalten werden sollte, dem er und alle Honoratioren der Stadt beiwohnen würden. Heute kniete er, schon in schwarzen Samt, der geschlitzt und mit goldenem Damast durchzogen war, in der kühlen Kapelle neben dem Katafalk. Außer dem Geruch von feuchtem Stein, Weihrauch und Kerzenwachs war ein leichter, aber ekelerregender Gestank wahrzunehmen, der von Rosmarin und Duftöl eher hervorgehoben als verdeckt wurde. Der Herzog betrachtete das bleiche Gesicht mit den dunklen Brandflecken und die glücklicherweise behandschuhten Hände auf dem scharlachroten Umhang.

Welche Geheimnisse hatte Petrucci mit ins Grab genommen? Wenigstens eines von ihnen war nun bekannt: die Namen seiner Mörder. Vielleicht blickte er von irgendwo herab und sah sie vom Balkon baumeln. Dem Herzog war eingefallen, daß er, wäre seine Wunde tödlich gewesen, wie Petrucci ohne Absolution gestorben wäre, falls der Bischof sich nicht sehr beeilt hätte. Er bezweifelte nicht, daß Petruccis Mörder das eingeplant hatten, damit ihre Rache ihn selbst noch bis ins Jenseits verfolgte.

»Vater, was muß ich da hören?«

Der Prinz hatte angesichts des heiligen Ortes die zornige Stimme gedämpft, was der Herzog zu schätzen wußte. Allerdings hatte er mit dieser Auseinandersetzung gerechnet. Also bekreuzigte er sich und erhob sich. Astorre, der im Kerzenschein in

seinem scharlachroten und silbernen Wams sehr stattlich aussah, kochte vor Wut, und der Herzog dachte liebevoll, wie sehr er seiner Mutter ähnelte, mit der er so viele angeregte Streitgespräche geführt hatte. »Was hast du gehört, mein Sohn?«
»Daß Ihr beabsichtigt, Prinzessin Minerva zu heiraten.«
Der Herzog zog seinen Sohn zum Fuße des Katafalks und wies mit dem Finger darauf. »Wenn Petrucci noch leben würde, hätte er mir gesagt, was ich tun soll. Ich habe um Beistand gebetet, und ich glaube, ich weiß jetzt die Antwort.«
Astorre stand da wie ein Gepard, der seine Beute wittert, und er hatte Mühe, die Stimme zu dämpfen. Ihr werdet sie mir nicht wegnehmen, Herr! Ich liebe sie!«
Angesichts dieser Unvernunft riß der Herzog die dunklen Augen auf, aber er lächelte, tätschelte den in Brokat gehüllten Arm seines Sohnes und sagte: »Du bist, ebenso wie ich, von ihrem Mut betört. Sie soll dir tapfere Söhne gebären, die Nemora gegen unsere Feinde verteidigen werden.«
Astorres Verblüffung war komisch anzusehen. »Dann wollt Ihr …«
»Ich beabsichtige, dich noch heute nacht mit der Dame zu verheiraten und im Ehebett zu sehen.« Der Herzog wandte sich vom Katafalk ab, und Astorre folgte ihm. »Mein Arzt meint, ich könnte nicht erwarten, ewig zu leben; mein Beichtvater meint, ich müsse jeden Augenblick für den Tod bereit sein. Der Mann aus Rocca und Moskau glaubt, in Montenero, das einen jungen Prinzen betrauert, gehört der Jugend die Zukunft. Das Raubtierlächeln kehrte auf das Gesicht Grifones zurück. Er hielt inne und blickte auf Astorre hinab, der seine Hand ergriffen hatte und niederkniete, um sie zu küssen.
»Montenero, mein Sohn, wird über dich als Fürsten gewiß mehr erfreut sein als über mich«, fuhr der Herzog rasch fort. »Doch du wirst um dein Erbe kämpfen müssen. Morgen sollst du mit deiner Gemahlin an der Spitze des Söldnerheers, das Prinz Livio

gegen uns einsetzen wollte, nach Montenero reiten, noch ehe die mächtigen Adelshäuser in dem nun herrscherlosen Land entschieden haben, was zu tun sei. Ich habe den Vertrag aufsetzen lassen und werde ihn dem Anführer der Söldner noch heute nacht zur Unterschrift überbringen lassen. Meine Kundschafter haben mir schon vor langer Zeit mitgeteilt, daß keineswegs alle Adelshäuser Monteneros auf Prinz Livios Seite standen. Graf Eugenios Verwandte zum Beispiel sind über seine ungerechtfertigte Hinrichtung gewiß nicht erfreut, und die Vanozzis werden bereits seit Jahren von mir bezahlt. Wenn du also im Namen von Prinzessin Minerva den Thron des Reiches beanspruchst, dürftest du keine allzugroßen Schwierigkeiten haben, deine Rechte durchzusetzen.« Er hob seinen Sohn vom Boden auf und umarmte ihn heftig. »Komm. Wir müssen Bischof Taddeos Festmahl mit unserer Anwesenheit beehren. Was du brauchst«, fügte er mehr an sich selbst gewandt hinzu, als sie die kühle Kapelle verließen, »ist ein guter Berater und ein erfahrener Vertrauter. Ein Mann wie Kardinal Petrucci, der dir hilft, Montenero zu regieren.«

Die Diener, die sich unter Verbeugungen näherten, waren überrascht, den Herzog und seinen Sohn in so gutem Einvernehmen anzutreffen. Was um alles in der Welt konnte Graf Astorre über den erniedrigenden Verlust seiner Braut hinweggetröstet haben? Einer der Diener, der über eine besonders spitze Zunge verfügte, mutmaßte, es könne schon einen Trost geben – das beträchtliche Vermögen der Prinzessin Corio; wenngleich die damit unvermeidlich einhergehende Anwesenheit ihrer Person selbst für den Sohn ihres Herzogs eine arge Herausforderung darstellen würde.

»Herzliche Glückwünsche, Euer Gnaden«, wagte sich einer vor; die anderen schlossen sich murmelnd an, wobei sie offenließen, ob sie ihm zur Rettung vor dem Tode oder zur Hochzeit gratulierten.

Es war ihnen nicht möglich gewesen, ihrem Herzog im Kampf beizustehen, da der gerissene Prinz Livio – der ja noch Trauer trug – auf einer Feier im kleinen Kreis bestanden hatte. Deshalb war die Dienerschaft in den Garten verbannt worden. Als die Leute den Kampflärm gehört hatten, hatten sie die Türen verschlossen vorgefunden und nicht ins Haus gelangen können, bis die Kardinalswachen öffneten und alles vorbei war.
Ihre Glückwünsche erinnerten Astorre allerdings an die Überraschung, die er für seinen Vater vorbereitet hatte. Inzwischen hatten seine Männer den Wahrsager sicherlich schon herbeigeholt, und es war von äußerster Wichtigkeit, festzustellen, was die nahe Zukunft bringen würde.
Der Haushofmeister vollführte, den silbernen Stab in der Hand, eine tiefe Verbeugung. Schließlich hatte er nicht jeden Tag die Ehre, einem Herzog verkünden zu können, daß das Mahl angerichtet war; doch er sollte nicht sofort die Gelegenheit dazu bekommen. Astorre hatte einen Pagen losgeschickt, der davoneilte, und sprach mit dem Herzog, so daß der Haushofmeister warten mußte. Er hoffte nur, daß das Essen nicht verderben würde. Hohe Herren waren unweigerlich verärgert, wenn eine eigentlich köstliche Mahlzeit aufgrund ihrer selbstverschuldeten Verspätung nicht mehr zu genießen war.
»Ausgezeichnet! Wo sind die beiden?« Vor einiger Zeit war der Herzog zu dem Schluß gekommen, daß es ein Fehler gewesen war, seinen Astrologen so rüde zu behandeln – auch wenn der Bursche nichts weiter als ein Trauerkloß war. Nie zuvor war er so begierig gewesen, zu erfahren, was die Sterne zu sagen hatten. Da er nun im Begriff stand, Montenero seinem Herzogtum anzugliedern, war er neugierig, ob die Hochzeit seines Sohnes – diese Verbindung mit dem Fleisch und Blut eines Feindes – unter günstigen Vorzeichen stand. »Bringt den Wahrsager her. Er soll mir sofort die Karten legen!«
»Er hat einen blinden Gehilfen, Herr, der die Karten für ihn

zieht. Es heißt, er habe alles, was heute geschehen ist, vorhergesagt.«

»Ein Jammer, daß der Prinz es nicht gehört hat.«

Alle lachten pflichtschuldig und machten für den zurückkehrenden Pagen den Weg frei. Er führte einen jungen Mann in verblichenem gelbblauem Wams vor sich her, dessen goldenes Haar ein ängstliches, schönes Gesicht umrahmte. Der Jüngling führte einen hochgewachsenen Mann bei der Hand, der eine alte, zerlumpte Kutte und einen Strohhut trug. Dieser Hut wurde ihm von einem entrüsteten Höfling vom Kopf gerissen, als er vor den Herzog trat. Fragend und wortlos verbeugte sich der junge Mann und zog an der Hand des Blinden, damit dieser sich ebenfalls verbeugte. Als die beiden sich aufrichteten, traute der Herzog seinen Augen kaum. Er nahm den Blinden an der Schulter und drehte ihn zum Licht.

»Bei Gott! Unfaßbar!« Das edle Gesicht des Blinden zeigte keine Regung. Nur der Anflug eines traurigen Lächelns huschte über seine Lippen. »Mirandola!« Fast liebevoll schüttelte der Herzog den Mann. »Also habt Ihr doch nicht mit den Wölfen zu Abend gespeist! Dann sollt Ihr mit mir speisen. Falls Ihr gekommen seid, um mir die Zukunft vorherzusagen, laßt mich Euch erst die Euere schildern: Ihr werdet noch viel mehr verlieren, als nur Euere Augen. Ja, Ihr sollt heute abend zum letztenmal mit mir speisen, Mirandola, und sehen – o nein, hören – wie ich einen Mann bestrafe, der Petruccis Tod geplant hat, ganz wie Ihr den meinen.«

In bester Laune wandte sich der Herzog seinem Sohn zu. »Ich danke dir, Astorre, mein Sohn, denn du hast mir das schönste Geschenk gemacht, das sich ein Mann wünschen kann – seinen Feind!«

39. Kapitel
Er darf nicht gestört werden

Trompeten erschollen, als der Herzog den Bankettsaal betrat, und alle Anwesenden verneigten sich ehrerbietig. Während des Wartens hatten sie ausreichend Stoff gehabt, um ihre Zungen in Bewegung zu halten. Selbstverständlich drehten sich die Gespräche hauptsächlich um die bevorstehende Hochzeit und die übrigen Ereignisse dieses Tages. Noch nie zuvor hatte die Gesellschaft von Colleverde soviel Gelegenheit zum Klatschen gehabt – da waren der Kampf am heutigen Vormittag sowie die hinterlistigen ausländischen Verschwörer (man war sonst nur an einheimische gewöhnt), die sie fast ihres Herzogs beraubt hätten. Nun warteten alle begierig auf das Erscheinen der Braut. Man fragte sich, wie sie sich wohl fühlen mochte, nachdem sie so überstürzt zur Waise geworden war und nun entweder den Mörder ihres Vaters oder dessen Sohn heiraten mußte. Manche tuschelten, angesichts des Todes von Mutter, Bruder und Vater – von denen zwei oder womöglich alle drei ein gewaltsames Ende gefunden hatten – könne man nicht ausschließen, daß sie unter einem schlechten Stern geboren sei und ihren Mitmenschen Unglück bringe. Allgemein war man der Ansicht, der ehemalige Astrologe des Herzogs habe vermutlich doch gewußt, wovon er sprach.

Der Einzug des Herzogs warf für viele neue Fragen auf. Gewiß, er führte eine erstaunlich hübsche Braut an der Hand, mit golden schimmernden Locken und einer weißen Haut, wie sie dem Geschmack der Zeit entsprach. Hoch erhobenen Hauptes nahm sie zwischen dem Herzog und Graf Astorre Platz, weshalb sich die Festgäste weiterhin gespannt fragten, welcher von beiden denn nur ihr Bräutigam war. Auf der anderen Seite des Herzogs wurde ein Mann zu seinem Stuhl geführt; ein Mann, der, seinen zernarbten Augenhöhlen nach zu urteilen, offenbar blind war und – was noch mehr erstaunte – die Lumpen eines Bauern trug. Auch erschien es befremdlich, daß der Herzog offenbar über die Anwesenheit des Krüppels erfreut war und ihm den Platz zugewiesen hatte, der eigentlich für Bischof Taddeo bestimmt gewesen war – wenngleich keine Regung im Gesicht des Bischofs verriet, daß er über diese Zurücksetzung unglücklich war. Einige der älteren Höflinge flüsterten, dieser blinde Bauer ähnele in erstaunlicher Weise einem Mann, der vor einigen Jahren grausam getötet worden war.

Benno, der auf den Stufen stand und den Herzog in den Bankettsaal gehen sah, bemerkte entsetzt, daß seinem Herr ein Fehler unterlaufen war. Der schlimmstmögliche Fall war eingetreten. Es hatte sich als verhängnisvoller Irrtum erwiesen, den Blinden kühn den Blicken der Öffentlichkeit auszusetzen. Glücklicherweise bekam Benno nicht mit, wie zuvorkommend Herzog Grifone den Blinden bei Tisch behandelte; ein Wolf, der sich nicht ein weiteres Mal um seine Mahlzeit würde betrügen lassen. Immer wieder musterte er ihn, fast zärtlich, als überlege er, was der Blinde außer seinen Augen noch zu verlieren hatte. An der Tür entstand einige Unruhe, die aller Aufmerksamkeit auf sich zog. Der Magistrat war mit seinen Gehilfen und einem arg mitgenommen Gefangenen eingetroffen und ließ nun unter großem Aufhebens eine Säule ihrer hübschen Lorbeergirlanden entkleiden, um den Unglücklichen daran festzuketten. Den Gästen dämmerte, daß für die Gaukler, die sonst bei einem Bankett aufzutreten pflegten und die man heute aus Achtung vor dem verstorbenen Kardinal und der Trauer der Braut fernhielt, ein Ersatz gefunden worden war – wenn auch anders als erwartet. Offenbar handelte es sich um einen der Verschwörer. Die

Ankündigung, daß er die Ermordung des Kardinals geplant habe und nun vor ihrer aller Augen hingerichtet werden würde, raubte einigen der Gäste den Appetit, während andere wiederum meinten, daß dieses Ereignis dem Mahl zusätzliche Würze verliehen würde.

Auf jeden Fall würde es ein unvergeßliches Erlebnis werden.

Während die Dienstboten, die sich auf der Treppe drängten, um den feinen Leuten beim Speisen zuzusehen, widerstrebend zu ihren Pflichten zurückkehrten, stand Benno vor einer schier unlösbaren Frage: Er mußte Sigismondo sofort warnen, daß der blinde Graf wieder in der Gewalt des Herzogs war, doch er wußte nicht genau, wo Sigismondo steckte. »Ich gehe in den Palazzo Corio, aber ich bin bald zurück«, war alles, was Benno hatte erfahren können, ehe Sigismondo wie immer mit halsbrecherischer Geschwindigkeit entschwunden war. Nun, »bald zurück« war ja gut und schön, dachte Benno, aber was würde aus dem blinden Grafen werden? Angelo war von den Männern des Herzogs weggeführt worden, und Benno oblag eigentlich die Aufgabe, ein Auge auf Massimo und Sybilla zu haben. Wenigstens hatte der Haushofmeister, der bemerkt hatte, daß Sigismondo die Gunst seines Herrn genoß, angeordnet, seinen Gefolgsleuten etwas zu essen zu bringen. Er hatte sie in den inneren Hof geschickt, weil er zweifellos ahnte, welchen Aufruhr Sybilla in der Küche, wo man mit den letzten Vorbereitungen für das Festmahl beschäftigt war, auslösen würde. Also hatte Benno die beiden auf eine steinerne Bank gesetzt, wo sie unter Biondellos schmachtenden Blicken einen gebratenen Kapaun verzehrten. Und nun mußte Benno Sigismondo finden, durfte aber andererseits Sybilla und Massimo unter keinen Umständen alleinlassen, damit sie sich nicht etwa aus dem Staub machten. Insbesondere deshalb, weil Massimo unbedingt Mirandola suchen wollte: Obwohl Massimo Sigismondo vertraute, konnte er sich doch nicht vorstellen, daß ein anderer so gut auf seinen

Herrn achtgab wie er selbst. Er war Benno sogar an die Kehle gegangen, bis dieser bei den Seelen seiner Eltern geschworen hatte, daß er nicht wisse, wo Mirandola sich befand, was zu diesem Zeitpunkt sogar der Wahrheit entsprach. Schließlich konnte Angelo überall und nirgends sein. Doch glücklicherweise hatte Massimo ihn vorhin und nicht in diesem Augenblick gefragt, denn ansonsten hätte er verheimlichen müssen, daß Mirandola inzwischen tatsächlich in Lebensgefahr schwebte.

Benno eilte hinaus und vergewisserte sich, daß die beiden immer noch im Hof saßen. Er schickte ein Dankgebet zum Himmel, weil sie nicht mitangesehen hatten, wie man den blinden Grafen hineinführte, und fügte eine bitte an die gute Heilige hinzu: Wenn sie ihn vor dem Galgen gerettet hatte, konnte sie doch auch einem weiteren Menschen helfen, der in mindestens ebensogroßer Bedrängnis war. Abschließend richtete Benno noch eine weitere Bitte an die Heilige: Sie möge doch Sigismondo schleunigst zu ihm schicken!

Kurz nachdem die Prinzessin Corio zum zweitenmal an diesem Tag – schwarzverhüllt und mit Goldschmuck behängt – in ihrer Sänfte zum Bankett aufgebrochen war, um sich von den Schreien eines verhinderten Mörders das Mahl versüßen zu lassen, traf Sigismondo im Palazzo Corio ein. Der Türhüter, der Sigismondo erkannte, ließ ihn mit einer Verbeugung ein. Während der letzten Tage war Sigismondo im Auftrag der Prinzessin ständig im Palast aus und ein gegangen, und der Türhüter hielt ihn für einen Mann, den man besser nicht mit möglicherweise unwichtigen Fragen behelligte.

Der Hof war leer, und im Abendlicht fielen lange Schatten wie Finger, die nach den vergoldeten Mauern des Palastes griffen, über das Pflaster. Vom steinernen Wappen der Corios über dem Eingang blickte der Hermelin auf Sigismondo hinab, als dieser über die Schwelle trat. Auch die Vorhalle war leer, doch gedämpftes Stimmengewirr und Klappern im Hintergrund ließen vermuten, daß die Dienerschaft beim Essen saß, ihre Leiber mit Speise und ihre Gemüter mit Gerüchten nährten. In letzter Zeit war viel Aufregendes geschehen. Erst in der vorangegangenen Nacht hatte der Kardinal unter eben diesem Dach den Tod gefunden, und nun, da alle wußten, daß dies nur der Auftakt zum Anschlag auf den Herzog gewesen war, fühlten sie sich im Mittelpunkt der Ereignisse. Und so achtete niemand auf Sigismondo, der die Treppe hinaufschlich.

Er blickte sich um, lauschte, spähte in verschiedene Zimmer und entdeckte schließlich unter dem Dach einen Schlafsaal, in dem sich die Sonnenwärme des Tages gehalten hatte. Dort stand, auf seine Pike gelehnt, vor einer kleinen Seitentür ein Mann der Kardinalswache. Nach einer leeren Schale auf einer Truhe neben ihm zu urteilen, hatte er soeben gespeist – nach seinem Gesichtsausdruck zu schließen, war das Mahl jedoch nicht allzu üppig gewesen. Bei Sigismondos Anblick stand er stramm und salutierte. Schließlich erkannte er in ihm den Mann, von dem er so viel gehört hatte – man erzählte sich, er habe mit seiner Axt die Feinde wie Holzscheiter in Stücke gehackt.

»Ist der Hauptmann dort drin? Lebt er noch?«

»Herr, Ihre Hoheit ließ ihn hierher bringen und hat den Leibarzt geschickt, um ihn zur Ader zu lassen. Vor etwa einer Viertelstunde ist er gegangen. Der Hauptmann darf nicht gestört werden, Herr. Ausdrücklicher Befehl.« Mit bedauerndem Gesichtsausdruck hielt der Wachmann seine Pike quer vor die Tür, als Sigismondo eintreten wollte. »Er darf nicht gestört werden, Herr. Niemand darf hinein. Befehl Ihrer Hoheit. Ganz gleich, was geschieht.«

Wahrscheinlich hatte die Prinzessin nicht mit dem gerechnet, was nun geschah, aber der Vorfall hatte zur Folge, daß der Wächter friedlich zu Boden sank. Sigismondo fing die Pike im Sturz auf und legte sie außerhalb der Reichweite des Besinnungslosen. Dann schritt er über ihn hinweg und stieß die Tür

auf. Sofort stieg ihm der erstickende Geruch eines Krankenzimmers in die Nase: Schweiß, Harn, Kräuter und vor allem frisches Blut.
In dem kleinen Raum lag der Hauptmann der Kardinalswache auf einem Feldbett auf dem Rücken. Die Augen hielt er halb geschlossen, so daß nur das Weiße sichtbar war, und sein Gesicht war – abgesehen von den dunkelroten Narben – gelblich blaß. Sein Oberkörper war nackt; jemand hatte achtlos eine Decke über ihn geworfen. Der linke Arm des Mannes, an dem der Arzt die Vene geöffnet hatte, hing über die Bettkante hinab. Allerdings war der Verband so locker angelegt worden, daß er heruntergerutscht war und den Rand des Beckens streifte, das auf dem kahlen Holzboden stand. Ein Rinnsal floß langsam den Arm hinunter in das Becken, das bereits überlief, so daß sich rundherum allmählich eine rote Pfütze bildete. Ganz offensichtlich wollte man den Hauptmann verbluten lassen.

40. Kapitel »Der Herzog weiß noch gar nicht, daß er etwas von ihm will«

Entscheidungen waren Bennos Sache nicht. Der größte Vorteil, wenn man einem niedrigen Stand angehörte, lag wahrscheinlich darin, daß man sein Lebtag keine Entscheidungen fällen mußte. Es gab nur Befehle. Seit er Sigismondo diente, hatte es auch weiterhin Befehle gegeben, und Benno hatte gehorcht – zwar nicht ohne nachzufragen, denn er war unglaublich neugierig, aber doch ohne zu zögern. Und nun sah er sich buchstäblich zum Ungehorsam gezwungen. Wenn man sich zwei Gefahren gegenübersieht, sagte Sigismondo immer, muß man abwägen und feststellen, welche die geringere ist.

Als Benno sich voller Angst davonmachte, nahm er Biondello zur Verstärkung mit. Er packte den Hund, der immer noch Sybilla und Massimo anbettelte, bei den Hinterbeinen und stopfte ihn unter sein Hemd. Inzwischen kümmerte sich Sybilla um Massimos verbrannten Arm. Wenn er Glück hatte, so dachte sich Benno beim Hinausgehen, würde das die beiden eine Zeitlang beschäftigen, und falls Sybilla die Mauer hinaufkletterte, um ein paar heilende Kräuter vom Dach zu holen, würde sie schon nicht hinunterstürzen. Er mußte jedenfalls den Herrn suchen.

Sigismondo hatte den Palazzo Corio erwähnt. Möglicherweise war da noch mehr versteckt als nur gestohlene Briefe. Benno hatte den Fehler begangen zu fragen, worum es in den Briefen aus Torquatos Pult ging, war aber daran erinnert worden, daß Sigismondo nicht viel von Fragen hielt. Während Benno sich mit ausgebeultem Hemd zwischen den Spaziergängern auf dem Platz hindurchschlängelte, überlegte er, ob sein Herr wohl guter Stimmung und bereit sein würde, Fragen zu beantworten, wenn er ihn fand. Wahrscheinlicher war es allerdings, daß Benno wieder einmal gezwungen sein würde, den Mund zu halten und sich seinen Teil zu denken. Hinzu kam, daß die Nachrichten, die er zu überbringen hatte, Sigismondo gewiß die Laune verdarben.

Der Türhüter im Palazzo Corio, der den Tölpel sofort als Diener des Mannes mit dem rasierten Schädel erkannte, ließ sich herab, ihm mitzuteilen, sein Herr befände sich im Palast. Dann kehrte er ihm den Rücken zu, als habe er seinen Augen heute schon genug zugemutet.

Nachdem Benno eingetreten war, stellte er erfreut fest, daß der

Palast wie ausgestorben wirkte. Er schenkte der Küche, aus der er Geräusche kommen hörte, nur einen wehmütigen Blick und setzte dann Biondello auf den Boden.

»Such! Such!«

Biondello blickte Benno mit einem, wie dieser hoffte, wissenden Ausdruck an, und lief mit gesenkter Schnauze auf und ab. Plötzlich hob er sein eines Ohr und huschte durch die Vorhalle und einen Torbogen eine gewundene Hintertreppe hinauf. Benno, der erleichtert war, daß Biondello nicht, wie befürchtet, sofort in Richtung Küche lief, folgte ihm.

Als Benno in den großen Schlafsaal trat, sah er, wie Biondello aufmerksam einen hochgewachsenen Mann in der Livree der Kardinalswache beschnüffelte, der offenbar auf dem Boden ein Nickerchen machte, während seine Pike ordentlich an der Wand lehnte. Sigismondo hatte eine ausgezeichnete Hand mit Menschen, die unter Schlaflosigkeit litten; die entscheidende Stelle lag nach Bennos Vermutung irgendwo hinter dem Ohr.

»Hmmm, Benno, habe ich nicht gesagt, du sollst Massimo bewachen?«

Benno hatte Schwierigkeiten, seinen Unterkiefer rasch genug in eine Stellung zu bringen, die ihm das Sprechen erlaubte. Zuerst glaubte er, Sigismondo, der sich in diesem kleinen Zimmer über einen Mann beugte, habe diesen Unglücklichen ermordet. Dann, als er bemerkte, daß Sigismondo einen Verband um den Arm des Mannes wickelte, mußte er hinter Biondello herstürzen, um zu verhindern, daß der Hund die Schüssel auf dem Boden genauer in Augenschein nahm.

»Ich muß Euch Neuigkeiten überbringen.«

»Such Wein. Oder Branntwein.«

Benno grub unter seinen Kleidern und zog eine kleine Flasche hervor, die im bischöflichen Palast einen Augenblick lang unbeobachtet geblieben war. Schließlich hatte die heilige Bernadina

ihn als reuigen Dieb begnadigt, und es wäre nicht schicklich gewesen, dieses Urteil in Frage zu stellen.
Sigismondo nahm das Fläschchen und hielt es dem Kranken, den er gegen seine Schulter gelehnt hatte, an die Lippen. Als der Branntwein dem Mann in den Mund rann, regte er sich und hustete. Sigismondo warf Benno einen finsteren Blick zu.
»Welche Neuigkeiten? Was ist geschehen?«
»Der blinde Graf. Er ist ergriffen worden. Ich habe gesehen, wie der Herzog den Arm um ihn legte, als wollte er feststellen, was er ihm sonst noch antun kann, und ihn neben sich an der Tafel Platz nehmen ließ.«
»Und Angelo?«
»Nach dem Mahl soll jemand die Zukunft voraussagen. Das habe ich erzählen hören. Vermutlich wird er es sein. Sie haben ihn weggeführt ... Und ich habe immer geglaubt, er würde lieber ein paar Leute mit seinen Messern durchbohren als zuzulassen, daß der blinde Graf ergriffen wird.«
»Um dann Hand in Hand mit einem Blinden davonzulaufen?« Sigismondos Ton war herablassend. Immer noch stützte er den kranken Hauptmann und flößte ihm vorsichtig Branntwein ein.
»Wenigstens ist Angelo am Leben. Doch wenn wir uns nicht beeilen, ist Giacomo ein toter Mann. Ich habe dafür gesorgt, daß seine Bestrafung so lange wie möglich hinausgezögert wird.«
»Oh, damit will man bis nach dem Mahl warten, um den Damen nicht den Appetit zu verderben. Die Diener, die das Essen auftragen sollen, waren sehr froh darüber, denn wenn man Giacomo jetzt schon an einer Säule aufgehängt hätte, wäre er allen im Wege gewesen ... Der Herzog war äußerst leutselig; man sagt, er sei sehr guter Laune, weil er überlebt hat und an seiner Stelle ein anderer sterben soll.« Benno sah zu, wie der Verwundete hustend Branntwein spuckte und einige unverständliche Worte murmelte. »Seit wann seid Ihr Arzt? Ich dachte, das ist der Bursche, mit dem Ihr vorhin gekämpft habt?«

»In der Tat. Er ist Hauptmann der Kardinalswache.«
Bei diesen Worten schien das Leben in den Mann zurückzukehren. Seine Augen öffneten sich weiter, so daß inmitten des Weißen dunkle Pupillen zu sehen waren, die Benno an schwarze Oliven auf einem rosagemaserten Teller erinnerten. Der Hauptmann wandte den Kopf und blickte Sigismondo an. Der Hauptmann der Kardinalswache also … dachte sich Benno; vielleicht irrte er sich, aber er erinnerte sich, daß Sigismondo den Mann mit dem Schwert durchbohrt hatte. Aber in all dem Durcheinander hatte niemand gewußt, was eigentlich vor sich ging. Benno konnte sich des Gedankens nicht erwehren, daß sein Herr vielleicht noch einen Fehler gemacht hatte. Möglicherweise war er nun zurückgekehrt, um festzustellen, ob sein Fehler tödliche Folgen gehabt hatte.
»Ihr!« Ungläubig begriff der Hauptmann, wer ihn da pflegte, doch dieser Anblick weckte auch seine Lebensgeister. Sigismondo half ihm, sich aufzusetzen und die Füße auf den Boden zu stellen. Seine Hosen waren zerrissen und blutverschmiert. Benno schüttelte den Kopf. Offenbar hatte sich nach dem Kampf niemand die Mühe gemacht, den Hauptmann ordentlich zu versorgen; man hätte doch meinen sollen, daß seine Männer nach ihm sehen würden. Anscheinend war ein Arzt dagewesen, das erkannte man an dem Becken; doch der hatte den Kranken offenbar unerwartet kräftig zur Ader gelassen.
Nun ließ der Verwundete den Kopf sinken, während Sigismondo aufmunternde Laute von sich gab.
»Benno, wir brauchen ein paar Diener und eine Sänfte. Die Prinzessin hat sicherlich Leute dafür.«
Benno, der schon in der Tür stand, hielt, die Klinke in der Hand, inne. »Was soll ich sagen? Wohin …?«
»Sag, der Herzog will den Hauptmann sehen. Sofort.«
Der Ton der dunklen Stimme ließ Benno eilends aus dem Schlafsaal stürzen, wobei er mit einem Sprung über den am

Boden liegenden Wächter hinwegsetzte. Warum der Herzog sich von einem verwundeten, halbnackten Mann beim Essen stören lassen sollte, war Benno ein Rätsel; allerdings hatte der Herzog ja bekanntermaßen eigenartige Vorstellungen von Unterhaltung. Dem Hauptmann ging es gar nicht gut. Immer wieder wurde er von krampfartigen Hustenanfällen geschüttelt. Was wollte Sigismondo wegen des blinden Grafen unternehmen? Möglicherweise hatte Benno ihm nicht deutlich genug vor Augen geführt, daß dem Unglücklichen nach dem Mahl ein grausames Schicksal drohte.
Während Benno hinter Sigismondo der Sänfte über den Platz folgte und die Leute den Dienern in der Livree der Prinzessin Platz machten, wagte er endlich, die Frage zu stellen, die ihm auf der Zunge lag; »Was will der Herzog denn von dem Hauptmann?«
»Hmmm. Der Herzog weiß noch gar nicht, daß er etwas von ihm will.«

41. Kapitel
Die Kaiserin

Benno war nicht der einzige, in dessen Kopf es drunter und drüber ging – Minerva erging es ganz ähnlich. Astorre hatte ihr sofort mitgeteilt, daß nun doch er und nicht sein Vater ihr Bräutigam sein würde. Dabei war er voll Taktgefühl zu Werk gegangen und hatte ihr gesagt, sein Vater sei – wie es wohl jedem Mann ergangen wäre – angesichts ihrer Schönheit und ihres Mutes so betört gewesen, daß er keinen klaren Gedanken mehr habe fassen können. Nun aber sei aus Gründen der Erb-

folge (Minerva folgerte aus diesen Worten, daß man es für vernünftiger hielt, wenn sie einem gesunden jungen Mann Kinder gebar und nicht einem Herrscher, der dem Tod immer wieder nur um Haaresbreite entrann) beschlossen worden, so zu verfahren, wie es ursprünglich vorgesehen war.
Zwar waren Astorres Worte von Zurückhaltung geprägt, doch sein Blick strafte diese Zurückhaltung Lügen, obwohl nichts Anzügliches in ihm lag; gebannt betrachtete er ihr Antlitz, und seine Augen leuchteten, als wolle er sie sein Lebtag nicht mehr von ihr abwenden. Minerva spürte, daß sie errötete, und war froh, ihr Gesicht hinter dem vergoldeten Weinbecher verbergen zu können. Ein Diener hatte ihn gerade bis zum Rand mit blumenduftendem Wein gefüllt, der in dem güldenen Becher aussah wie flüssiges Gold. Fest umfaßte sie die Putten, mit denen der Becher ringsum verziert war, damit ihre Hand zu zittern aufhörte. Während sie trank, glaubte sie, daß sie sich verhört haben mußte. Astorre hatte doch gewiß nicht gesagt, daß sie noch heute abend heiraten würden!
»Wenn Seine Gnaden einverstanden ist, werde ich mich nach Montenero begeben, ehe jemand Gelegenheit hat, Eueren Anspruch auf den Thron in Frage zu stellen.« Astorre hielt inne und sprach nicht aus, woran er in diesem Augenblick dachte: Da Euer Vater seinen Sohn und Erben, Eueren Bruder, getötet hat; da mein Vater den Eueren tötete … Gleichzeitig gingen Minerva ganz ähnliche Gedanken im Kopfe herum: Was mag er von mir halten, wenn ich Prinz Livios Tod nicht räche, mich nicht weigere, den Sohn seines Mörders zu heiraten? Werde ich deshalb der Verdammnis anheimfallen? Ich sollte dieses Messer bei seinem goldenen, mit Perlen verzierten Griff nehmen und es in seine samtumhüllte Brust stoßen … und das würde ich vielleicht sogar tun, würde ich Prinz Livio als meinen Vater betrachten … Und dort saß der Mann, den sie für ihren Vater hielt, neben Herzog Grifone, der ihn mit den feinsten Bissen von seinem

eigenen Teller fütterte, so zärtlich wie ein Wärter ein Tier, das bald geschlachtet werden sollte. Angesichts der verwirrenden Gefühle, die in ihr tobten, konnte sie keinen klaren Gedanken fassen. Beim Anblick von Graf Mirandola, der hinter dem Herzog gestanden hatte, während dieser sie zum Festmahl willkommen hieß – als seine Braut, wie sie zu diesem Zeitpunkt noch annahm –, war ihr vor Schreck fast das Herz stehengeblieben, dann hatte es wild zu klopfen angefangen. Schon immer hatte sie geahnt, daß Mirandola Gefahr lief, von Petrucci, seinem Erzfeind, entdeckt zu werden. Gewiß hatten Grifones Männer nach ihrem Aufbruch Fontecasta gestürmt und ihn gefangengenommen. Doch woher hatte der Herzog gewußt, daß er sich dort versteckt hielt? Und da es unwahrscheinlich war, daß er ihn zum Mahl lud, um sich für die Ereignisse der Vergangenheit zu entschuldigen – warum war der Graf dann hier?
Als der Magistrat mit seinem Gefangenen eintraf und als Giacomo unter allgemeinem Gemurmel an eine Säule gefesselt wurde, begriff sie, welches Schicksal Mirandola erwartete. Sie erschauderte, und plötzlich fror sie. Astorre beugte sich, nachdem er sie um Entschuldigung gebeten hatte, über sie hinweg, um das Wort an seinen Vater zu richten, und sie sah seine gebräunte Wange und seine langen Wimpern zum erstenmal aus nächster Nähe. Er roch nach sauberem Leinen, dem Lavendel und dem Sandelholz, mit dem es parfümiert worden war, und nach frischer Luft. Ihre Empfindungen verwirrten sie.
»Euer Gnaden, darf ich Euch bitten zu bedenken, daß der Appetit der Damen unter den ungehörigen Schreien leiden könnte?«
Unvermittelt wandte der Herzog sein Gesicht mit den tiefen Falten und den dunklen Augen, das dem Astorres so sehr ähnelte und doch bedrohlich wirkte, seinem Sohn zu, und Minerva fühlte sich zwischen den beiden Männern eingezwängt.

Aber der Herzog war leutselig gestimmt, und seine Hand ruhte auf der Mirandolas.
»Wie wahr! Soll der Schurke doch auf seinen Tod warten! Warum sollten wir ihm eine rasche Erlösung verschaffen? Dann werden wir sein Blut eben zur Nachspeise fließen sehen. Selbstverständlich nur, wenn du einverstanden bist, mein Sohn.« Er wandte sich wieder Mirandola zu, nahm den vergoldeten Krug vom Pagen entgegen, schenkte selbst den Wein ein und schloß Mirandolas Finger um den Becher. Mirandola saß, von Dunkelheit umgeben, da und lächelte spöttisch in sich hinein. Minerva war sich bewußt, wie sehr sie ihn liebte, seinen Mut, seine Gelassenheit. Würde der Herzog ihr eine Gnade erweisen, wenn sie sich vor ihm auf die Knie warf? Doch worum sollte sie ihn bitten? Verschont meinen Vater ... Doch wenn sie das aussprach, würde es keine Hochzeit geben. Damit würde sie ihre Mutter öffentlich des Ehebruchs zeihen und an der Seite Mirandola den Tod erleiden.
Sollte sie das tun?
Einen Vater wie Prinz Livio, gewalttätig, grausam, ein Verräter, würde man ihr vergeben, da sie durch ihn Erbin eines Reiches geworden war. Doch einen Verschwörer, der kein Montenero als Hochzeitsgeschenk hinterlassen konnte, würde man ihr nie verzeihen.
Sie bemerkte kaum den Fortgang des Festmahls. Speisen wurden ihr vorgesetzt, von denen sie einige Bissen zu essen versuchte, wie es ihre Erziehung gebot. Sie trank ein wenig mehr Wein, als ihre Mutter ihr gestattet hätte, denn er dämpfte ihre Angst, auch wenn er sie nicht vollends verscheuchen konnte.
Wo war Sigismondo?
Sie hörte Astorre zu, obwohl seine Worte an ihrem Ohr vorbeirauschten. Aber er schien auch nicht mehr zu erwarten, als daß sie hin und wieder mit dem Kopf nickte. Vielleicht spürte er wie sie, welch außergewöhnliche Dinge heute geschehen waren.

Konnte er wissen, daß sie Prinz Livio zu Boden gezerrt hatte, weil er für sie nur Grauen verkörperte und weil sie ihn nicht länger als ihren Vater betrachtete? Astorre überschüttet sie mit Schmeicheleien, und seine Blicke sagten noch viel mehr als seine Worte. So eindringlich sah er sie an, daß ihr auf einmal inmitten all ihrer Verwirrung die Hochzeit einfiel, die nun schon heute abend stattfinden sollte. Ihr Blick fiel auf den armen, halbnackten Gefangenen, der versuchte, seine Arme zu entspannen, die um die Säule gebunden waren, und die Stirn an den Marmor lehnte. Hin und wieder richtete der Herzog das Wort an sie, doch hauptsächlich widmete er sich Mirandola, der zu Grifones Entzücken jedesmal zusammenfuhr, wenn ihm sein Peiniger die Wange tätschelte.
Astorre hatte ihr versichert, daß er sich für Mirandolas Begnadigung einsetzen würde. Allerdings habe ihm sein Vater bereits mitgeteilt, ein Herrscher könne es sich nicht leisten, zu vergeben; die Gerechtigkeit müsse bei allen Untertanen einen bleibenden Eindruck hinterlassen, so daß keiner sie vergaß .... Minerva dachte bei sich, daß es doch ausgereicht hatte, ihm die Augen auszustechen (beim bloßen Gedanken erschauderte sie). Daß er dennoch am Leben geblieben war, konnte man doch als Gottesurteil begreifen ... Sie ließ ihren Becher nachfüllen. Wo war Sigismondo?
Das Festmahl war fast vorüber, und er war immer noch nicht erschienen. Die Teller wurden abgeräumt, die Tischtücher entfernt. Grifone hielt mit einer Handbewegung die Diener davon ab, die Tische abzubauen, und rief: »Wo ist der Wahrsager?«
Das allgemeine Getuschel erstarb, während die Leute sich nach dem Gaukler umsahen; sie erhoben sich belustigt, als man ihn hereinführte; einen schlanken, goldblonden Mann in einem schäbigen gelbblauen Wams. Er wurde von einem der Wächter Astorres in den Raum gestoßen. Als er sich mit einer Kopfbewegung das Haar aus dem Gesicht warf, wurde die Haltung zumin-

dest der Frauen im Saal deutlich freundlicher, denn der Jüngling war außergewöhnlich schön. Beim Anblick des Herzogs schritt er durch den Saal, als wären seine Bewacher gar nicht anwesend. Schließlich stand er vor dem Tisch, und alles schwieg und spitzte neugierig die Ohren.

»Er soll seinem Gehilfen hier die Zukunft vorhersagen«, befahl Grifone. »Ich kenne sie zwar bereits, aber wir wollen einmal sehen, wie Er sie deutet.«

»Ich deute nichts, Euer Gnaden«, antwortete der junge Mann. »Allein das Schicksal bestimmt.«

Minerva beobachtete, wie der Jüngling ein kleines, in Seide gewickeltes Bündel herauszog und es öffnete. Wie konnte dieser seltsame Mensch Graf Mirandolas Begleiter sein? Er sprach wie ein Fremder und war schäbig gekleidet. Aber dank seines edel geschnittenen Gesichtes wirkte er wie ein verkleideter Schutzengel. Nachdem er die Karten gemischt hatte, breitete er sie vor Mirandola aus und sagte: »Die Karten liegen vor Euch. Zieht eine.«

Mirandola ertastete die Karten. Einen Augenblick lang schwebte seine Hand in der Luft und senkte sich dann, wie von einer höheren Macht hinabgezogen. Er nahm eine Karte und deckte sie auf. Minerva beobachtete, wie selbst die Prinzessin Corio sich den Hals verrenkte. Die Karte zeigte eine Frau, die auf einem Thron saß und von Symbolen umgeben war; doch Minerva konnte sich keinen Reim darauf machen.

Angelo hob die grauen Augen und blickte den Herzog an. »Es ist die Kaiserin«, sagte er mit unbewegter Stimme. »Sie bedeutet großen Reichtum.«

Der Herzog lehnte sich zurück. »Großen Reichtum!« rief er. »Schau Er noch einmal nach, Wahrsager, und sieh Er sich vor.«

Angelo zuckte die Achseln. »Ich kann nur sagen, was die Karten mir verraten. Soll ich mischen und ihn noch einmal ziehen lassen?« Sein Ton verriet, daß das zwecklos war, weil der »große

Reichtum« wieder auftauchen würde. Der Herzog kratzte sich mit dem Daumen am Kinn und musterte ihn eine Weile; dann beugte er sich vor und meinte: »Gewiß wird er König in der Hölle werden. Der Teufel wird einen so fähigen Verräter sicherlich schnell dorthin befördern.«

Der Wahrsager sammelte rasch seine Karten auf und wickelte sie wieder ein. Dann hob er den Kopf. »Das Tarot muß mit Silber oder Gold entlohnt werden, Euer Gnaden, wenn man es zu Rate zieht.«

»Er wird genug Silber und Gold zum Lohn erhalten!« rief der Herzog aus. »Man wird es Ihm geschmolzen in den Mund gießen! Fesselt den Mann – es ist noch einen Säule frei. Er hat meinem Feind Unterschlupf gewährt; um Seine Zukunft braucht Er die Karten nicht mehr zu befragen.«

Erfreut eilte der Magistrat zur Säule auf der rechten Seite hinüber. Unter seiner Aufsicht wurden die Girlanden abgenommen und Angelos Hände angekettet. Die Tische wurden hinausgetragen. Die kleine Kapelle des Bischofs – Zithern, Lauten, Mandolinen und Krummhörner – spielte ein neues Stück, und der Magistrat, der an seiner Aufgabe sichtlich zu wachsen schien, huschte geschäftig herum, um für die ganz besondere Musik zu sorgen, nach der es den Herzog verlangte. Neben Astorre beugte sich die Prinzessin Corio vor, die während des ganzen Mahls kaum gegessen und kaum auf die an sie gerichteten Höflichkeiten geantwortet hatte. Wie eine Gewitterwolke umrahmte der schwarze Tüll ihres Kopfputzes ihr Gesicht. Auf diesen Augenblick hatte sie gewartet. Zwar hatte sie den Tod der tatsächlichen Mörder versäumt, aber immerhin hatte dieser Mann dort geplant, ihren Bruder zu verbrennen. Als der Herzog mit Rücksicht auf die Empfindsamkeit der Damen die Auspeitschung verschoben hatte, war das für sie eine bittere Enttäuschung gewesen.

Der Folterknecht des Magistrats trat vor und ließ seine Peitsche zischend wie eine riesige Schlange über den Boden sausen. Mit einem lauten Knall, der nicht nur Minerva zusammenzucken ließ, pfiff sie durch die Luft. Angesichts dieses Peitschenhiebes konnte eine Frau einen Aufschrei nicht unterdrücken, doch die Prinzessin Corio klatschte in die Hände. Andere im Saal – Geistliche, Edelleute aus Colleverde und ihre Gattinnen sowie Grifones und Astorres Höflinge – beobachteten das Schauspiel ohne große Begeisterung, waren aber durchaus bereit, selbige an den Tag zu legen, falls es geboten sein sollte, den Herzog damit zu erfreuen.

Kaum hatte der dritte Peitschenhieb das Blut des unglücklichen Giacomo in alle Richtungen spritzen lassen, als sich am entgegengesetzten Ende des Saals ein Vorhang öffnete und eine seltsame Prozession in den Saal zog. Allen voran ging rückwärts der Haushofmeister, der vergeblich versuchte, die Leute am Eintreten zu hindern. Danach folgten Diener in der in zwei Grautönen gehaltenen Livree der Prinzessin mit einer Trage, auf der ein Mann lag, welcher in die Farben des Kardinals gehüllt war. Die Augen in seinem wachsbleichen, zernarbten Gesicht waren geschlossen. Neben der Bahre schritt – hochgewachsen, ernst und wie immer in Schwarz gekleidet – Sigismondo.

42. Kapitel
Ein Heiratsantrag

Hauptsächlich hatte Grifone es seiner raschen Auffassungsgabe zu verdanken, daß er so lange Herzog geblieben war. Mit einer Handbewegung unterbrach er die Auspeitschung, damit er besser hören konnte. Für den Augenblick erlöst, sank Giacoma gegen die Säule. »Er soll nähertreten!« rief der Herzog, womit er den Haushofmeister von seiner Pflicht befreite und den Magistrat daran hinderte, seinen Diensteifer zur Schau zu stellen. Sigismondo geleitete die Trage bis zum Podest. Seltsamerweise hatten Minerva und die Prinzessin Corio beim Anblick der Prozession beide die Hände vor den Mund geschlagen, obwohl sie gewiß von unterschiedlichen Gefühlen ergriffen waren – Minerva empfand freudige Überraschung.
Auf Sigismondos Wink hin trugen die Diener die Trage an die Seite des Podestes, damit Herzog Grifone sie ungehindert betrachten konnte. Sigismondo selbst blieb neben dem Haupt des Hauptmanns stehen und verneigte sich tief. Der Herzog vergaß sogar Mirandola und beäugte den Kranken, der ihm so unverhofft zum Nachtisch serviert worden war.
»Wer ist das? Was will Er hier?« Der Herzog mußte wieder einmal feststellen, daß der Mann aus Rocca, dem er bereits so viel verdankte, wie ein Zauberkünstler stets neue Überraschungen aus dem Ärmel schüttelte. War dies etwa noch ein Mann, der den treuen Petrucci hatte ermorden wollen? Nach seiner Gesichtsfarbe zu urteilen, blieb nicht mehr allzuviel Zeit, ihn dafür zu bestrafen.
»Euer Gnaden, das ist der Hauptmann der Wache Seiner verstorbenen Eminenz. Er hat Euch etwas zu gestehen.«
Neben Astorre war plötzlich das Rascheln schwerer Seide zu

hören. »Der Mann hat Fieber«, ergriff die Prinzessin das Wort. »Man hätte ihn nicht herbringen sollen. Sein Zustand ...«
»Ruhe!« Der Herzog beleidigte zum zweitenmal die Frau, die sich seiner Meinung nach zu häufig einmischte. »Laßt ihn sprechen, wenn er kann. Wir werden ihn anhören.«
Bis auf das Knistern der Fackeln herrschte Totenstille im Saal, als der Mann mühsam zum Sprechen ansetzte. Sigismondo kniete nieder und stützte ihn mit starkem Arm. Die Worte wurden hervorgestoßen, als fände der Verwundete kaum noch die Kraft dazu.
»Seine Eminenz ... er hat mir befohlen ... Prinz Livio zu helfen.«
»Prinz Livio!« Der Herzog war aufgesprungen und vom Podest hinuntergestiegen. Nun beugte er sich über den Mann. »Petrucci hat Ihm befohlen, für ihn und gegen mich zu kämpfen?«
Hinter ihm hatte sich auch die Prinzessin erhoben. Ihre großen Augen funkelten aus dem bleichen Gesicht, und sie konnte vor Entrüstung und Wut kaum noch an sich halten. Benno, der an der Prozession teilgenommen hatte – er trug Sigismondos Umhang und war dicht hinter der Trage gefolgt –, fragte sich, ob sie sich auf den Hauptmann stürzen und ihn mit bloßen Händen erwürgen würde. Nach seinem Zustand zu urteilen und angesichts des riesigen Rings, den sie trug und mit dem sie ihm mühelos die Halsschlagader hätte aufritzen könne, würde er kaum noch Gelegenheit haben, den Ruf ihres ehrenwerten Bruders weiter in den Schmutz zu ziehen. Inzwischen jedoch hatte der Herzog ihn gepackt und versuchte, mehr aus ihm herauszuschütteln. »Petrucci? Petrucci hat sich mit Prinz Livio gegen mich verbündet? Beschwört Er das bei Gott und allen Heiligen?«
Der Herzog sah sich um, erblickte den Bischof, sprang zurück auf das Portal und ergriff das goldene Kreuz mit dem Amethyst, das der Bischof auf der Brust trug. Er zerrte es zu dem Mann auf der Trage, so daß der Bischof notgedrungen hinterdreinstol-

perte. Nur Sigismondo war es zu verdanken, daß der Geistliche auf der Stufe nicht stürzte.
»Schwör Er!«
Gezwungenermaßen beugte sich der Bischof zum Hauptmann herunter, als dem Verwundeten das Kreuz auf die Lippen gepreßt wurde. Als der Offizier das sorgenvolle Gesicht des Kirchenmannes und seinen purpurnen Seidenumhang erblickte erwachten seine Lebensgeister aufs neue. Seine nächsten Worte waren klar und deutlich.
»Ich schwöre bei meiner Hoffnung, ins Himmelreich einzugehen, daß dies die Wahrheit ist.«
Ein schriller Schrei bereitete diesem Geständnis ein Ende. Die Prinzessin kam herangestürmt, wies anklagend mit dem Finger auf den Hauptmann und kreischte: »Meineidiger Lügner! Mein Bruder war niemals ein Verräter! Niemals! Tötet ihn für seine Lügen!«
Anstelle einer Antwort holte der Herzog, ohne sie eine Blickes zu würdigen, aus und stieß sie in den Bauch, so daß sie zurücktaumelte. Benno rechnete schon damit, daß sie stürzen würde, doch Astorre sprang vor, als ihr Absatz an der Kante des Podests hängenblieb, stützte sie und führte sie an ihren Platz zurück.
Der Bischof, dessen Kreuz der Herzog inzwischen wieder freigegeben hatte, nahm die Angelegenheit nun selbst in die Hand. Leise sprach er einige Worte mit dem Herzog, rief mit einem Blick und einem Wink seines Fingers seinen Kaplan aus der atemlos lauschenden Menge herbei und wies die Träger an, die Bahre ins Nebenzimmer, das Audienzgemach, zu bringen. Und während der Kaplan die Stola des Bischofs und das Salböl holen ging, folgte der Bischof würdigen Schritts der Bahre. Benno wunderte sich, daß der Herzog nicht angeordnet hatte, der Verräter solle ohne Absolution das Zeitliche segnen.
Dann kehrte der Herzog langsam an seinen Platz unter dem schwarzen Brokatbaldachin zurück, der mit goldenen Greifen

bestickt war. Er setzte sich und blickte Sigismondo fast vorwurfsvoll an. Im Saal vernahm man das nicht zu unterdrückende Raunen, das immer entsteht, wenn Menschen tuschelnd Vermutungen anstellen. Der große Kardinal, der treue Ratgeber, der ermordete Freund des Herzogs, dessen Tod so unnachgiebig gerächt wurde – ein Verräter? Ein Spießgeselle von Prinz Livio, der erst vor wenigen Stunden versucht hatte, ihren Herzog umzubringen und den Thron an sich zu reißen? Das war nur schwer zu begreifen; es änderte alles und warf ein völlig neues Licht auf die Ereignisse. Kein Wunder, daß die Prinzessin völlig vernichtet dasaß und nicht glauben konnte, daß ihr Bruder ein Verräter gewesen sein sollte.

»Wie hat Er das herausgefunden?« Herzog Grifones Stimme klang gefaßt und ruhig, ganz der souveräne Herrscher, der das Recht hatte, alles zu erfahren. Sigismondo seinerseits verhielt sich ehrerbietig aber nicht unterwürfig; er kannte die Tatsachen und hatte es nicht nötig, sich einzuschmeicheln.

»Ich beobachtete, wie er mit voller Absicht einen Euerer Männer angriff, ehe ich mich selbst mit ihm befaßte.«

»Doch ich sah mit eigenen Augen, wie seine Männer sich auf Livios Leute warfen.«

»Nachdem Ihr den Prinzen getötet hattet, Euer Gnaden. Nur ein Narr kämpft für einen Toten.« Sigismondos spöttisches Brummen führte dazu, daß sich die aufgestaute Spannung unter den Anwesenden in einem ganz leisen Kichern entlud. Da jedoch das Gesicht des Herzogs ernst blieb, erstarb dieses Kichern augenblicklich.

»Und nur ein Narr gehorcht einem Toten. Warum hat der Hauptmann seine Befehle immer noch befolgt, obwohl Petrucci gestern verstorben ist?«

Ein unterdrückter Ausruf der Prinzessin ertönte, offenbar als Bestätigung dieser Frage. Zur Rechten des Herzogs hörte der Blinde ruhig und aufmerksam zu.

Sigismondo senkte den Kopf, als denke er über die Worte des Herzogs nach. »Seine Eminenz ist zwar verstorben, Euer Gnaden, doch die Befehle wurden bestätigt.« Sigismondo hielt inne. Der Herzog wandte sich auf seinem Sessel um, um dem Blick aus den dunklen Augen zu folgen. »Der Hauptmann sagte mir, die Prinzessin Corio habe ihn heute vormittag angewiesen, alles so ins Werk zu setzen, wie ihr Bruder es geplant hatte. Prinz Livio und sie selbst würden ihn für seine Dienste belohnen.«
Wieder sprang die Prinzessin auf. Ihre Hände krallten sich in ihren Rock und sie stotterte fast vor Wut. »Lügen! Lügen! Euer Gnaden, dieser Mann ist ein Fremder, ein Kundschafter aus Rocca. Euer Gnaden wissen doch, mit welcher Ergebenheit mein Bruder Euch gedient hat. Dieser Schurke versucht nur, Euch gegen die Menschen aufzuhetzen, die Euch treu ergeben sind. Wie kann man ihm nur glauben?«
»Wie kann man Ihm glauben?« gab der Herzog die Frage kühl an Sigismondo weiter.
»Deshalb, Euer Gnaden.« Unter seinem Lederwams zog Sigismondo eine plattgedrückte Pergamentrolle hervor, die Benno sofort erkannte. »Wenn Euer Gnaden dies bitte lesen würden.« Er trat vor, zog den Brief rasch zurück, als die Prinzessin sich verzweifelt darauf stürzte, und überreichte ihn dem Herzog.
Dieser entrollte das Schreiben und riß entsetzt die Augen auf. »Prinz Livios Unterschrift!«
»Euer Gnaden erkennen …« – geschickt packte Sigismondo die Prinzessin, die versuchte, dem Herzog den Brief aus der Hand zu reißen, beim Arm – »Euer Gnaden erkennen, daß die Dame guten Grund hatte, den Befehl ihres Bruders zu bestätigen. Wäre der Plan geglückt, wäre sie Herzogin von Nemora und gleichzeitig Prinzessin von Montenero geworden.«
Nun war dem aufgeregten Tuscheln im Saal kein Einhalt mehr zu gebieten. Die Prinzessin war in Colleverde nie sehr beliebt gewesen, und so konnte man sich einer gewissen Schadenfreu-

de nicht erwehren, weil ihr ehrgeiziges Vorhaben gescheitert war. Wie eine Schlange wand sie sich in Sigismondos Griff, und als sie sich vorbeugte, um ihm die Zähne in die Hand zu schlagen, ließ er sie unerwartet los und trat zurück. Später fragte sich Benno, ob Sigismondo wohl gewußt hatte, was sie vorhatte, und sie deshalb absichtlich losließ.

Der Herzog hatte die Wachen herbeigewunken. Doch noch ehe sie die Prinzessin erreichen konnten, nützte diese die Gelegenheit. Für Benno sah es aus, als ob sie ihre Bewegung von vorhin wiederholte, nur daß sie sich diesmal selbst in die Hand biß. Erst als sie den Kopf zurückwarf, wurde ihm klar, daß sie nicht in ihre Hand, sondern in den Ring gebissen hatte. Er hatte von Gift in Ringen gehört, und während er sie weiter beobachtete, gab es für ihn keinen Zweifel mehr. Sie preßte sich eine Hand an die Kehle, dann aufs Herz, als wolle sie den Weg des Giftes verfolgen. Ihre Augen schienen die Umgebung nicht mehr wahrzunehmen, sondern nur auf ein inwendiges Grauen gerichtet. Benno konnte gerade noch denken, wie schrecklich es war, daß sie ebenso wie ihr Bruder ohne Absolution sterben mußte und ihn in der Hölle wiedersehen würde. Dem Herzog würde das sicher gefallen. Im nächsten Augenblick schwankte sie und sank wie eine Marionette, deren Schnüre gekappt worden waren, gleich einem Haufen schwarzer Seide zu Füßen des Herzogs nieder.

43. Kapitel
Zeit zum Jubeln

Die Anwesenden hatten wie aus einem Munde aufgeschrien, als die Prinzessin zusammengesunken war. Vielleicht hatten nicht alle begriffen, was vor sich ging, aber man war sich sicher, daß sie nicht mehr lebte. Plötzlich brach ein Tumult los, den erst die erhobene Hand des Herzogs – wenn auch nur nach einiger Zeit – zum Verstummen brachte. Erschüttert von all diesen Erlebnissen, preßte sich Benno Sigismondos Umhang wie eine tröstende Decke vor den Mund, und als er bemerkte, daß der Herzog lächelte, umfaßte er das Kleidungsstück voller Angst noch fester.

»Sie hat sich selbst gerichtet. Wer kann jetzt noch an ihrer Schuld zweifeln? Soll sie gemeinsam mit Prinz Livio zur Hölle fahren und sich dort vom Teufel selbst mit ihm trauen lassen! Vielleicht möchte auch ihr Bruder Petrucci, den ich meine rechte Hand nannte, die Zeremonie vollziehen.«

Auf einmal fuhr er herum, packte den schweigenden Mirandola bei den Oberarmen und riß ihn hoch. »Ihr. Ihr habt mich gewarnt. Als ich Euch verurteilte, habt Ihr mich gewarnt. Vertraut ihm nicht, sagtet Ihr. Er ist ehrgeizig und wartet nur auf Eueren Tod.«

Mirandola, der unter diesem unerwarteten Überfall zusammengefahren war, stand nun reglos und mit spöttischer Miene da.

»Bei Gott, die Augen des Herzogs haben alles gesehen!« Grifone wies auf Angelo und sagte: »Laßt ihn frei. Und ihr beide«, mit diesen Worten zeigte er auf zwei Höflinge, »kümmert euch um Graf Mirandola. Besorgt ihm etwas zum Anziehen.«

»Vater!«

»Ach ja! Selbstverständlich kannst du ihn begleiten. Der Knabe hat sich noch vor weniger als einer Stunde für Euch verwandt, Mirandola. Aber Ihr müßt Euch für seine Hochzeit umkleiden. Beeilt Euch. Danach werden wir uns viel zu sagen haben und können uns bis in die Nacht hinein unterhalten.«

»Euer Gnaden«, sagte die rauhe, unverwechselbar barsche Stimme. Möglicherweise huschte der Anflug eins traurigen Lächelns über sein Gesicht.

»Bei Gott!« rief der Herzog aus. »Fast hatte ich diese Stimme vergessen.« Er küßte Mirandola und schob ihn zu den wartenden Höflingen und zu Astorre hinüber.

»Euer Gnaden«, wiederholte Mirandola. Der Herzog hielt inne.

»Was gibt es?«

»Entlohnt das Tarot«, sagte Mirandola und streckte eine Hand aus, um sich wegführen zu lassen.

Der Herzog lachte. Er zog sich den schweren Goldring mit dem geschliffenen Achat vom Finger und warf ihn. Angelo, der sich die befreiten Handgelenke rieb, fing ihn blitzschnell auf. Benno fragte sich, ob die Wachen ihm wohl alle Messer abgenommen hatten; möglicherweise war das eine oder andere ihrer Aufmerksamkeit entgangen.

»Und nun«, meinte der Herzog und ließ seine dunklen, furchterregenden Augen über die Menge schweifen, »ist es Zeit zum Jubeln. Wo ist mein Bischof?«

Der Bischof kniete, wie sich herausstellte, neben der Leiche des Hauptmanns, der sein Geständnis nicht lange überlebt hatte. Im Audienzgemach war der Bischof so mit dem Sterbenden beschäftigt gewesen, daß er nicht wahrgenommen hatte, was im Nebenzimmer vor sich ging. Als er nun vor den Herzog gerufen wurde, blieb er entsetzt vor der Frau stehen, die er stets so gefürchtet hatte und die nun leblos zu Grifones Füßen lag. Die Diener des Herzogs traten auf Befehl ihres Herrn schüchtern vor, um die Leiche hinauszutragen.

»Sie hat sich selbst das Leben genommen, Bischof. Ihr sollt später entscheiden, wo sie begraben wird.«
Der Bischof, der im Stillen Gott um Vergebung für sein großes Gefühl der Erleichterung anflehte, dachte über diese neue Aufgabe nach, als der Herzog ihn lächelnd beim Ärmel nahm und vollends verwirrte.
»Eine Hochzeit, Bischof, eine Hochzeit. Wir dürfen uns nicht mehr mit dem Tod von Verrätern befassen, sondern müssen an die zukünftigen Erben von Nemora denken. Laßt alles Notwendige herbeischaffen. Alle hier Anwesenden sollen Zeugen der Trauung meines Sohnes Astorre und der Prinzessin von Montenero werden. Später werden wir ihre Hochzeit mit aller Pracht in Nemora nachfeiern; aber nun verliert keine Zeit.«
Der Bischof, dem sich inzwischen der Kopfe drehte, rief seinen Kaplan herbei. Grifones ruhelose Augen hefteten sich auf eine kleine Menschenansammlung, die wie angewurzelt stehenblieb.
»Magistrat, was hat Er vor? Laß Er den Mann frei.«
Benno mußte in den Umhang beißen, um ein Lachen zu unterdrücken, als er feststellte, was für ein enttäuschtes Gesicht der Magistrat zog, ehe er sich verbeugte und den Befehl weitergab.
Giacomo wurde von seinen Ketten befreit und stand wie ein gereizter Bulle mit gesenktem Kopf da. Über seinen Rücken verliefen drei rote Striemen.
Während der ganzen Zeit hatte sich Sigismondo nicht von der Stelle gerührt.
»Und Er«, sagte der Herzog, »Seine Geschichte werde ich mir auch nach der Trauung anhören, denn Er weiß mehr, als Er mir verraten hat.«
Sigismondo verbeugte sich und trat zurück.
Die Diener hatten ihre liebe Not mit dem Auftrag, die Prinzessin fortzuschaffen; es war, als fürchteten sie sich immer noch vor ihr. Allerdings hätte das Gesicht der Toten mit den verzerrten

Lippen auch einen mutigeren Menschen erschreckt. Als die Männer sich ächzend erhoben, verfing sich die dicke Goldkette, die die Prinzessin um den Hals trug, mit dem Tüllschleier, so daß der Verschluß nachgab. Klappernd fiel das Schmuckstück auf das hölzerne Podest. Die Diener hätten die Leiche fast wieder zu Boden sinken lassen und blieben zögernd stehen. Einer streckte die Hand nach der Kette aus, aber der Herzog war schneller. Er bückte sich, ergriff sie und warf sie geschickt zu Giacomo hinüber.

»Nimm Er das, Schurke. Dafür, daß Er tun wollte, was ich schon vor langer Zeit hätte tun sollen. Er ist Steinmetz. Ich baue gerade eine Kathedrale in Nemora. Geh Er zu meinem Haushofmeister, der wird sich darum kümmern, daß Er dort Arbeit bekommt. Vielleicht wäre es ohne Petruccis Ratschläge gar nicht zu einem Aufstand gekommen, und Seine Familie wäre nicht verbrannt.«

Er betrachtete Giacomo, der auf den Knien lag und wirre Dankesworte stammelte. »Tröste Er sich. Petrucci brennt jetzt gewiß in der Hölle. Was sind wenige Minuten Qual, verglichen mit der Ewigkeit?«

Mit diesen aufmunternden Worten verließ der Herzog den Saal. Minerva, der allmählich dämmerte, daß sie in wenigen Stunden mit Astorre verheiratet sein und die Ehe vollziehen würde, folgte ihm mit glühenden Wangen. Eine alte, schwarzgekleidete Frau mit weißem Haar und gebräunten Wangen, die zwischen den Bediensteten stand und sich an die Wand gedrückt hatten, um alles aufmerksam beobachten zu können, stellte nun das Wasserbecken ab, mit dem sie ihre Anwesenheit gerechtfertigt hatte.

Sie nahm ein Mundtuch von ihrem Arm, wickelte es sich um den Kopf und schloß sich der kleinen Prozession an. Sigismondo, der sie gesehen hatte, rief ihr etwas zu, das Benno nicht verstehen konnte. Sie antwortete mit einem Wortschwall, ehe sie verschwand.

»Wo ist Massimo?« In plötzlichen Schrecken nahm Benno einen Hühnerschlegel aus dem Mund. »Ich habe vergessen, ihn zu suchen. Sybilla habe ich gesehen, aber er war nicht bei ihr.«
»Hmmm. Sie erzählte mir, er habe versucht, in den Bankettsaal einzudringen, als er hörte, daß der Herzog den Grafen Mirandola ergriffen hat.« Sigismondo verspeiste ein Stück Wildbret und wischte sich die Finger an einem damastenen Mundtuch ab, das ihm der mittlerweile überhöfliche Haushofmeister gereicht hatte. »Er sitzt wieder im Kerker.«
»Dem Magistrat wird es gar nicht gefallen, wenn er ihn noch einmal freilassen muß, he?« An der gelassenen Miene seines Herrn erkannte Benno, daß Massimos Haft nur vorrübergehender Natur war. Und schließlich war Massimo mit einem halben gebratenen Kapaun im Magen eingesperrt worden. Benno seinerseits stürzte sich wieder auf das Wildschwein in Weinsoße, eine Köstlichkeit, die ihm sicherlich entgangen wäre, hätte er wie vorgesehen beim Festmahl hinter Sigismondos Stuhl stehen müssen. In diesem Augenblick kratzten zwei Vorderpfoten an seinem Schenkel, und er schob Biondello ein Stückchen in das mit Tunke beschmierte Maul.
Sigismondo, Benno und Angelo saßen an einem kleinen Tisch, der für sie in einem Erker über dem Platz aufgestellt worden war. In angemessener Entfernung wartete ein Diener, um ihre Becher nachzufüllen und neue Speisen aufzutragen. Der Haushofmeister hatte nämlich bemerkt, wie hoch diese drei Männer in der Gunst des Herzogs standen, was allerdings zu Grifones nachlässiger Einstellung gegenüber Gauklern im allgemeinen paßte. Wenn es nach dem Haushofmeister gegangen wäre, hätte dieser heruntergekommene Wahrsager nie einen Fuß über die Schwelle des Palastes gesetzt.
»Der Magistrat hätte mich ja zu gern in die Finger bekommen. Für Vagabunden wie mich hat er etwas übrig.« Als Angelo auf einem Hähnchenflügel herumkaute, zeigte er schiefe Zähne, die

sein Engelsgesicht in das eines Teufels verwandelten. »Und jetzt mußte er mir ganz brav meine Messer zurückgeben, mit der richtigen Seite zuerst.«

»Hat er sie alle gefunden?«

»Fast.« Mit Kennerblick prüfte Angelo den Ring, den der Herzog ihm hingeworfen hatte. Aus irgendeiner Tasche zog er eine dünne Schnur, mit der er, wie Benno annahm, wahrscheinlich sonst andere Menschen erdrosselte, und fädelte den Ring auf. Während Benno ihn beobachtete, verschwand das Schmuckstück wie durch Zauberhand. Die Männer des Magistrats hatten ihre liebe Not gehabt, überhaupt ein Messer bei ihm zu finden. Benno suchte sich ein Fleischpastetchen aus und biß genüßlich hinein, wobei er den Kopf in den Nacken legte, um die Krümel mit dem Bart aufzufangen. Lässig wie jemand, der es von Geburt an gewöhnt ist, sich bedienen zu lassen, winkte Angelo den Diener herbei, damit dieser Wein nachschenkte. Nachdem der Mann sich wieder entfernt hatte, fragte er Sigismondo flüsternd: »Woher habt Ihr den Brief?«

Sigismondo brummte freundlich. »Gestohlen. Von einem der ihn vor mir gestohlen hat.«

»Ihr Neffe, Vater Torquato.« Nur selten konnte Benno etwas beitragen, und er war sehr stolz darauf. Angelos flaschengrüne Augen wandten sich ihm zu.

»Ihr Neffe? Aber warum? Er gehörte doch zu Familie.«

Sigismondo fuhr fort, da Benno nicht mehr weiterwußte. Er griff nach einem Pastetchen und sagte: »Ganz recht, er gehörte zur Familie. Aber sein Onkel, der Kardinal, und seine Tante, die Prinzessin, haben ihn nicht ausreichend gefördert. Sie unterschätzten seine Fähigkeiten. Also ergriff er die Gelegenheit, durch den Brief ein wenig Druck auf seine Tante auszuüben.« Er trank; es war derselbe goldene mit Blumenduft versetzte Wein, der auch beim Festmahl gereicht worden war. »Angesichts der Drohung, er werde das Schreiben dem Herzog aus-

händigen, hätte sich die Prinzessin von einer hübschen Menge Goldes getrennt.«
»Wenn sie ihn nicht vorher vergiftet hätte.« Angelo stopfte sich so zielstrebig voll wie jemand, der nicht weiß, wann er wieder etwas zwischen die Zähne bekommen wird. »Woher hatte Torquato den Brief? So etwas läßt man doch nicht offen herumliegen.«
»Da bin ich mir auch nicht sicher.« Sigismondo steckte sich eine kandierte Pflaume in den Mund und sprach weiter. »Und dabei schrieb der Prinz, sie müsse sein Schreiben sofort ins Feuer werfen, was sie jedoch nicht tat. Ich glaube, der brennende Kardinal hat sie so abgelenkt, daß sie den Brief unbewacht liegenließ. Obwohl ich es damals nicht wußte, sah ich ihn in ihrer Hand, ehe ich den Rauch roch, der aus seinem Zimmer kam. Vielleicht ist er ihr heruntergefallen, und Torquato hat die Gelegenheit beim Schopfe ergriffen und ihn aufgehoben. In all dem Durcheinander wäre ein Diebstahl niemandem aufgefallen. Und nach dem Tod des Kardinals mag Torquato geglaubt haben, daß die Verschwörung sicherlich scheitern und der Brief dadurch an Wert gewinnen würde.«
»Ihr habt ihn selbst gesehen. Wußtet Ihr, von wem er stammte?«
»Hmm – Ihr hättet einen guten Advokaten abgegeben, Angelo. Ich hatte einen Verdacht, ja. Sie hat sich verraten. Eigentlich versuchte sie, mich auszuhorchen, um herauszufinden, wie Herzog Ludovico es aufnehmen würde, daß Prinz Livio seinen Neffen ermordet hat. Meiner Meinung nach ging es ihr allerdings mehr um den Prinzen als um den Mord. Sie sprach davon, daß ein Herrscher eine Gemahlin brauche, und sie nannte seine zukünftige Gattin Prinzessin von Nemora. Dabei strich sie über das Blatt Papier in ihrer Hand. Ich glaube, das hat sie gar nicht bemerkt.«
Er nahm noch einen Schluck, während Benno ihn bewundernd ansah. Angelo zerteilte mit einem seiner Messer ein Stück

gebratenen Pfau, der gemeinsam mit vielen anderen Gerichten von den Festgästen verschmäht worden war, was entweder an der bevorstehenden Auspeitschung oder an der mangelnden Schmackhaftigkeit des Vogels gelegen haben mochte. Aber Angelo hatte schon viel zäheres Fleisch verspeist. Während er kaute, stellte er all die Fragen, die Benno nicht zu stellen gewagt hatte.

»Wo steckt denn dieser Torquato? Wahrscheinlich wird der Herzog ihn jetzt, nachdem sein liebes Tantchen und sein Oheim, der Kardinal, zur Hölle gefahren sind, nicht gerade mit Küssen ersticken. Nun kann ihn seine Familie nicht mehr schützen.«

Benno überlegte flüchtig, ob der Herzog es wohl jemals in Erwägung gezogen hatte, jemanden mit Küssen zu ersticken, was doch eine sehr außergewöhnliche Todesart darstellte. Doch, wie Benno vermutete, beschränkte man sich dabei auf hübsche Mädchen. Sigismondo winkte den Diener herbei, der ehrfürchtig die Völlerei beobachtet hatte, und bestellte einen Krug Wein, damit sie sich selbst einschenken konnten. Sigismondo füllte Angelos Becher und dann Bennos, wobei er traurig den Kopf schüttelte. »Verschwunden. Ich sah, wie er sich davonstahl, als sein Onkel des Verrats beschuldigt wurde. Wahrscheinlich ist er schon auf dem Weg nach Rom, um dort sein Glück zu versuchen.«

»Ohne Tantchens Gold.«

»Richtig, Angelo, aber auch ohne die Schlinge des Herzogs um den Hals.«

Benno fiel ein, in welchem Zustand er Torquato zuletzt gesehen hatte. »Jemand hat ihn doch heute überfallen. Wer würde denn einen Priester auf offener Straße verprügeln und warum? Gewiß, alle sind ein wenig aufgeregt, aber gleich einen Priester …«

Sigismondo bot Biondello ein Stück Pfau an, das dieser blitzschnell verschlang. »Hmmm. Ich habe Polissena gebeten, Torquato zu beschäftigen, während ich sein Zimmer durchsuchte.

Sie erzählte mir, er habe seinen Onkel schon seit Jahren um die Besuche bei ihr beneidet und sei sofort auf ihr Angebot eingegangen.«

»Aber sie hat ihn doch nicht verprügelt?« Benno malte sich aus, wie Bianca ihre Herrin bei dieser Aufgabe nach Kräften unterstützte.

»Nein. Nein. Obwohl ich sie gut bezahlte und sie es zweifellos auch getan hätte, wenn ihr der Sinn danach gestanden wäre. Nein, es war Tomaso Delmonte, ihr Verehrer. Nachdem der Hauptmann des Magistrats ihn freigelassen hatte, stand er wieder vor ihrer Tür herum und sah, wie Bianca Torquato hineinließ. Die Geduld jedes Mannes hat einmal ihre Grenzen.«

44. Kapitel »Den Rest hättet Ihr erraten«

Am Samstagmorgen, als die Leute sich auf den Weg zur Messe machten, sprach man über nichts anderes als die Trauung und Hochzeitsnacht des künftigen Herzogs von Colleverde. Offenbar würde die eigentliche Hochzeitsfeier warten müssen, denn man munkelte, Graf Astorre habe es nur deshalb so eilig gehabt, um Anspruch auf das Erbe seiner Gemahlin erheben zu können. Jeden Augenblick, hieß es, werde er aufbrechen und dem Söldnerheer entgegenreiten, das eigentlich an der Grenze auf einen Befehl des schurkischen Prinzen Livio zum Einmarsch in Nemora gewartet hatte. Nun würden die Männer Graf Astorres Anspruch auf Montenero den nötigen Nachdruck verleihen. Die Leute begrüßten diese Wendung. Nach allgemeiner Ansicht geschah es den Bürgern Monteneros recht, daß man ihnen Gleiches mit Gleiches vergalt. Doch das war eher die Meinung der gemeinen Menge, denn die Gebildeteren wußten, daß ein Fürst seine künftigen Untertanen, deren Ergebenheit ihm am Herzen lag, nicht unnötig gegen sich aufbrachte, und daß es wenig Sinn ergab, zu zerstören, was man bald sein eigen nennen würde.

Und noch eine weitere Neuigkeit war bald in aller Munde. Der Herzog würde zwar an diesem Tag eine Dankesmesse besuchen und den Reliquien die Ehre erweisen; ein Requiem für Kardinal Petrucci würde es jedoch nicht geben. Man konnte sich den Kardinal nur schwer als Feind des Herzogs und als Mitverschwörer von Prinz Livio vorstellen, aber da seine hochmütige Schwester, die Prinzessin Corio, sich selbst vergiftet hatte, mußte es wohl wahr sein. Die Trauer über ihr Schicksal hielt sich in Grenzen. Alle waren sich einig, daß sie der heiligen Bernadina großen Dank schuldeten. Falls aber der Teufel wirklich aus Fontecasta gekommen sein sollte, um den Kardinal zu verbrennen, hatte er sich nur genommen was ihm ohnehin schon gehörte.

Bereits früh am Morgen war Sigismondo zum Herzog gerufen worden, wo er Minerva und Astorre auf dem Boden kniend vorfand, um den Segen des Bischofs entgegenzunehmen. Minerva trug ein pflaumenblaues Samtkleid mit Goldborten, das sie irgendwo aufgetrieben haben mußte, und dazu das Geschenk des Herzogs – das Perlenhalsband mit dem Herz aus Rubin. Als der Bischof jedem der beiden die Hand auf den Kopf legte, ergriff Astorre seinerseits die Hand seiner Gemahlin, und der Herzog lächelte. Benno, der vom Haushofmeister die Erlaubnis erhalten hatte, hinter den Höflingen zu stehen und zuzuschauen, schnüffelte und wischte sich die Nase am Ärmel ab. Auch der blinde Graf war zugegen. Er stand neben dem Herzog, und nachdem der Prinz und die Prinzessin von Montenero den Ring des Bischofs geküßt und sich erhoben hatten, wandte sich der Herzog zu Graf Mirandola und führte ihn nach vorne.

»Als Geschenk an euch beide gebe ich dir, mein Sohn, einen Berater, der dich niemals betrügen wird, so wie er auch mich niemals betrogen hat. Er wird dir helfen, Montenero zu regieren, und dich vor Verrat schützen.«

Er umarmte Astorre und küßte Minerva auf die Wange. Dabei flüsterte er ihr etwas ins Ohr, das sie erröten ließ. Benno fragte sich, ob der blinde Graf überhaupt nach seinen Zukunftsplänen befragt worden war. Oder wurde er einfach überreicht wie jedes andere Geschenk, das der Herzog zu machen geruhte? Heute sah der blinde Graf sehr stattlich aus; er trug olivfarbenen Samt, und an seinem Kragen prangte ein unverwechselbarer Rubin. Der Herzog war in Geberlaune; Benno hoffte, daß auch für seinen Herrn etwas Hübsches abfallen würde.

Zunächst aber übergab die Prinzessin von Montenero Sigismondo ein Geschenk: eine Börse aus goldenen Kettengliedern, die annehmbar schwer wirkte; dazu reichte sie ihm ihre Hand zum Kuß. Benno mußte daran denken, wie er ihr die Zügel seines Pferdes hingeworfen hatte, ehe er das Geisterhaus betrat. Vielleicht würde sie das auch nie vergessen, obwohl in der letzten Woche so viel geschehen war, daß sie sich vielleicht gar nicht mehr erinnern wollte.

Beim Anblick des jungen Paares vor dem Palast, wo eine Menschenmenge jubelnd die Mützen in die Luft warf und nur mit Mühe von den Wachen des Bischofs in Schach gehalten werden konnte, war es Benno gelungen, sich unter die Höflinge zu mischen, die nach draußen strömten, um ebenfalls das Schauspiel zu bewundern. Graf Astorre bestieg einen großen, schwarzen Hengst, der wegen des lärmenden Volks scheute, wieherte und mit den Hufen aufstampfte. Prinzessin Minerva saß auf einem Schimmel mit goldenen Fransen am Zaumzeug, und sie

sah – trotz der Tränen in ihren Augen – von Kopf bis Fuß aus wie eine richtige Prinzessin. Montenero, dachte Benno, konnte von Glück reden, eine solche Herrscherin zu bekommen. Als sie davonritten, stieß Benno einen heiseren Jubelruf aus, was zur Folge hatte, daß zwei Damen sich angewidert nach ihm umblickten. Sie rafften die Röcke und rümpften vornehm die Nasen.
Von dem keineswegs unangenehmen Gefühl erfüllt, daß die Aufregungen nun ausgestanden waren, folgte Benno Sigismondo in den Garten des Bischofs. Da es ein sehr heißer Frühlingstag war, schnürte er sein Wams bis zum Hosenbund auf, und Biondello, der dadurch seiner Sänfte verlustig ging, schnüffelte zu Füßen seines Herrn umher und schnupperte all die verschiedenen Gerüche.
Bischof Taddeo war ein feinfühliger Mensch, der nach den Tafelfreuden gern die Schönheit seines Gartens genoß. Was die Gestaltung betraf, ging er gern nach der neuesten Mode, weshalb überall teuer erworbene antike Statuen in Nischen oder künstlichen, der Natur nachempfundenen Lauben standen. Grauer Stein hob sich hell von dunkelgrünen Stechpalmenhecken ab. Sigismondo blieb einen Augenblick vor einer Diana mit geschürzter Tunika stehen, die – den Boden in der Hand und den Halbmond auf dem Lockenhaar – zu einem steinernen Hirsch jenseits von Kiesweg und Buchsbaumhecke hinüberblickte. Andächtig legte er eine Hand auf ihren kühlen, steinernen Fuß, der auf Zehenspitzen ihr Gewicht trug, während sie auf ewig dahineilte.
»Der Bischof weiß, wofür er sein Geld ausgibt.« Er blickte sich um, schnupperte und fuhr mit der Hand über einen kleinen Buchsbaum, der zur Kugelform gestutzt war und in einem irdenen Topf stand. Ein scharfer, würziger Geruch entstieg der Pflanze. »Wenn er hier spazierengeht, kann er alles vergessen, was gestern geschehen ist – so hoffe ich wenigstens.«
»Ich wette, der Bischof freut sich, weil die Prinzessin Corio ihn

nicht mehr herumkommandieren kann.« Liebevoll beobachtete Benno, wie Biondello den irdenen Topf wässerte. »Als Prinz Livios Frau hätte sie nicht lange überlebt, oder? Es hätte ihm gar nicht gefallen, herumkommandiert zu werden. Er hätte einen Anfall bekommen, und schwupps, wäre ihr Kopf ab gewesen. Mir schien es, als würde er gleich einen Anfall bekommen, als er gestern Prinzessin Minerva sah.«

»Damit habe ich gerechnet.« Lächelnd hatte Sigismondo einen Buchsbaumzweig abgepflückt, schwenkte ihn unter seiner Nase und roch daran. »Die falsche Prinzessin hat mir gesagt, sie hätte den Schleier überhaupt nicht abnehmen sollen. Der Prinz wollte, gestützt auf seinen angeblichen Arzt, Herzog Grifone entgegentreten und ihn zärtlich umarmen.« Zur Erläuterung drückte Sigismondo Benno die Arme an den Brustkorb. »Siehst du? So hätte Achille Malvezzi ihm das Stilett irgendwo zwischen dem vierten und dem fünften Wirbel in den Hals stoßen können.« Er tippte Benno an den Nacken. »Über dem Kettenhemd, das der Herzog klugerweise unter seinem Wams tragen mochte – was tatsächlich der Fall war. Und nachdem Malvezzis Kumpan, der draußen auf dem Balkon wartete, Astorre den Garaus gemacht hätte, hätte Nemora einen neuen Herrscher gehabt.«

Benno dachte darüber nach und scharrte mit den Schuhen im Kies. Als er an seiner Kleidung herunterblickte, entdeckte er ein Stück kandierte Pflaume am Hemd, kratzte es mit dem Fingernagel ab und schob es sich in den Mund.

»Falls Prinz Livio annahm, daß der Liebhaber seiner Frau in Fontecasta begraben lag, was hatte er dann mit ihm vor?«

Sigismondo gab ein Brummen von sich, zuckte die Achseln und beobachtete einen Zitronenfalter, der über dem Buchsbaum schwebte. »Ein eifersüchtiger Mann weiß sicherlich, was er mit der Leiche seines Nebenbuhlers anfangen kann, selbst wenn dieser nicht mehr in der Lage ist, die Behandlung gebührend zu würdigen.«

»Wieder ein Stück in seiner Sammlung abgeschlagener Köpfe, meint Ihr? Ich verstehe. Nun denn, er war immer noch darauf versessen, sich zu rächen, oder?« Benno zog sein Hemd ein Stück weit aus der Hose, um es nach weiteren Essensresten abzusuchen. »Genau wie diese Burschen, Malvezzi und seine Spießgesellen, die den Kardinal verbrannten, weil der wiederum ihren Freund, den Zauberer, verbrannt hat. Ich wette, sie hätten nicht lange gelebt, wenn Prinz Livio entdeckt hätte, daß sie gerade den Menschen umgebracht hatten, der in seiner Verschwörung eine so wichtige Rolle spielte. Und sie wäre vielleicht sogar geglückt, wenn der Kardinal am Leben geblieben wäre. Und wenn Ihr nicht gewesen wärt.« Nach eingehender Musterung stopfte Benno sich die Hemdzipfel wieder in den Hosenbund. »Und er wäre auch sein Schwager geworden, wenn sie es geschafft hätten. Da wären einige Köpfe gerollt.«
Bei dieser Vorstellung gab Sigismondo wieder ein Brummen von sich. Die Daumen in den Gürtel gehakt, stand er da und betrachtete die Buchsbaumhecke, die einen Teil des Gartens wie ein Labyrinth durchzog, das nirgendwohin zu führen schien, aber trotzdem eine Mitte hatte, in der ein Brunnen plätscherte. Benno fühlte sich an ein Muster an der Wand in der Kathedrale von Rocca erinnert, das man mit dem Finger nachfahren konnte. Es wurde ›Weg nach Jerusalem‹ genannt und war dazu gedacht, die Pilgerfahrt ins Heilige Land nachzuvollziehen, wenn man keine Möglichkeit hatte, jemals dorthin zu reisen. »Schön, nicht wahr?« sagte er an seinen Herrn gewandt. »Daß alles so gut geendet ist, meine ich. Ich freue mich, daß der blinde Graf mit Prinzessin Minerva abgereist ist. Sie wird bestimmt sehr glücklich darüber sein, denn er ist doch ihr wirklicher Vater, oder? Obwohl sie das niemandem verraten darf.«
»Das wäre tatsächlich sehr unklug.« Sigismondo schüttelte den Kopf.
»Wie ist es Massimo und Sybilla ergangen?«

»Massimo ist freigelassen worden. Soweit ich weiß, ist er, nun da sein Herr in Sicherheit ist, ohne Murren nach Fontecasta zurückgekehrt. Der Herzog hat dem Grafen Mirandola das Landhaus geschenkt – er wird es der Familie Giraldi abkaufen. Wenn Graf Astorre auf die Jagd gehen will, kann er dort sein Gast sein. Sybilla ist ebenfalls wieder in Fontecasta.«
Benno warf einen Seitenblick auf seinen Herrn und nahm all seinen Mut zusammen, um eine sehr persönliche Frage zu stellen.
»Die Sprache, in der Ihr mit Sybilla geredet habt und in der sie Euch geantwortet hat, das war doch nicht Moskauerisch, oder?«
Seine Neugier, was Sigismondo betraf, war unersättlich, obwohl sie nur selten befriedigt wurde. Wider Erwarten erhielt er eine Antwort, wobei in Sigismondos Stimme ein unterdrücktes Lachen mitschwang.
»Griechisch, Benno, Griechisch. Sybilla ist vor vielen Jahren von den Türken verschleppt und als Sklavin verkauft worden. Damals war, wie sie mir erzählte, ihr Haar noch schwarz, und sie war kräftiger als heute.«
Bei dieser beängstigenden Vorstellung schnappte Benno nach Luft. Nach einer Weile meinte er dann: »Wie kommt es, daß sie in Fontecasta den blinden Grafen versorgt hat? Hat er sie gekauft?«
»Dazu war es zu spät. Der alte Herzog von Rocca ist ihm um dreißig Jahre zuvorgekommen. Sie wurde von Kalabrien aus, wo sie ihr Italienisch lernte, nach Norden gebracht ... damals kaufte er sie für Prinzessin Oralia.«
»Für Prinzessin Oralia?« Verblüfft riß Benno die Augen auf.
»Sybilla wurde Prinzessin Oralias Kinderfrau und später auch Prinzessin Minervas Amme, bis diese etwa ein Jahr alt war. Hmmm ... am Hof von Montenero war sie nicht sonderlich beliebt.«
Benno wollte schon »Das wundert mich nicht« sagen, verkniff

es sich aber. Allerdings konnte er sich gut vorstellen, daß eine Amme, die wirres Zeug redete und jeden trat, der nicht mit ihr einer Meinung war, sich rasch Feinde schuf. Mit einem Lächeln auf den Lippen schritt Sigismondo weiter. »Also hielt es die Prinzessin für klug, sie in den Ruhestand zu versetzen. Sie schickte sie nach Rocca, wo sie ihr ein Häuschen und ein Stück Land schenkte.«

»Mit Ziegen?« In Bennos Augen waren die Ziegen der entscheidende Grund gewesen, warum Sybilla nach Fontecasta zurückgekehrt war, anstatt ihren Schützling nach Montenero zu begleiten.

Sigismondo spazierte immer noch durch das Labyrinth; und Biondello, der ganz offensichtlich nicht die geringste Ahnung hatte, wohin der Weg führte, folgte ihm mit unerschütterlichem Vertrauen.

Auch Benno lief hinterdrein, begierig nach weiteren Antworten, nun, da sie gerade günstig zu haben schienen. Gewitzt ließ er immer wieder eine Frage in seine Betrachtungen einfließen.

»Der Herzog war erfreut, welch glückliche Zukunft Angelo Prinzessin Minerva und ihrem Gatten heute vormittag vorausgesagt hat, oder? Wieder die Kaiserin und die Liebenden und das ganze andere Zeug: ein günstiges Schicksal, Glück und was man sich sonst noch so wünscht, obwohl er nichts über Söhne gesagt hat.«

»Die gehören sicherlich zum günstigen Schicksal.«

Ich fand es ziemlich dreist von Angelo, daß er den blinden Grafen bat, die Karten zu ziehen, nun da er doch wieder ein feiner Herr ist. Auch der Herzog hat darüber lachen müssen.«

Sigismondo hatte das Ende einer Sackgasse im Labyrinth erreicht und blieb stehen, und Benno, der das gerade noch rechtzeitig bemerkte, wäre fast gegen seinen breiten Rücken geprallt. Biondello machte einen Satz über die niedrige Hecke, blickte

die beiden fragend an und wedelte mit dem Schwanz. Lachend stieg Sigismondo über den Busch.
»Siehst du, Benno? Er zeigt uns, was wir tun sollen. Wenn du an eine Sackgasse kommst, kümmere dich nicht darum. Dahinter liegt der richtige Weg.«
Benno kratzte sich erst am Bart und dann am Kopf. »Wann? Ihr seid doch nicht in eine Sackgasse geraten, oder? Die Prinzessin hat euch gebeten, die Mörder des Kardinals zu finden, und das ist Euch auch geglückt: Achille Malvezzi und seine Spießgesellen.«
»Hmmm ... Sie taten es nicht ungern, weil sie ihre eigene Rechnung zu begleichen hatten. Aber sie handelten auf Befehl.«
»Auf Befehl?« Benno ging im Geiste die verschiedenen Möglichkeiten durch. »Haben sie es vielleicht im Auftrag von Prinz Livio getan? Aber der wollte doch, daß der Kardinal am Leben bleibt, um ihm bei seiner Verschwörung zu helfen. Warum hätte er das tun sollen?
»Aus demselben Grund, aus dem er in jener Nacht das Grab öffnen ließ.«

45. Kapitel
Vielleicht Moskau?

Das Grab ... Eifersucht? Auf den Kardinal? Wie hätte er Prinzessin Oralias Geliebter sein können?«
»Weil er ein Geistlicher war? Man muß kein Menschenfeind sein, um zu sehen, daß die Leute nicht immer sind, wie sie sein sollen.« Sigismondo legte Benno, dessen Hemd sich unter dem offenen Wams zu einem schmutzigen Gewühl verschoben hatte,

den Finger auf die Brust. »Die Gelegenheit? Er besuchte Montenero ebenso wie Rocca – ein Kardinal muß sich nicht auf ein Herzogtum beschränken.«

»Aber die Prinzessin?«

»Polissena sagte mir, Seine Eminenz sei ein sehr anziehender Mann gewesen.«

»Wollt Ihr damit sagen, der Mann, den dieser Giacomo auf der Straße mit Malvezzi gesehen hat, sei Prinz Livio gewesen, der gekommen war, um den Kardinal zu verbrennen? Heilige Jungfrau? Ihr sagtet, Giacomo hätte beobachtet, daß einer von ihnen sein Antlitz verhüllte; ich dachte, das sei der Mann mit dem blauen Gesicht gewesen, der seine Narben verbarg. Und dann drehte er sich um, und Giacomo glaubte schon, der andere habe ihn entdeckt, weil er innehielt ... und das war also Prinz Livio? Ein Anfall wie der, als Prinzessin Minerva den Schleier zurückschlug?«

Sigismondo blickte zu dem fast wolkenlosen, hyacinthenfarbenen Himmel empor. »Die Aufregung. Ich habe schon öfter Menschen erlebt, die an der Fallsucht leiden. Sie verlieren nicht immer die Besinnung. Manchmal setzt nur ihr Verstand für einen Augenblick aus, ohne daß sie es bemerken. Das kann sehr rasch vorbeigehen oder länger dauern – für den Prinzen endete es schließlich tödlich. Aber es muß ein einflußreicher Mann wie Prinz Livio dabeigewesen sein. Nur ein Mensch, dem Petrucci vertraute, wäre eingelassen worden und hätte den Kardinal überwältigen können, ohne daß ihm Zeit für einen Hilfeschrei blieb. Und nur Prinz Livio hätte soviel Gold mitgebracht.«

Sigismondo kletterte über die niedrigen Hecken und strebte auf eine Nische zu, in der vor einer Weißbuche eine geschwungene, marmorne Bank stand. Verwirrt folgte ihm Benno und meinte: »Also hat Prinz Livio den Kardinal aus Eifersucht verbrannt und sich dann nach Fontecasta begeben, um die Leiche eines weiteren Liebhabers seiner Frau zu schänden. Aber warum hat er dann nicht Prinzessin Minerva umgebracht, als er sie erblickte.«

Sigismondo hatte die Bank erreicht und setzte sich. »Ihn das zu fragen, hatte ich keine Gelegenheit mehr ... Sie war wie ein Knabe gekleidet. Vielleicht glaubte er, den Geist seines Sohnes zu sehen.«

Im zweiten Anlauf gelang es Biondello, auf die Bank zu hüpfen, und er ließ sich neben Sigismondo nieder. »Möglicherweise hatte er wieder einen Anfall und ist dabei sogar gestürzt. Wer weiß? Jedenfalls haben Malvezzi und die anderen den Kopf verloren und ihn verlassen. Später hat Prinz Livio sich wieder der Prozession angeschlossen. Dann hat er die falsche Minerva eingeschleust, noch während seine Kumpane wie von wilden Furien gejagt in die Stadt stürmten und etwas von Geistern faselten. Angelo erzählte mir, er habe sie an diesem Tag zu Tode geängstigt, indem er ihnen Unglück vorhersagte. Nur selten hatte er schlechtere Karten gesehen. Dank seiner Hilfe konnte ich dem Herzog erklären, warum das Gold auf Petruccis Schreibtisch zurückgeblieben ist.«

»Das konntet Ihr?« Benno sah ihn erstaunt an. Sigismondo lachte auf.

»Du erinnerst dich doch, daß er ihnen ein zweitesmal die Karten gelegt hat. Sie hatten, wie sie ihm sagten, ein schlechtes Omen gesehen; doch sie bauten darauf, daß sie Erfolg haben würden, wenn sie die Bedingung erfüllten, die ein Astrologe – vermutlich der Hofastrologe Prinz Livios, – daran knüpfte: nämlich, daß alle Schulden beglichen werden mußten. Nun hatte Petrucci entweder einen Teil des für die Verschwörung notwendigen Geldes beigetragen, oder er mußte für seine Beihilfe bezahlt werden.«

»Meint Ihr also, sie haben, als sie den Kardinal aufsuchten, zwei Fliegen mit einer Klappe geschlagen: Hier ist Euer Geld zurück, und nun wollen wir noch dafür sorgen, daß Ihr es schön warm habt.« Benno setzte sich neben Sigismondo auf den kühlen

Stein. »Angelo weiß wirklich, wie man Karten liest. An ihrer Stelle hätte ich Colleverde auf der Stelle verlassen und mich nicht weiter um meine alten Schulden gekümmert.«
Sigismondo zauste Biondello wolligen Kopf und kraulte ihn unter dem Ohr; der Hund schloß selig die Augen. »Dem Schicksal kann man nicht entrinnen.«
»Meint Ihr, wenn sie Colleverde verlassen und dem Prinzen nicht geholfen hätten, wären sie eben von einer Klippe gestürzt oder einem wilden Tier über den Weg gelaufen?«
»Die Bekanntschaft mit Herzog Grifones Schwert war vielleicht nur eine der Möglichkeiten.«
Benno schwieg. Malvezzis namenloser Spießgeselle auf dem Balkon hatte seinerseits ganz offensichtlich Bekanntschaft mit Sigismondos Schwert gemacht, und wer konnte sagen, wer den Mann mit dem Narbengesicht getötet hatte?
Sigismondo hob schützend die Hand vor die Augen; an einem Finger funkelte das Geschenk des Herzogs, ein Ring von gewaltiger Größe mit einem Saphir, der von einem tieferen Blau war als der Himmel über ihren Köpfen. Selbst an Sigismondos Hand wirkte er riesig. Benno hörte auf, an Dinge zu denken, die ihn nur traurig gestimmt hätten, und lenkte das Gespräch in eine andere Richtung.
»Ihr müßt ihn Euch an einer Schnur um den Hals hängen wie Angelo, sonst heißt es: ›Verzeiht, Herr, wollt Ihr mir nicht auf ewig Eueren Ring borgen? Habt Verständnis, wenn ich Euch dafür die Kehle durchschneide.‹«
»Ich weiß noch etwas Besseres. Ich bringe ihn zu Meister Ispano, dem Juden, und der gibt mir ein Pfand dafür, das ich in Geld einlösen kann, wenn ich es brauche.«
Das klang wie Zauberei, und Benno wollte gar nicht mehr darüber hören. Als Biondello auf sein Knie kletterte, wurde seine Aufmerksamkeit abgelenkt.
»Warum wollte Prinz Livio die Prinzessin Corio heiraten? Ich

kann mir nicht vorstellen, daß irgend jemand so ein Weib zur Frau nehmen will.«
»Wie ich es sehe, wollte er nach dem Mord an Petrucci nichts dem Zufall überlassen. Er brauchte jemanden, der nach dem Tod des Kardinals seine Anordnungen unterstützte. Also sorgte er für einen Grund, weshalb ihr sehr viel daran liegen mußte, daß die Verschwörung glückte. Wir können uns sicher sein, daß ihr Bruder sie ins Vertrauen gezogen hatte. Livio mußte nur dafür sorgen, daß Petrucci ihr nichts von seinem Besuch an jenem Abend erzählte.«
Benno fuhr auf und drückte Biondello an sich. »Aber ja, denn dann wäre die Hochzeit wahrscheinlich abgesagt worden. Was für ein betrügerischer Schurke! Er hat alles geplant. Ermorde den Bruder, bring die Schwester dazu, daß sie sich um alles kümmert. Ich dachte, er sei gekommen und habe die Tat in wilder Raserei begangen, nachdem er aus den armen Dienstboten herausgepreßt hatte, wer die Liebhaber seiner Gattin waren. Ich glaubte, er wäre einfach wutentbrannt mit einer Fackel ins Zimmer gestürmt. Doch er hatte alles geplant.«
Sigismondo streckte die langen Beine aus und wandte sein Gesicht der Sonne zu, die heiß auf den stillen Garten herabschien. Nur das Summen der Insekten war zu hören. »Wahrscheinlich kennst du den Spruch, daß man die Rache am besten kalt genießt. Livio ist mit Berechnung vorgegangen.«
»Ein Glück, daß er tot ist. Wird man ihn begraben oder aufhängen?« Die Verschwörer baumelten immer noch vom Balkon des Bischofs herunter. Wahrscheinlich würde der Herzog ihnen ein christliches Begräbnis vorenthalten.
Sigismondo regte sich, und Benno sah in der Ferne Bischof Taddeo am Rande des Labyrinths vorbeigehen. Entweder betete er den Rosenkranz, oder er dachte nach.
»Lassen wir den Bischof in Ruhe seinen Gedanken nachhängen.« Sigismondo erhob sich. »Der Herzog hat angekündigt,

daß der Bischof bei der Gerichtsverhandlung zur Aburteilung Kardinal Petruccis, die bald stattfindet, anwesend sein soll.«
»Gerichtsverhandlung? Aber er ist doch tot! Er liegt in der Kapelle des Bischofs.«
»Nicht mehr. Man wird ihn an einen Stuhl binden und in Gegenwart der Edlen von Colleverde des Verrats anklagen. Dann will ihn der Herzog in den Fluß werfen lassen.«
Schweigend entfernten sie sich von der rasch ausschreitenden Gestalt des Bischofs, der sie gar nicht bemerkt zu haben schien. Benno fing an zu kichern. »Am Freitagabend in den Fluß, das wird Seiner Eminenz sicherlich gut gefallen! Der Herzog läßt nicht locker. Darin ist er Prinz Livio ganz ähnlich.«
»Es erfordert eine außergewöhnliche Entschlossenheit, an der Macht zu bleiben, ganz gleich, wo man regiert. Vielleicht ist es in diesem Teil der Welt schlimmer als anderswo.«
Vergeblich versuchte Benno, sich einen anderen Teil der Welt vorzustellen. Gewiß konnte sich auch Moskau nicht so schrecklich von Italien unterscheiden, abgesehen davon, daß es dort angeblich mehr Schnee geben sollte. Inzwischen hatte ihr Rückzug sie auf die andere Seite der Weißbuchenhecke geführt, und Benno erblickte zu seiner Freude eine Terrasse, die viel hübscher war als der Balkon über dem Platz, an dem die Verräter hingen. Sie erstreckte sich über die ganze Länge der Hecke hinweg und war breit genug, daß zwei Menschen nebeneinander hergehen und die schöne Aussicht genießen konnten. Auf dem Rasen jenseits der Brüstung wuchs eine alte Pinie, deren knotiger Stamm sich dem Marmor entgegenneigte. Ihre in Form eines Schirms angeordneten Nadeln warfen Schattenpunkte auf den Stein. Die beiden Männer stützten die Ellenbogen auf das rauhe, kühle Sims und blickten über die fernen Hügel hinweg, die in der Ferne bläulich verschwammen und am Horizont nahtlos in den Himmel überzugehen schienen. Benno deutete mit dem Finger hinüber.

»Da hinten liegt Montenero, oder? Hoffentlich ist sie glücklich mit Graf Astorre und mit ihrem Vater.«
Das Brummen klang verneinend. »Nicht mit ihrem Vater.«
»Aber der blinde Graf ist doch ihr Vater.«
»Sybilla sagt, er sei nicht einmal der Geliebte der Prinzessin gewesen. Die Prinzessin hat ihn gefunden, nachdem man ihn ausgesetzt hatte, um zu sterben, soweit wissen wir Bescheid. Sie ließ nach Sybilla schicken, damit diese ihn in Fontecasta versorgte. Das Landhaus gehörte dem alten Grafen Giraldi, den sie in Rocca gekannt hatte. Aber mehr ist nicht geschehen.«
»Also doch Graf Eugenio?«
Sigismondo wandte sich um und sah Benno an. »Habe ich nicht noch weitere Liebhaber erwähnt?«
Hoch oben im Geäst der Pinie stimmte eine unsichtbare Lerche ihr Lied an. Doch Benno achtete weder auf ihr Gezwitscher noch auf das geschäftige Treiben in der Stadt unter ihnen.
»Wollt Ihr sagen …«
»Kardinal Petrucci war der Vater von Minerva und ihrem Zwillingsbruder Marco. Sybilla hat es mir erzählt. Sie war eine von zwei Menschen, die es wußten. Der andere ist wahrscheinlich von Prinz Livio nach dem Tod seiner Gemahlin gefoltert worden.«
»Also hat er es herausgefunden! Kein Wunder, daß der Kardinal in Flammen aufgegangen ist.« Benno wandte sich wieder der Aussicht zu, die er aber kaum wahrnahm. »Es wäre wohl nicht sehr gut, wenn sich das herumspricht. Stellt Euch vor, der Sohn des Herzogs heiratet die Tochter des teuflischen Petrucci.« Ängstlich blickte er in die Ferne, wo die Stadt Montenero weiß schimmernd zwischen den Hügeln lag. Die dunkle Stimme sprach weiter.
»Falls der Herzog glaubt – und das tut er vielleicht –, daß Mirandola ihr Vater ist, nimmt er inzwischen gewiß keinen Anstoß

mehr daran. Solange nur alle Welt glaubt, daß sie einen Anspruch auf den Thron von Montenero hat.«
Die Lerche trällerte beharrlich weiter. Die Schatten wanderten, und eine kühle Brise streifte die Gesichter der beiden Männer.
Nach einer Weile meinte Benno bedauernd: »Ich wünschte, Angelo hätte uns vor seiner Abreise noch die Karten gelegt. Hättet Ihr nicht auch gern Euere Zukunft erfahren?«
»Niemals. Der Spaß liegt doch gerade darin, daß wir sie nicht kennen, Benno. Nach der Aburteilung des Kardinals brechen wir auf nach Rocca, und dann, wer weiß? Inzwischen bin ich in dieser Gegend zu bekannt. Vielleicht Moskau?«
Benno versuchte, sich die fernen, schneebedeckten Berge vorzustellen, und er malte sich unbekannte und merkwürdige Orte aus. Ganz gleich, wohin sie auch gingen, sie würden sich gewiß nicht langweilen.
Eine Trompete erscholl. Sigismondo schwang sich von der Brüstung.
»Komm. Wir dürfen den Kardinal nicht warten lassen.«

Inhalt